生活中，总有一些笑容是为别人盛开，会温暖别人，点亮别人。

人生的路上，有风雨，
有彩虹，更要有信任。

如果，有一天你还想起我，只要在心里殷殷地问：你好吗？这也够了。

有时候搬走别人脚下的一块石头就
等于给自己打开了一条成功的捷径。

或许，年轻应该是一种品质，
它与年龄无关，一旦拥有，便可相伴终生。

26
在每个人的生命中，都镶嵌有这样一扇窗口，让我们发现美好、发现爱。
CASTLE

青春的岁月里，原是少不了一些台阶的，
得用理解、宽容、真诚一级一级去砌。

很多时候，越接近成功我们越要告诫自己：
不是每个梦想都可以实现，还有下一次。

感动

青年文摘
超人气签约作家作品精华

李轶男／主编

九州出版社
JIUZHOUPRESS

图书在版编目(CIP)数据

感动.《青年文摘》超人气签约作家作品精华 / 李轶男主编. —北京：九州出版社，2008.9

ISBN 978-7-80195-913-3

Ⅰ.感… Ⅱ.李… Ⅲ.①散文-作品集-中国-当代 ②短篇小说-作品集-中国-当代 Ⅳ.I217.1

中国版本图书馆 CIP 数据核字(2008)第 147927 号

感动:《青年文摘》超人气签约作家作品精华

作　　者　李轶男 主编
出版发行　九州出版社
出 版 人　徐尚定
地　　址　北京市西城区阜外大街甲 35 号(100037)
发行电话　(010)68992190/2/3/5/6
网　　址　www.jiuzhoupress.com
电子信箱　jiuzhou@jiuzhoupress.com
印　　刷　三河市和达印务有限公司
开　　本　690 毫米×980 毫米　　16 开
印　　张　22
字　　数　221 千字
版　　次　2008 年 11 月第 1 版
印　　次　2008 年 11 月第 1 次印刷
书　　号　ISBN 978-7-80195-913-3/I·454
定　　价　26.00 元

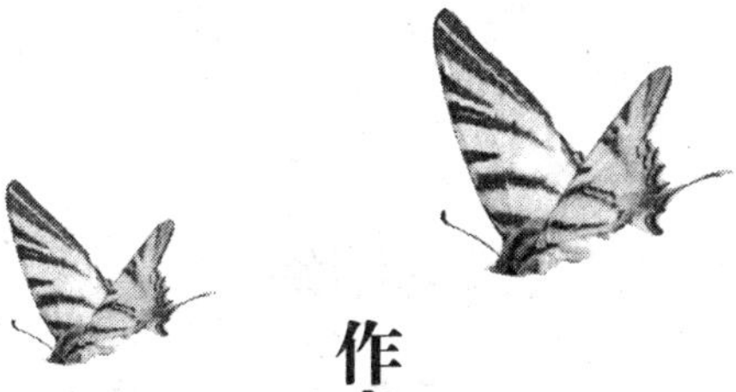

作者介绍

1.连谏

《青年文摘》超人气作家。

本名:连淑香。产地:山东高密。过去、现在、将来混迹青岛,一直。

一个精神洁癖患者。

一个自卑到冷静的人。

一个喜欢冷眼旁观的人。

一个对世俗生活充满了热爱的人。

一个美食的忠实追捧者。

一个害怕被人窃笑的人。

一个喜欢胡思乱想的人。

一个排斥谎言的人。

已出版长篇小说《口香糖男人》、《落岸之鱼》、《暗伤》、《迷香》、《秘密》、《魅妆》;短篇小说集《比爱情更疼》、《爱上情人节》、《草编爱情》、《爱情不外卖》;随笔集《一生一次的花开》、《闺中密友》等;影视产品《秘密》、《面子》、《魅妆》。

2.叶细细

《青年文摘》超人气作家。

本名曹晓岚。长居西安。

大量作品散见于全国各大期刊，发表作品百余万字。在报纸杂志开有各种专栏，在台湾《皇冠》杂志连载长篇小说《孔雀东南飞》。长篇小说《从失乐园开出的地铁》获台湾“皇冠”大众小说奖。散文《让我许个愿》入选高中语文教材读本。

3.丁立梅

《青年文摘》超人气作家。

笔名梅子，紫色梅子。江苏东台人。大学文化。中国散文学会会员，江苏省作家协会会员。在多家报刊开有专栏。文章多次获奖。有不少文章成为中考、高考语文阅读题，有文章入选中学课外读本。

出版有个人作品集《且听风吟》、《忽然花开》、《每一棵草都会开花》等。

4.蝶舞沧海

《青年文摘》超人气作家。

本名汤红霞，女，生于70年代后期，湖北荆州人士。2004年末开始写作，已在海内外各类杂志上发表文章200余万字，作品散见于《读者》、《青年文摘》、《意林》等，多篇作品被各类图书摘录及入选中小学生阅读教材。

5.风为裳

《青年文摘》超人气作家。

生于北方黑龙江小农场。16 岁开始发表诗歌、散文、童话。近年来以笔名风为裳、纤手破新橙为时尚杂志撰稿，作品散文见于全国百余家报纸杂志。文章多次被《读者》、《青年文摘》、《意林》转载。

6.澜涛

《青年文摘》超人气作家。《读者》签约作家。

黑龙江省作家协会会员。

出版作品集《珍珠锦囊》、《海天片语》、《一杯智慧茶》、《快乐是一种能力》等。《读者》、《知音》、《家庭》等报刊签约作家。

7.李丹崖

《青年文摘》超人气作家。《读者》签约作家。

笔名：子聃、赤壁。80 后，专栏作者，期刊写手。

业余码字。擅长写的题材是：感悟类、家庭类、智慧类、心理类、交际类文章。

至今已经在：《读者·原创版》、《意林·原创版》、《中国青年》、《辽宁青年》、《演讲与口才》、《做人与处世》、《思维与智慧》、《莫愁》、《文苑》、《芒种》、《青春潮》、《现代青年》、《时代青年》、《祝您幸福》、《风流一代》、《心灵世界》、《孩子》等报刊发表文章六百余篇；多篇文章被《读者》、《意林》、《知音》、《青年文摘》、《青年博览》、《海外文摘》、《微型小说选刊》、《莫愁》、《天下男人》、《读者俱乐部》、《中国电视报》等报刊转载。

8.马国福

《青年文摘》超人气作家。《读者》签约作家。

男，1978 年生于青海省乐都县，1999 年毕业于西安公路交通大学社科系文秘专业。现居江苏海安,从事秘书工作。笔名青海马,系江苏省作协会员。迄今为止,已发表诗歌、散文、随笔近400多篇60多万字,《海安日报》、海安电台专题对其创作作过报道,西安《文友》杂志专题作过创作访谈录。

作品散见于《人民日报》、《星星诗刊》、《黄河文学》、《雨花》、《中国青年》、《知音》、《好日子》、《爱情婚姻家庭》、《辽宁青年》、《时代青年》……

2005年1月出版散文随笔文集《赢自己一把》。2006年10月出版第二本散文随笔集《成功彼岸的灯火》,2006年12月出版第三本散文集《给心灵取暖》。2006年1月28日,CCTV-10"子午书简"栏目报道其创作成绩。

9.姜钦峰

《青年文摘》超人气作家。《读者》签约作家。

男,江西南昌人,1977年生,《读者》杂志社签约作家,教育部"十一五"规划课题组专家,已发表各类作品近200万字,散见于《读者》、《青年文摘》、《意林》等300多家杂志报纸,多次获奖,百余篇收入各类丛书选本、中学生课外读本或编入中学语文试卷,部分改编为电视散文在中央电视台10套播出。

出版有散文集《像烟花那样绽放》。

10.田祥玉

《青年文摘》超人气作家。

湖北恩施土家族人,又名玄圭。贪点辣。逛点街。写点字。烦恼点。仇恨点。琐碎庸俗女子。在北京。

11.冰凌一笑

《青年文摘》超人气作家。

本名肖玲玲，女，1973 年 6 月生，湖南衡阳人，大专学历，1997 年开始业余文学创作。已在《小小说选刊》、《深圳青年》、《智慧女性》、《天下男人》、《婚姻与家庭》、《人之初》、《爱情婚姻家庭》、《扬子晚报》、《新民晚报》、《北京日报》、《钱江晚报》、《齐鲁晚报》等数百家报刊发表各类文学作品千余篇。数十篇文章被《读者》、《青年文摘》、《格言》、《特别关注》等杂志转载，近十篇文章被收入各类文集。作品《陪着你慢慢地走》、《心相连，爱无痕》获《读者》杂志 2007 年第 8 期、2007 年第 21 期最受读者欢迎文章奖。

12.卫宣利

《青年文摘》超人气作家。

生于 20 世纪 70 年代末，河南洛阳人，系河南省作协会员，“龙源期刊网”驻站作家。近年来在全国各大报刊发表作品一百多万字。作品见于《读者》、《小说选刊》、《青年文摘》、《婚姻与家庭》、《女报》、《意林》、《人生与伴侣》、《小小说选刊》等数百家期刊报纸，被各类图书转载并获奖。作品被收录入小学教材，并被改成电视散文在中央电视台等多家电视台播放。

13.积雪草

《青年文摘》超人气作家。

本名王晓宇，偶用笔名陈风晓语等多种，2004 年开始写字，作品散见国内外两百多家报纸杂志，有文章被《青年文摘》、《意林》等杂志转载，另有多篇被收入各种合集。写字是生活方式的一种，如果我的文字，碰巧你有那么一点点的喜欢，内心里便会璨若花开。

14.程应峰

《青年文摘》超人气作家。

湖北省作家协会会员，咸宁市作家协会理事。笔名樱枫、程鹰。1964 年 10 月出生于湖北崇阳，1983 年大学毕业。青年时期痴情于吟诗绘画下围棋，人到中年侧重于读书上网写文章。早年发表过国画、木刻作品。1989 年开始发表各种体裁的文学作品，以散文随笔见长。2001 年，由珠海出版社出版有文学作品集《童心坐标》。2002 年至今，有近千篇(首)散文、随笔、小品文、小小说、诗歌，散见于《文化月刊》、《思维与智慧》、《当代人》、《做人与处世》、《故事会》、《深圳青年》、《女报》、《人生与伴侣》、《新故事》等数十种知名选刊转载，有文入选《中国人的鸡汤》、《流行哲理小品》、《心灵氧吧》等各种精选本。工作之余想到就写，对文学，不放弃，亦不强求。认定人生苦短，如水亦如云，来了去了，总是不经意间的事情；也深知，世间万物在动与静、生与死之间相互参照着，淡定从容，来去之间，就是禅意。所以，为人也好，为文也罢，不求一时得失，但求耐人寻味。

15.刘克升

《青年文摘》超人气作家。

1973 年生于山东省沂水县，现居临沂。从爱好文字，转到以文字谋生、交友，所写文体以城市笔记、职场白领、随笔感悟、美食经历、短篇故事等体裁为主。职场系列“白领伊索”先后在《生活日报》、《上海人才市场报》、《劳动者》、《邯郸晚报》、《昌吉日报》等多家报刊推出。故事作品散见于《新故事》、《故事家》、《大家故事》、《故事林》、《百姓故事》等刊物。城市笔记作品获《金陵晚报》小小说征文三等奖。说理类作品分别在《演讲与口才》、《做人与处世》等刊物刊登。新闻作品获中国电力报新闻竞赛三等奖。作品多次被《小小说选刊》、《杂文选刊》、《读者》、《意林》等刊物转载。

16.刘祖光

《青年文摘》超人气作家。

男,1982年生,从一所不知名的师范学院毕业,做过高中语文教师,班主任,也做过杂志编辑。爱好文字,大学时就在《中国青年报》、《芙蓉》、《故事会》、《人之初》、《家庭》等报刊上发表文字,稿费刚好够四年大学生活学费。毕业后身无所长,还是以文字为生……

17.岑桑

《青年文摘》超人气作家。

自由撰稿人,城市专栏作家,曾经从事酒店职业经理人的背景,使其作品展现出宽泛的年龄范围,以及社会中的各个群体。作品涉及情感、时尚、专栏、评论以及科幻、魔幻等诸多类型,发表在《爱女生》、《南风》、《家庭之友》、《读者》、《知音女孩》、《青年文摘》等杂志上。

18.孙道荣

《青年文摘》超人气作家。

男,1966年生,主任编辑。浙江省作家协会会员。现系《萧山日报》总编办主任。

曾经做过四年刑警,破案百余起;后弃警从文,发表诗歌百余首,散文近百万字。擅长散文、随笔、小品写作,作品散见于《读者》、《意林》、《格言》、《青年博览》、《杂文报》、《新民晚报》、《羊城晚报》、《杂文选刊》、《小小说选刊》等全国百余家报刊。

已出版随笔集《在麦尖上跳舞》、《细节》两本。

19.杨暖

《青年文摘》超人气作家。

女,70 年代生,无比眷恋世间阳光温暖,亦与文字结伴取暖。文章散见于各大报刊。

20.张世普

《青年文摘》超人气作家。

男,1973 年 12 月生,大专学历,梦想以卑微的视角追寻大爱,现工作于中国农业发展银行。

21.王清铭

《青年文摘》超人气作家。

中学教师,福建省优秀教师,福建省作家协会会员。发表诗歌 300 首,散文约 60 万字,出版散文集一部。《蝉》、《阳光的疤痕》、《生活如椅子》等文章被收入《2002 年中国精短美文 100 篇》、《2003 年中国散文诗精选》、《2004 年精短美文 100 篇》、《2004 年度最佳散文诗》、《北大年选 2005 年(散文卷)》等年度选本。九篇作品被《读者》刊登、转载。

22.汤礼春

《青年文摘》超人气作家。

男,1953 年 2 月出生。1976 年开始发表作品,1987 年加入中国作家协会湖北分会,至今在海内外发表作品 3000 余篇,计 200 余万字,曾任湖北省老河口市文艺创作室主任、老河口市作协副主席和《大众文艺》、《快活林》主编。

获首届及第三届全国微型小说奖、湖北省民间文学“屈原奖”一等奖、《故事林》好故事一等奖等奖30余次。有上百篇作品被《读者》、《读者乡土版》、《作家文摘报》、《杂文选刊》、《特别关注》、《微型小说选刊》、《小小说选刊》、《青年博览》、《今日文摘》等报刊转载。

出版有《李宗仁在老河口》、《魔窟倩影》、《小城风流》。

感 动

目 录

17 岁的戴安娜

年轻的品质

感动

>>>

目录

爱情盛开在海拔200米

爱情的艺术

感动

目录

人生的圈里圈外

临界时分的真诚

感 动

目 录

母爱是心里的海

感动

目录

最深的爱，最疼的心

感 动

目 录

对未来负责

感 动 >>>

目 录

粉红色的信笺

不是每个梦想都不可以实现

感 动

目 录

青春之旅使我们有了太多的追求，找寻与体会青春岁月的光芒，成为心中一种誓言。>>>

17 岁的戴安娜

情痴金岳霖

叶细细

说起现代中国第一才女林徽因,很多人会提及徐志摩和梁思成。其实最爱林徽因的并不是这两个男人,而是哲学家金岳霖。

他一生痴情于林徽因,终生未娶。

金岳霖早年留学欧洲诸国,讲一口漂亮的西式英语。他一米八的个头,看起来十分魁伟。

回国后,金先生在西南联大教书,也是出了名的怪人。他言语木讷,总是戴一顶遮光帽,据传是因为他眼睛不好。他上课也戴帽子,对同学们解释说:我不是不尊敬大家,而是眼睛怕光。

于是这个总戴着帽子的金先生,在大学讲坛上或走来走去地讲课,或坐在讲桌上面对着同学们。他很少板书,却不忘带粉笔。

听他讲课的学生很多,没有点名册,他记不住大家的名字,提问时就说:今天,穿红毛衣的女同学回答问题。

台下穿红毛衣的同学又紧张又兴奋,后来听他的课时,穿红毛衣的女生越来越多。

他讲逻辑课时,有同学问他:逻辑学这么枯燥,你为什么要学这个?他的回答是:我觉得它很好玩。

一次同学们请他来讲小说与哲学的关系。听者甚众。同学们都以为他会讲出什么有意思的观点,结果到最后,他的结论是:小说和哲学没有关系。

他认为:意义愈清楚,情感的寄托愈贫乏;情感的寄托愈丰富,意义愈不清楚。

同学再问:《红楼梦》呢?他答:《红楼梦》里的哲学不是哲学。

金岳霖就是这样一个怪人,有时也办些呆头呆脑的事情。

他一直单身,为了多接触生活,他约一个三轮车夫,每日拉着他去王府井转一大圈。还养了只斗鸡,脖子可以伸得很长。每日他吃饭,斗鸡就立在一旁,也伸长脖子叼桌上的饭,他也不恼,久了就习惯了与斗鸡同食。

还有一次,金岳霖特别着急地请一个医生朋友来家里,说事情办好了请他吃烤鸭。朋友问什么事情?他不答。朋友以为出了大事,急赶至金岳霖的住处,没想到他却对朋友说,不是他,是他养的一只鸡,生了三天,一个蛋下不来。朋友哭笑不得地去看那只鸡。原来金岳霖经常给鸡喂鱼肝油,以至鸡肥到18磅重,蛋怎么也下不来。朋友看那蛋已有一半在外面,索性用手将蛋掏了出来。金岳霖见大事解决,十分高兴,痛快地请朋友吃了烤鸭。

他还买大苹果、大石榴和教授的孩子比大小,输了就将苹果石榴送给孩子,自己再买。

有时,他竟连生命也不知爱惜。抗战时期,警报拉响,金岳霖只顾在书房苦读,并不知日本飞机来空袭。结果几枚炸弹丢在金岳霖住处的前后,他才惊醒过来。待跑出来时,发现前后的住楼已不复存在。

就是这样一个热爱文学,喜欢读《江湖奇侠传》的哲学博士,对待感情问题却相当理性。他钟爱的一个学生因为爱情受挫,萌发轻生念头。他对学生说:恋爱是一个过程,恋爱的结局,结婚或不结婚,只是恋爱过程中的一个阶段。因此恋爱的幸福与否,应从恋爱的全过程来看,而不应仅仅从恋爱的结局来衡量。

如果用此标准来衡量金先生对林徽因的爱,那么他对她的精神恋远远超过了梁思成与徐志摩。

金岳霖评价徐志摩追林徽因是自不量力。事实上徐志摩是他的好友,他认识林徽因还是徐志摩牵的线。他说:林徽因和梁思成两小无猜,两家又是世交,连政治上也算世交。徐志摩想钻进去怎么可以?

也许,哲学家和诗人对待感情问题确实无法相同。一个用感情战胜一切,不顾一切地与发妻离婚;另一个则用孤单的一生,守望着一份永恒的爱恋。

要说金岳霖也不是没有机会。据梁思成的续弦林洙转述的回忆,说在30年代,林徽因、梁思成住总布胡同,金岳霖就住后院,平日走动很勤。一次梁思成从外地回来,林徽因有些沮丧地对梁说她苦恼极了,因为同时爱上了两个人,不知怎么办好?梁思成痛苦而震惊,想了一夜后告诉徽因:你是自由的,如果你选择老金,祝愿你们幸福。说毕,两个人都哭了。末了,林徽因又将此话转告给金岳霖,金的回答是:看来思成是真正爱你的,我不能伤害一个真正爱你的人,我应该退出。

他退出了,并不代表他对她的感情很轻,恰恰相反,他对徽因的爱已超越了肉欲,他与徽因的心灵沟通早已非同一般。这让他在得不到徽因时,依然可以待她好。他关心她的写作,很多年后,依然可以背出她写的诗句;与梁思成也保持友好的关系,这让他可以自如地出入梁家。那时,林徽因与梁思成喜欢在家里召集聚会，金岳霖每次都是座上宾；他与徽因和思成经常毗邻而居，偶尔不在一地，只要有休假，金岳霖便跑来住在梁家。而徽因和思成有了摩擦，也总是找金岳霖调解。

林徽因生前，徐志摩追不到她，便改追陆小曼，成就一段姻缘；林徽因死后，梁思成也再娶。独独金岳霖用一生的痴情守望着林徽因。徽因刚过50岁，便因病早逝，金岳霖异常悲伤，在挽联上题字：一身诗意千寻瀑，万古人间四月天。

梁思成也承认：最爱林徽因的人，其实是金岳霖。

徽因去世后，金岳霖依然独处，时常去给徽因扫墓。某年，他又在北京饭店请朋友吃饭。众人赶至问请客原因，他说：今天是徽因生日。

她就是去了另一个世界，金岳霖依然无法忘记她。在《林徽因的诗集》出版时，编辑曾去拜访过金岳霖，当他看到编辑手里一张32开大的林徽因的照片时，竟孩子气地问能不能给他？那时他已88岁高龄。当编辑说明来意，请他作序时，他好半天才一字一顿地说：我所有的话，都应该同她自己说，我不能说。我没有机会同她自己说的话，我不愿说，也不愿意有这种话！

晚年，金岳霖一直和林徽因与梁思成的孩子住在一起，待孩子们如同己出，并被他们送终。

柏拉图有句名言：理性是灵魂最高贵的因素。金岳霖用浪漫的一生，诠释了他对林徽因最高贵的爱。这样保持了一定距离的情感，成为他一生最幸福的回忆。

金庸情史

叶细细

香港武侠大师金庸能说出的情史,大致归结为三次婚姻与一次暗恋。他说:“你爱一个人,要一生一世爱她,但往往做不到。不是你不想做到,是你没法做到。世事难料,当初再好的夫妻,日后就不定也会分手……”

金庸的这段爱情名言,应该得自于他的第一次婚姻。女主角是个名叫杜冶芬的女子。

金庸年轻时的照片还是很帅的。瘦而英俊,十分高大。戴一副近视眼镜,看起来十分儒雅。那时他在杭州《东南日报》工作,主持一个“咪咪博士答客问”的栏目。

杭州是个自古以来盛产爱情的城市。金庸的第一段爱情也发生在这里。

让他与杜冶分牵手的是一个关于鸭子的问题。金庸在“咪咪博士答客问”里回答读者“买鸭子时需要什么特征才好吃?”答案为:颈部坚挺结实表示鲜活,羽毛丰盛浓厚,必定肥瘦均匀。谁知这个答案登出不久,一个名叫杜冶秋的少年不买账,写信过去质问:咪咪博士先生,你说鸭子的羽毛一定要浓密才好吃,那么请问,南京板鸭一根毛都没有,怎么就那么好吃?“咪咪博士”回信:阁下所言甚是,想来一定是个非常有趣的孩子,颇想能见得一面,亲谈一番。杜冶秋回信:天天有空,欢迎光临。

就这样,金庸在一个星期天的下午登门拜访,在杜冶秋的家里邂逅了他的姐姐杜冶芬。时年,杜冶芬年芳 17,美貌清纯。金庸见她的第一面就被迷住了,立刻决定隔日请杜家全体去看郭沫若编剧的《孔雀胆》。17 岁的杜小姐也是情窦初开的年龄,很快与博学又仪表堂堂的金庸坠入爱河。

金庸与杜冶芬在婚后曾经有过一段幸福甜蜜的日子。金庸也用“林欢”这个笔名写影评编剧本。这个名字当然与杜小姐有关。金庸原名查良镛,“查”与“杜”都有一个木字,双“木”成“林”,而“欢”字代表了他们当初的幸福美满。

然而这样你情我愿的爱情,却无法以喜剧的结局收梢。正如金庸所说的:世事难料,当初再好的夫妻,日后就不定也会分手。

他们后来果然分开了。婚后的杜小姐随金庸来到香港。在这里,不会说粤语的她与这个城市很隔膜，也找不到工作，大部分时间都待在家里。而金庸则因为编辑工作，昼夜忙碌，让年轻的妻子独守空房。杜冶芬可以理解金庸在事业上的追求，那些远大的抱负，却无法谅解金庸一直想当外交官的梦想。为了这一梦想他一次次放弃稳定的工作，引起杜冶芬的强烈不满。他们的婚姻最终解体还有一传闻是杜冶芬有了外遇。对于这个问题，金庸从未正面回答过记者，只是在他74岁高龄的时候，曾经对记者说："是她背叛了我。"这样说时，他眼中有泪光。

不管怎样，这场来自杭州的美丽爱情还是以悲剧告终。

如果说第一场婚姻的失败不能全部怪罪金庸，那紧接着的第二场婚姻的解体则让金庸事隔多年，重提时依然心怀负疚。

很多出名的男人在情感上都辜负过一个女人。像徐志摩辜负张幼仪，鲁迅辜负朱安。金庸与第二任太太朱玫（又叫朱露茜）的情感失败，更多的责任应该归结为他。

朱玫与金庸结婚的那一天，她短发、圆脸、长眉，戴耳环，穿旗袍，秀丽而典雅。这一年，朱玫21岁。

在香港坚尼地道二号，可以寻见他们当年租住的旧居。

以金庸编剧、稿酬及工作的收入，他本可以给朱玫一个好日子过。金庸却突发奇想，创办报纸。对于这个决定，谁都知道风险性极大。在当年的香港曾经有一种夸张的说法："如果你与一个人有三世仇，就去劝他办报纸。"

对于金庸的决定，朱玫没有提任何反对意见，就这样与他一起上路了。朱玫受过良好的教育，英语也相当不错，工作能力很强。要说当年的朱玫也是20出头的女孩子，正是享受生活的花样年华。她却心甘情愿地去完成金庸的梦想，创办《明报》。

朱玫是《明报》初期唯一的女记者，整日背着巨大的压力过日子。起初《明报》销量不行，夫妇俩殚思竭虑，整天精打细算地过着日子。每天深夜下班，回家时天星小轮都停航了，他们只能改乘"电船仔"渡海回尖沙咀的家。为了省钱，他们宁愿在寒风中多等会儿，待凑足六人后再起航。

那段日子，他们夫妻感情很好，工作疲劳了，喝杯咖啡也是同饮。他们的爱情结晶，长子查传侠也是在这时来到的。有了孩子后，朱玫就更加辛苦。除了忙报社的工作，照顾孩子买菜烧饭也是她的事情，每天忙完家里再渡海赶到报社忙碌，稍有疏忽，孩子就会摔破头。

而他们婚姻的解体，也在一切江山都打下来之后。《明报》已成为畅销大报，金庸在写作上也取得了更大的成就。

香港女作家林燕妮说朱玫是“性刚之人”，这种好强的个性与金庸十分类似。艰苦创业阶段，在共同的理想之下，还不易发生正面的冲突和矛盾。但在外部环境改变之后，相互的伤害就难免了。

两个人常常为工作之事发生口角，金庸内心烦闷。这时他们结婚已过了20年，婚姻也变得十分平淡。有说金庸与另外一个女子林乐怡情感的开始，导致了金庸第二段感情的破裂。也有说是金庸的长子查传侠的自杀，加速了他与朱玫婚姻的灭亡。

查传侠在纽约哥伦比亚大学自杀时，金庸与朱玫的感情已经不睦。查传侠曾多次苦劝父亲，没有任何结果，加上他与女友吵架，一时想不开就自杀了。

查传侠死后，朱玫与金庸最终无法将婚姻维系下去。据说那时，金庸已经与林乐怡好上了。

这年金庸正值摇摆的中年，事业已成，而与朱玫的婚姻已没有当年的激情。加之朱玫自身也有问题，她性格刚烈，与报社主编关系紧张，常有事情发生。金庸在心烦之时，去附近的餐厅喝咖啡。在那里，他遇见年仅16岁的美丽女侍应林乐怡。林乐怡是个乖巧的女子，初次见面便认出大师金庸，见他苦闷，于是上去与他攀谈，两人在日后便结下情谊。而这时的朱玫还全心忙于报社之事，等她发现金庸浪漫的出轨后，已经太晚了。林乐怡已成为金庸甜蜜温馨的避难所。

林燕妮还说：“金庸的第二位太太朱玫，是与他共同打江山的女强人，美丽能干，他们生下两儿两女。也许英雄见惯亦寻常，婚姻中少了互相欣赏，再加上其他原因，终于分手了。”

究竟是什么原因让朱玫败给了16岁的女侍应，不得而知。总之最后的结局是金庸与朱玫的婚姻结束了。朱玫也提出自己的要求：一份财产补偿；金庸与以后任何女人都不能再有孩子。

金庸答应了，以后再也没有和别的女人有孩子。

朱玫在失败的婚姻结束后，她唯一希望的是自己的孩子以后能获得金庸全部的疼爱，所以，她作为母亲强化了这一条。后来，他们的几个孩子一直跟随金庸。朱玫没有再婚，晚景也有些凄凉，据说十分穷困，与金庸晚年的兴盛形成鲜明对比。朱玫63岁在香港湾仔律敦治医院病逝。不知什么原因，金庸、三个子女都没能赶来，给她领死亡证的，是医院的员工。

日后，金庸在回忆与朱玫的这段情时，十分内疚，他说：“我的婚姻是失败的，因为我离过婚。最近我以前的太太去世了，我很难过，觉得我对不起她……”

这样的结局当然不是他所愿的。

金庸在武侠小说里，塑造了很多在情感上追求完美的男性，他幻想自己也是其中的一个，但生活中的他也是一个凡人，他无法阻止浪漫的发生。所以他不是杨过，也不是郭靖，他时时会遇见比小龙女比黄蓉更可爱的女子，当然这样的女子也未必个个钟情于他。

面对浪漫，他曾有个比喻："好似吸毒，你明知那是不好的，但抗拒不了引诱，又吸了。"

女演员夏梦是他第二次婚姻前相遇的一次浪漫，不过这回，他们可是什么都没有发生，一切都在无言中。

相遇夏梦那年，金庸30出头。光彩照人的夏梦让金庸心动不已。为了能常常见到夏梦，他去了夏梦所在的长城影视公司做编剧。他在文章中也不止一次地提到夏梦。《三剑楼随笔》中《快乐和庄严》讲到一个关于夏梦的有趣的故事。金庸还曾在另一篇文章中写他在巴黎漫步，听到一种鸟的鸣叫声如同在喊"夏梦，夏梦"。还在《明报》上为夏梦开辟专栏供她发表游记。他小说里的小龙女、黄蓉、王语嫣等，也都可以看到夏梦的影子。

金庸对夏梦可谓良苦用心，只可惜夏梦早已名花有主，他只能黯然神伤，看着伊人远去。

与金庸最后相伴的女子林乐怡，在婚后也受到良好教育。被金庸送去留学。这个比金庸小了近30岁的女子，如今全心陪在金庸身边，没有生育自己的子女。金庸外出、讲课，时常都会带着林乐怡。对于他们的这段婚姻，金庸如此形容："平时林乐怡很迁就我，到她发脾气时，我就忍住不回嘴。跟她的关系不算特别成功，又不算很失败，和普通夫妻一样。"

在感情上坎坷一生的金庸，在回答记者提问时，答道：他认为最理想的爱情最好一见钟情，从一而终，白头偕老。

就如他笔下行走在江湖上的那些美好情感，虽然很难在生活中实现，但毕竟是他写了一辈子的梦想。

17 岁的戴安娜

田祥玉

1967 年夏天的某个黄昏,她安静地坐在公园屋冰冷的台阶上,紧紧抓着锻铁雕花的楼梯护手,看着父亲把沉重的皮箱扔进汽车后备箱,穿棉布长裙的母亲,她脚下的漆皮高跟鞋在石子路上踢踏出清脆的响声后,车门关上,她童年的所有美好快乐,就像气泡般,在母亲的离开时瞬间爆裂消散了。

戴安娜并没有流泪,父母决定达成分居协议的这一年,她还只有 6 岁。被遗弃、背叛和漠视的耻辱和伤心,让幼小的戴安娜没齿难忘。母亲离开后,父亲变得喜怒无常,她害怕又厌倦,就常常偷偷地带着小弟弟去郊外的桑君汉墓地。从未谋面的哥哥约翰,他那长满青苔的、刻着"爱心永志"的墓碑,似乎时刻在提醒戴安娜:对于斯宾塞家族,你这个女孩是多余的。如果你是一个男孩,母亲也就不会弃你而去。

1969 年,斯宾塞家族站在一起指责戴安娜的母亲,让她失去了戴安娜的抚养权。妈妈和那个英俊高大的富商男人离开伦敦时跟戴安娜说:"孩子,我是爱你的。"戴安娜挥起小拳头反驳:不! 如果我是男孩,你才会爱我!

那么,留在身边的父亲是爱戴安娜的吗? 她用沉默的孤独,来回应父亲孤独的沉默,她故意穿得跟假小子似的,故意用泥巴把脸蛋涂得脏兮兮地在父亲身边招摇。但是每当家中来了客人,父亲就会吩咐保姆,为戴安娜穿上洁白的公主裙和红色小皮靴,她不喜欢但是不反抗,还蹬着蓝色的三轮车在过道上招摇,还用她曾经睡过的粉红色婴儿车,装满了玩具娃娃在院子里疯跑,还一遍遍地为弟弟床上的毛公仔盖上小毯子。

但是戴安娜却总是觉得:在这个拥有着华美森严的奥索普大屋、风景如画的公园屋组成的大家庭里,这个女儿应该、可能或者一定是不存在的。

然后是她 16 岁那年,她被姐姐带着去见了一个王子,那个王子叫查尔斯,当时是姐姐的男友。那是在一片森林里,戴安娜将格子衬衫扎在灯芯绒长裤里,外面罩着姐姐的皮褛,足蹬惠灵顿长靴。她这个不三不四的样子把查尔斯逗得大笑不止。

那一次经历让本来就自卑内向的戴安娜很是懊恼羞愧,这可能也是一年后她坚持去汉普郡一个富人家做保姆的主要原因。戴安娜从小就照看弟弟，她有着让人诧异的育儿能力，她负责照看一个2岁大的孩子。同样在这家做保姆的荷兰姑娘马里恩·丽霍斯特，成了戴安娜一生中最为真诚朴实的朋友。她向丽霍斯特敞开心扉，两人像亲姐妹一样，相互关心，当然常常也背着主人说他们的坏话。

戴安娜跟丽霍斯特说她阴郁的童年，她的许多年不曾相见的母亲，她的10个月大就夭折的哥哥约翰和他那长满青苔写着"爱心永志"的墓碑。她总是郁郁寡欢，刻意地把自己扮成一个男孩。但是当她跟丽霍斯特提到16岁那年和查尔斯的见面时，却会羞涩地雀跃和兴奋，戴安娜说："那是我生命中第一次约会。"

来自显赫家族却做一周拿16英镑工资的保姆，并没有让丽霍斯特觉得奇怪，这个比戴安娜大3岁的女人后来面对记者采访时总是说："没有什么比让戴安娜做保姆更让她觉得幸福安稳。"戴安娜的理想是学烹饪，成为一个技艺高超的厨师，为此她总是很早起床洗完一大盆的衣服，然后跑到丽霍斯特的厨房，嚷嚷着要跟她学烹饪，她想有朝一日，能为她威严的祖父、孤独的父亲还有最疼爱她的祖母做出最可口的食物。或者某一天，她的烹饪技艺能上报纸杂志，然后母亲就会闻讯而来探望她。

17岁的戴安娜，将她自己最真实最朴素的理想说给了保姆朋友丽霍斯特，尽管她们只相处了短短3个月，但是丽霍斯特却固执地认为：她眼前那个一头短发，总是将衬衫扎进牛仔裤，笑起来就会脸红的像男孩一样的姑娘，才是真正的戴安娜。3个月后，戴安娜告别了丽霍斯特，她要回伦敦去学习烹饪了。

1981年7月30日，丽霍斯特在报纸上看到了那个笑容倾城、美丽绝伦的戴安娜王妃，依然还在汉普郡做保姆的她，一眼就认出了她的朋友。丽霍斯特泪流满面，她一点都不为戴安娜感到高兴骄傲。为什么呢？这个只会洗衣做饭的保姆，她根本就不能从王妃闪烁的眸子和珠宝里，看到她17岁那年的雀跃和快乐。

当这个万众敬仰的妃子为王室诞下两个男孩后，当她在那场著名的车祸中香消玉殒，当她离去整整10年后，举国上下依然都还在悲伤地悼念着她的今天，已经49岁，依然做着卑微的保姆的丽霍斯特总是会说："如果时间真能轮回到17岁，我想戴安娜更愿意做一个沉静的保姆，或者是一个雀跃的厨师。"

郭沫若与两个被遗弃的妻子

叶细细

要说起来，郭沫若可够滥情的，鲁迅和他没法比。郭与鲁的婚姻有相似之处，原配都是被包办的小脚女人。在新婚之夜，他们都选择了逃避，将原配太太弃之不顾。有所不同的是，鲁迅遇见许广平后，就此为止；郭沫若呢？他一路过去，总有后情。

郭沫若的原配名叫张琼华，一个长得不好看的抽水烟的乡下姑娘。郭沫若见的第一眼就想逃婚，新婚之夜用一本《庄子》打发，5天之后，就离家去日本东京学医。这一别与张琼华就是67年。张琼华守着一个空名分，在郭家一直以儿媳自居，照看公婆到死。就是这样一个女人，用一生的时间眼巴巴地等郭沫若回家，她将他以前用过的本子，写过的字都完好地保存着，好像守着这些东西就能守着郭沫若本人一样。然而等来的却是郭沫若在异国娶妻并养育了几个孩子的事实。为此，张琼华偷哭了好几回，却依然不恨郭沫若，在公公病重，郭沫若带着第三任妻子回来时，她还忙里忙外，心甘情愿地将当初的洞房让给郭沫若与新太太住。至此，郭沫若是不好意思了，对她这些年来的辛苦只以两首短诗回报。并在跋上特意写上：书付琼华。

就是这几个字，和他对张琼华的深深一个长揖，让张琼华受宠若惊，仿佛这些年的所有委屈都烟消云散。就这，郭沫若还说：如果以后没钱了，这两首诗还可拿去换几个大洋用的。张琼华则语无伦次地说：这咋个卖得嘛！就是饿死了，我也不得卖它！

面对如此一个顺从的原配夫人，郭沫若轻松就搞定了。这里要说的是郭沫若的第二任太太，那个对郭沫若一生创作都有不可磨灭的影响的日本女人佐藤富子，后被郭沫若改名为郭安娜。

安娜是个美丽的女子，在东京京桥区圣路加病院当看护。他们在医院相遇，那天郭沫若给友人办丧事，与安娜一见钟情。相比被遗弃的张琼华而言，眼前的女子在郭沫若的眼中如同天使。安娜见郭沫若友人故去情绪低落，难免说了些安慰的话。分别后，两人虽然一个在冈山一个在东京，却每周都写三四封信，他们很快就处于热恋中。

安娜的父母亲并不同意这桩婚事，一来他们家信奉基督教，而郭沫若是华人；二来郭沫若在东京读书，经济不稳定。但安娜不管这些，她是跟定郭沫若了。为此，她不惜与父母断绝关系，与郭沫若同居。婚后，他们的经济大部分靠安娜接济，郭沫若也勤力译书，贴补家用。那是他们最快乐的一段日子，也是郭沫若盛产优秀诗作的年代。他的第一部诗集《女神》，灵感几乎都来自于他对安娜狂热的爱。他在诗里写："我把你这张爱嘴，比成着一个酒杯。喝不尽的葡萄美酒，会使我时常沉醉！我把你这对乳头，比成着两座坟墓。我们俩睡在墓中，血液儿化成甘露？"他给她的诗作痴情又肉麻："我有一把小刀，倚在窗边向我笑。她向我笑道：沫若，你别用心焦！你快来亲我的嘴儿，我好替你除却许多烦恼。窗外的青青海水，不住声地也向我叫号。她向我叫道：沫若，你别用心焦！你快来入我的怀儿，我好替你除却许多烦恼。"他还对安娜说：但丁为他的爱人做了一部《神曲》，我是定要做一部长篇来纪念你，使你永远不死。

1928年2月3日，郭沫若把费了10年的光阴才译好的《浮士德》送给郭安娜，并说：这是我们10年来生活的纪念。

在书的第二页郭沫若写：献给我永远的恋人安娜。

然而就是这样一个被郭沫若喻为圣母的女子，他一样抛弃了她。在1937年七七事变之后，他告别安娜回国参加抗战。此后，他和安娜就是永别。他回国没多久，就另有婚姻，与小他24岁的演员于立群结婚，并有了5个孩子。

安娜在抗战结束后，回来找过郭沫若，但郭沫若不愿再见到她。安娜痛苦异常。想起郭沫若离开日本后，她为他所受的委屈，被日本当局盘查监禁，绝望的等待。好容易战争结束，本以为可以重新相聚，她怎会想到，竟是以此收场？她想到他们相爱的岁月，历历仿若就在昨日，可这一切分明如流去的时光，无法逆转。她在无法改变的事实面前，只好向郭沫若提出了三条要求：1.要负责供给郭淑和郭志鸿（郭沫若的孩子）读完大学；2.要给她相当数额的抚养金；3.在上述两条得到圆满解决后，双方登报声明脱离夫妻关系。但就是这微小的要求，郭沫若也只答应第一条。一切都结束了。

郭沫若当初对安娜的爱当然是真的，后来的离开也是真的。无论是不爱的张琼华也好，还是爱得死去活来的安娜也好，在郭沫若这里，结局都一样。尼采说："大艺术家必然是性欲旺盛的人……一个人在艺术创作中和在性行为中消耗的力是同一种力。所以艺术家应当保持相对的贞洁，以节省精力。"郭沫若在离开安娜之后，他的艺术才华也走到了尽头。这是否可以理解，与他的滥情有关？

郁达夫的婚变始末

叶细细

郁达夫是个又浪漫颓废又放荡不羁的人。都说有名的文人，多有怪异的地方，包括一些神经质的想法。郁达夫也不例外。就以妓女海棠为例，人家嫖妓都找有些姿色的，若做红颜知己更需才艺俱佳，他喜欢的妓女海棠偏是个老丑还没人爱的女子。对此，郁达夫给人解释说，他爱海棠不为情欲，就是因为别人都不要她。

就是这样一个怪异的人，在邂逅王映霞的那一刻，他动了真情。不再是像对家妻孙荃和海棠那样，可以轻易周旋，心态轻松。这回，他知道不可以。

当年，王映霞是出名的美女，她对郁达夫也是仰慕已久。她读过他的《沉沦》，都有点不信会见到他。两个人一见彼此有意，交往却很费周折。他有婚姻，她也有男友。

他的妻子孙荃是个为人厚道的女子，虽是包办婚姻，但初始，郁达夫并不厌弃这场婚姻。对孙荃的才华也在日记中赞过，他写："薄暮陈某来，交予密信一封，孙氏手笔也。文字清闲，已知压倒前清老秀才多矣。"可惜这样的女子，他终是厌了，在遇到王映霞之后，孙荃就什么也不是，以至让他决心抛妻弃子。

王映霞是有犹豫的。面对他一封封密集的情书，她想和旁的男人结婚。他的状况毕竟十分复杂。郁达夫的文字在这一时，颇为魅力光彩。他写给她的信中竟如此说："我也不愿意打散这件喜事。可是王女士，人生只有一次婚姻，结婚与情爱，有微妙的关系，但你须想想当你结婚年余之后，就不得不日日作家庭的主妇，或拖了小孩，袒胸露乳等情形，我想你必能决定你现在所考虑的路。你情愿做家庭的奴隶吗？还是情愿做一个自由的女王？你的生活尽可以独立，你的自由，绝不应该就这样的轻轻抛弃……"

郁达夫的这封信，明眼人一看就有很多处不成立。谁说人生只有一次婚姻呢，他想和王映霞在一起，不就预谋着第二次婚姻？哪个女人迟早不都要结婚？结婚后谁又能保证自己没有妇人相，一辈子不拖儿带女脱尘拔俗。

但郁达夫的话真起了作用。与其说起了作用，不如说王映霞对他的爱，让她相信了这些善意的假话。他离婚，她投于他的怀抱，两人从热恋到结婚，速度很快。

美人才子的结合，在文坛上还是被传成佳话。孙荃变成一个恍惚的背景，一切都可忽略不计。王映霞对郁达夫也无尽地满意，甚至还在自传里写：每月开支为银洋200元，折合白米二十多石，可说是中等以上的家庭了。其中100元用之于吃。物价便宜，银洋1元可以买一只大甲鱼，也可以买60个鸡蛋，我家比鲁迅家吃得好。

温饱之后，欲望便过盛起来。他们的情变，也是因为这个。郁达夫怀疑王映霞与浙江省教育厅长许绍棣有染，而写现代爱情诗的汪静之则在遗作《王映霞的一个秘密》中，说郁、王离婚的主要原因是王映霞与戴笠关系暧昧。

总之是王映霞那边出现火烧云，郁达夫不扑火，还拼命煽火。大吵之后，王映霞出走。他在《大公报》上登"寻人启事"，更让王映霞下不了台。后虽经朋友努力撮合，两人勉强复合，但彼此心中都留下伤口。没等复原，郁达夫又在出版的《毁家诗纪》中，自曝家丑，包括谈及王映霞的红杏出墙。这之后，王映霞就再也不想维系本已平淡的婚姻。

想郁达夫费尽辛苦追得美人，还不一样与他炊烟来去，带着孩子。他也并没有把她变成一个神话。

婚姻在经过12年后，总会无比乏味。婚外的暧昧之情难免，关键是看你想要什么。王映霞本不想放弃这段婚姻的，她也尝试过努力去维系，跑到印尼的荒岛上执教，终无法忍受那里的贫瘠，只待了一个学期。

离婚后，王映霞已34岁。最好的年华都给了郁达夫，如今又不愿以"郁达夫弃妇"的形象示众，只好用力打扮自己。竟也还是美的，交际场上左右逢源，出尽风头。有戴笠撑腰，王映霞是没人敢招惹的。她像是回到另一个自由王国，成为自己的主人。

那边的郁达夫还是想念她的。后悔过，心疼过，给她写信，"愁听灯前儿辈语，阿娘真个几时归。"

但这回，这个阿娘是铁定心思不会回头了，就是孩子的呼唤也不能。而且，她结了婚。在戴笠死后，她安于自己的丈夫，生下一子一女，与丈夫在芜湖过起了朴实无华的生活。这样的生活她直到最后都是满意的，称之为这段婚姻让她结束漂泊的生活。

郁达夫的一生，王映霞耗去他至少二分之一的情感。他过了中年，很难再有超过当年的激情。虽然他也没有闲着，在战火逼近新加坡后，逃到印尼，在那里娶了最后的华侨少女为妻。

郁达夫之死是个谜。在日本宣布无条件投降后,他被人骗出杀害,尸骨无存。他一生短暂,情事曲折。他的儿子郁飞如此认识父亲:拥有明显优缺点,爱国,对朋友热心,但做人处世过于冲动,把家庭生活搞得不愉快,不是什么圣人,只是一名文人。

文人自古多情,把握不好,一生的情事都会混乱不堪。

带着音乐去流浪

程应峰

下班回家的路上，遇见一个边走边拉二胡的“流浪艺人”。感觉中他拉得很美，时而行云流水，时而洋洋洒洒，时而哀婉缠绵，时而如泣如诉。他离开的时候，我竟怔怔地站在原地望了好一阵，直到他忧郁的背影渐去渐远。我想，他或者是个情感受挫的人，或者是个为生活所迫的人，但最终肯定是个放不下琴声、放不下心中梦想的人。

“流浪艺人”的背影，让我想起了19世纪法国伟大的音乐家柏辽兹。1828年，英国肯勃尔剧团来到巴黎，在奥德翁剧院演出莎士比亚的《哈姆雷特》、《罗密欧与朱丽叶》、《李尔王》、《奥赛罗》等剧。当时24岁的柏辽兹看了27岁的爱尔兰女演员斯密森的演出后，在感觉莎士比亚对他“有如一阵雷击”的同时，感到美丽的斯密森对他“也是一阵雷击”。但是，落花有意，流水无情，斯密森没有接受他的求爱，并爽快地告诉他：“没有比这更不可能的了。”对柏辽兹来说，这无疑是沉重的一击。虽然后来柏辽兹和斯密森度过了一段美丽时光，但还是以失败而告终。柏辽兹的第二次婚姻，则更显得冷酷而不幸。他曾经的好友瓦格纳与李斯特私下谈到柏辽兹的第二任妻子时说：“一个恶毒的女人可以毁灭一个辉煌的男人，她心里高兴了，却让男人很狼狈。”

贫困的生活，加上贵族社会对他音乐的漠视以及情感的屡屡受挫，1842年起，他不得不多次往来于比、德、奥、捷、匈、英、俄等国，旅行演奏自己的作品，名副其实地过起了“在流浪中生存”的生活。

流浪的旅途中，柏辽兹创作了大量辉煌、嘹亮的音乐，也谱写了大量含蓄、宁静的作品。两种风格最集中地体现在他的《安魂曲》中。只是柏辽兹的音乐当时不被人接受和理解，这使他格外伤心，直到《幻想交响曲》被李斯特等音乐大家认定是藏在浪漫主义标题后面的古典杰作之后，他的音乐才被完全认可。瓦格纳曾经这样评价柏辽兹：“贝多芬的精神飘逸到了他那里，这正是他非常向往的。而一旦他拿起笔，血液中法国人的自然奔放就开始起作用了，应该说，柏辽兹的音乐本质上是民族的、法国的。”

柏辽兹的成就不是靠天赋，而是通过不懈的努力和创新，在流浪中找到了生命的方向。至少他自己也这么认为。成名后的一天，一位青年音乐爱好者来到他的家，演奏自己的曲子，征求柏辽兹的意见，并想拜他为师。不料，柏辽兹听完他的演奏后毫不隐瞒地说，你根本没有音乐才能，我这样痛快地给你这个结论，是为了使您赶快放弃音乐，另找出路。青年人听了，从头冷到脚，满怀羞愧和不安，垂头丧气地走出了柏辽兹的家。他走到街上时，柏辽兹却从楼上窗口探出头来，高声地向他喊道："我不改变我刚才的评语，但我得补充一句，大师们当初对我也这么说。请记住你和我当初一模一样，知道吗，一模一样！"就这一句话，足以说明柏辽兹当初为音乐付出了多少。

在柏辽兹的世界里，旅途上的漂泊和流浪，是幸还是不幸，已是一目了然。"在流浪中生存"，不仅磨砺出了举世闻名的伟大音乐，也为我们造就出了独一无二的流浪音乐家。

年轻的文怀沙

程应峰

国学大师、楚辞泰斗文怀沙先生给丛维熙送了一只羊腿，为答谢文怀沙先生这只羊腿，这年春节，丛维熙请文怀沙先生来家做客。席间，他谈笑风生，当有人问起他的年龄时，文怀沙先生竟风趣地说："我今年才年满45岁。"问话的人愣住了，文怀沙先生立刻解释说："我说的是公历制年龄，90被2除，不是等于45公岁么。"这句话逗得在座的人捧腹大笑。文怀沙先生却俨然一副不解的神态反问："难道我说得不对吗？我的精神和心态，怕是比有些45岁的'老人'还要年轻许多呢！"

在年龄上，丛维熙较之文怀沙先生，相隔了20多个年轮，但他在和文怀沙先生长期的交往中，没有一丝半毫代沟的感觉。有一次，丛维熙问文怀沙先生："是不是我老了，怎么我们中间没有代沟？"文怀沙先生回答："不，是我年轻。"的确，文怀沙先生精神上是年轻的，不管在什么场合，当有人问他保持心灵年轻的秘方是什么时，文怀沙先生总是爽快地回答："生平只有双行泪，半为苍生半美人。"他虽有90岁高龄，但总是有车不坐，专爱骑一辆自行车走街串巷出门访友。他说："坐车人是不自由的，骑车人精神是自由的，比如路旁走着一位婀娜美女，坐在汽车里只能看其瞬间，而骑车则能下车驻足，仔细观之。人生赏美是一大乐事，常常失之则不再来矣！"

文怀沙先生赏美，不只是外在的美，更注重寻觅内在的和谐之美。一天，他看见一对盲人，在街头拉着二胡，演奏的曲子是《二泉映月》。便立刻下车，在一旁驻足倾听，曲终之后，他拉住这两位陌生盲人和他们倾心交谈，说得他们绽放出一脸满足的笑。最后，他掏出了口袋中所有的人民币。

文怀沙先生一方面透明、爽朗、豁达，心灵永远年轻向上；另一方面为人谦逊、诚挚、动情。有一次，文怀沙先生要出游欧洲，特意来到丛维熙已故老母的遗像前鞠了三个大躬。事后，他对丛维熙说："你母亲历经生活磨难，是在困顿中走完她的人生的，这样的灵魂不会下地狱，一定是升了天堂，她在天堂一定能保佑我远行欧洲一路平安。"在他看来，丛维熙的母亲虽然是一个目不识丁的文盲，却是一个穿越了人生苦难，支撑着全家生存了下来的伟大母亲。

文怀沙先生有他的忌讳之处，最忌讳的是后辈苍生称他为“老”或称他为“翁”，他以为这是垂暮的标志，表示离火葬场不远了；他喜欢别人称他为兄，以示他还年轻；他不让别人称‘您’，而要呼‘你’。他说：“文苑无老少之分，俏俊的罗成比老将黄忠骁勇，这是规律。我最看不上那些倚老卖老的‘大人物’。古玩老的值钱，但我不是古玩，算得上是价廉物美。”

11岁那年的红舞鞋

田祥玉

招聘会最后那天的下午，韦伯舞蹈学校的校长韦伯又一次看见了那个姑娘。修长的身段、一头漆黑的披肩长发、穿着洁白的裙子和红舞鞋，走起路来像一只小天鹅一般要飞起来的那个美丽姑娘，她第10次来到了招聘现场。

小女孩的装扮和眼神应该是来应聘的吧，膝盖和胳膊上的伤疤都显示她至少练过5年的舞蹈，而且她的外表看起来也很适合做一名芭蕾舞演员啊。韦伯在招聘会第一天一眼见到她时就是这么想的，可让他感到蹊跷的是，那个女孩天天都来，但她总是只站在一旁观看，直到报名即将结束她都没走上前来。莫非她是哑巴，或者付不起学费？

再过一个小时韦伯和他的工作人员就要离开了，礼堂里已经不如前些日子那么热闹喧嚣。那个天天都来的姑娘，她依然没有前来询问报名事宜，但是又依依不舍地踟蹰在门口迟迟不离开。

好奇心促使韦伯走到她旁边去。“嗨！我叫韦伯。你呢，和我女儿一样漂亮的小天使？”姑娘有点不相信韦伯会跟自己打招呼，她朝四下里看了看后小心地问：“韦伯先生您是叫我吗？”见韦伯笑眯眯地点了头，她激动地涨红了脸回答：“我叫波姬丝，认识您很高兴。”见韦伯慈祥地递过右手，波姬丝接着问了一连串的问题：“您的女儿也穿白舞裙红舞鞋吗？她是不是也喜欢跳天鹅舞？我12岁了，我该叫她姐姐还是妹妹呢？”

一连串的问题让韦伯突然喜欢上了波姬丝，他耐心地回答问题后突然说：“再过一个小时我们就停止招聘了哦，再不决定就来不及啦。”波姬丝突然低下了头，顿了顿终于鼓起勇气问韦伯：“您很爱您的女儿吧？我真的长得很像她么？”波姬丝显然答非所问，但在韦伯眼里，这是非常机智可爱的回答。他轻轻地牵过波姬丝的手说：“宝贝跟我来，现在让老师们看看你的表演。”

韦伯注意到她走路时，左膝盖要比右边的提得高一些。一瞬间他什么都明白了，但是他突然想看看她的舞蹈。

老实说波姬丝的舞跳得不是很好，最明显的问题是脚尖点地时身体不平衡，但她的每一个动作都跳得很认真。韦伯寻思着是否给她一个机会，因为他在波姬丝的报名表上看到她的家庭住址，离舞蹈学校有100多英里，坐公汽往返至少要7个小时。一个11岁的姑娘，不辞辛劳天天都过来，只有一个对芭蕾怀着最诚挚感情的孩子才会如此坚强。韦拨伯决定给波姬丝一个机会。

接下来的第二关是形体检查，一般来说报考芭蕾舞学校的孩子在形体方面都无可挑剔，任何先天的形体缺陷比如说罗圈腿、扁平足或者长短脚的都不会选择对形体要求严格的芭蕾舞。不出韦伯所料，当老师要波姬丝脱掉舞鞋检查她的足部时，她突然跳开了不肯脱掉鞋子。看到老师有些恼怒，波姬丝于是小声地解释："我的脚很臭，不能脱鞋子。"

这时韦伯走到她身边说："那咱们就不脱鞋子啦。"他边说边伏下身要波姬丝抬起脚来，她乖乖地提起右脚让韦伯检查后，却再也不肯抬起左脚让他检查足部。当韦伯的手还没触碰到她的左脚时，波姬丝再次尖叫着逃开。韦伯微笑着转移了话题："芭蕾舞跟谁学的呢？"波姬丝说："我自己偷偷学的，从5岁开始。"韦伯顿了顿，大手一挥宣布道："韦伯芭蕾舞学校暑期培训班最后一个学员，波姬丝小姐！"

刚才还扭捏着不让检查左脚的波姬丝马上破涕为笑了。

两天后，波姬丝和另外15名姑娘来到韦伯芭蕾舞学校报到，她们将在这所闻名全国的舞蹈学校进行2个月的专业芭蕾舞培训。其实报名参加这次培训班的孩子超过了500人，其中不乏一些在比赛中获过奖的优秀小芭蕾舞演员，但韦伯最后精挑细选只看中了其中的16个孩子。

学校的学生宿舍是每5人一间，所以16个孩子中有一个注定被安排进单身宿舍，大一些的孩子都希望自己能一个人住，但最后11岁的波姬丝被安排进了单身宿舍。波姬丝是16个孩子中间年龄最小的，按理说她应该和大点的孩子们一起住。韦伯笑着问有疑问的孩子："谁愿意跟一个鼾声如雷的小家伙一起住呢？"孩子们恍然大悟，原来韦伯是怕波姬丝打鼾影响她们休息呢。

第一节课上，校长韦伯亲自给每个孩子分发学校统一的白色舞鞋。鞋面是柔和的绸缎，鞋底用薄薄的棉布一层层织成，所有的孩子都着急地解开鞋带为换上新鞋做准备，但是波姬丝却显得有些忐忑不安，她不但没有脱鞋子，甚至还将头埋在膝盖中间紧紧地捂着自己的红舞鞋。

"波姬丝脚太小了点，我们的器材室暂时没有你穿的号码。而且她对白色过敏，所以她继续穿自己的红舞鞋。"有一些孩子听到这个消息后用同情惋惜的眼神看着波姬丝，但是波姬丝本人却一点儿也不沮丧，她朝韦伯挥挥手大声回答："报告长官，我愿意穿红舞鞋！"

老实说穿着红舞鞋的波姬丝在队伍中显得很不协调，更重要的是，和其他同学比起来，她的舞姿又不是那么优美。芭蕾舞讲究所有队员步调一直，但波姬丝踮脚尖时常常一次踮不起来而打乱了整个队伍；手挽手向左或者右跳"跟靠步"的时候，她又总是为比别人慢半拍而绊倒别人。

有些孩子对波姬丝拉后腿感到不满，但因为韦伯说站在正中间的演员动作是最难做的，所以刚开始谁都没有去指责波姬丝。但训练进行了一个月后，她的舞艺长进仍然不大时，波姬丝的同学终于说话了："波姬丝，请你跳舞时双脚跟上我们的节奏，老是慢半拍显得你一只腿长一只腿短！"同伴也是实话实说，波姬丝听完后却伤心地跑回了寝室。

韦伯知道这件事后去看望了波姬丝，他为她带去了一双崭新的红色舞鞋，因为波姬丝自己的那双红舞鞋已经磨破了。她有些惊喜而又迟疑地接过鞋子后，将手伸进鞋子里面时突然笑了，如此的柔软服帖，跟自己的红舞鞋一模一样。她喜滋滋地换上新舞鞋后，然后一个人在寝室里跳起天鹅舞来。韦伯在一旁看着这个可爱的姑娘说："无论你身处何地周围有如何绝伦的风景，请一定要坚信：自己就是最美丽的那只天鹅。"舞鞋虽然还和同学们不一样，但无论如何她是学校专门为她定做的。

第二天的舞蹈课上，穿着新舞鞋的波姬丝跳得非常自如，她终于第一次没有拉同伴们的后腿。昨天质问她的那个姑娘主动跟她认错："我还以为你的腿真有毛病呢，原来是鞋子不合适啊。"波姬丝朝一旁的韦伯校长扮了个鬼脸，来舞蹈学校这么久，她第一次露出如此欣慰快乐的笑容。

剩下的一个月里，波姬丝的进步也非常迅速，虽然在毕业时她仍然是舞跳得最差的那一个，但与她刚来到时相比，她已经是一只很棒的小天鹅了。

当然，参加韦伯舞蹈学校 1995 年暑期培训班的那些孩子们中的大多数，后来渐渐偏离了年少时纯真的理想，由于各种原因她们相继放弃了要做一个优秀芭蕾舞演员的梦想。但正如校长韦伯所预料的，波姬丝却永远没有放弃。2005 年元旦，韦伯收到了一个来自巴黎某大型舞蹈剧院的精美包裹。

包裹里陈放着一双小小的陈旧的红舞鞋和一本时尚杂志，包裹单里的附言上是这样写的："在我 11 岁之前，我被所有的芭蕾舞学校拒绝，因为我是一个左脚比右脚短了一英寸的残疾孩子。直到 11 岁那年遇见您，韦伯老师，是您让我穿着这双可以维持我平衡的特殊舞鞋走进舞池变成了天鹅；是您为了袒护我小小的尊严让我以"鼾声如雷"的名义住进了单身宿舍；是您在我无比自卑的童年岁月里那么豁达地成全我的梦想；是您在我 11 岁那年为我穿上了人生最美丽的红舞鞋！”

那本杂志的封面上，是一位非常大方成熟的、穿着一双细长高跟的叫波姬丝的美丽女子，介绍她的文章标题是这样的：《我喜欢穿所有美丽的鞋子，因为我永远都不会再跛行》。对常人来说，这并不是一个诱人完美的标题；但它对韦伯来说，却有着无比深长的意义，因为这双红舞鞋，是他那和波姬丝一样患有长短腿也非常热爱芭蕾舞、但却在一次大型表演中因为穿错了舞鞋而失足摔成残疾的女儿穿过的……

年轻的品质

重要的并不是站得有多高

李丹崖

美国内战刚刚结束不久，一位将军和一位士兵参加国会议员的竞选。功勋卓著的将军叫陶克，普通士兵叫约翰·海伦。战场上，他们同甘共苦，亲如父子。此刻，他们成了对手。几乎所有的人都把赌注押到了陶克身上。

竞选演讲开始了。陶克将军意气风发地走向讲台，他的演讲激情飞跃，他说："诸位同胞，我相信任何人都忘不了17年前那个激战的夜晚！那晚，我率领士兵到山上狙击敌人。那是多么艰苦的战斗呀！但我从没想过退却，因为我知道，为了我们的国家，为了正义和自由，我愿意付出所有，哪怕是生命，我也在所不惜。我三天三夜没合眼，血战之后，敌人撤退，而我竟躺在树林的血泊中睡着了……"

比起陶克将军的演讲，约翰的演讲就朴实多了，他说："亲爱的同胞们，陶克将军说得很对啊，他在那次战斗中立下了汗马功劳。我当时只不过是他手下的普通一个兵，和他一起出生入死是我一生的荣耀。那次，他在树林里睡着时，我就站在他的身旁守护他。寒冬时节，我携带着武器在风中瑟瑟发抖，但是，我却力求不要让自己发出声响，将军为了国家累成这样，他容易吗？那个时刻，我想到的已不是再为国家报效什么，因为，我能做的就是准备着用我的胸膛为他挡着随时会射来的子弹。我是一名士兵，我要保护将军的安全……"

约翰·海伦的演讲刚结束，就赢得了广大民众热烈的掌声，原本决定投票给陶克将军的人，竟然把选票放进了约翰的票箱里。当然，约翰·海伦——一个和将军竞争的士兵，以他亲切、忠诚的心灵赢得了最终的胜利。

评价一个人道德情操的高尚与否，关键并不是看他在为自己标榜着什么，而是要看他为别人付出了什么。人与人之间，任何一种与功利相挂钩的交往，都会丧失生命本身所拥有的纯度和馨香。自己永远无法做自己的镜子，只有通过别人才能映照出自己的影像！

有时候，重要的并不是看你自己站得有多高，而是谁给你扶的梯子！

授人以欲

刘克升

有位工人师傅，在工厂里干铆工，工资不多，也就八百元多一点。

妻子下岗后，自己买了台小型豆汁机，在闹市街头给人家磨豆汁，一天也就挣个十块、八块的。夫妻俩没钱买楼房，带着女儿住在简易的、低矮的破瓦房里。他们省吃俭用，一个月的收入，勉强能够维持一家人的生活。

他们一家人，过得可以说是典型的清苦的小市民的生活。

离他们家不远处，刚建成了一家文具超市。每个星期天，这位工人师傅都要领着他们的小女儿，到这家文具超市里去转一圈。文具超市里的文具琳琅满目，非常精美，而且价格也不菲。女儿站在文具架前，爱不释手地抚摸着那些诱人的文具，脸上总是露出了非常羡慕、渴望的神情。

这位工人师傅带女儿来文具超市的头几次，售货员以为他们在为购买哪款文具而犹豫不定、取舍不决。但是，当她靠近这父女俩，热情地向他们讲解、推荐某一款的文具时，父女俩总是微笑着，不置可否。售货员对他们的行为深感困惑，随后摇摇头走开了，索性任由他们在那里观看。

自从这家文具超市开业几个月以来，这位工人师傅说不清带着女儿到这里来过多少次了。可是，在这座超市里，他从来没有为女儿买过一样文具。

离他们家不远处，还有一家本市最豪华的星级大酒店。无独有偶。这位工人师傅，也是经常带着他的女儿到大酒店里去玩耍。在这家大酒店的门厅里，他的女儿特别喜欢去坐那些宽大的沙发，小心翼翼地去感受它们的柔软、舒适与华贵。有时候，她还非常喜欢趴在沙发扶手上，专心致志地观看那些服务生热情地招呼客人，为客人们提供各种周到的服务；或者观看服务生靠在柜台上，一丝不苟地磨咖啡。

有一次，一名服务生终于忍不住了，好奇而又友善地问这位工人师傅：不消费为何总带女儿来这里？工人师傅笑了笑，憨厚地说："你问得很好，我们虽然没钱在这里消费，但是，我们想给孩子一个希望，想让孩子知道世上有那么多的美好和富足等着自己去努力，去追求……"

那一刻，服务生的心窝里溢满了温暖，眼睛禁不住地湿润了。她为这位工人师傅教育孩子的独具匠心所感动，更为眼前这个正在健康、茁壮、幸福成长的孩子而感到庆幸着、鼓舞着。

我们常说，授人以鱼，不如授人以渔。读了这位工人师傅和他女儿的故事后，这句俗语的外延应当有所扩展：授人以渔，不如授人以欲。

当然了，这里所说的“欲”，并非贪欲，而是指的一个人所应具有的开阔眼界和永不衰竭的进取心。不论你是贫穷，还是富有，一旦缺少了这种正常的“欲”，人生的一切将无所依附、无从实现。

不要碰疼她

丁立梅

跟一家电视台，去做一档节目，是某家单位，资助一个不幸的小女孩的事。

那家单位，是在一次下乡活动中，偶然听说小女孩的故事的。小女孩3岁那年，在江上跑运输的父母，突然双双遇难，尸首都不曾找到。从此，她跟着年迈的爷爷一起过。故事很悲惨，那家单位萌发了资助小女孩生活的念头，于是捐了款，送她上学，还不时地把她接到单位，让大家带回家轮流住。

这事，渐渐被宣传开来，散出温暖的色彩。关注的人，自然多，小女孩因此成了媒体的焦点。

她显然很不适应这样的阵势，面对着摄像镜头，她低了头，一句话也不肯说。她年迈的爷爷，不住地推着她，丫头，叫人呀，叫叔叔，叫阿姨，感谢叔叔阿姨对你的关心。她仍是一声不吭，只偶尔，抬眼扫一下面前的人，那眼神里，有惊慌，有茫然。

按节目安排，有一个场景，应是小女孩面对父母的遗像，作出悲伤的神情。小女孩父母的遗像被取了出来，玻璃镜框里，两张年轻的脸，绽放得百合花似的，让人动容。

小女孩却不配合，她看着父母的遗像，没有一点悲伤的意思，甚至，带了漠然。有人轻声地诱导她，琴琴，你想一想啊，别的小朋友都有爸爸妈妈，而你没有，你不难过吗？你不想他们吗？

小女孩还是很漠然。

这孩子，是不是智商有问题？有人私下嘀咕。节目一直拍不到理想的效果，任你怎么启发，小姑娘的眼睛里，就是没有悲伤。

大家把目光转向我，因为我跟孩子最容易亲近，他们想让我再去启发启发她。当时正是阳春三月，春在溪头荠菜花。我跟小女孩提出，一起去摘荠菜。小女孩高兴地答应了。

提着篮子，我们走在田野边，小女孩像换了个人似的，在我前面快乐地跳跃着，不时地告诉我这叫什么草，那叫什么花。那片天地，仿佛她是它们的主人。

很快，我跟小女孩混熟了，我问她，想过爸爸妈妈吗？

为什么老要我想爸爸妈妈呢？一丝忧愁爬上小女孩的脸。

这一问，让我发了愣，是啊，我们为什么老要让她想她的爸爸妈妈呢？她对他们，是完全没有记忆的，这应是幸事。我们想唤起的，到底是什么？不过是别样的悲伤，好满足了我们的同情。

四野里，一片祥和，花们安静地开着，草们安静地绿着。我想，小女孩也是这样的一株植物罢，风或许会吹折她的叶，雨或许会打折她的茎，但生命的顽强，会让她的伤口自己愈合。当春风又吹起的时候，她自会绿起来，她只记得当下的快乐，有什么不好？

当篮子装满荠菜的时候，小女孩告诉我，秋天的时候，还有枸杞摘的，红红的果子，可好看啦。

我望着小女孩，心里涨满感动。那一档节目终因我的坚持，被取消了。我只希望，小女孩能安静地生活在她的世界里，人们不要再去碰疼她。

感激一杯温开水

丁立梅

这是朋友讲的故事。

十来年前，他还在深圳打工，整天帮人家掏下水道，走哪儿，身上都有一股下水道的异味，很让人侧目。所以，他一般不到热闹中去。那个城市的繁华和优雅是那个城市的，装不进他兜里一点点，他住工棚，倚墙角吃冷馒头。

一日，天下雨，是深秋的雨。虽说是在深圳，那雨，也带了寒意。他当时已掏好一家酒楼的下水道，雨大，回不了，就倚在酒楼的檐下躲雨，一边掏了怀里的冷馒头吃。

冷。他抱臂，转过脸，隔了酒楼玻璃的窗，望里面蒸腾的热气和温暖。一些人悠闲地在吃饭，他想，若是有一杯热热的茶喝，多好。呵呵。他在心里面笑着对自己摇头，怎么可以那样奢望呢？他看天，只等雨歇，好回他的工棚去。

这时，酒楼的门忽然开了，一位服务员径直走到他跟前，彬彬有礼地对他说，先生，您请进。他愣住了，结巴着说，我，我，不是来吃饭的，我，只是躲会雨。服务员微笑，说，进来吧，外面雨大。朋友拒绝不了那样的微笑，鬼使神差地跟进去了。进去时，他暗地里想，想宰我？没门！我除了身上的破衣裳，什么也没有的。

他被引到一张椅子上坐定，还没来得及想什么呢，另一个服务员就端来一杯温开水。先生，请喝水，同样的彬彬有礼。朋友不知道她们葫芦里卖的什么药，想，既来之，则安之。遂毫不客气地端起茶杯，把一杯水喝得干干净净，且把怀里的另一个冷馒头掏出来吃了。服务员又帮他续上温开水，他则接着喝，喝得身上暖暖的，额上渗了细密的汗，舒坦极了。

后来，雨停了，他以为那些服务员会来收钱的，但是没有。他坐等一会，还是没有一个人来问他。刚才喊他进来的服务员正站在大门口送客，他忍不住走过去问，白开水不收钱吗？服务员微笑，先生，我们这儿的白开水是免费的。

那一杯白开水的温暖从此烙在了朋友的记忆里，每每谈到深圳人，朋友的眼里都会升起一片感激的雾来。

朋友后来从深圳回来发展，也开了一家酒楼。他定下一条规矩：凡是雨天在他檐前躲雨的人，都要请到店里来坐，并且要给人家倒上一杯温开水。

他酒楼的名声因此而打响，那是朋友没想到的，许多人提到他时都会说，那个老板好啊，下雨天，不管大人小孩，不管城里人乡下人，在他屋前躲雨，他都会请到屋里去坐的，并且提供免费的茶水。

仅仅一杯温开水，就温暖了一个人一生的记忆，甚至产生连锁反应。世界的美好，因此而摇曳在一杯温开水之中。

给人一双袜子比鞋强

李丹崖

故事就发生在很多年前一个圣诞节的前夜。已经晚上11点多了,街上熙熙攘攘的人群此刻也变得稀疏了许多,偶尔还有匆匆忙忙往家赶的人,穿行在街灯俯视下浓浓的节日氛围里。新的一年就要来了!

"感谢上帝,今天的生意真不错!"忙碌了一天的史密斯夫妇在送走了最后一位来鞋店里购物的顾客后由衷地感叹道。透过通明的灯火,可以清晰地看到夫妻二人眉宇间那锁不住的激动与喜悦。

是该打烊的时间了,史密斯夫人开始熟练地做着店内的清扫工作,史密斯先生则走向门口,准备去搬早晨卸下的门板,然而,正在这时候,他突然在一个盛放着各式鞋子的玻璃橱前停了下来——透过玻璃,他发现了一双孩子的眼睛。

史密斯先生急忙走过去看个仔细:这是一个捡煤屑的穷小子,约摸八九岁光景,衣衫褴褛且很单薄,冻得通红的脚板上穿着一双极不合适的大鞋子,满是煤灰的鞋子上早已"千疮百孔"。他看到史密斯先生走近了自己,目光开始从橱子里做工精美的鞋子上移开,于是目不转睛地盯着这位鞋店老板,眼睛里饱含着一种莫名的希冀。

史密斯先生俯下身来和蔼地搭讪道:"圣诞快乐,我亲爱的孩子,请问我能帮你什么忙吗?"

男孩并不做声,眼睛又开始转向橱子里擦拭铿亮的鞋子,好半天才应答道:"我在乞求上帝赐给我一双合适的鞋子,先生,您能帮我把这个愿望转告给他吗?我会感谢您的!"

正在收拾东西的史密斯夫人这时也走了过来,她先是把这个穷小子上下打量了一番,然后把丈夫拉到一边说:"这孩子蛮可怜的,还是答应了他的要求吧?"史密斯先生却摇了摇头,不以为然地说:"不,他应该需要的不是一双鞋子,亲爱的,请你把橱子里最好的棉袜拿来一双,然后再端来一盆温水,好吗?"史密斯夫人满脸疑惑地走开了。

史密斯先生很快回到孩子身边,告诉男孩说:"恭喜你,孩子,我已经把你的想法告诉了上帝，马上就会有答案了。”孩子的脸上这时开始漾起兴奋的笑窝。

水端来了，史密斯先生搬了条小凳子示意孩子坐下，然后脱去男孩脚上那双布满尘垢的鞋子，他把男孩冻得发紫的双脚放进热气腾腾的水里，揉搓着，并语重心长地说：“孩子呀，真对不起，你要一双鞋子的要求，上帝没有答应你，他讲，不能给你一双鞋子，而应当给你一双袜子。”男孩脸上的笑容突然来了个急刹车，失望中充满着不解。

这时，史密斯先生急忙补充说：“别急，孩子，你听我把话说明白，我们每个人都会对心中的上帝有所乞求，但是，他不可能给予我们以现成的事物，就像在我们生命的果园里，每个人都追求果实累累，但是上帝只能给我们一粒种子，只有把这粒种子播进土壤里，精心去呵护，它才能开出美丽的花朵，到了秋天才能收获丰硕的果实；也就像每个人都追求宝藏，但是上帝只能给我们一把铁锹或一张藏宝图，要想获得真正的宝藏还需要我们亲自去挖掘。关键是自己要坚信自己能办到，自信了，前途才会一片光明啊！就拿我来说吧，我在小时候也曾企求上帝赐予我一家鞋店，但是上帝只给了我一套做鞋的工具，但我始终相信拿着这套工具并好好利用它，就能获得一切。20多年过去了，我做过擦鞋童、学徒、修鞋匠、皮鞋设计……现在，我不仅拥有了这条大街上最豪华的鞋店，而且拥有了一个美丽的妻子和幸福的家庭。孩子，你也是一样，只要你拿着这双袜子去寻找你梦想的鞋子，义无反顾，永不放弃，那么，肯定有一天，你也会成功的。另外，上帝还让我特别叮嘱你：他给你的东西比任何人都丰厚，只要你不怕失败，不怕付出，将来，你就能胜任一切伟大的职务！”

脚洗好了，男孩若有所悟地从史密斯夫妇手中接过“上帝”赐予他的袜子，像是接住了一份山一般沉重的使命，迈出了店门。他向前走了几步，又回头望了望这家鞋店，史密斯夫妇这时正向他挥手：“记住上帝的话，孩子！你会成功的，我们等着你的好消息！”男孩一边点着头，一边迈着高兴的步子消失在夜的深处。

时光如流，一晃30多年过去了，又是一个圣诞节，年逾古稀的史密斯夫妇早晨一开门，就收到了一封陌生人的来信，信中写道：

尊敬的先生和夫人，您还记得30多年前那个圣诞节前夜的那个捡煤屑的小伙子吗？他当时乞求上帝赐予他一双鞋子，但是上帝没有给他鞋子，而是别有用心地送了他一番比黄金还贵重的话，和一双能胜任一切职务之鞋的袜子。正是这样一双袜子让他懂得怎样从生命的枝头撷取果实，怎样从看似贫瘠的生命土壤下发掘到宝藏；正是这双袜子使他明白了：每个人的心灵深处都在孕育着累累硕果，都埋有永远发掘不尽的宝藏。生命原来并不是一潭死水，关键是你用什么方法去激活它，让它汹涌澎湃，力成排山倒海之势。确切地说，你不是给了他一双袜子，而是给了他激活生命的自信与不屈！给了他一张通向卓越人生的通行证！让他想飞的心灵插上了翱翔万里云天的翅膀！这样的帮助比任何同情的施舍都重要，给人一双袜子，让他自己去寻找梦想的鞋子，这是你们的伟大智慧。衷心地感谢你们，善良而智慧的先生和夫人，他拿着你们给的“袜子”已经找到了对他而言最宝贵的“鞋子”——他当上了美国的第一位共和党总统。

我就是那个穷小子。

信末的署名是：亚伯拉罕·林肯！

两本迟到了十年的书

李丹崖

1941 年，那年，凡卡 15 岁，读初中。虽然年龄不大，自小就爱好文学的他却对普希金的著作尤为感兴趣，每每读到精彩处，都禁不住手舞足蹈，即使是秩序井然的课堂上，他也会禁不住由衷地尖叫。为此，许多同学都骂凡卡是“疯子”，嘲笑凡卡是“普希金痴”！而他，却置若罔闻，欣欣然乐此不疲。

然而那时，凡卡所在的乡村中学，上哪里去找更多的普希金的著作呢？向学校老师借？为数不多的几本，也都是残缺不全的，但是，即便这样，也都让他读遍了。

那时，他所在的街上连个像样的书店都没有。就更别指望能找到普希金的著作了！后来，迫不得已，凡卡只得向外地的书店邮购。

要知道，那时候，邮购书对于一个仍是农村娃的凡卡来说，无异于天大的神话。一是因为从没有邮购过书，不知如何办理；再说了，即使知道如何邮购，也没有那么多钱啊！情急之下，凡卡只得到村小学校舍的工地上做小杂工。那时正值冬季，厚厚的黏土粘到凡卡的手上就是一块冻疮，但是，他还是强忍着剧痛干了一个假期。

凡卡身小力薄，仅仅赚得 20 元钱的工资。但这是他有生以来的第一笔薪水，拿到它以后，凡卡就匆匆来到邮局。依照课本上的图书发行地址，除去两块钱的邮费，把剩余的所有钱都邮寄了出去。并在汇款附言中写了“邮购普希金的《叶甫盖尼·奥涅金》和《致恰达耶夫》两本书，如果钱不够，只买一本。”紧接着，凡卡就陷入了深深的期待之中。

哪知道一个星期过去了，仍没有丝毫书的消息，两个星期过去了，书仍是杳无音讯……凡卡伤心极了，不止一次地诅咒书店不讲信誉，然而，凡卡又对书店抱有幻想，即使在梦里也没有停息。凡卡继续等待着，殊不知，就在第三周快要过完的时候，二战爆发。这时候，凡卡从广播里得到消息。凡卡邮购书的书店所在的那个城市，已经在一夜之间被纳粹军队摧成一片废墟。那时候，凡卡童稚未消，得知这个消息后，凡卡哭了整整一夜，为那座城市，更为自己邮购的书！但是，哭过以后，凡卡也接受了这样一个不争的事实——凡卡所邮购的书再也收不到了！

转眼间，10年的时光一晃而过，战争早已结束，凡卡也长成了大人。大学毕业之后，凡卡在一所中学教起了书，日子过得自在滋润，更让凡卡欣慰的是，经过凡卡的努力，凡卡还拥有了一家属于自己的书店。然而，突然有一天，凡卡却收到了一个鼓鼓囊囊的牛皮纸包裹，严实而又整齐。打开一看，原来是一封信和两本书。信中这样写道：亲爱的凡卡先生，10年前，您曾经向我图书馆邮购了两本普希金的书，但是，由于战争爆发，图书馆重建，只得推迟到现在才邮寄给您，请见谅。这里是您要的两本书，《叶甫盖尼·奥涅金》10元，《致恰达耶夫》9.5元。您曾经付款18元，欠款1.5元不要再邮寄了，算是我们对您的一点补偿。落款是：莫斯科红星图书馆。

凡卡握着这样一封信，眼眶里溢满了汩汩温泉。这时候的凡卡深深知道，在这个世界上，还有一种比普希金还要伟大的东西，那就是信誉！

微笑着打电话

马国福

那天我遇到了一系列不顺心的事，加上外边又下起了滂沱大雨，我的心又烦又乱。我坐在阳台上无聊地翻着一些新近收到的报刊，以此平静自己的心。好不容易找到了一篇自己喜欢的文章，便沉浸其中。我正看得入神，手机响了，一看号码有点陌生而且是长途。接还是不接，我犹豫不决，也许是好久没有联系的同学打来的，这样一想我就接通了电话。

“请问，你是刘局长吗？前些天听说你病了，我没有及时来看望你，后来到医院去看你时，你已经出院了。请你一定原谅我，今后我会补上……”电话那边的人倒豆子似的一口气说了一大堆致谦的话，他的声音有点发抖，让我感到莫名其妙。平时我很讨厌溜须拍马屁的人，这个人看来是马屁精。我一脸怒气地说：“你打错了，神经病！”说完便狠狠地挂了电话。

晚上我无意中和朋友聊起这件事情，朋友说：“你错了，你应该微笑着接电话。”我不解：“浪费我的电话费不说，而且使我原本很烦的心弄得更烦了，我怎能微笑得起来呢？”朋友说：“假如你是刘局长，你生病了，有人来看望你，说明人家心中有你，并不等于他是一个拍马屁的人；假如你是退休后的刘局长，有人来看望你，这更是一件好事，说明人家没有忘记你。有人关心你，这不是一种淡淡的幸福吗？不要妄下结论，听我给你讲一个关于打电话的故事。”

朋友一边分析，一边给我讲他的经历。

有一年我和一个客户谈判一笔生意，谈判到了关键时期，由于一些细节问题，我们互不让步。谈了很长时间我们僵持不下，最终谈吹了。后来另一个客户有意和我谈这笔生意，我就转移了目标。我们谈得很顺利，准备签合同时我接到了一个陌生的电话，电话里那个人问我是否能稍微让一步，如果可以就和我签合同。那人正是我上次谈判的客户的秘书。我想我一让步就会亏本。反正我已和另一个客户快签合同了，何必再浪费时间呢？当着那么多人的面我怒气冲冲地回绝了他。回电话时我简直有点失态，口气很不友好，硬得让人瞠目结舌。

和我准备签合同的那个客户问我刚才打电话的人是谁，我直言相告。听了我的回答，他一脸沉重地说：“抱歉，这个合同我们不签了。”说完便头也不回地走了。我感到很突然。

后来我才知道，仅仅因为我没有微笑着与第一个客户打电话他们便变卦了。第二个客户的秘书告诉我他们和刚才给我打电话的那个客户是一对业务来往很友好密切的公司。秘书向我转达了他们经理的原话“连微笑着向别人打个电话的耐心都没有，怎能会有持久合作的耐心呢？”

讲完后朋友语重心长地提醒我：“微笑是一种涵养，一种力量，有时更是一种难得的机遇和成功。记住，无论什么时候打电话，拿起话筒时请微笑，因为对方能感觉得到。”

现在我的朋友业务做得很好，我想其中就有微笑着打电话的功效吧。

最好的礼物

刘祖光

民工丁大龙突然决定要给9岁的儿子小丁丁买件礼物。这个决定让大龙的老婆王美丽迷惑不解,因为刚刚是12月份,“六一”早过去了,春节还得两个多月呢,不年不节的,大龙怎么突然想起给儿子买礼物了呢?

王美丽猜想:可能他想儿子了。想想也是啊,去年二月份从湖北随州老家来到杭州打工,一晃两年就过去了。去年春节时因为车票难买,加上包工头许诺春节留在工地工钱加倍,两口子为了给儿子挣学费,就没回家过年。父母打电话说,一进腊月,儿子丁丁就盼爸爸妈妈回家了,结果,盼了一个月也没把他们盼回来,在家哭了好几回了。美丽暗地里也哭了好几回,让大龙给父母寄了钱,嘱咐他们给丁丁尽管买好吃的好穿的,父母说他们就丁丁一个孙子,哪儿敢委屈他啊,平时就让他吃好的穿好的,把他养得肥肥壮壮的,你们俩就放心吧。

到底,大龙两口子心里还是有些内疚,一狠心,花了一百多块钱,从玩具店买了支仿真玩具枪寄回家。一星期后,丁丁拿到了玩具枪,很开心,在小朋友面前炫耀了一番,这让大龙夫妻俩心里平静了一些。

今年春节,他们是一定要回家的。但这么早给孩子买礼物,实在是不必要的。大龙说,他给一家人装修房子,那家的主人给了他深刻的印象。一直以来,城里人都是很有钱的人,但那家不一样,夫妻俩都在棉纺厂上班,都是普通职工,收入不多。他们有个女儿,名叫秦采采,在上小学三年级。秦家按揭买了套房子,装修是简装,装修过程中,夫妻俩一直紧盯着大龙他们,自己亲自到建材市场买材料,而且精打细算,他们中午做饭时还要用秤称称面条多少,精确到了几两,大龙他们背地里感叹:看来,城里也有穷人啊!但令大龙惊奇的是,不管装修工程有多忙,夫妻俩再累,只要女儿有事,他们跑得比兔子还快。

有一天,秦采采的学生证忘在家了,采采一个电话,秦爸爸一个激灵,蹬上自行车便飞奔而去,回来时身上灰秃秃的,脸上也有块擦伤。问了才知,他心太急了,车子蹬得飞快,又没好好看路,结果和一辆摩托车相撞,人家把他撞出了好远。摩托车主人毫发无损,他被撞得够惨,可为了女儿,他连赔偿都没和人家谈,扶起自行车就往学校里赶,终于把学生证送到女儿手里。

本来，这件事就完了，大龙只是有点觉得为了一个破学生证把自己搞得挂彩很不值。到了傍晚，秦采采跟着爸妈来小区里玩，大龙好奇地问采采，没有学生证学校不让进门吗？采采点点头，说：有老师带着可以进校门！大龙说，那让老师把你带进去不就行了，干吗让你爸跑那么远？

秦采采说，丁叔叔，我想的和你一样啊。在电话里，我对爸爸说，学生证忘在家里了，让他帮我放好，别因为家里搞装修把它搞丢了。谁知爸爸问了我老师什么时候来之后，就非要给我送过来。我见到爸爸风尘仆仆地给我送学生证，我心里都快疼死了。以后我一定要好好学习，不然就对不住我爸这份心了。

小姑娘说话入情入理的，让丁大龙心生感动。看来，城里孩子也不都是娇气的小皇帝小公主嘛。正好，采采的父母过来了，采采见爸爸手上缠满了白纱布，跑上前大声说，爸爸，以后不要这么做了……

丁大龙也在一旁说，就是，采采多懂事，这么小就知道事理了。

秦爸爸笑笑说，我算过时间了。她老师半个小时后才能到校，我给她送学生证的话，可以帮她节约15~20分钟的时间，当然，多这几分钟也学不到多少东西，关键是让她知道时间是宝贵的，小孩子的教育就是一点一滴的培养……

丁大龙愣在那里。秦采采一蹦一跳地拉着爸爸妈妈的手走了，夕阳下，一家三口走在路上，温馨和谐，幸福美满。丁大龙曾经算过账，他惊奇地发现，自己和老婆王美丽打工的收入竟然和秦家的夫妻俩的收入差不多，但是自己却和儿子骨肉分离，把教育儿子的任务交到父母身上。而城里人和乡下人差别在哪里呢？秦家现在虽然贫穷，可是秦采采却有可能走出贫穷，改变自己的人生。而儿子丁丁，将来可能跟自己一样来城里打工，可是自己小时候经历过贫穷，而他被爷爷奶奶娇惯，他能够吃苦耐劳吗？

说来说去，还是自己欠儿子太多了。为了弥补对儿子缺失的爱，丁大龙决定趁今年春节回家过年，给儿子一件礼物。他把想法对老婆说了，王美丽倒没想那么多，因为礼物很好买，男孩子，喜欢的东西无非是玩具枪或者米老鼠等卡通形象，再不行的话多花点钱买支城里孩子都喜欢的芭比娃娃，丁丁一准喜欢。丁大龙却摇摇头，说那些礼物太简单了，离开儿子那么久了，一定得给他准备件最好的礼物。

最好的礼物？要说城市里啥好东西都有，可那得多少钱啊！丁大龙却不说那么多，照常干活，王美丽多次问他到底给儿子买了什么礼物，他只是笑而不答！

转眼间，元旦快到了。城市里弥漫着庆祝新年的气氛，而乡下人对元旦则不在乎，他们重视春节。王美丽在一位局长家做保姆，局长一家要趁假期出游，王美丽跟城里人一样,有了三天的假期。前天晚上,局长一家就走了,丁大龙又发来短信说他晚上有事,不回租屋了。王美丽就一个人跑到商场里逛,在女装区逛了大半天,还是不舍得给自己添件衣裳,倒是到儿童成衣区,给儿子买了件名牌童装,价格不菲,一百多块钱呢,但王美丽付钱时一点也不觉得心疼。

她准备第二天到邮局把衣服寄回家。可睡到四点多时,门"咚咚"地响,把她吓得不轻。不会是有人知道丁大龙不在,趁机来占她便宜吧?她哆嗦着膀子问:"谁?"

"妈妈——是我,丁丁!"

哎哟我的天啊!王美丽一个激灵,从床上跳了下来,真是想什么来什么,正做着思念儿子的梦呢,老天竟然把儿子送到面前来了。打开门,果然是可爱的儿子丁丁,背后是一脸疲倦但眼睛却炯炯有神的丁大龙。

把父子俩让进屋,丁丁欢天喜地地猴在妈妈身上,再也不肯下来了。王美丽一边亲儿子,一边倒水给儿子洗澡,给儿子换上新买的衣服。忙活了一会儿,天就亮了。丁丁却穿着新衣服呼呼地睡了,王美丽这才有空问丈夫,丁大龙说明了一切。

原来,昨天一大早,他就向包工头请假回家,坐了六七个钟头的火车,到了家,儿子正在家里跟爷爷奶奶撒娇,不想到学校上课,还举了很多例子,说石头都在家里看电视呢,又说王涛也没去学校……大龙的父亲叹口气说,现在的孩子,都被惯得没样了。村里的年轻人都走了,剩下的都是老人妇女小孩,怪不得城里人都笑话咱们是"386199部队"呢。老人们管孩子,都心慈手软,孩子去学校前,先要一块钱,不然不去学校。到了学校门口,再要一块钱,不然不进校门。孩子都是独生子,打骂不舍得,管教又不会,让他们上学他们又不肯,都说将来要跟父母一样到大城市里打工,读书干啥。大龙的父母说,不是我们不愿意管丁丁,我们怕耽误孩子呢。村头王秃子的二闺女素素,长得多漂亮啊,可王秃子夫妻俩都在外面打工,素素没得管教,被一帮坏孩子给带坏了,13岁就怀了孩子……

大龙听得惊心动魄。幸亏自己回来啊,要不然,他不可能知道丁丁的教育问题这么严重。村里人出去打工挣钱,首要的是给家里盖小楼,孩子的教育问题没人在乎,村里富了,可小学教室还是原先的破庙,白天屋里都黑乎乎的,窗户上连块玻璃都没有,胡乱蒙了块塑料布在寒风中瑟瑟发抖。孩子在教室里冻得凄惶,这样的学校,叫孩子如何喜欢?

所以,丁大龙更加认为自己的做法正确。他想了很久了,要送给孩子一件最好的礼物,这件礼物不是时尚玩具,不是红包,不是新衣服,而是一双发现的眼睛。大龙带着丁丁进城，就是让他扩大视野，知道城里的小朋友是怎么生活的。

丁丁一听爸爸要带他到城里去，自然欢喜，在火车上，兴奋得睡不着觉。丁大龙连日劳累，早就困了，但面对唧唧喳喳地问问题的儿子，他身上又充满了力量。

元旦这天，丁大龙带着老婆孩子到公园里玩。公园里小朋友们很多，玩小跑车，坐“海盗船”，各式各样的游戏让丁丁看得眼花缭乱。这时候，一个彩色的皮球滚到了丁丁脚下，一个和丁丁年龄相仿的小姑娘站在不远处叫：“同学，请帮忙把球踢过来！”丁丁有些羞涩，大龙说，帮姐姐把球踢过去。丁丁踢了一脚，可能是因为紧张的缘故，踢空了，他干脆抱起球，跑到小姑娘面前，把球给了她。小姑娘脆脆地说，谢谢你！丁丁闷声回来了，王美丽哭笑不得，“丁丁，人家说谢谢，你也得有礼貌地说‘不客气’啊。你这样闷闷地回来了，算什么事啊，好像对人家的感谢很不乐意似的。”

丁丁说，刚才想说的，可是不好意思。在村里，没人这么说话，不然要被人笑话的。

这时，那个玩球的小姑娘又叫丁丁了，“咱们俩一起玩吧。谁输了谁背一首唐诗！”丁丁既想去又有些害怕，大龙鼓励丁丁去玩，他们两个就坐在一边看。丁丁一会儿就掌握了游戏规则，两个小家伙互有输赢。但到惩罚的时候，丁丁尴尬了。小姑娘输了十次，她一会儿就背了十首唐诗，而丁丁输了九次，却只背了三首诗就再也背不出来了。小姑娘问了丁丁都学过哪些课文，然后引导着，丁丁勉强把九首唐诗都背了出来，总算过关了。小姑娘对丁丁说，你真棒，这么一会儿就能背会六首诗，要是我我就不能！

丁丁很开心，他说，姐姐你比我厉害，你都会背十首呢！

小姑娘说：“我那不是厉害，那些诗是我平时都注意背诵的，我每天早上起来都要把学过的诗歌背一遍，晚上睡觉前再背一遍，一天一天地背，背会的诗歌就很多很多了。你这么聪明，一会儿就能背会这么多，以后只要肯好好学习，一定会比我会背诗，而且是会背好多好多的诗，会做好多好多的算术题，会帮爸爸妈妈做好多好多的事情……”

丁丁重重地点点头。小姑娘走后，丁丁再也不猴在妈妈身上了，他对爸爸说，爸爸，我的书包忘家里了。

丁大龙笑了笑说，没事，我再给你买新的书。丁丁，爸爸若是让你来城里读书，你会不会像姐姐那样，做一个珍惜时间，让自己有知识，以后玩游戏输了也不怕的人?

丁丁开心地说，好啊！我早就想和爸爸妈妈在一起了。我会好好学习的，跟那个姐姐一样，会背好多好多的诗，将来也能够很有知识。那个姐姐说了，他们家住的房子不太大，她将来长大了，有了知识，会挣好多钱，将来买座大房子给爸爸妈妈住……背唐诗能挣好多钱吗？

丁大龙语塞，王美丽却信口胡诌道："能啊，你看城里这么多高楼，都是会背唐诗的人建的。楼越高，他们会背的唐诗越多。"

丁丁看着鳞次栉比的高楼，一阵惊叹。大龙夫妻俩相对"嘿嘿"一笑，一起挽着儿子的手，沐浴在阳光下，和许多城市的家庭一样，享受着元旦假期的狂欢。

转眼间，三天的假期就过去了。丁大龙连夜把儿子送回家，他和老婆商量好了，过了年就带儿子到杭州来上学。从老家回来后，丁大龙每天早出晚归，回到租屋就倒在床上呼呼大睡，身上还有许多勒痕。王美丽问他是不是装修工程很累，丁大龙嘟囔道：还不是为了给儿子准备礼物闹的！王美丽疑惑道：你不就是把儿子接来了吗？还准备什么了啊？

过了两天，大龙的爸妈打来电话，说丁丁回去后乖多了，上学也不要钱了，而且能主动学习……听完后，大龙长舒一口气说，看来，礼物是奏效了。两口子一高兴，就决定本星期到公园里玩。玩的时候，一个小姑娘跳到了他们面前，脆脆地说：叔叔阿姨好！王美丽一看，正是上次帮助丁丁的那个小姑娘。王美丽满脸亲热，拉着小姑娘的手一个劲地道谢，小姑娘眨眨眼睛，调皮地说："阿姨你不要谢我，上次的一切，都是丁叔叔安排的。后来，他帮我们家搬了好几天家具呢！"

丁大龙看着妻子诧异的眼神，"嘿嘿"一笑说，"秦采采，你把丁叔叔给出卖了！"

王美丽这才明白了一切。原来，丁大龙为了帮助儿子开阔眼界，就决定请秦采采出马，但他不好意思给秦家添麻烦，就和秦家商量好，让秦采采到公园帮他教育儿子，他则免费帮秦家搬家具……

怪不得，那两天丁大龙那么累，原来是在装修公司忙完后又赶紧到秦家搬家具。王美丽望着丈夫胳膊上的累累擦伤，眼泪一下子就出来了！她决定，等儿子来杭州后，她一定给他讲述爸爸为他准备最好的礼物的事情，其实，爸爸对丁丁的苦心，才是他永远牢记并永生享用的"最好的礼物"。

有一种批评是甜的

李丹崖

在美国田纳西州，有这样一个黑人男孩。由于父亲酗酒无度，导致父母感情不和，于是，幼时的他就变成了一个无人看管的“野孩子”。虽然他上了中学，却不学无术，整天和街面上一些小痞子胡混，在学校里也整天打架，砸玻璃，欺负女孩子……

有一天早上，上课铃响后，老师还没有来，同学们都陆续来到自己的座位上准备入座。正在这时，调皮的他偷偷地把一个女孩的凳子抽掉，让那个女孩坐了个空，然后他拔腿就跑。没想到，他正撞在前来上课的凯瑟琳老师身上，跌倒在地的女孩子捂着流血的伤口，哭着向老师告状——这个恶作剧的制造者。

看到女孩的腿流血了，他愣在那里，也被吓傻了，心里忐忑不安地琢磨着：这下可完了，不知道老师又要怎样惩罚我。没想到凯瑟琳老师给女孩包扎好了伤口，就笑着走到了男孩跟前说：“听说你很会演戏，那么，既然你犯了错误，我就罚你演一场戏来给大家道歉吧。”

男孩将信将疑地给大家演起了他在剧场里看到的段子，他演得很成功，也博得了大家的阵阵掌声，就连那个被他欺负的女孩，此刻也开心地原谅了他。而他自己，却哭得一塌糊涂。因为，自从他长这么大，还从没有见过这么多人为他鼓掌，更没有任何一位老师能像凯瑟琳那样，用演戏的方法来批评他。

后来，这位男孩不仅与同学们友好相处，而且在凯瑟琳老师的开导下，他还迷上了书本和电影，令人惊奇的是，他仿佛有着与生俱来的表演天赋。第二学期，在戏剧演出评比中，他的独幕话剧在全州得了第一名。

再后来，经过自己的努力，他不仅进入了百老汇，还冲进了世界人的演艺梦工厂——好莱坞！如今，他已经70多岁了，但是他仍然坚持拍戏，而且他所饰演的角色，几乎每次都能获得奥斯卡奖项，深深地影响了几代人。他就是美国著名的黑人演员——摩根·弗里曼。

每当弗里曼回忆起自己的少年生活时，总会感慨万千地说：“幸亏我的老师凯瑟琳当时用善意的批评方式感化了我，否则，真不敢想象我当今的样子……”

真正的批评，能激发一个人灵魂深处的自省和自救，让他在自我悔悟的休整里得到升华。真正的批评是甜的，就像加了糖的咖啡，更容易让人接受。

年轻的品质

姜钦峰

央视焦点访谈，镜头对准了一位普通的北京市民，李淑芬。

她现在的身份是奥运志愿者。当北京申奥成功时，她正在家赋闲，兴奋之余，忽然觉得应该为奥运做点什么。听说老外们挺喜欢中国的剪纸，她想，剪点纸送给他们或许不错，剪纸是她唯一的业余爱好。主意拿定，说干就干。很快，她就精心剪出了20幅作品，并装订成册，第一份奥运礼品就这么新鲜出炉了。

她打算给每个参赛的国家或地区赠送一份礼品，北京奥运会将有196个体育代表团参赛，这就意味着，至少要剪出196套剪纸作品。20张剪纸为一套，她每个月能剪出5套，一年下来就是60套，要完成全部任务，至少需要3年多的时间。这的确是个浩大的工程，好在当时离北京奥运会还有好几年，时间应该来得及。考虑到自己不懂英语，如果将来当面给外国人赠送礼品，很不方便，她又决定同时学习英语。

为了完成任务，她制定了详细的作息计划。每天早晨5点半起床，6点收听英语，8点开始正式工作，一把小剪刀、几叠红宣纸、尺子和小酒杯，就是全套工具。还不能老剪，万一把身体弄跨了，那就前功尽弃，每隔半个小时，她就要休息一会儿，然后坐下再剪。11点45分吃午饭，同时收看电视，下午1点午睡，2个小时后继续工作。一有空隙，她还要练习英语口语。

她每天按计划工作，除了逢年过节，或者客人来访，雷打不动。四年如一日，到2006年时，她就提前完成了任务，共剪出了240套礼品，英语水平也大有长进。2006年底，北京市委书记、奥组委主席刘淇听到她的消息，深受感动，亲自登门拜访，当即表示，要把她的剪纸作为国家一级礼品！

她身穿大红色的小马夹，坐在演播室里，与主持人谈笑风生。如果不是她的满头银丝再三提醒，我根本不敢相信，眼前这个热情洋溢的奥运志愿者，竟已是96岁高龄！坦白说，看了这期节目，我心里的感受，除了敬佩，就是不可思议。怎么看，那都不像百岁老人，倒更像个活力四射的年轻人。

或许，年轻应该是一种品质，它与年龄无关，一旦拥有，便可相伴终生。遗憾的是，有的人还很年轻，却过早地失去了这种品质。

纯粹的快乐

姜钦峰

电视上见到6名志愿者。他们分别来自全国各地，均已从事公益事业多年，当主持人问："在从事公益活动的过程中，你们觉得最大的感受和收获是什么？"6个人说出了6种感受，但是谈到收获时，只有一种答案，两个字："快乐。"

如果听了他们的故事，你就没理由怀疑，这是肺腑之言。

谭乐山是国际奥比斯中国首席代表。有一次在厦门，他们曾帮助一位老太太成功复明。拆开纱布时，老太太睁开眼睛，竟然神色茫然，身边围满了人，她一个都不认识。这时，女儿上来喊了一声"妈"，老太太顿时愣住了，仔细打量了半晌，忽然脱口而出："女儿，你怎么变得这么老了？"逗得在场的人开怀大笑。老太太已经失明十几年，虽然母女俩朝夕相处，但她对女儿模样的记忆，依然停留在失明之前。

姚晓明博士也有过类似的经历。他是深圳狮子会眼库执行主席，多年来四处奔走，已帮助数千名眼疾患者成功复明。他至今清晰地记得，一位藏族小女孩，双眼白内障，来到人世就生活在无边的黑暗之中。姚晓明和伙伴们专门前往日喀则，为小女孩免费做了复明手术，手术很成功。

第二天早上查房时，拆开纱布，小女孩睁开双眼，两个小眼珠滴溜溜地乱转，眼神游离不定。这时候，妈妈喊了一声她的名字，小女孩的目光定在了母亲脸上，忽然"哇"地大哭，赶紧跑上去，张开双臂，吊在妈妈的脖子上。全家人抱头痛哭，喜悦的泪水，再也无法抑制。当姚晓明等人走的时候，小女孩的奶奶老远追了上来，颤巍巍的。老奶奶双手捧着洁白的哈达，亲手披在姚晓明肩上，神色庄重，然后又不停地亲吻他的额头。

"那种快乐……"说到这，姚晓明忽然哽咽，眼眶湿润，说不下去了。也许，那种快乐，根本就无法用语言来形容。其实可以想象，当你亲眼看到，因为自己的帮助，而改变一个人一生的命运时，油然而生的成就感，定会将心房填得满满当当，还有那种无可言状的喜悦，会有多么纯粹。

志愿者永远是最快乐的人群。曾经看过一个志愿者的墓碑，墓志铭上只写了一句话，我至今记得清清楚楚："这个人一生做了16300个小时义工。"不难看出,他把做公益当成了人生中最大的荣耀,他的一生,是在快乐中度过的。

同样是在深圳,还有个"爱笑俱乐部",创始人叫张立新,别人都喜欢称他"张笑长"。人到中年的他,曾一度患上了抑郁症,苦不堪言。一个偶然的机会,他了解到大笑可以减压,于是开始练习大笑,没想到,困扰多年的抑郁症竟然不治而愈。欣喜之余,他开始向别人传授经验,把大笑作为一种健身运动,推而广之。他还创立了一套完整的笑姿,比如"拉弓箭式大笑"、"摇牛奶式大笑",想方设地法教人们如何笑。随着笑友队伍的迅速壮大,去年5月,在广州白云山,张立新成功地组织了1000人持续不断地大笑,足足1个小时,笑声震天,据说还打破了吉尼斯世界纪录。

这实在有些让人哭笑不得,竟有那么多人不会笑了,还要老师来教。有人做过科学统计,成年人通常每天笑10到15次,而孩子每天能笑400次!谁不想天天快乐,笑口常开,但偏偏有人笑不出来。原因恐怕并不复杂,人们失去了快乐的源泉,找不到大笑的理由,自然笑口难开。

如何让自己快乐起来,投入"张笑长"门下,或许是个不错的选择。但是,这样的快乐,终究是被动的,是由外而内的,短暂的。做公益,能获得另一种快乐。有个从西部回来的志愿者,曾说过这样的话:"有一种生活,你没有经历过,就不知道其中的快乐;有一种快乐,你没有拥有过,就不知道其中的纯粹!"

你快乐吗?如果答案是否定的,不如去做点公益。打开心窗,阳光才能照耀心扉,当你张开双臂,把温暖传出去时,最先灿烂的,一定是自己。

上帝糊涂

姜钦峰

百岁老人周有光时常戏言："上帝糊涂，把我忘了。"谈笑间，透出几分孩童般的调皮，更有参透生死之后的淡定从容。上世纪50年代，周有光主持制定了汉语拼音方案，由此被誉为"汉语拼音之父"。不可思议的是，这位语言学大师竟是半路出家，前半生都在从事经济工作，直到50岁才正式改行。在此之前，语言学只是他的业余爱好。

周有光早年在大学学习经济学，毕业后在银行任职。1947年，他被派到美国工作时，有幸见到了爱因斯坦。交谈之中，爱因斯坦说道："一个人到60岁为止，工作时间只有13年，除去吃饭睡觉，业余时间仍有17年，能不能成功，就看你如何利用业余时间。"这句话对周有光触动极大，影响了他一生。

新中国成立后，周有光怀着满腔热情投奔祖国，在复旦大学任经济学教授，并身兼数职。无论工作多么繁忙，他都挤出业余时间，潜心研究语言学，终有大成。功成名就，著作等身，退休后的周有光并未赋闲，依然热切关注着世界，勤奋写作。在百岁高龄时，他又出版了新书《百岁新稿》，自序中写道："希望这不是自己的最后一本书。"生命不止，奋斗不息，这是周老的百年人生写照。

倪匡与金庸、黄霑、蔡澜并称香港四大才子。有一天，倪匡刚好身上没钱，便问身边的黄霑借钱，"黄霑，哪天我死了，你肯定会送给我一个大花圈，至少要花400块钱，要不今天先预支给我吧？"黄霑二话没说，给了他400块钱。没过几天，黄霑忽然转过弯来，马上问倪匡借钱，"不对啊，如果我死了，你不也得给我送个大花圈吗？"倪匡只好老实还钱，互相扯平，两个老头抚掌大笑。

谈到老友黄霑的故去，年逾古稀的倪匡略有伤感，却依然不失老顽童的本性，"人总是要死的，如果我们为必然发生的事情而伤感，不是很傻吗？"在别人的葬礼上，他也曾说过类似的话，好几次被人用扫把赶了出来。迄今为止，倪匡是世界上写汉字最多的作家，但他戏称自己厨艺第一、园艺第二、文艺勉强列第三。唯独一件事，他却毫不谦虚，"我一生中写得最好的文字，就是给古龙写的讣闻，看过的人没有不叫好的，弄得好多人都要我将来给他们写讣闻。"说着，自己先大笑起来。

死亡，无疑是个沉重的话题。笑谈生死，是一种超脱的人生境界，不仅需要足够的勇气，恐怕更需要充足的底气。周有光和倪匡在有生之年，都攒下了足够的资本，所以才敢拿上帝开玩笑，此生没有虚度，你奈我何？就像一部电影，当你把最精彩的故事奉献给观众之后，还会为影片的结束而忧伤吗？

生命的意义，不在于时间长短，而在于我们如何度过。出生与死亡都是不治之症，这是人本身无法掌控的，但我们可以把握二者之间的生命过程。很喜欢李敖的话："上帝管两头，我管中间。"大路朝天，各走一边，我的地盘我做主，大气从容，调侃中尽显人生豪迈。

每个人都会死，但并非每个人都真正活过，上帝其实不糊涂。

爱情盛开在海拔 200 米

十二月花开

田祥玉

多年前，我曾是华盛顿一家著名报社的记者，同时也是一个传记作家。那是一种非常充实，还充满奇妙机遇的生活。它能带给我不菲的薪金，更重要的是，还可以频繁地遭遇惊心动魄的爱情。

可是1990年的一天，我突然悄无声息地离开了华盛顿。老实说，我是选择了一个忏悔和弥补的机会，来成全一段险些被我扼杀的恋情。

十月的深夜，我接到一个陌生男人的电话，他强烈要求我去采访他，他说有一个凄美绝伦的爱情故事正等着我。通常，我对这种主动找上门来的采访要求是不屑一顾的，况且，我一直认为这个时代已经没有了真正的爱情。但电话里传出的声音异常诚恳迫切，也许真有个离奇曲折的爱情故事将从我笔下诞生呢，这样想着，我忍不住开车前往目的地。

这是一个布局雅致的房间，打电话的男人大约30岁，满脸杂乱浓密的络腮胡子，一双锐利的眼睛略显疲惫，我看见地上还倒着一大堆啤酒罐。

原来他叫里奇，是华盛顿小有名气的印象派画家。"敦克尔"，他叫着我的名字说，"我像欣赏自己的天资一样欣赏你的才华和睿智，希望这段被我弄丢了的爱情能够在你的笔下永恒……"我微微一怔，这是个并不多见的专情而自负的艺术家。我预感到这次我也许来对了。

里奇告诉我他们相爱了整整8年。他是在一次郊外写生中认识那个女孩的，那天，一身素白的女孩带给里奇无比的灵感，他们……再后来他们相爱了。

女孩就好像是里奇艺术灵感的源泉，他们一起创作了无数完美的作品，度过了很多愉快浪漫的时光……然而，3个月前，女孩却因为一个所谓的才貌俱佳的作家背叛了他们8年的感情。无助、悲伤一起向他袭来。谁知，仅仅1个月，他们就分开了，接到女孩的电话后，里奇有一种强烈受伤的感觉，他拒绝女孩回到他身边……可等他平静下来，却发现自己是多么的爱她，他发觉自己的生命中不能没有她，于是，他想找到女孩，与她重新开始，可是，他找遍了整个华盛顿却再也没有找回心爱的姑娘。

我的心慢慢收紧，我问里奇："她一定很漂亮，有着天使般的名字吧？"里奇的眼中散发出无限柔情，他告诉我："她叫莎莲娜，眉心间有颗小小的红痣。"莎莲娜，眉心间有颗小小红痣的莎莲娜，天，我是如此熟悉！因为，因为我就是那个所谓的才貌俱佳的作家啊。许多女孩子都只知道我的笔名威廉，其实，敦克尔才是我的真名。上天竟然如此惩罚我，它居然找到这么绝妙的方式，让我驱车数里来听有关莎莲娜的故事！一个由我一手造成的爱情悲剧！

4个月前，我在华盛顿图书馆认识了莎莲娜。那天，一身素白的她捧着我刚出的集子《爱如止水》。当我从她身边走过时，她认出了我，她捂住嘴激动地问："是你吗，威廉？"我们就这样认识了，然后我开始约会她，再后来她来到我身边。我从未过问莎莲娜的经历，我觉得没有必要，我欣赏的是劳伦斯式的不问过往和未来的爱。我习惯居无定所的生活和随遇而安的爱情。所以当莎莲娜选择离开我时，不，准确地说，应该是莎莲娜发现我不爱她而离开我时，我一如既往地微笑，就像什么都不曾发生过……一直以来，我对自己不断追求喜欢的女孩不以为然，她们能够带给我快乐，激发我的创造灵感，开阔我的写作思路，彼此因为爱而相聚因为不爱而离开。我认为这是两厢情愿理所当然的事儿。可在这个才华逼人、悲痛欲绝的画家面前，我突然发觉自己原来是那么的猥琐不堪。

里奇还在痛苦地唠叨，而我却一个字也听不进去了。我安慰里奇，我一定会帮他找到莎莲娜，帮他们重新开始。而且，我还说，我要将可耻的威廉赶出华盛顿。里奇狐疑地看着我，我向他发誓我会做到。我起身告辞的时候，里奇转身从阳台上拿了一只小花钵："我已经用不上了，送给你吧。"一株小小的并不起眼的植物，青绿的叶子，粉红的枝干。"这是什么小树？"我问。里奇苦笑："它不是小树，如果某一天它被真爱催发，它就会开出美丽的花来。"原来这就是传说中的十二月花，一种为爱情而且仅仅只为爱情盛开一回的神秘花朵。我接下花钵，就像握住了莎莲娜的心。这是一次非常艰巨神圣的任务。

然后我像一个即将被处以绞刑的犯人窥视到最后的逃跑机会，疯狂地逃离了这个让我倍感罪恶的地方。

我用尽一切可能的办法寻找莎莲娜的下落，当然，在这之中，我隐去了记者和作家的身份。我别无选择，人性和道义一直谴责着我，很长一段时间里，我把找到莎莲娜当作生活的目标，这也让我的生活突然充满了色彩和责任。

半年后，我的一位好友在底特律发现了一个名叫"十二月花开"的画室，画室的名字吸引了我的朋友。他问画室女主人为什么给画室取这样古怪的名字，她说："我曾深爱过两个男人，可后来，他们两个我都失去了，我只能远远地牵挂他们……"朋友带来的消息让我心酸，但也给了我最大的安慰。我直觉这个人肯定是莎莲娜。

按照朋友的指示我去了底特律。害怕莎连娜会认出我，我专门戴上厚厚的墨镜，找到了“十二月花开”的画室，见到了些许忧伤但依旧微微笑着的莎连娜。

我心碎不已，不过值得欣慰的是，莎莲娜并没有因为我的不羁和里奇的冷漠而堕落。这个善良的女孩，竟然想到用如此纯洁高贵的方式，来纪念她两次痛彻心扉的爱情！

我抑制不住激动，马上通知了里奇。这个骄傲的画家兴奋得快要疯掉。他一个劲地跟我道谢，但我提出一个要求：永远不要把我的参与告诉莎莲娜。我说这是缘于记者的天职。

1 个月后，我得知莎连娜已经回到了里奇的身边。然后我收拾好行装准备远离华盛顿。行装里有一本厚厚的日记，那是一年来我找寻莎连娜前后记录下来的最真实的文字。那盆我一直在怀疑并奢望着盛开的十二月花，也在我即将离开的时候遽然怒放。淡蓝色的小小花朵，沁人心脾的幽香。它终于盛开了，传说中只有真爱才能浇灌的神奇花朵，它的一生异常骄傲单纯，只肯为爱情盛开一回。

我托朋友把十二月花送给里奇和莎连娜，许多话都不用说了，那钵小小的十二月花，已经能代表我所有的歉疚、祝福。我相信它更会忠诚地守护他们美丽的爱情……

19岁的葡萄藤手链

田祥玉

阿尔卡第一次见到甄妮，是在姑妈家的葡萄园里。在那个温暖的黄昏，这个有着一头瀑布般黑发的姑娘，穿着长长的粉红棉布裙子，正光着脚，弓着身子挑选着运往城里的葡萄。这个背影瞬间对阿尔卡产生了一种致命的吸引力，让这个19岁的男孩心里升腾起一种从未有过的悸动。

当阿尔卡懵懂地绕到姑娘面前时，他看到的是一张无比澄澈美丽的脸庞。姑妈热情地介绍道，姑娘叫甄妮，来自法国，是在葡萄园打工的大学生，17岁。阿尔卡迫不及待地跟甄妮做起自我介绍，甄妮自始至终都没有出声，腼腆的笑容里隐约透着骄傲和拒绝。当阿尔卡蹲下身准备帮甄妮挑选葡萄时，她起身走到了另一边。不知所措的阿尔卡呆呆地看着她的背影，心里升起了淡淡的失落。

晚餐的时候，甄妮再一次让阿尔卡措手不及。因为听说甄妮来自法国，身为厨师的他专门为她做了一道法国美食，可是，甄妮却毫不领情，躲在一边啃起了面包。

晚上，阿尔卡决定打消追求骄傲的甄妮的念头。可是，第二天一早，当他看见挎着竹篮哼着法国民谣的甄妮时，晚上的决心瞬间坍塌了。在阿尔卡看来，甄妮是一个勤劳漂亮的姑娘，除了不怎么答理人外，没有任何瑕疵。终于，在第三天早上，阿尔卡红着脸跟甄妮表白了心迹。

没想到甄妮头也不抬："亲爱的阿尔卡先生，别跟我开玩笑。"阿尔卡激动地要上前拽住甄妮，可她竟然尖叫着逃走了！尽管颜面尽失，可这仍不能阻止他喜欢甄妮。他痛苦地向姑妈说了自己的心思，姑妈愣了愣，说："甄妮的确是个万里挑一的好女孩，但是，她也许不适合你。你应该找一个更灵活美丽的姑娘。"姑妈的话似乎意味深长。

再过一个星期，阿尔卡就要离开姑妈家了，他决定为甄妮做点什么。做什么好呢？阿尔卡打算向姑妈咨询。可是，姑妈仍然不赞成他跟甄妮交往，在阿尔卡的一再坚持下，姑妈说："那你做一根葡萄藤手链送给甄妮吧。在英国古老的民间传说中，葡萄藤手链代表着一生一世套住爱人的手和心。"

阿尔卡喜不自禁，对从小就生活在英格兰农村的他来说，用葡萄藤做一根手链可是举手之劳。阿尔卡选了一些纤细柔韧的藤，然后用葡萄酒将其煮成酒红色，他花了整整三天时间，在葡萄藤上凿了 17 个小洞，然后用红丝线将 17 颗青绿的葡萄籽绑上去，正好送给 17 岁的甄妮。手链做好的时候阿尔卡自己都陶醉了，这绝对是世上最独一无二的礼物，任是再骄傲冷漠的女孩，恐怕都逃不出他这个精致的圈套的吧。

当甄妮接过阿尔卡手中包装精美的盒子时，这个姑娘第一次对他展开了温柔的笑颜。可当她将盒子打开看到手链时，她的手却突然颤抖起来，手链也应声掉在地上。她定定地看着阿尔卡，虽然极力咬住嘴唇，但眼泪仍然簌簌滑落。阿尔卡呆呆地站在原地，自己如此用心编织的礼物，为什么会让甄妮充满了恐惧和仇恨呢？过了一会儿，甄妮缓缓地将双手伸到阿尔卡面前，说："你是要报答这些天我对你的冷漠吗？"

阿尔卡看到，甄妮的右手修长优柔，左手却泛着灰白，分明是一只没有血液肌肉的假手！等到阿尔卡反应过来，甄妮已经不见了。他弯下腰，捡起曾让他自豪得意的手链，为自己无形中伤透了一个女孩的自尊而懊恼不已！与此同时，他也明白了姑娘对他冷淡的原因。

当姑妈问甄妮是否接受了他时，为了维护甄妮的尊严，他装成什么事也没发生地将手链炫耀给她看，并说自己突然间不想跟甄妮表白了。离开姑妈家时，阿尔卡将剩下的几根葡萄藤也塞进了背包。

在发现了甄妮的秘密后，阿尔卡以为自己对她的感情除了愧疚不再会有喜欢，哪一个青春正好的英俊男子，不希望与一个美丽健全的女子携手一生呢？但是，甄妮的影子却再也挥散不去，她漆黑的长发，穿着长长裙子采摘葡萄，光着脚丫在葡萄藤下奔跑的样子……频频出现在他的脑海中。

两年时间很快过去，就在阿尔卡的爸爸再一次催促他带女朋友回来时，阿尔卡突然从箱子里翻出那根手链和几根葡萄藤。用葡萄酒将藤再次变软后，他在手链上接上了一截两英寸的葡萄藤，凿了两个洞。他想，甄妮应该 19 岁了，要坠上 19 颗葡萄籽了。

阿尔卡找姑妈打听甄妮的地址，这一次，姑妈不再对他的选择做任何阻挠，因为在阿尔卡离开后的日子里，她看到了甄妮也爱着阿尔卡的种种细节。

一个阳光和煦的黄昏，在泰晤士河谷大学的葡萄园里，阿尔卡左膝着地，用那只毫无血色表情的假肢，温柔地跪在了甄妮的粉红棉布裙下，无须任何语言，阿尔卡就获得了心爱姑娘的垂青。

那只坠着 19 颗葡萄籽的手链在甄妮的手上缠绕了整整一生，它确实是一只世间最独特的脚链，终其一生将阿尔卡对甄妮的爱情和誓言深锁，也将阿尔卡在完好无损的左腿上套上一只薄薄的假肢的秘密，一辈子锁在了甄妮永远看不见的地方……

爱情盛开在海拔200米

刘祖光

2004年的秋天,我揣着一张非名牌大学的本科毕业证书,从河北省邯郸市邱县来到上海,投奔在浦东陆家嘴一家高楼清洁公司做“蜘蛛人”的舅舅。然而,我抱着简历在大大小小的招聘会上整整穿梭了3个月,工作却始终没有着落。无奈,囊中羞涩的我只好在舅舅的介绍下,去他们公司当了一名“蜘蛛人”。

我上班后的第一项工作,就是去88层高的金茂大厦做玻璃幕墙的保洁。金茂大厦位于上海的金融市贸易区,世界好多著名银行都在这儿设有“窗口”。我和其他几个打工仔就像电影中的“蜘蛛侠”一样,从高高的大楼顶部吊下来,从顶层开始,逐层清洗玻璃外墙。

当我坐在“蜘蛛人”专用的横板上,从金茂大厦的楼上向下俯视整座城市时,禁不住感叹的是,不论我擦到哪一个楼层,都能看到许多衣着光鲜、神情冷漠的白领丽人来来往往、忙忙碌碌,她们对我要么视若无睹,要么投来冷冷的一瞥。虽然我与她们仅仅只隔着一层玻璃,却感到我们之间的距离是那么远。

有一天,当我擦到50层时,看到了一个规模挺大的会计师事务所。我羡慕地看着那些年龄与我差不多大的年轻人,心想,只要有机会,有一天或许我也会在这里喝着咖啡办公……

我正在起落架上痴想的时候,一位穿着粉红职业套裙的女孩一扭头看见了我。她没有像别人一样对我熟视无睹,而是揣着一杯咖啡走过来,用手指蘸着咖啡在玻璃上写了几个字:“小心点!”我的心中顿时涌出一股暖流,做了个“OK”的手势。女孩笑了笑,用纸巾擦净了玻璃,转身离开了。

第二天,我“从天而降”时,再次经过50层。我看到,昨天那个女孩正端坐在靠窗的格子间,聚精会神地在电脑上敲打着。我心血来潮,轻轻地敲了敲窗,用清洁剂在玻璃上写道:“我:秦浩东。你:?”女孩听见响声扭过头来,看到我时显然有一点吃惊,但看到玻璃上的字,神情很快释然了,转身在一张白纸上写了3个字贴在玻璃上:“唐久娜”。

从那以后,我总是抑制不住地回想唐久娜那张明媚的笑脸,打心眼里喜欢上了这个女孩。晚上回到宿舍,我把蜘蛛人、秦浩东、唐久娜和金茂大厦这几个词反复在纸上写了大约200遍，最后决定：不管唐久娜接不接受我，我都要让她每天的工作开心一点，快乐一点！

因为我的上班时间与唐久娜差不多，所以我每天几乎都能在同一时间出现在她办公室的窗口。我想，如果我每天在她的窗玻璃上写一段有意思的话，会不会让她一天的工作都很开心呢？可是，玻璃上的字在唐久娜看来是反的，而我悬在半空中又不可能用纸和笔为她写字，怎么办呢？突然，我想起了不久前电视上曾报道过的一位77岁的老先生，他能用双手同时写出的正反两面，心想如果我能学会“反书”，唐久娜就不用看得那么吃力了！于是，我找来纸笔，一笔一画地写了起来。不练不知道，平时那些特别简单的字反过来写竟是这么难！不过，这也难不倒我，我先在纸上正写一句话，然后把纸反过来，照着反面印迹一笔一划地练习起来。功夫不负有心人。3天后，我就能写出歪歪扭扭，但能让人看清的“反字”了。

次日一上班，我就兴冲冲地“空降”到唐久娜的窗前，用清洁剂在玻璃上写道：“天气预报：下午可能有雨，下班请带好雨伞！”清洁剂在玻璃上写出来的字不太明显，但用心的话可以看到。唐久娜正好抱着一摞文件走过来，她显然看见了那些字，便朝我会心地一笑，眨眨眼走开了。我立刻用涂水器擦掉了刚才的字，没有留下一点痕迹。

从那以后，我每天都给唐久娜写一段话，话题包罗万象：有时是一条好玩的短信息，有时是我自己写的一首小诗，甚至我接到了一个面试通知，都会告诉她……去50层给唐久娜写出“反字”，成了我上班的动力。而唐久娜似乎也是很喜欢这个只属于我们俩的“小秘密”，每天我来到她的窗口时，她都有意无意地等在那里。每天早上，当工友们不情愿地起床抱怨又要开工了时，我却早就穿好了衣服，开始检查安全设施了，我如此迫不及待地上工，就是为了在滑过50层的那一刻，能看到唐久娜窈窕的身影。

有一天我“空降”到50层时，习惯性地向里张望，却看到唐久娜的座位上空空的。那一天，我的心里就像她的那把椅子一样空落落的。第二天再见到她时，发现她脸色不太好，有些疲惫。我在玻璃在写道：“病了吗？保重身体！”她抿嘴一笑，用口型无声地告诉我：“感冒了。”我松了口气，冲她做了个“OK”的手势，她则伸出两个手指，做了一个“V”字给我。

2005年3月8日，当我摇着起落架又一次经过50层时，却看见一个穿着今年最流行的粉色T恤的男孩站在她桌边谈笑风生。男孩不知说了什么，唐久娜被逗得笑个不停，男孩也笑得前仰后合……看着他俩亲密的样子，我突然一阵心酸。其实我早该想到，唐久娜怎么会看上我这个擦玻璃的打工仔呢？那个同她气质一样高雅，谈吐不凡的青年才俊，一定是她的白马王子……

接下来的几天，我没精打采，有几次差点将手里的涂水器弄掉，更没有心情在唐久娜的窗前写字了。当我滑过50层时，我看见唐久娜用诧异的眼神望着我。我转过头，假装没有看见她，摇着起落架就下楼去了。28层、27层、20层……越往下，我离唐久娜的距离就越远。在工作间隙，我也会抬起头向她所在的楼层张望，可总感觉她是那么高不可攀。

我们终于擦到了第4层，再擦一天我们就该结束这项工程，转战这座城市的另外一座高楼了。或许，我该与唐久娜说声再见？

想来想去，我决定最后再见唐久娜一次，然后就告别这座大楼，当我鼓起勇气滑到第50层时，却惊异地发现唐久娜抱着双手站在窗口。见我"降"到她面前，她一笑，早有准备似的从口袋里拿出手机，晃了晃。我明白她的意思，很激动，赶紧在玻璃上写下了自己的手机号。不一会儿，我的手机响了，是她打来的，我赶紧把她的号码储存了。

虽然有了她的手机号，我却从来不敢给她发一个短信，更不敢给她打电话。我觉得她与我交换手机号，就像是旅行中与邂逅的陌生人互留号码一样，只是当时的气氛使然，过后永远都不会真正拨打。

当我结束所有的工作，最后一次滑到唐久娜窗前时，我决定用自己的方式向她告别。因为我们的"缘分"或许就隔着这层冰冷的玻璃，看得见，摸不着。我拿出清洁剂，在玻璃上一笔一画、非常认真地写：雪莱说：冬天来了，春天还会远吗？浩东说：为何冬天暖如炉，只因久娜在心中。这是我写得最工整的一次，写着写着，我的眼泪就不争气地流了出来。唐久娜并不在座位上，可是我已不在乎她能不能看到。这段话，就当我是对她最后的告白吧。

下滑到底层后，我无精打采地收起工具，头也不回地离开了这座被我抚摸了两个多月的高楼。金茂大厦的每一片玻璃都在阳光下闪闪发亮，但似乎每一片都与我无关。

没想到，刚刚走了不一会儿，我就收到了唐久娜的短信："你怎么不给我打电话？今天晚上有空吗？"哇，我的心几乎都要跳出来了！赶紧哆嗦着给她回短信约好见面地点，还一连用了3个感叹号。

晚上，我与唐久娜终于真正的面对面坐在南京西路的一家茶餐厅里。我第一次听见了她的声音，原来她不但人漂亮，声音也如银铃般清脆动听啊！在与唐久娜的交谈中，我知道了她是山东烟台人，几乎是与我同时来到上海，也曾经3

个多月没有找到合适的工作，她当过家教，甚至还做过一个月的保姆。唐久娜笑着说："你那天在我窗口一出现，我就认出你来啦！"我疑惑。"你忘了，在人才招聘市场，我跟你一起参加过面试呀！当时你的表现很出众，我一下子就记住你了！"我晕！可能我面试时太紧张，小声地嗫嚅着。"你的书法写得那么好，而且文采也不错，我相信你是有能力的！"当我小心翼翼地问起那个让我耿耿于怀，却一直不敢向唐久娜提起的"T 恤男孩"时，唐久娜笑着说："哦，他是我表哥韩奇，在 27 楼一家公司工作。"我心里的石头一下子落了地。

在唐久娜的鼓励和建议下，我认真地修改了简历，并锁定了几家中意的公司进行"专攻"。两星期后，我收到了 3 份面试通知！最终我选择了华翔科技产品有限公司，因为这家公司的地址位于金茂大厦 44 楼！

2005 年 6 月 12 日，是个让我永远难忘的日子。我神清气爽地来到公司报到，秘书笑吟吟地递给我一张员工登记表。我非常流利地填完递给她，却看见她用奇怪的表情看着我："秦浩东，你这是写的什么？"——老天，我竟然习惯性地把所有的字都写成了反的！后来，这个笑话一直在公司的新老员工中流传，但只有我和久娜知道其中的秘密。

现在，每当我穿着洁白的衬衫，与唐久娜手挽手走出金茂大厦时，总会不自觉地地回头仰望：第 50 层楼的玻璃似乎格外亮丽，因为在那海拔 200 米的高空，曾经盛开着一个"蜘蛛人"童话般的爱情故事。

飞翔

澜涛

大二下学期的一天傍晚，她和一位同寝室的女友穿行学校前那条马路时，被一辆违章行驶的汽车撞倒在地，肇事司机丢下流血不止的她逃窜而去，她的女友不知所措地哭叫着。这时，路过的他背起她就往附近的医院跑。因为抢救及时，她安全脱险。很快，她从女友的口中了解到他和她们是同一所大学的校友，他的家在太行山深处的一个小村，小村只有10几户人家，常年没电，吃水要到5公里外的山泉去挑，因为耕种太少，小村里的人们每年有半年是饿着肚子的。他12岁时父母双双病故，他是由乡亲们资助才一路走进这所大学的。

她不了解那种艰难和艰苦，因为她的父亲是一座省会城市的市长，她的生活从出生就被打上了优越的烙印。她猜测着，和她素不相识的他为什么会出手救她，是真的无私坦荡，还是别有用心？她这样想不是没有理由的。因为她特别的家庭背景，加上她漂亮的容貌和出众的身材气质，从她进入这所大学后，她就成为众多异性追求的目标。在真情假爱的追求声中，她淡然从容地拒绝着，她懂得，在这个追求实际的年代，爱情有时候也无奈地沦陷为实现某种目的的手段，而她心目中的爱情是圣洁纯净得毫无渣滓的。

出院后，她找到了他，执意邀请他一起吃饭，以表达自己的谢意，他却平淡地说了一句没什么，转身就走开了。他的回绝让她感觉到自尊心遭受到了前所未有的打击，室友纷纷建议她教训教训不知道好歹的他。

一周后，在食堂吃晚饭时，她和三名室友坐到他面前，没等她和他说话，她的一名室友对他说道："我发现你每次只吃咸菜和馒头，如果不嫌弃的话，我这些剩饭剩菜给你改善改善。"说着，不等他做出反应就把手中的饭盒向他伸过去。他愣怔了一下后，接过饭盒将饭菜倒进自己的饭盒后，说声谢谢，便埋头吃了起来。她和其他室友对视了一眼，一窝蜂似的把饭盒摆到他面前，他风卷残云般一扫而光后，站起身，说了句多谢各位后就走开了。看着他的背影，有室友惊诧道："他咋这么能吃呢？平时他能吃饱饭吗？"她只觉得心底有一股酸涩的什么涌起。那一晚，她失眠了，脑海中总是闪现他的样子。

遇到一个倾心的人，有时候可能需要经历风霜雪雨一百年，有时候只需要电闪雷鸣的一刹那。她感觉自己的心底有花儿悄然绽开，她知道，她爱上了他，他的坚强、他的无私、他的勤俭……他身上的每一处都是那么完美的吸引着她。她开始向他展开爱情进攻，他则找着各种理由拒绝着："如果你只是为了感谢我，这个玩笑就开大了"、"你和我之间隔着太多东西，我不适合你"、"我的未来在家乡的小山村，那里非常清苦。你的未来是高楼大厦、灯红酒绿的都市"……

任何的拒绝都阻挡不了她执著的追求，她自信自己可以赢得他的爱情，甚至可以改变他未来的命运和人生。终于，在她锲而不舍的追求中，他们的胳膊挽在了一起。虽然她和他几乎完全不同的成长背景让他们之间有着很多差异，但在爱的融合下，她自然地迁就着他，靠近着他，一切都变得曼妙而美丽。

爱着的时光总是过得太急。很快，距离大学毕业越来越近了，两个人开始经常因为毕业后的去向而争论得不可开交。她希望毕业后他能够同她去她长大的那座城市共同创造两个人的未来；而他却坚定地表示，毕业后他要回到家乡的大山深处做一名教师。

一次次争论，一次次互不相让。

毕业的日子终于到了，到处弥漫着离别的忧伤。她几乎是哀求着他："从小到大，我一直是父母掌心里的宝贝，被身边的人娇宠着。自从遇到你，我开始不断努力地改变着自己，让自己适应着你。我为你做出了那么多的牺牲，难道你就不可以为我让步一次吗……"他神色凄凉，但语气仍旧异常坚定："我答应过家乡父老，毕业后一定要回去的，我不能言而无信。"泪水噼啪地滚出她的眼眶，她哽咽着说道："我们可以通过其他方式表达对乡亲们的感恩。捐款、建学校……我只求你留在我身边。"他的回答仿佛刀子般割着她的心："有些事情不是钱能够解决的，我必须回去。"希望的彻底消灭，绝望让她的理性崩溃了，她嘶喊着："我为你付出了那么多，你却一次都不肯为我牺牲。你根本就不爱我……"

……

美丽的爱情在对各自信仰的坚持和现实的无奈中突然碎裂。他背起行囊回到了家乡的小山村，做了一名普通的山区教师；她则回到了她出生长大的那座城市，在一家政府机关工作。

从此，两人天各一方，再无联络。

淡淡的月光在水面上轻轻地闪烁，紫色的薰衣草开成一朵一朵，年复一年，岁复一岁。

6年后，2000余个沉浮的日子终于让她渐渐地平和了心中的伤痛，那一年的十月，她终于做了那个苦苦追求了她6年的男人的新娘。丈夫的疼爱、事业的顺畅让她的脸上重新开始有了笑容。一切沧桑都过去了,生活似乎重新开始只有美丽。可是,婚后一年左右的时候,她的丈夫突然被查出患尿毒症晚期,延续生命只剩下一个办法:换肾。

有些事情是金钱无能为力的。因为没有适合的肾源,她丈夫的生命进入了倒计时。她四处奔走呼号着,试图挽救回丈夫的生命:报社、电视台、网络……求助通过各种媒介迅速传遍了他们所在的城市,并更远处地蔓延着。然而,她丈夫特殊的RH血型让她的努力变得更加渺茫无望。

这天,医生突然告诉她,有人要捐肾给她的丈夫。但对方提出了一个非常奇特的要求,拒绝医院向任何人透漏他的情况,包括不见她和她的丈夫。满心想着挽救丈夫生命的她连连点头,向院方保证着不问及丝毫有关捐肾者的情况。

配型成功,移植手术的当天,她虽然满心是对丈夫的牵挂,可她还是悄悄地守在供肾者的手术室门前附近,她要见一见那个肯无私帮助她丈夫的人,她要表达自己心中的感谢。手术室的门终于打开了,躺着供肾者的冰床被推进了一间普通病房。她记下了房间号,才回到丈夫的手术室前。

她丈夫的肾移植手术非常成功,手术后开始在无菌室里观察治疗。当天傍晚,她走进了那名供肾者的病房,病房内只有一张病床,病床上的人已经从麻醉中苏醒过来,当她看到供肾者的脸时,一下怔呆住了,供肾者竟然是他。

隔着7年的时光,她突然发现,那些她以为已经在匆匆的流年里老去的花儿,当所有的花瓣都飘散之后,留下了一粒粒晶莹的种子,而这些种子在7年后这个无法预见的日子,将繁花开满光阴的两岸。

泪水悄然盈满了她的眼眶,她怔怔地问他:"你为什么把自己的肾移植给我丈夫……"他憨憨地一笑,像是在安慰着她:"不是所有相爱的蝴蝶都可以双飞的,既然我不能陪你一同飞翔,我可以帮助你,让陪你飞翔的蝴蝶不被厄运折断翅膀……"

来世，我要为你变成另一只蝴蝶

澜涛

他和她是青梅竹马的恋人，小学、中学、大学都是在一所学校度过的。毕业后，两个人一起到这座沿海城市来打造梦想。他们分别在两家公司找到了工作，开始满怀激情地拼搏起来。

可是，她突然患了病，身体突然虚弱起来，坐的时间稍久，胸里就会闷得十分难受，常常要蹲在地上才能好一些……偶尔发病，她就用一只手拼命地去掐另一只胳膊，不让自己因为痛苦而发出喊叫。慢慢地她开始出现昏厥。

疾病来得太突然，因为两个人都刚刚参加工作不久，还都没有积蓄，而双方的家庭供养两个人读大学已经耗尽了积蓄。病魔并不会因为贫寒而退却。她病得越来越严重了。能借的都借了，她的病也终于有了结果，先天性心脏病。

她很奇怪，居然到了23岁才发现心脏有病疾。但一切都是真实的。她的病的唯一治愈的方法就是换心。换心，供体及其难找不说，相关费用就需要几十万元。活着的渴望面对天文数字的费用跌落进冰窟。

十几天后，在他的建议下，她的母亲从家乡赶来照顾她。母亲到了之后他却突然消失了。没有和她说再见，只是留下一封童话般的信："那天，我做了一个梦，一位神仙说，只要我肯变成3年的蝴蝶，你的病就能被治好。我同意了，如果我不再出现，一定是已经变成了蝴蝶，我会时刻飞绕在你身旁的……"看着信，她的眼泪掉了下来。她不相信人会变成蝴蝶的童话，她也无法相信，他会因为她的病无法治愈而逃开。她打电话到他的单位，他的同事告诉她，他已经辞职了，不知道去了哪里；她打电话到他家，他的父母居然也不知道他去了哪里。她知道了，他是在刻意回避自己，是想离开她啊！誓言的碎片砸在她的心上，她那颗疾病的心更加疼痛了。

但奇迹还是发生了，他不辞而别后第28天时，她突然接到一个匿名者30万元的捐款。因为这个匿名者的举动，她被媒体关注起来。很快，供体找到了。手术非常成功，她终于脱离了死亡的威胁。但她的心在想起他的时候仍然常常会疼。

她知道，那是另一种病，需要时间和忘记来治愈。她很快就让自己接受了一个追求者，她想，埋葬一段感情的最好办法就是进入另一场爱情。一年后的夏天，她披上了婚纱。婚礼仪式后，新娘的她和新郎被亲友们簇拥着去公园录像。在一处花坛前，她幸福地偎在新郎的胸前，脸上的笑容阳光灿烂。突然，一只黑色的大蝴蝶从她的耳边飞过，她的心疼了一下。

一些事情不是说忘记就能够忘记的。她想起了他。他答应过她要爱她一生的，无论发生什么变故；他答应过她，要亲手为她披上婚纱，无论富贵贫穷……可现在，为她披上婚纱的却是另外一个人，而他，早不知道了影踪。

她有些痛恨自己，痛恨自己不该想念一个负心人，痛恨自己不该想念丈夫之外的男人。她开始专心地做起妻子。

3年后的又一个夏天，她和丈夫领着2岁的女儿吃完肯德基出来，迎面的一个人让她僵怔住了——居然是他。

他的头发白了很多，人也憔悴了很多，也消瘦了很多。她正不知所措，他笑了笑，先开口了："这是你女儿吗？真可爱……"她只是机械地应答着。那天晚上，月影渐渐消退，她仍没有睡着，心中翻涌着曾经和他在一起的幕幕件件往事，眼泪悄然滑落枕边。

随着白日的到来，忙碌和喧嚣让他又一次渐渐退到她心灵的角落里。

又一个3年过去了。突然，她被报纸上的一条新闻惊呆了。那新闻的大概意思是，7年前，本地的一个年轻人到南方的一家证券公司工作，工作2个星期后，这个年轻人利用职务之便，盗劫了一位客户价值30万的股票出售后自首。自首时，已经兑换成现金的30万元钱分文未剩，年轻人解释是赌博输掉了。3年前，年轻人提前出狱后，创办了一家自己的小公司，3年过去了，公司生意越做越大，将自己当年盗劫的30万元补还给了曾经打工的那家证券公司……

她看着，呆住了。她知道，他开着一家公司，她知道了，当年那30万元的匿名捐款一定是他……眼泪漫出眼眶，她心中只剩下一句话：来生，我一定要为你变成另一只蝴蝶。

爱得早不如说得早

连谏

一、盛小美的薯片香

我在E-mail里告诉廪生，下个月，我会飞到伦敦，他要去机场接我，我要在第一时间吃到英国的薯片。廪生曾数次在E-mail里吹嘘，伦敦的薯片花色品种繁多又便宜足以让我在一周内变成超级肥妞。

廪生知道我是爱薯片的，书包一侧总塞着一桶薯片，大家宝或是品客，上自习课时我的嘴巴从来不闲着，同桌的女孩对别人说她很讨厌我，因为我的皮肤黑，甚至诽谤我的祖上有黑人血统，其实，她讨厌我吃薯片，香香的味道总能轻易地侵略了她的味觉神经，扰乱她安心读书，而且她拒绝分享我的薯片，我看到了她悄悄吞咽的喉咙。

她自尊敏感而脆弱，第二个学期伊始向班主任提出调换位子，没出卖我的薯片，我对她的敌视有所减轻。

喔，对了，她叫吴晓妮，有着让我嫉妒的白皮肤黄软头发很棒的学习成绩，吴晓妮如愿以偿，和廪生分享同一张课桌，我一回头就能看见吴晓妮歪着脑袋和廪生说话，我有点后悔，早知如此，提出换座位的应该是我，那么，现在坐在廪生旁边歪着脑袋的女孩子就会是我而不是清高得不屑于分享我薯片的吴晓妮了。

课间，我喜欢坐在廪生课桌的一角，一边嚼薯片一边嘲笑他邋遢，他经常穿倒了体T恤衫，运动鞋的带子总是黄褐色的。

我不要吴晓妮喜欢廪生，所以，从高一到高二，我逮着机会就拼命践踏廪生的形象。吴晓妮熟视无睹地偷笑，我有点怀疑她在侮辱我的智商，于是，在高三上学期，我和吴晓妮之间的战争终于爆发。

我坐在廪生的课桌上，要他放学后用单车带我去赶海，廪生说他不能辜负了老爸老妈的希望，要回家复习功课。我很无赖地揪着他的耳朵不依不饶，他大声讨饶，然后，我听见啪的一声，是吴晓妮，她重重地合上了铅笔盒，小小的胸脯大幅度起伏：盛小美，拜托你自觉一些，不要打扰别人学习！

所有的同学都回过头来，我当然不肯轻易地低头认输，战争不可避免地爆发了。我们以被老师拽到教室外的走廊罚站为结束，我，吴晓妮，廪生，我们先是怒目而视，吴晓妮说："盛小美，你知道吗，你很让人烦啦。"

我仰起鼻孔："我哪里让你烦啦，你才让人烦呢，整天仰着鼻孔装骄傲的公主。"

"谁让你的薯片香得让人心乱了。"

"谁让你的皮肤白得让人嫉妒，学习成绩好得让人吐血啦？"

然后，我们谁都不理谁，看教室外的梧桐树，开满了小喇叭样的紫色花朵，再然后，扑哧一声，我们都笑了，冰释前嫌，成了三人死党。

这是1999年的秋天。

二、盛小美爱廪生

2000年的秋天，吴晓妮考进了北大，廪生去了上海财经，我把自己只能在本市读一所普通大学的罪过归罪于薯片，它们用美味涣散了我的学习动力。

期间，吴晓妮曾在网上问我："盛小美，你是不是很爱廪生的？"

我甩过去一个吃惊的表情："吓，你饶了我吧，我爱廪生？除了耍赖他不会哄女孩子，又不懂浪漫，我的初恋可不想交给一截邋遢的木头。"

吴晓妮不相信，我信誓旦旦。

其实，我是言不由衷的，不爱廪生看到他和吴晓妮同桌我怎么会紧张？只是，廪生没主动说爱我，我当然不会跟吴晓妮坦白心迹了，万一是廪生托她套我的心里话怎么办？我的初恋不要做不攻自破的城池，何况，女孩子之间的相互攀比面子的虚荣是很重要的，我要让吴晓妮知道，是廪生主动追我的。

寒假来了暑假去了，廪生回来N多次，我们一起去海边钓螃蟹，去浴场游泳，除了帮我买冰点买薯片，廪生没说爱我。

有时，是三个人在一起，我和吴晓妮一边一个挎着廪生的胳膊，在街上穿过众多惊异的眼球，肆无忌惮地晃悠，很出位的感觉，真好。

2002年冬天，廪生突然从上海跑了回来，他穿着厚厚的羽绒服在学校的寝室楼下。我傻乎乎地跑下来，站在凛冽的风里仰着头看他，廪生是个大男人了，我的额头只到他的肩，穿得那么厚，看上去像一只笨笨的北极熊。

"呵，不好好上学跑回来干什么？"寝室楼里有暖气，冬天一到，总是让我错误地估计了外面的温度，穿得少少的下来，在寒风里瑟瑟地问他。

廪生撇了一下嘴巴："又臭美了，快回去穿件衣服，我在这里等你。"

哈，他的口气又疼又怜又无奈，我喜欢，宁肯这样冻着让他怜下去。我倔倔地说不。

廪生恨恨地跺了一下脚，刷地拉开了羽绒服的拉链，我被裹进去，暖得我的眼泪都快掉下来了。

那天，廪生像一只巨大的树袋熊，揣着我在校园里走来走去，他要去英国读研究生了，在上海，他通过了雅思考试。

我的心忽然地缩了一下，仰起头，看他："为什么一定要去英国呢，吴晓妮也去了。"

廪生也仰起了头，我们一起看天，下雪了，细碎的雪花飘进眼睛里，挂在头发上，凉气丝丝地钻进心里。

廪生说："因为去英国读研究生时间短嘛。"

然后，廪生开始一一历数各个国家教育部门规定的研究生学业年限，英国的时间最短，只需要一年到一年半。

时间，不是我在乎的，我很想问廪生，在英国，他是不是和吴晓妮在同一座城市。

吴晓妮在伦敦。

直到廪生离开，我还是没问，只是站在雪夜里拼命向载着廪生远去的计程车屁股招手，直到视线里只剩了两道漫长的趁痕，我蹲在地上，在雪地上写下：盛小美爱廪生。

然后哭了，继续飘落的雪花，那一串字渐渐变浅，渐渐吞噬。

三、小美，你说了什么？

廪生要去北京转机去伦敦，我们的送别在青岛流亭机场画上句号，候机厅里人很多，我和廪生不时相对笑笑，找不到合适的话说。

直到被提醒安检了，我劈手夺下廪生的行李箱："还有没有话忘记了说？"

廪生摸了摸脑袋，他已经很讲卫生了，短而浓密的头发总是干净得令人发慌，浅色的鞋子擦得纤尘不染。

廪生还是什么都没说，后边的人催了，好像没来得及说。

廪生进入了安检通道，离我，渐行渐远，我冲着他的背影张开嘴巴："盛小美爱廪生。"

只是，我的声音被机场广播淹没了，廪生只听到了我的名字，没有听清后面的，因为，他折回来，探着长长的脖子问："小美，你说什么？"

我很失望，恹恹地说："没说什么，我念了雪地上的一句话。"

他摆了摆手，离开了我生活的城市，去了空气潮湿气候阴冷的伦敦，那里有吴晓妮。

四、中文输入系统

我收到了廪生的E-mail，他最后悔的是没从国内带架单车去，在伦敦一架单车卖一千多英镑，廪生一直喜欢单车，我喜欢看他骑单车，夏季，他汗毛迅猛的腿上挂满了湿淋淋的汗珠，威猛而轻捷，帅得让我发呆。

廪生在E-mail末尾问："在机场安检口，你说了句什么？"

我回E-mail告诉廪生，等某年某月的某一天，我会托运一架单车给他，没回答他的问话。

然后按了发送，回到收件夹，看到了吴晓妮的E-mail，她从没给我发过E-mail，因为英国的电脑上没有中文输入软件。如果不是廪生去伦敦，我几乎忘记了她这位朋友，所有的青春除了爱，都是健忘的。

吴晓妮兴高采烈地告诉我，终于可以给我发E-mail了，廪生给她的电脑安装了中文输入系统，她知道我英文不好，经常翻译得断章取义。

我慢慢移动着鼠标，逐字逐字地看，不放过一个标点，看了两遍，关上电脑，吴晓妮的E-mail内容我已倒背如流。

我没给她回。

然后，我决定，去伦敦，廪生去了，伦敦就有了磁场。

廪生的E-mail时不时地发过来，末尾的结束语在千篇一律地重复："在机场安检口，你说了什么？"

我的回答从不重复，廪生知道我在撒谎，他要听到我的真话，我三缄其口，好像说了他就失去了发E-mail的动力。廪生跟我描述英国的大本钟、泰晤士河、白金汉宫的外围，总在媒体中出现的唐宁街，也说吴晓妮，从不提她的名字，而是那厮那厮的，我们一起玩时就是这样称呼第三方的。廪生说那厮笨得要死，居然连方便面都不会煮，把薯片当了主食，现在，我们闻到薯片味就想吐，因为便宜的薯片是我们的主食，我们唯一会煮的饭是煮鸡蛋和炖鸡腿，现在我和那厮的每一个毛孔都散发着鸡味……

吴晓妮的E-mail很少，只告诉我她差点被一国内去的纨绔子弟钓去当了二奶。我吓！

英国有不少国内去的纨绔子弟，读书只是个幌子，他们在英国的主要任务就是挥霍掉父母的血汗钱，吃喝玩乐，没钱了就找非法中介做个假的入学通知，寄回国内继续榨父母的骨髓。

不过，廪生却不做纨绔子弟，据说他放学后就一头扎进中餐馆的厨房洗盘子，中餐馆的老板雇佣留学生可以付最低的工资，廪生的好处是拿现金薪水，可以逃掉好大一笔税。

哼，想不到能一个月换一辆架山地车的廪生，到了伦敦竟变成了财迷，天呐，环境造人之说，原来是真理。

2003年春天，我给廪生发E-mail让他到机场接我，我要在从机场到住处的路上一口气尝完英国各种口味的薯片，请他一定忍了吐带到机场，哪怕每种口味只带一片。

几天后，我坐在首都机场的行李托运处大哭，昂贵的托运费足够我到伦敦后买一架半单车送给廪生，我忍疼放弃了千辛万苦带到首都的山地车。

五、盛小美哭了

在机场出口，我看见了廪生，他黑了瘦了，眼睛炯炯有神，像黑人的牙齿，在黑夜里一闪一闪的到富有光泽。

我张着胳膊，像鸟儿一样扑向廪生，扑进了吴晓妮的怀抱，她竟然躲在廪生身后。

我告诉她我将来英国，没告诉她具体时间，我要第一个单独见到廪生，告诉他去年我在机场安检口说的那句话。

她看着我，好像给了我一个天大的惊喜，在爱情面前，这样的惊喜喧腾不起效果，但是，我要配合地扮演下去，假装很惊喜。

回住处的路上，廪生从背包里给我掏薯片吃，果然吝啬，竟真的一种口味只带了一片，在吞下第四枚薯片时，我看到了廪生手背上多了一片巨大而暗红的疤痕，我一把捉在手里："和别人打架了？"

廪生扮了个文弱书生的模样："咱们来自文明之邦，怎么会仗着中国功夫欺负别人呢？"

吴晓妮心有余悸："在餐馆洗酒杯时，被破了的酒杯划的。"

我的心一紧酸酸软软的，在国内，廪生是个没洗过一只杯子一根筷子的大少爷，我用力地握着他的手不肯松开。

廪生不自然地笑了一下："小美，我还要给你拿薯片呢。"

借口有点牵强，他的手抽了出去，吴晓妮没心没肺地哏哏笑："这是廪生去中餐馆偷师的代价，他发誓要学会做菜，养好我的胃。"

我缓慢了对薯片的咀嚼，然后味蕾失灵。

我闭上眼睛努力地向后仰头，吴晓妮摸了摸我的脑袋："盛小美，你怎么了？"

我不肯睁眼："飞机后遗症，有点晕，还有，我想我老妈了，第一次离她这么远，现在她一定坐在电话机边，望着伦敦的方向掉眼泪。"

眼泪就一滴一串地落下来，总算给流泪找到了合理的借口，穿过眼泪，我看到一个叫盛小美的傻妞，她傻乎乎地等着一个叫廪生的男生来追，等来等去，爱情却已被遗失在等待的路上。

我的初恋没来得及开始就结束了，到了廪生的住处时，吴晓妮的手指很坦然地插在他的牛仔裤腰带扣里，很有暗示的姿态。

廪生租的房子是伦敦腹地的老楼，很结实的传统英式建筑，狭长的窗，厚实的门，大红色的长条地板擦得很干净，垂地窗帘边有一瓶摇曳的插花，一看就不是男生的手打理的。

廪生只租了老楼中的两间，一间是他的，一间是吴晓妮的，两张床上的床单都是同一花色，我忽然感觉自己很多余。

廪生把我的行李箱拖进吴晓妮的房间："小美，别出去租房子了，你和吴晓妮睡一张床，省钱。"

我尖叫："不干。"

吴晓妮撞撞我的肩："那——你和廪生睡一张床？"

接下来，廪生开始用伦敦的房租吓唬我，按周计算，如果我想像在国内一样，有一间自己的卧室和卫生间，请一周付 100 英镑。

我吸了一口冷气，在脑袋里飞快地把英镑换算成人民币后，开始虚脱地向廪生的安排妥协，只是，我坚持不习惯和别人同睡一张床，所以，我需要买一张新床。

廪生嘿嘿笑着，让我先给国内等平安消息的老妈打电话，他去厨房烧菜。

廪生的手艺真差，我宁肯吃薯片，我愿意在一周吃成胖子，我不必再为廪生的眼球舒适而刻薄嘴巴。

六、廪生丢了笨翅膀

廪生不在中餐馆洗盘子了，虽然他不是纨绔子弟，却也不必为生计发愁，他来英国只是为了把读研究生的时间缩短而已。

在国内，我没通过雅思考试，要从语言学校读起，然后读预科，那研究生证书……

廪生和吴晓妮历数着我即将面临的历程时，我无比沮丧地开始打盹。

接下来的时间，我像一个小怨妇在家等待廪生和吴晓妮放学回来，由他们带着实地考察华文报纸上吹得天花乱坠的语言学校，稍远一点的，我们搭地铁，近的，廪生骑着心爱的单车替我考察了。每次看到廪生腋下携着两只单车轮子，吭哧吭哧上楼时我就忍不住笑，在伦敦锁自行车是件麻烦又不保险的事，所有骑单车的人防止单车被偷的最好办法就是把单车轮子卸下来，走到哪里携到哪里，腋下的轮子像大鸟收拢起的笨拙翅膀，这样滑稽可笑的场景，在街上偶尔可见。

廪生帮我找了一家不错的语言学校，他带我去报到，出来时，他傻乎乎地盯着空荡荡的街面，狠狠地骂了声："Shit!"

他放在学校门口的单车架子被偷了，就这样，他携着两只单车轮子，一路晃荡地回了住处。

晚上，廪生狠狠地喝了两瓶啤酒，很没出息地醉了。吴晓妮拉拉我的手说："走，我带你去社区旧货店买床。"

到了伦敦后，我和吴晓妮一直抢着睡地板，我抢不过她，只好睡床，半夜去卫生间要小心翼翼地从她身上跨过去，有时，地板上的睡袋是空的，早晨她却伸着懒腰从睡袋里爬出来，当我是一觉睡到大天亮的三岁小孩子，哼，直到现在她还轻视我的智商。

"我干吗要买张别人睡过的床！"

吴晓妮惊诧地盯着我："乖乖，英国人逛旧货店是家常便饭喽，连明星都把经常逛格林威治的周末跳蚤市场当作乐事，你为什么不可以买张旧床？"

"不买旧货就是不买！"我理屈词穷。

这时，廪生抬起醉眼说："吵什么吵嘛，对了，小美，你还没告诉我，在青岛机场安检口，你究竟说了什么？"

我盯着他，悲愤地大喊："你就那么想知道我究竟说了什么吗？"

"想，吴晓妮也想。"

"好吧，我说盛小美爱廪生！"

说完，我摔门而去，对身后面面相觑的两人，视而不见，街边的流浪猫惊异而诡秘地看了我一眼，被我的呜呜大哭吓得落荒而逃。

七、盛小美向胃妥协了

那天晚上，吴晓妮上街找我，很远很远地看着我："我问过你的，你说不爱他，可是，当我知道你爱他时，我们已经在一起了。"

"你怎么知道我爱他？"

"我们经常一起看E-mail，我是女孩，能感觉出女孩的心思。"

"你干吗要偷窥我写给廪生的E-mail？"

"我们总是一起看E-mail的，相爱的人没有秘密。"

"他为什么总在E-mail末尾问同一个问题？"

"我让他问的，我想知道你有没有一点爱他。"

"我爱他。"

"谁让你不早说呢，爱得早不如说得早。"

"你干吗不早告诉我和廪生在一起了？"

"我怕告诉你以后伦敦对你就没诱惑力了呀，我喜欢三人死党的好时光……"

我们就这么隔着街道，一来一去地说话，语气从寒冷到绵软。

最后，吴晓妮问："我们是做情敌呢还是继续做朋友？"

我仰着头，想啊想啊，想得很难受，半天才说："做情敌我也得不到爱情，你以为我傻呀，连爱情和友情一块扔了？"

然后，我们呱嗒呱嗒地跑向彼此，在街中拥抱，可，我还是哭了："你要允许我吃廪生烧的菜。"

"好吧，但是你要告诉他，出门前的那句话是骗他的，就像你在E-mail里总用不同的答案骗他一样。"

"可是，这一次是真话。"

吴晓妮气哼哼地盯着我："不准吃他烧的菜，让薯片吃坏你的胃！"

我已经开始对薯片反胃了，我决定妥协。

亲爱的锦妤，你永远不会知道

连谏

一

锦妤终于和爱情遭遇，拽我去见，女人对幸福的炫耀，总是迫不及待。一路上，她把车子开得东摇西晃，由此可见对这份爱的中意。然后的场景，出乎我的意料，目睹着锦妤瞠目结舌的嘴脸，我知，这一幕，亦超出了她的料想，偌大的西餐厅被玫瑰装点得绚烂而温暖，除了我们三个，别无他人。

这是个处心积虑的惊喜，我是一片意外出现的破坏性花絮，当锦妤在饭后甜点里咬出那枚象征了承诺的戒指时，我忽然流了泪，拥抱着锦妤，说：亲爱的，祝福你。

锦妤环在我背上的臂，很是敷衍，我知道，她有些后悔莽撞地带了我来，这个夜晚，原本是只应有两人的。踏进餐厅的刹那，我就该识趣地告辞，可是，我为什么没呢？因为，我看到了他的目光，像飞飞停停的蝴蝶掠过了我的心。

事隔一年，我无比肯定，那个奢华浪漫的夜晚，只有一个人拥抱了幸福，是锦妤。

在曾之城眼里，我看到了相遇恨晚。

所有的幸福都不能成为永恒，感情是一种流质的东西，没人知道，在下一秒它会流往哪里，便只好动用婚姻，筑成堤坝。

之后，锦妤无名指上的戒指，便会无端地刺疼我，我会一边抽烟一边乜斜了它冷而硬的光辉说：见我时，别戴戒指，我看着堵心。

锦妤会智商很是低下地吃吃狂笑：眼馋了吧？嫉妒了吧？等你有了男友，我一定会知他，搞一个更有创意更浪漫的求婚仪式。

她不知，我的疯言是多么的情真意切。

后来，我与曾之城吃过两次饭，滑过一次草，当然，都是锦妤策划的。这个目光又冷又深的男子不嗜酒，吃很少东西，靠在椅背上，用深沉而含了暖意的目光笼罩了我和锦妤的胡言乱语。每次，他们送我回家后，我都会站在阳台上呆呆地望着他们傍臂而去的背影在洒满月光的街上渐行渐远而失神、而悔恨不已，恨不能将刚才在饭桌上疯张得有些失态的安美姬揪将过来，暴打一顿。

绝望会让女人呈现不同的姿态，或沉默，或傻笑，没心没肺地胡言乱语是我的绝望，因为我找不到一丝缝隙可以逃生，因为我迷上了曾之城，他却是我密友的未婚夫。

在他面前，我只能，努力地用搞怪傻笑包藏起内心情钟。

想必，他也是知的吧，不然，他的目光，怎会如飞飞停停的蝴蝶，不敢在我眼眸上停留。不是所有爱情的发生都需要过程或故事，只要，一个眼神一种感觉，就成了无路可退。

他躲避着，假装没有读透我的心，可是，他失败了，他受到了诱惑，所以，有了后来的那次滑草，去了才知，多了一男子，是他的同僚，面目端良，笑容款款。

曾之城和锦妤总是滑着滑着就远了，试图用孤单将我逼向那男子的怀抱。我躺在草地上，仰望着湛蓝湛蓝的天，风从他们滑过的地方走过，携裹着破碎草叶的青甘气息与欢声笑语。

滑板仿佛是从我身体里滑过，一次又一次，将我的心摩擦得生生地疼，像褪了一层皮，伤到了肌理，我没哭，只是，迎了那男子期许的目光说：你能教我滑草么？

他释然地就笑了。

我张扬的笑声，在草场上呼哨而过，我的运动技能那么差，总是一次次摔到在这个陌生男人的怀里，风掠过了面庞，我用余光捕捉曾之城的表情。

他摔倒了几次，有时，久久地坐在草地上不肯起来，浅浅的茫然，蔓延在脸上。

我的笑，便更是清脆，后来，我们滑到了草场的一角，并排躺在草地上，咬着草叶，说没有边际的话，他不知道自己已被我当成了利器，去刺探曾之城的心。

后来，锦妤气喘吁吁地滑过来，说曾之城有些胃疼，他们要先走了。

我坐起来，克制着内心的狂喜：怎么会胃疼？

男子则端出一脸被玉成的感激说：要我帮忙送他去医院么？

锦妤用善意的揣测看看我们：不要不要。又一语双关道：替我照顾好美姬哦。

望着锦妤的背影，我笑了，每次见他时我都会胃疼，他和锦妤愈是亲昵我的胃疼就愈会加剧。

二

到底，我还是让曾之城失望了。离开滑草场后，男子曾数次电话相约，而我，总是很忙很忙，久了，他便读懂了我的搪塞，识趣收手。

对此，锦妤很是失望，她说美姬，我结婚了，谁陪你玩？你需要一场恋爱？

我懒懒地看着她，内心无限悲怆。

她继续絮叨曾之城的那同僚是多么的优秀，曾之城多么想撮合我与他等等，我怔怔地看着她干净的眼神，一点点地鄙夷自己。

她推了推我：美姬，怎么不说话，在想什么？

我虚弱地笑了笑，说：锦妤，你有没有想过，曾之城为什么要撮合他和我？

锦妤瞪大眼，黑黑的眼仁像两颗葡萄：因为你是我最好的朋友，他和我一样希望你快乐。

可是，我知道，不是这样的，曾之城的努力撮合，不过是在建筑一道堤坝，阻拦那些汹涌在他内心的暗涌。我定定地看着锦妤，眼泪缓缓流下来，锦妤被我的泪弄得不知所措：美姬你怎么了？你怎么了？

我突然拥抱着她的肩，汹涌地就哭了，她拍打着我的后背，任由我的泪，打湿了她昂贵的夏装，末了，我抽抽搭搭地说：锦妤，你对我太好了。

她用力抱了我一下。

三

今年冬天，我心灰意冷地做了锦妤的伴娘。事后，朋友们指责我这伴娘做得不称职，因为我拒绝代锦妤喝酒导致她在婚礼当天醉得一塌糊涂。

送她回新房后，我一边帮她收拾因吐酒而弄得污秽不堪的礼服一边哭，她没有怨我，只是把软软的手搭在我的肩上，有点羞涩地说：亲爱的美姬，让你给我收拾这些……真不好意思。

曾之城静静地站在一边不说话。

我把锦妤彻底洗干净后，她就睡着了，酒精让她昏睡如婴。我去卫生间洗手时路过曾之城身边，我听见他低低地说了声对不起。

我一下子就愣住了，缓缓地看了看他，我看见了一些被管制了许久的泪，跑到了他的脸上。

半天，我才说：对不起，我不该让锦妤亲自喝酒，可是……

他举起食指，竖在唇上：我懂……

然后，没有任何情节发生，我跑掉了，我一边开车一边笑，眼泪在我脸上疯狂地奔跑，是的，他知道我为什么拒绝在婚礼上喝酒就好。

我怕酒精会使我终于不能自控，失态于众目睽睽之下，我宁肯让锦妤喝醉了也不能毁了她的婚礼。

她是我最好的朋友。

四

我一直认为，爱情，在我和曾之城心里轰轰烈烈却表面无声息地开始又结束了。已为人妇的锦妤，偶尔会在夜晚和我煲电话粥，点点滴滴的，都是幸福碎片。我的羡慕，渐渐少了言不由衷，如果，注定不是我的，那么，我愿意她幸福，真诚地。

婚姻让锦妤越来越精于厨道，时常烧了色香俱全的菜，邀我去吃，在饭桌上，她打趣着问我有没有遇到真命天子时，我就用稀里哗啦地喝汤声回答她。曾之城总是快快吃完了，跑到沙发上去看报纸，每次离开她家，胃部充实的温暖驱不散内心空荡的凄凉，久了，我便不愿去了。

她的幸福具有我无法防御的杀伤力。

见我去得意兴阑珊，她就用保温桶装了靓汤从城东送到城西，打开冰箱塞进去，并用暖而严厉的口吻命令我必须喝掉她的心意。

那些汤都因搁置太久而生了一层青色的霉斑，然后，被倒掉，喝她的汤越多，我会越有罪恶感。

我曾经是那么的渴望爱情的幸福与她疏离。

五

我总是被总裁斥责，因为街对面大卖场的营销策划总是胜我们卖场的策划一筹，而我，是卖场的营销总策划，纵然我使出全身力气，每每翻开周五的晚报，我就看见了自己又一次败下北去，两家卖场的周末促销广告各据一版，他们总是那么鲜明地把我的策划对比成了次等。

一筹莫展下我不得不使出下策，请晚报广告部排版人员吃饭，希望事先打探到一点小道消息，尽管我知这样做有点类似于商业间谍，不够磊落，可，这是我逃避总裁指责的唯一捷径。

我太低估了别人的职业道德，被请的人不卑不亢地婉拒赴局使我体味到了自取其辱，那个阳光朗朗的冬日午后，我呆呆地坐在报社外的台阶上，就在我几欲潸然泪下时，曾之城出现了。

他看着我，犹疑了一下，才低低地叫了一声：美姬，你怎么坐在这里?

像受了委屈的孩子，终于盼来了慰藉，被囚禁已久的泪花，终于簌簌落下。

六

后来,曾之城低声说:如果有时间,我请你吃饭吧。

我惶惑的心,需要抚慰。

我没有拒绝。

在离报社不远的一家酒店，我用讽刺的口吻赞扬了他下属的职业操守,他看着我微笑,一语不发。我忽然有些恼羞成怒,放下筷子,冷冷道:如果请我吃饭就是为了和你的下属一起嘲笑我有多么卑鄙,那么,我告辞了。

我愤然起身,虽然我知道自己扮演的是卑鄙角色,但,卑鄙不等于放弃了秉性的骄傲,我不能忍受他用讥笑的目光看我。

他却突然抓住了我的腕,说:美姬……

我一挣,水杯被扫到了地上,丁零的一声脆响,我的心智就醒了,呆呆地看着他攥住我腕的手又看看他,他似乎也意识到了什么,讪讪地松了手,有点尴尬地笑笑说:坐吧。声音里带了些叹息。

我的心,蓦然地,就丧失了所有的反抗。

我们默默地坐着,默默地吃着眼前的饭菜,桌上的盘子,渐渐空了,我们终于再也找不到任何东西可吃,尴尬的沉默把我们的目光搞得无处可落,我飞快地发动脑细胞,拼命地找个话题,破解这难堪的讪讪。

我费力而虚脱地说:锦好最近忙什么?

老样子。曾之城说。然后,又是要命的沉默,终于,他抬腕看了一下表,我适时起身:你该回报社上班了。

他笑了笑,表示认同。

车子拐过街角时,我侧了一下脸,看见曾之城,站在报社台阶上,低着头发呆,在我坐过的地方。

后来的几天,我一直在想,我为什么要和他吃这顿饭?

忙碌和工作上的烦恼使我很快忘记了那顿毫无意义的午餐。直到,十几天后,曾之城突然打电话对我说他在卖场附近喝咖啡,问我有没有时间去坐坐。

我犹疑了一下,就说了好。

七

显然,他已坐了好久了,服务生给我上咖啡时,顺便给他续了杯。

他好像有些不安,不时地张望着邻桌的后背,我抿了一口咖啡,问他是不是有事。这么久了，在他面前，我已能做到，让表情波澜不惊。

他说没什么，就是想一个人坐坐，坐了一会又觉得无聊，才想起叫我下来。

我哦了一声，挑着眼看他，有时，目光撞到一起，他便飞快地躲开，他的咖啡又见了底，他把勺子拿起又放下，勺子和杯子的碰撞声，轻微而细碎，好半天，他好像使了很大的力气自言自语般的说：锦妤怀孕了。

我又哦了一声，又觉自己的反应过于平淡了些，就嗓音略微亮了些说：要做爸爸了，恭喜你。

他笑了一下，很干的笑，让我想起了风干的草。

末了，埋单，离开咖啡店，我们若即若离地走着，就到了他的车子旁，突然，他恍然说：我把文件袋忘记在咖啡店了。又直直地看着我说：麻烦你帮我取来可好？

我笑了，转身去取，等回来时，他的车子已不见了，我打他手机，他轻描淡写地说报社有急事要他赶回去，就先放我这里，等有时间再说。

我没再多想，想着下午还要忙周五见报的营销策划就匆匆回了写字间，整个下午忙得像没头苍蝇。中间小憩时，无意中看到了曾之城的文件袋，目光在上面停顿了片刻，突然有点好奇，便打开了袋子。

袋子里的内容，像哓哓作啸的战马腾地闯进了心里，竟然，是街对面卖场的周末营销订版广告案！

它让我的思维，出现了持续十几秒的短路。

尔后，我突然顿悟了，它并非真的被遗忘在咖啡店，而是，曾之城故意忘在那里的，因为，他想帮我想成全我。便用了这样一个不让我尴尬又无从推托拒绝的方式。

那个下午，我心如油煎地彷徨在取与不取的选择上。

最后，我终于被人性的卑劣击中，一边改促销策划案一边安慰自己：每个人都想被肯定每个人都想赢。

有了参照，超越是那么简单。

那一周，我终于从总裁眼中看到了赞许，可是，为什么？为什么我会这样难受，如丧考妣。究竟，我丢掉了什么？

我躲在卫生间里给曾之城打电话，打通了，我一句话都不说，只是呜呜咽咽地哭。

他静静地听着，停下哭泣的瞬间，我能听见他的喘息，像潜伏的兽，等待出发的时机。

一个小时后，他驾车到楼下，我扑进他的怀里，一边哭一边说：曾之城，我曾经那么爱过你，可是，你知不知道我现在有多么恨你？

他拥着我的臂，缓缓松开了。我说：曾之城，你毁掉了我们两个的尊严，我恨你。

那一刻，我终于知道，我们之间，再也不会有爱了，那个文件袋让我们在彼此心里，丧失了所有的骄傲，对于一场干净的爱，骄傲是多么好的养料。

而我们，无可救赎地丧失了它，这些挣扎这些细节，亲爱的锦妤，你永远不会知道。

肆意青春里的那场季候风

岑桑

一

安贝儿看了看身旁冥思苦想的丁咛，无聊的转向窗外。阳光淡淡的，榛树的枝条染着浅浅的绿。下午的活动课，班里的同学都出去玩了，只有安贝儿陪着丁咛在教室里做题。

“贝儿，咱们也出去吧。这道题太难了，一会儿自习课再做吧。”丁咛在一旁央求着。

“不行，做不出来你哪儿也别去。”

丁咛泄气地伏在桌上，双眼没有焦距地看着满是括弧的二次函数。

安贝儿是班里的学习委员，如果不是班主任把“互助小组”的 Partner 定成丁咛，安贝儿一定不会和她坐在一起。她不喜欢丁咛，就像不喜欢吃麦辣汉堡。丁咛天生有八卦的触角，除了学习，好像对任何事情都了如指掌。高二开学的第一天，高考的倒计时牌就上了板报。但丁咛仍然熟视无睹，不急不慌。老师说：“安贝儿，你要好好帮助一下丁咛。作为班里的干部，一个人优秀是不够的。”可是安贝儿实在不知道该怎样来帮助她。

“啊，对了。”丁咛坐了起来，突如其来的声音吓了安贝儿一跳。

“想出怎么解了题？”

丁咛拂开耳边的头发说：“贝儿，你说我再扎个耳洞怎么样？”

安贝儿看着丁咛耳朵上触目惊心的三个耳洞，冷冷地说：“再扎一个耳洞你也做不出题。”

二

“I chocolate you，”丁咛从 Cool Dog 的手机包里拿出一个纯黑的手机，轻轻碰触便闪起红色的背光，“新买的，快捷键设的你。谁让你是我最好的朋友呢，我妈都没这样管过我学习呢。”

安贝儿尴尬地笑了笑。自习课对于丁咛来说，就是会话课，她斜斜地趴在桌上，看着正在做题的安贝儿，“知道吗？男生都叫你‘冰人’呢。他们说你的眼神特别寒，看着就冷。”

“冷就对了，题还做不完呢，谁管那些男生说什么！”

“还是你超脱，你没想过谁邀请你参加下个月的Party吗？”丁咛坐了起来，又像水草一样倒向另一边，“贝儿同学，你应该轻松轻松了，都要学傻了。”

安贝儿的笔停了一下，没有说话。她觉得丁咛才傻呢。自以为是别人的朋友，常常做一些哗众取宠的事情引人注意。如果只有这样才能拥有朋友，安贝儿宁愿没有。

上午的英语课，美籍老师Rex说要举行一场美国高中式的Prom。男生必需邀请一名女生作为舞伴，而女生要戴上漂亮的腕花。安贝儿从没想过，那个像猩猩一样的Mr.Rex可以那样绅士地做着示范，一句“Would you be my date for the party?”也可以说得那样优雅。

Mr.Rex说，按着惯例，那天会选出“The King and Queen of the Prom”。这个只在电影里看过的词组，让全班立时充满了幻想的泡泡。班主任王老师沉着脸说：“安贝儿，你要多督促班里的学习风气。看来这一个月都不用安心了。”

可是现在，安贝儿的心里也安不下来了。毕竟，有哪个女生不喜欢做“Prom Queen”呢？

三

三月，傍晚的天空依然泛着薄薄的光。安贝儿一个人却坐在榛树旁的长椅上，学校的体育馆已经飘出Prom开场的音乐。

“你怎么出来了？”丁咛不知什么时候坐了过来。

“里面太热了。”

“这也热啊？”丁咛穿了粉色的裙子，三月的天气里显得有些单薄，“你的腕花呢？怎么不戴上？”

安贝儿的目光不经意地滑过丁咛左腕的白色蔷薇，躲开了，“我不喜欢跳舞。”

“不会吧，全校的帅哥都在里面，你别告诉我是来练习英语的？”

“你快回去吧，会感冒的。”做了一个星期的同桌，安贝儿还是不能习惯丁咛过分的热情。

“好吧。”丁咛站了起来，却又像想起什么似的说，“对了，我是帮别人来找你的。”

安贝儿莫名地抬起头，一个高高的男生从长椅后面走出来，淡棕的长发垂在额前，左手张扬地在空中画了两圈，做了一个贵族般邀请的手势，“Seorita, Would you be my date for the party? ”

安贝儿一时愣住了，脸色绯红的不知如何是好。

“赞哦，请你跳舞呢。”丁哼退下左腕上的蔷薇，戴在安贝儿的手上，“这个给你戴，一定要拿个 Prom Queen 回来哦。”

宽敞的体育馆拉着漂亮的彩带，闪烁的灯光，放着的 B.I.Z 的《暗恋情书》。安贝儿第一次这么近的和男生面对面，一直侧着头。音乐落下的那一刻，丁哼悄悄走到她身后，低低地说：“你落枕了？总扭着脖子。”

舞会最精彩的部分，是 Mr.Rex 宣布“The King and Queen of the Prom”的时刻，Prom Queen 自然是公认的“校花”。而那个 Prom King 竟是邀请安贝儿跳舞的男生。纷杂的掌声里，安贝儿依稀听见有人说，“丁哼，你 Boy Friend 哈，帅哦。”

安贝儿惊讶地转头看着丁哼，就像丁满第一次看见辛巴。

丁哼假意拨了拨薄碎的刘海儿，干咳了两声，“你看我干吗？我又不是和外星人谈恋爱。”

四

物理老师沉闷地讲着白光色散的原理，丁哼伏在课桌上睡得正香。安贝儿用两根手指拈着透明的三棱镜，让阳光穿过，折在丁哼的脸上，铺开一条小小的彩虹。安贝儿发现自己和丁哼就是这样，无论是纯白还是斑斓，其实都是纯净的阳光。青春总有自己张显的方向，安贝儿在丁哼身上看到女生的另一面，到七浦路淘货，去“哎呀呀”买新一季的发夹……她不清楚丁哼跟自己究竟学会了什么，但她知道，自己和丁哼在一起的日子，至少学会了“分享”。

春天的季候风就要来了，空气吸足了水分，饱和得似乎可以听到水分子撞击的声音。学校春游选在郊外的浮山，安贝儿从没像现在这样期待。她第一次发现自己也可以像丁哼一样和同学那么融洽。

旅游车颠簸，丁哼吐了一路，下车的时候脸色泛着青白，她扶着安贝儿的手，悻悻地说：“以后美白不用买面膜了，来这儿多坐几回车就行了。”

安贝儿笑了，终归是丁哼，什么时候都能讲出笑话。浮山有大片的橡树和紫杉，把暮春的阳光筛成一缕一缕细小的光柱，她们落在最后。丁哼爬到一半就懒得上了，停在一片开阔的空地，迎面可以看见湛蓝的海。

“山顶的风景还不如这里好呢。”丁咛攀上一块探出山崖的岩石，轻缓的山风拂动着她白色的裙摆，“贝儿，你说我从这儿跳下去，会不会飞起来？”

“肯定不会，”安贝儿看着有些晕，“你快下来吧，以你的质量配上加速度，下去应该是块特大的比萨饼了。”

丁咛却不答话，闭着眼，缓缓地张开双臂。阳光斜斜地照下来，似乎穿过她的身体，散着薄亮的光芒。安贝儿第一次看见丁咛这样沉静，像凝固在岩石上的人鱼雕像。

许久，丁咛才转过头，低低地说：“贝儿，青春是可以被原谅的吧？”浅浅地笑容，却分明带着隐暗的忧伤。

“丁咛，你怎么了？”安贝儿探身拉住了丁咛的手，似乎她真的会跳下去一样。

五

五一长假，安贝儿一直躲在家里温书。有时她想给丁咛打个电话，问问她在做些什么。但是想起 Prom 上和自己跳舞的男生，她还是决定自己打发漫长的假期。开学的那天，丁咛没来。安贝儿身旁的座位一直空着，可是围绕着它，班里却开始了小小的诽言。

丁咛被开除了，因为怀孕，一个不应该属于她的生命。安贝儿默默听着，不肯相信这是事实。

放学，安贝儿没有回家，一个人去了那个圈满白色建筑的小区。她想看看丁咛，想知道那是不是真的。那是她第一次看见丁咛的卧室，挂满 Cool Dog 的房间，拉着紧闭的百叶窗。丁咛安静地坐着，失神地看着自己的脚尖，木然的脸上映着百叶窗细细的光纹。她始终不说话，许久的沉默，在闭狭的房间中，显得格外漫长。只是，在安贝儿决定离开的那一刻，丁咛忽然讷讷地问她：“贝儿，我是坏女生吗？”

季候风终于赶在五月最后的一天，夹杂着凌厉的暴雨登陆。班主任没打招呼就出现在自习课的教室，脸色灰暗得像窗外的天气。丁咛自杀了，从 10 楼的窗口一跃而下。班主任冷厉的警告，冻结得全班鸦雀无声。丁咛变成全班的警醒，深刻的教训，早恋危害的典型教材。安贝儿看着老师翻动的嘴唇，不可置信地听着，紧扣的十指，渐渐失去血色，现出冰冷的白。她忽然站了起来，对着错愕莫名的老师，直直地问：“早恋真就这么罪不可赦吗？”

没有人回答，一切定格在那个暴雨的午后，没有人回答。

安贝儿离开学校的时候，雨已经停了，她收起丁咛课桌里的书本，送回她家。她看见了那个 Prom 上的男生，委屈地蹲在丁咛家的楼下。安贝儿走到他的面前，没有说话，只是把书包里所有的书本，纷纷乱乱地砸在男生的头上，然后蹲在地上哭了。

安贝儿不能明白，犯错的青春难道就这样不可饶恕？那些不被理解的伤痛，只能独自去舔舐它细密锋利的疼。其实，它们只不过是一场肆意而过的季候风，暴雨过后，要的不是毁弃与苛责，而是重建与宽容。

安贝儿抬起头，迎着薄亮的阳光，似乎又看见穿着白裙的丁咛，站在浮山的岩石上，转过头，浅浅地笑着说："贝儿，青春是可以被原谅的吧？"

淡蓝色的小小花朵，沁人心脾的幽香。它终于盛开了，传说中只有真爱才能浇灌的神奇花朵，它的一生异常骄傲单纯，只肯为爱情盛开一回。

169 种香草

田祥玉

桑迪出生在一个没有嗅觉的家族，他生下来就没有嗅觉。

桑迪 2 个月的时候嗅不出从母亲温热乳房里流出来的奶水的香甜；1 岁时闻不到父亲胡须间浓浓的烟草味……桑迪也不会对哥哥的臭袜子嗤之以鼻。桑迪 6 岁半时说："怎么我看到的、听到的、闻到的都是一样的味道呢？"爷爷告诉他："我们原来就是没有嗅觉的家族。"

正因为没有嗅觉，爷爷在二战中闻不到火药的浓烈和鲜血的刺鼻，爸爸在 70 年代经济危机爆发时也没有嗅到黑面包和炸香肠的馊臭。

桑迪觉得没有嗅觉也没什么大不了，爷爷和爸爸都没有嗅觉，但他们依然过得幸福自在。换一个角度：鼻子下面的舌头更能品尝出一切的酸甜苦辣，而鼻子上面的眼睛，则更能深刻辽远地洞察人生的喜怒哀乐。桑迪突然发现：其实，没有嗅觉的人和健康人一样幸福。

小学一年级时，老师在桌子上摆出 3 个咖啡色的瓶子，桑迪吸吸鼻子说硫酸如水般清新，白醋如牛奶般香甜，而水则如花生油般浓郁。老师看出了桑迪没有嗅觉，她笑着告诉他："能闻出硫酸的清新、白醋的香甜和水的浓郁的人，他的人生就会如泰戈尔的诗歌一样美妙绝伦。我相信桑迪会有一个最美丽的人生。"

桑迪听了很自豪，他说其实他闻到的所有气味都很清新香甜。这惹得同学们羡慕不已。

盲人看不见颜色的绚烂，聋者听不到声音的奇妙，而哑巴说不出世界的美好。桑迪认为自己虽然没有嗅觉却能把水仙的浓郁体会成像薄荷一样清凉的人生，也是一种难得的幸福。

桑迪 18 岁时爱上了艾娅，这个漂亮的女孩经营着一家香草屋，有人劝桑迪放弃追求艾娅，但桑迪说："我要把我没有嗅觉的生活写成她最丰富多彩的诗歌！"

桑迪第一次约会艾娅时，送给她一束火红的玫瑰，花束上的卡片写着："把红玫瑰的高雅和最纯净的气息送给你 / 还有我爱你的心灵 / 把这个季节最清凉的样子送给你 / 还有我等你一生的勇气。"在艾娅那个差不多囊括了巴黎所有香草的小屋里，可爱的姑娘羞涩地答应了做桑迪的女朋友。因为桑迪是一个能打动女孩的诗人。

其实，有谁知道呢，桑迪是翻遍了泰戈尔所有的诗集才为心仪的女孩拼凑了这样的一首诗。他总觉得自己没有嗅觉就应该有突出的语言。因为小学老师曾经说过他的人生会像泰戈尔的诗歌一样美妙绝伦。

桑迪22岁时终于和艾娅走进了婚姻的教堂，当他为新娘套上戒指时，神父问他："你为什么要娶艾娅？"桑迪深情地看着艾娅说："我爱她薰衣草般纯净而深长的气息，我爱她柠檬般静谧而可人的气息，我爱她紫苏般婉转但不斑驳的气息。"这时，艾娅不知从哪拿出一个粉红的信封委托神父转交给桑迪，她说："我把我的香草屋转交给你，里面有169种香草，因为只有你才能把它们的气味变成我的诗歌，因为它们的味道就如你疼我爱我宠我时，我闻到的味道。"

艾娅一直不知道桑迪没有嗅觉，而当她把香草送给她的爱人时，她只知道桑迪会把它们的味道全部变成最美妙的诗歌。

桑迪拥有了169种香草，他和艾娅用孔雀草烹饪可口的饭菜，用迷迭香为爱人调制淡淡的香水，也把紫色的薰衣草泡在妻子和女儿的浴盆中。他的小学老师说对了，经营着169种香草的桑迪，真的渐渐被香草熏陶成了艾娅的诗人，他的人生的确如泰戈尔的诗歌般美妙绝伦。

婚后的每一天艾娅不再到城外批发各种香草了，她慢慢掌握了所有香草的种植和培养知识。她喜欢各种各样的香草，就像飙车族疯狂地爱着最流行的跑车一样。

当她把香水涂在右手的静脉上时，桑迪就会搂着她说："这是我一辈子牵你的手的味道，淡淡的但永不会消逝的味道。"艾娅时常用百里香和罗勒布置家庭SPA，桑迪总会在爱人的耳边轻声呢喃："喏，像罗勒越捻越浓烈的味道，像我们永远相知相惜的味道。"艾娅则幸福地微笑，静静地陶醉在爱人的怀里。有时，桑迪也会把薄荷煎制的糖果放进艾娅的嘴里。这时，他会说："再没有一种香草味，会自你的酒窝流入我的心灵，这是我们彼此相爱的味道。"就这样，天天接触各种香草的桑迪虽然嗅不出它们的气息，但是169种香草已在他心中变成了169首诗。

他们就这样浪漫地生活着，15年来169种香草依然芬芳灿烂。许多人慕名前来买桑迪和艾娅的香草，他们知道，香草蕴涵了爱的气息。

满院浅紫的薰衣草摇曳，它们是艾娅的最爱。这年艾娅35岁，她被查出患有先天性心脏衰竭已无药可救。她再也不能回到心爱的香草屋了，那一刻桑迪伏在她的身边，仿佛第一次闻到了许多味道：苦涩的，遥远的，渐渐离去的……可艾娅轻轻告诉他："知道我为什么会开一个香草屋吗？知道我为什么爱能把香草味变成诗歌的你吗？因为，12 岁那年，我突然没有了嗅觉……"

桑迪没有做声，他久久地伏在艾娅身边说："而不只是你的 169 种香草 / 让我第一次嗅到爱的气息 / 而不只是你的 169 种香草 / 让我找到了爱与被爱的嗅觉。"可艾娅已经听不到了。

有一点，艾娅是不知道的，与她共同生活了 15 年的丈夫，会跟她一样从来都不曾闻出那 169 种香草的味道……

爱情的艺术

最美满的婚姻是什么呢，也许就是当一个人的生命走到尽头的时候，婚姻还在另一个人的心中，直到有一天自己也化作一缕清风，追随而去。

爱情像一双筷子

孙道荣

有人说，爱情像水，温柔明亮；也有人说，爱情像酒，越久越醇；还有人说，爱情像风，来去无踪……

我说，爱情像一双筷子。

男人是一根筷子，女人是一根筷子，两根筷子有缘握在一起，成为一双筷子，那就是爱情。

一双筷子，心往一处想，力往一处使，才能把美好的日子搛起来，送进我们的口中。男人和女人，少了哪一个都不行，一根筷子，只能蘸一点点卤汁，永远无法捕捉到生活的真正滋味。

一双筷子，必须有一个支点。西方人很难学会使用筷子，为什么？他很难找到两根筷子的平衡点。想让两根毫不相干的筷子牢牢地夹住食物，其中的一根就应该放低姿态，给另一根筷子一个有力的支点。手指的力度只是一个小小的技巧。是的，爱情往往也需要一点点技巧，但心灵的配合默契才是根本，真情是第一位的。所以，永远不要指望靠耍小聪明获得爱情。

既然筷子的作用，总是需要双方共同来完成，为什么不设计一根连体筷子？那不是筷子，而是夹子。不错，夹子也可以夹起东西，可是，夹子无法张得更大，夹子的容量是有限的。而筷子是自由的，它可以狮子大张口，把一切美好的东西尽收囊中。这就是爱情的力量。基于这一点，不要忘记，一双筷子，应该是平行的，给另一根筷子足够自由的空间，空间越大，收获就越大，只要另一根筷子，还是你们这双筷子中的一根。

爱情像一双筷子，而不是剪刀。剪刀过于尖利，总是要撕烂破坏，剪刀的心中没有温情，爱情需要建设，需要呵护；爱情像一双筷子，而不是老虎钳。老虎钳的力量不可谓不大，可是，它的控制欲太强了，爱情需要温柔，需要体贴。

筷子有很多种，有竹制的，也有木制的；有塑料制的，也有象牙制的；此外还有金制的、银制的等等。人也一样。人没有贵贱之分，却有文化的差异，习性也各不相同。一根筷子太长，一根筷子太短，不行；一根筷子太粗，一根筷子太细，也不行。为什么你还没有找到与你匹配的另一根筷子？看看自己是怎样一根筷子，也许可以帮助你在茫茫人海中，尽快找到自己的另一半。

有一种筷子，叫方便筷，这种筷子，简单、粗糙，用之即弃，是一次性的。一次性的筷子，与爱情无关。这就与一夜情、包二奶一样，与爱情无关。

爱情之所以像一双筷子，最根本的一点在于，他们之间谁也离不开谁，为了生活，永远不离不弃；他们还总是一起品尝生活中的酸甜苦辣，共同承担着人生的风风雨雨。这不正是美好爱情的共同特征吗？

我一定要找到你

刘祖光

李家强是陕西榆林人，今年25岁。他高中毕业后，就来到西安打工，在一家建筑公司搞装修。今天他站在西安火车站前，一会儿看一下表，既心急如焚，又满心欢喜。他手里的那块3块钱买的电子表都快被他捏烂了，看样子，这家伙心里有事，而且是喜事。

当然是喜事！他要坐到郑州的火车，去看望媳妇。看媳妇能急切成这样？别人不急，李家强很急，他都快半年都没见媳妇了。更何况，今天还是个特殊日子——他们的结婚纪念日。要说，这两口子能走到一起，也挺不容易的。越是不容易，就越让人珍惜。李家强爱老婆可是爱到了骨子里，两口子又刚结婚，猛地分离了这么久，能不急切吗？所以，他早就盼望着这一天的到来了。

火车站的电子时钟上清楚地显示着时间：2007年3月15日08点47分，该进站了。他又一次看手中的火车票：K81次西安——广州，9点03分发车，到郑州的票价是73块。本来，李家强想省些钱，坐1086次乌鲁木齐——连云港东站的车，票价才36块钱，整整便宜一半。但因为是慢车，所以李家强狠了狠心，豁出去了，买的是空调快速的票。

他想，这一次，一定要给小艾一个惊喜。终于，他坐上了车，“呜——”的一声响，火车开动了。一坐上车，他就开始拼命地想起小艾来。

也难怪李家强想，他媳妇唐小艾实在太好了。她比他小一岁，长得既漂亮，而且还很温柔。他俩以前还是初中同学，高中时候两人又都上的是同一个学校。因为不是重点高中，学校管理又松，李家强又经常帮唐小艾打饭，回家时还经常和她一路同行，一来二去，两人就恋爱了。高中毕业后，两人都没有考上大学，李家强就跟着村里的豪哥来到西安打工，而唐小艾则跟着表姐，到郑州银基商贸城做了服装批发员，尽管两个人都在异地，两家人也都曾劝他们另找爱人，可他们还是克服了困难，走到了一起。

他们是去年结的婚，之所以挑3月15号，是因为两口子在看电视央视2套时，听说一句口号“质量万里行，天天315”，而且，他们还知道每年的两会都是在这天结束，总理还在这天开记者招待会呢，每年总理都谈到农村，可见这天是个吉利的日子。他们在家过了一段甜蜜的小日子，就又都出来打工了。没办法，虽然在家千日好，但不挣钱不行，结婚时家里借了一些钱，父母身体又不好，将来若有孩子，供孩子上学，还得花钱，算来算去，他们两个只得重新踏上打工之路。

夫妻俩本想都在西安打工，离家也近，两口子还能互相照应。可唐小艾在西安呆了一个多月，仍然没有找到合适的工作。正好表姐那里缺人，唐小艾就依依不舍地离开丈夫，到郑州打工了。两个人分别后，每天都用手机联系，用短信传达柔情蜜意。可倒霉的是，两人的手机在一个月内都被偷了，手里又没多少钱，这对小夫妻竟然有一个多月没联系了。本来，李家强早就想坐车到郑州看望小艾，可小艾是个仔细人，两人挣钱又都不容易，坚决制止他把钱花在来往的路上。李家强只好听老婆的了，但今天小艾万万不会想到，他会出现在她面前。

李家强太清楚老婆了。小艾什么都好，就是对数字不敏感，初中高中数学都学得一塌糊涂。平时过日子也是糊里糊涂的，从不问今天是几月几号，连星期几她都不管，所以李家强想她肯定不会在意这个日子，到时他猛地在她面前出现，一定会给她带来意外的喜悦的。所以李家强早就策划这次行动了，一想到那天可以把她拥进怀里，看她一脸开心的模样，李家强就兴奋，干活时也就更卖力了。

列车又停了，已经到华山了，李家强看看表，是 10 点 40 分。时间过得真慢啊，跟他向工头请假时，等待工头答复的时间一样的慢。工头是个悭吝的人，为了赶工期，他不允许工人请假。李家强为了看媳妇，便努力地表现，脏活累活抢着干，终于，给工头留下了好感，批了他的假，但，仅仅只有一天。唉，一天就一天吧，能看小艾一眼，就心满意足了。

想到此，李家强不禁呵呵地笑了起来。他把电子表放到面前，默默地数着数，终于，他数到了两万多时，火车在郑州站停住了。这时，已是下午 3 点 59 分了。

来到银基商贸城，他找到了正在忙碌的表姐。表姐一见他，就愣了：家强，你怎么来了？

李家强被问得丈二和尚摸不着头脑，“表姐，你这是什么话啊，我不能来？我来看看小艾！”

表姐连忙解释：“家强，你误会了！我是说，小艾下午就走了，刚走有一小时。”

李家强的脑子“轰”地一下，懵了！什么！！刚走？她去哪儿了，她不在这儿干了?

表姐赶紧说,看你紧张的,她不在这儿干在哪儿干?她这段时间表现得特别好,今天她向老板请假,说要去西安看丈夫,老板就同意了。本来说今天上午走,可这儿临时来了批活,需要人手,她只得留下,一上午把活干完了。这不,她洗了澡换了衣服又到超市买了东西,就去火车站坐火车看你去了。不知道这会儿她坐上车了没?

李家强头一懵,冒出一头汗,他没想到,小艾这个粗心人也会在这天去看自己。他只好匆匆向表姐告别,表姐挽留他,说他大老远地来一趟,中午饭还没吃呢,吃点东西再回去吧。李家强哪儿有心思吃饭啊,他心急火燎地说他得到火车站看看,看她走了没?表姐红了眼睛,说,那你去吧,见了小艾,最好不过;见不到她,她回来后我会给她说的。

到火车站,李家强在川流不息的人群中来回穿梭,寻找着一头长发瘦弱的老婆小艾,可找了一个多小时,仍然没有找到。李家强终于绝望了,他恨自己为什么没有给她买一部手机,唉,真是人算不如天算啊。他用火车站旁的公用电话给表姐打电话,跟她说明了情况,表姐说,那你还回来吧,她到那里见你不在,就会回来的。

李家强谢绝了表姐的挽留,他的心思完全放在了小艾身上。他没有见到小艾,他心痛;当小艾千里迢迢到西安,没看到自己,该是什么心情?李家强不敢想。而且,小艾是个执拗的人,她到西安之后见不到自己,一定会等的。

想到这里,李家强就跑到售票厅,买了张 T197 次列车的票,郑州到乌鲁木齐的,19:18 分发车,到西安是 01:35 分。天已经黑了,坐在车上,李家强望着黑漆漆的窗外,不禁想起了以前和小艾约会时的情景。他们俩所住的村子离得不远,吃过晚饭,趟着月光,他们走在如银的乡间小路上,说着绵绵的情话。每次走在约会的路上,心中都有着莫名的激动,而今天的李家强坐在车上,心情半是激动,半是担忧,他害怕小艾在偌大的西安迷失方向,害怕见到她时,她手足无措惊慌的可怜,他想如果真的见到老婆那个样子,他一定会心疼会流泪的。更何况,小艾到时也已经黑了,她如果等自己,住在哪里?她不舍得花钱,如果随便找个地方住,遇到坏人怎么办?

忽然,他又想到一件事情。假如,小艾到西安后发现自己去郑州,她以为自己在郑州等她,那么她会不会马上回郑州呢?这完全有可能啊。以前上高中时,每次开学,他就骑着车,到她们村的村口等她,有时他不想让她走那么远,就直接骑到她家门口,可到那时,她家人却告诉他,她已经去村口了。李家强只好原路返回，载着她去学校，路上李家强问她："小艾，以前我给你说过了，你在家等着就行，今天干吗又到村口了，你家离村口那么远！"她说："我不想让你累着啊。我们村的路坑坑洼洼的，骑车好难啊！"——他们俩啊，总是好心办坏事。

听表姐说了，老板给小艾的假期，也是一天！此刻，李家强既想让小艾在西安等他，他好见她一面；又希望小艾看不见自己后马上买票回郑州，因为他害怕她会出意外。左右都是为难，李家强很头痛。

为了避免让自己痛苦下去，他继续拼命地想和小艾在一起的快乐时光。终于，他熬到了火车进站。火车门一开，他就跳出来，飞速地往出口跑。工作人员还以为他是逃票的，拉住他验票后，才奇怪地放他走。晚上，已没有公交车了，打的又太贵，李家强尽管一天都没吃饭了，但他咬牙，在马路上狂奔起来。耳边是呼呼的风声，此时的他什么都注意不到了。一口气跑到宿舍，同宿舍的工友还未睡熟，一见他回来，就急慌慌地说，家强，你老婆来过了……李家强赶忙问，她现在在哪儿？工友说，她一听说你去郑州看她去了，急得不得了，把东西放到这儿，说要回去找你，我对她说你看不见她就会回来的，让她多等一会儿。她等到12点多，就再也等不下去了，坚持说你会在郑州等她的，我拦不住，就只好把她送到车站……这不，我刚回来没多久！

完了完了，两人又错过了！想必，她已经坐上车走了，听工友说，车是2010次兰州到郑州，开车时间是1点58分，现在已经晚上两点了。李家强呆了，工友安慰李家强说，以后有机会再看她吧……

还未说完，李家强站起来往外跑去，工友急喊：这么晚了干什么去啊？她已经走了！

李家强说：我去送送她！我到火车站，哪怕是送送别的车，心里才能安稳些……

工友听了，眼里顿时湿润了。

李家强又是一口气跑到火车站。他呆呆地站在火车站的广场里，眼里的泪水如小河一样往下淌。他想起老婆小艾一个人，瘦瘦弱弱的挤火车，而且劳累一天，可能连饭都没吃，就很是心酸。这时，广播突然响了：各位旅客，2010次列车快要到站了，请旅客朋友做好上车准备。2010次列车晚点半个小时，给旅客朋友造成不便，向旅客朋友道歉。

天啊，车还没到呢，那就意味着，小艾还没走！李家强赶紧往候车室里跑，工作人员问他有票没，他把手里旧票一扬，工作人员没看清，他就跑了进去。在排队进站的队伍里，他看见了一个熟悉的身影：小艾，他的媳妇唐小艾！一身白衣美丽如仙女的唐小艾！

这时，唐小艾也看见了他，顿时呆住了。李家强张开双臂，小艾扑进丈夫的怀里，李家强紧紧地拥住了老婆，疯狂地吻着她的头发，吻着她的眼睛，吻着她的唇。小艾摇头，不好意思地说，今天跑了一天，头发脏了，脸也脏了……李家强对她说，老婆，无论何时，你在我眼里，永远是最好的女人。

"节日快乐"，小艾对丈夫说。李家强一愣神，呀，这么重要的一句话他竟然忘了说了，他怜爱地抚着她的小脑瓜说："我还以为，你记不住这个日子呢，你以前数学那么差。"她流着泪说："以前数学差的时候你老帮我，现在你不在我身边了，这么重要的日子我就用笔划在了床头的墙上，每天都看上一眼，我原想，今天可以给你一个惊喜，没想到……"

李家强捂住了她的唇，在她耳边温柔地说："老婆，你已经给我一个惊喜了。"李家强这个五大三粗的男人，此时一脸的温柔。这时，工作人员催促小艾进站了，两个人许多话还没说完，就，不得不分别了。虽然他们劳累了一天，却只呆了1分钟13秒，但他们，将永远记下这一天，这一刻。李家强拥着老婆的那一刻，想，等我们有了孩子，等孩子长大了，也谈恋爱了，他一定告诉孩子，当年爸爸妈妈是怎么谈恋爱的。爸爸妈妈的身份虽卑微，但爱情绝不卑微！

爱情的艺术

澜涛

科学家研究证实,大多数鸟类中的雄性都是依靠自己的华丽衣着或嘹亮歌喉向雌鸟求爱。但也有一种鸟例外。

澳大利亚东部雨林中生活着一种名叫园丁鸟的鸟类,因为园丁鸟的羽毛是那种类似麻雀的土灰色,跟艳丽华美一点边都沾不上,园丁鸟又没有响亮悦耳的歌喉,这让雄性园丁鸟在追求雌性园丁鸟时,就失去了像其他鸟类那样展示华丽羽毛或亮丽歌喉的优势。但它们一样渴望爱情的眷顾,以及承沿种族繁衍的骄傲。于是,在交配季节到来之前,园丁鸟聚集的雨林中开始呈现一种奇特的现象,一只只发育成熟的雄性园丁鸟在林间的空地上精挑细选了一个个树荫不太浓的地方,将地表的杂草以及枯叶一点点清理出去,直到清理出一块大约一平方米左右的地方,然后将一束束树枝插向地面,被插成互相平行的两行树枝宛如一个林荫甬道,从空地一直延伸向远方。插好甬道后,园丁鸟便开始在空地上修筑鸟巢。

修筑鸟巢是一项重大工程,而且每个细节都容不得丝毫马虎。

黄绿色的枝叶、蓝色和黄色的花、蓝色的浆果、鹦鹉的羽毛……一切能够找到的艳丽的东西都被园丁鸟用上,甚至连附近居民家的玻璃珠、纽扣、彩色毛线和金属丝带也被叼来装饰到鸟巢上。在鸟巢的内部,雄性园丁鸟们还会叼来蓝色浆果的果汁缀色。让人惊奇的是,所有雄性园丁鸟鸟巢的门都开向南方,科学家们研究证明,这样可以使得鸟巢吸收到更多的阳光,让鸟巢更加温暖。家修筑好之后,雄性园丁鸟仍不休息,它们会叼来细枝和青草在家门前的空地上铺上一层特色地毯,并且,在这特色地毯间还会夹藏着它们找来的收藏品:叶、花、果、蘑菇、石英、小刀、叉、剪、眼镜、钱币、贝壳等等……

雄性园丁鸟夜以继日、一丝不苟做着的这一切,只为了一件事情——吸引雌性园丁鸟的到来,并赢得雌性园丁鸟的爱情青睐。

千百年来,雄性园丁鸟们就这样一年年、一代代修筑着它们的爱情小家,争取着它们的爱情的同时,将它们的种族传袭繁衍着。

曾有许多建筑大师被园丁鸟精湛的筑巢技艺所折服,感叹园丁鸟们所拥有的爱的艺术。而当我了解到园丁鸟这特有的习性后，想到的是，假如爱情也有艺术，园丁鸟们所诠释的爱的艺术应该适用人类：缺少追逐爱情的华丽与光彩时，能够踏踏实实的修筑爱之港湾，提升自己的温暖魅力，一样可以赢得爱情的青睐。

此恨不关红绿灯

马国福

他和她是经人介绍认识的。都说恋爱中的女孩子比较矜持，她也是如此，有点内向，不喜欢张扬。他是很喜欢她的，喜欢她的秀气、她的文静、她的天真。她也是喜欢她的，喜欢他的才气、他的直爽、他的热情，但是她很少表现出来，一直对他不冷不热。

恋爱中的她被他像宠物一样呵护着。每天他总是没有缘由地替她担心，怕她冻着、饿着、不开心或者出现意外。在别人眼里他的这种付出显得很徒劳，但他仍乐此不疲。

他一直很主动。每天下班后早早地到单位门口等她，这种习惯风雨无阻持续了很长时间。无论他怎么热心诚恳执著，她还是不冷不热。这让他每天送她回家后回到自己的住所闷闷不乐，不是担心自己那些地方做得不周惹她生气不开心就是怀疑自己是否过于殷勤打扰了她的正常生活。

内心深处她很在乎他的点滴付出，对她而言，他写给她的每一个字，每一首诗，每一封情书都是一片欢快的乐章；哪怕再细微的付出，只要有他的气息，都是一座暖暖的花园，只是她把这种感觉一直深埋心底而已。

他是主动的，她是被动的。蜜蜂吮吸花粉后，还会酿蜜呢，何况有情感的人呢？对她的麻木和无动于衷，他这样想。

他一直忍受着她的被动。她对他的态度让他心灰意冷，似乎自己的尊严受到了伤害。

有一天他带病陪她逛街，走遍了整个城市，她都没有买到心仪的东西，心里很烦躁。走到十字路口路过红绿灯时，红灯亮了，他们为一件小事情吵了起来。片刻绿灯亮了，她负气而走，扔下一句“有本事你就别过来，一直站着吧！”径直走到对面红灯那面，站在路口，将背影留给他。他傻傻地站在绿灯这边的路口，脸火辣辣地热。过往的行人用异样的眼光打量着他和扬长而去的她。

想到自从和她相处以来自己所受的委屈，他感到自己男子汉的那种尊严当着那么多的来往行人受到了莫大的伤害。过了一会儿绿灯亮了，令他奇怪的是，明明是“红灯”，怎么还有那么多行人和车辆闯过去。他想，如果她再让一步走到自己这边来就和她和好。她站在绿灯那边转过身望着对面站着的他，心里想，这个傻瓜怎么这么老实，绿灯亮了怎么还不肯给我让一步走过来。如果他走过来了，我就向他赔不是，今后更好地珍惜他。

他望着她，她也望着他，中间隔着斑马线，谁也没有向前走一步。就这么僵持了几分钟，红绿灯交替着亮了又灭，灭了又亮，两个人始终没有迈开步子走向对方。

最终她含着泪走了。

第二天，他收到了她的信"其实，我心里一直爱着你，昨天在十字路口红绿灯处，我以为绿灯亮了你会让步走过来，当时我就下定决心，如果你让一步，我就一辈子让你牵着我的手，幸福地度过一生，然而你没有。我们有缘无分，还是分手吧。"

读着她沾满泪痕的信，他心里像打翻了五味瓶，涩涩的，酸酸的……

几年后，他们在当时分手的十字路口红绿灯处相遇，她早已为人母，他早已为人父。岁月早已改变了他们许多，唯一不变的是那个红绿灯依旧按着规则一闪一灭地变换着。

她说："如果当初你鼓起勇气让一步，说不定今天我们牵着的是同一双手。"他苦笑着说："没有如果了，我在想明明是红灯你还闯过去，说明你决心已定，心里没我啊。"她苦笑着摇头，消失在茫茫人海中。

她哪里知道，他是严重的色盲啊。他们谁也没有让步，美好的爱情就这样错过了，此恨不关红绿灯！

亲爱的朋友，给爱让步，就是为幸福开路啊！当你的爱情因琐碎的细节亮起红灯时，你不妨放下架子让一步，幸福就站在对面等着你开启感情的绿灯。

有一种怀念，叫打扰

连谏

第一次见她，大约是4年前吧，听见门上有钥匙在哗啦哗啦地响，有些惊诧，以为大白天来了胆肥的蟊贼，猛地开了门，正要呵斥，却见门外的人，比自己还惊诧，大大地张着嘴巴，讷讷道：你是谁，为什么住在这里？

因为紧张，她的鼻子上渗出了细密的汗，细长的眼睛瞪得很大，像是受惊的考拉，他有些不忍，便笑了笑：这是我家，我不住这里住哪里？

她又啊了一声，掏出一张纸仔细看看，问：这里不是某某路某号某单元某室吗？

他哑然失笑，抬手指了指对门。

她的脸，一下子红到了耳郭，连连说着对不起，转过去开对面的门。

他望着她纤薄的背影笑了笑，回家，关门。

这栋楼是80年代初期建的，隔音不是很好，他能听见她欢快地哼着歌曲涮拖把，还能听见她小心翼翼地挪动家具……

他微微地笑着，想这是个快乐的女孩子呢，甚至还有点无耻地想，如果她再漂亮点，说不准他会寻个借口搭讪追她呢。

旋尔，觉得自己实在有点刻薄，讪讪自嘲着，睡了。

他们偶尔会在楼道里相遇，点头笑笑而已，没有话。周末，他们还会在楼台的共用露台上相遇，她去晾昨晚洗好的衣服，他在看英文书，她看他的眼神里有满满的敬慕。

渐渐的，就熟了，孤男寡女的两个年轻人，时常搅在一起烧饭吃，面对面坐了，她托着下巴看他，顽皮地说：慢点吃，别把舌头也吞下去。每到周末，她常常以要开洗衣机为借口，讨去他穿脏的衣服，洗好晾在露台上，他一抬头，就能看见自己的衣衫和她的一并，舒展在暖意洋洋的阳光里。

在一起时，他们聊各自的学生时代，他说那些在湿答答的弄堂里混迹的童年，也会听她有些忧伤地说干旱少雨的甘肃乡下，早晨，一盆水洗全家人的脸，说这些的时候，她的眼眸盈盈地潋滟着，让人心下砰然。

他不忍她感伤，就打趣说她这么贤良，不知会被哪个走运的小子娶回去。

她就红了脸，埋着头，一根一根地摆弄着自己的手指。

他突然意识到，她待自己这样好，是不是在暗恋自己呢，这么想着，就偷眼看她，看着看着，心就悄悄地退了一步又一步，她像沙滩上一粒普通得不能再普通的沙子，太不出众了，而他，像所有好高骛远的年轻男子一样，希望自己的女友美到惊艳。

他开始刻意地回避她，虽然做得很是委婉，她还是感觉到了，不再轻易敲他的门。在露台上相遇了，也只是礼节性地笑一下，晾好衣衫，转回屋去。

第二年冬天，他有了漂亮的女友，和女友嬉闹时，他会突然竖起食指说小声点，墙壁不隔音的。

不知为什么，他有点抑郁，总觉得哪里不对劲，生怕他们的笑声会变成穿墙而过的利刃。他不想伤害她。

有时，他和女友会在楼梯上遇到她，她总是埋头匆匆地上或下，像个胆小的孩子，他就觉得有莫名的难受在心里拱啊拱啊的，像欠了她什么永远无法偿还似的。女友似乎看出了什么，却也不问，只是打着婚期将近的幌子，催促他买房搬家。

次年秋，他搬进新家，把旧房租了出去。以为这样就会忘记她眼里的忧伤，却没有，一些夜里，他会腾然醒来，想起她满眼含笑看他吃饭的样子、在露台上边唱歌边晒衣服的样子。他竭力让自己和女友兢兢业业地恋爱来忘记这一切，却不成，常常是女友正和他说着婚期呢，他的目光就像电力不足的灯泡，缓缓暗下去，觉得自己不是在选择爱情，而是在满足自己被人羡慕的虚荣。感情是件多么私人的事，为什么要去顾及大众的审美标准呢？娶位美妻营养了大众眼球大众又不能替他承受生活的不如意。

他的心就隐隐地疼了起来。

到底，他还是没能娶回那位能满足他虚荣的漂亮女友，不知故里地就散了，踪迹皆无。

一个人的落落寡欢里，他去过几次老房，借口要装修，让房客退了租。闲来没事，他在老房子里转转，站在露台上，望着通往她房间的门，怅怅地想，2年了，或许她搬走了吧？亦或许她恋爱了甚至结婚了吧？再或许，她已不记得有这样一个人走进过她的生活……

在爱情上，人总是这样，最美好的，永远是得不到的和已失去的。

他不知道，这样伤感的情路心迹会不会让他遇上。

又去了老房子多次，阴错阳差似的，一直未能再遇到她。他假装无意似的问过邻居,知道她没搬走。

他想给她电话,借口问她近来可好,再度与她搭上联络,却发现,自己竟没同她要过电话号码。

索性,在周末宿在老房,夜里,大大地睁着眼,聆听隔壁的声息,很晚了,才听见楼梯上的脚步声,渐行渐近地来了,他在黑暗中张着大大的嘴巴,无声地笑。

挨到次日早晨,他假装无事人一样伸着懒腰上了露台,连见了她的第一声招呼该怎么打都设计了千万遍了。

终还是枉费了心机。

那个在清晨里打开通往露台门的人不是她,而是一位俊朗男孩,四目相遇,都愣了,他尴尬地指指自己的房子,说:隔壁邻居。

他们相互握了手,在露台上做着晨操。

晨曦那么好,他的心,却一片乌蒙蒙的,连一丝光线都看不到。

等她探头到露台招呼男孩吃早餐时,一眼见到了他,目光落到他脸上,像被烫了样跳起来,很快,就镇定了,说:是你啊,是不是回来请我们去吃喜糖的?

一下子,他就怔在了那里,在她从容淡定的目光里,他分明看到了小心翼翼的躲闪,他笑了笑:到时候肯定会的。

除了苍凉和遗憾,他没有怪她,那么好的女子,已被他用年少无知辜负过了,他有什么理由和资格让她等在原地?他也终于明白,那些时过境迁后的回头,大多成了打扰,一点也不诗意,更不美好,还是,一个人,默默地怀念,最好。

婚姻是趟毕生游

程应峰

如果人生是一场历练，那么婚姻就是两个牵手的人已经到达的景区，一旦走进去，就注定要在这方风景之中游历一生。

刚刚抵达时，婚姻的风景是绝妙的，它的风光也许胜过人世间任何妖娆和旖旎。那时，他和她相携而行，亲密无间。在彼此眼里，他们是天使，喜怒哀乐融为一个整体了。他是她的全部，她是他的世界。他们涉足在爱的河道里，漫步在情的森林里，一路溅起幸福的浪花，一路撒下欢乐的呢喃。

他们走了很远的一程。牵着的手开始感觉有些疲惫。他们想都没想就松开了，随便找了一个位置闲散地坐了下来。开始，他们并没有忘记一路上看到的美景，他们回味着，交谈着，提醒着，一枝一叶，一点一滴，他们说得那样投入那么动情。跌倒的时候，有另一双手扶起来；伤心的时候，有来自彼方的安慰；遇到高兴的事儿，一个快乐刹那可以变为两个快乐。

走着走着，低头抬头之间，他们已进入了婚姻深处。被婚姻困顿已久的目光，开始不安分地在生活的河道中游移。蓦然发现，在婚姻之外，依然有那么多挑人心动的东西。他看看她，她看看他，从彼此的目光中感到，生活已经失去了一些什么，曾经带来巨大幸福的那些温情、那些爱怜、那些赞赏、那些鼓励，在婚姻深处开始慢慢消散。在忍无可忍的情况下他和她有了龃龉，她说他心中没有她了，他也说她只会胡思乱想，没有半点温情，没有半点生活情趣了。接下来他们各忙各的，甚至难得有聚在一起的机会了，就是有，似乎也无话可说了。氤氲在婚姻之中的是沉默，是令人窒息的沉默。这是婚姻中的寒冬，走不过去，风景就不属于两个人了；倘若能够走过去，就注定了这是一趟幸福的毕生游。

而后呢，婚姻的风景也许会趋于平淡，但依然美丽。见过夕阳下一对白发苍苍的伴侣漫步的图景么？那份恬适，那份真挚，那份无我忘我的关爱，如果见过，你一定会心动的。

最美满的婚姻是什么呢，也许就是当一个人的生命走到尽头的时候，婚姻还在另一个人的心中，直到有一天自己也化作一缕清风，追随而去。

醒着的爱

程应峰

他住进医院的时候，脸色苍白，憔悴不堪。穿着医护服装的她忙碌在围着他忙碌的人群之中。

围着他的人多而杂，她是个不起眼的人，扎在人堆里绝不会有人注意。一开始，我并没有在意她，当然更不知道她是个爱脸红的女人。只是觉得她对他很好，可以说是亲密，但她不是他的妻子。他的妻子，一开始我就知道是哪一位了，是那个在医生给他量血压时，为他挽起袖子的女人；为他量体温时，用手捂着他额头的女人。其实亲情是很容易看出来的。而她却有些拘谨有些矜持地站在一旁，帮助喊人或是递些东西什么的，或是默默地沉静地站在那儿看着他苍白憔悴的脸。

他的病情经过两天的治疗，有了明显的好转，他的妻子回家打理家务事去了。打着点滴的时候，他就拿出手机拨号。不大一会，就听见她的脚步声近了，每次都是这样。进门时，因为走得急，她带着轻微的喘息。她第一次独自一人款步来到他床前的时候，我一眼就瞅出来了，她和他曾经相爱过。她是个爱脸红的女人，她来到病房，站在他的床前，说不上几句话，不经意间脸上就挂起了一抹潮红。这一抹潮红印证了她和他曾经是一对恋人。

纷扰的尘世间，凡俗的生活中，有缘相爱，无缘在一起白头偕老，这是常有的事。曾经真心相爱的人，总是在再见之日，四目相对之时，多出了几份压制的同时，也多出了几份淡定从容。

她每次来到之后，站在他床前陪他散漫地闲聊，聊他的病情，聊他的事业，聊他曾经的辉煌，聊他如今有些艰难的生活……说着说着她就有些难过，说着说着就过去了一两个小时。从她和他交流的情态看得出，他们之间是真挚坦诚的。常常可以感觉到在那么一个闪念之间，她和他心底会莫可名状地荡漾起曾经的往事。虽然他们嘴里再也难得吐出一个爱字，虽然从外在的表现来看，她对他的关心只是出于一种正常的人性的关爱，但从她对她关怀体贴的程度和她为他的治疗作出努力的程度来看，那份情意，是远远胜于一般的情谊的。

得不到的爱就是这样，永远都纠结在心，剪不断，理还乱，也许历经几十年，初时的激越可以化作现有的平静，一如鲜活的河流涌入了沉静的湖泊，我们看不透它有多深，即使在风过之时，所看到的也只是柔波之上泛出的些许轻澜。但脸颊上一刹那泛起的一抹红晕，依然可以说明，时间再长，日子再久，爱总是醒着的，不会一味地沉睡在岁月的深处。

有些爱情是用来辜负的

卫宣利

接到她的电话,他简直欣喜若狂。尽管是一个求助的电话,她的语气却依然是淡淡的,是她一贯的冷漠和高傲。她说她在深圳,因为出了点意外,急需要一些钱。如果方便,能不能先借她一些?一个月就还……

只不过两分钟的时间,他握着话筒的手,已经微微汗湿,脸颊上也渗出了细密的汗珠。他甚至没有听清楚她具体都说了什么,只知道,她需要钱,而自己,是唯一能帮助她的人。

他爱她,很多年了。那时候她是学校的校花,清爽的方格蓝裙,简单的白球鞋,青丝扎起,颜如朝露。这样的女生,本不是他可以靠近的。可是他,偏偏中了爱情的毒。大学3年,他帮她在图书馆占位置,从家里为她带红枣百合粥,用打工赚的钱为她买最流行的随身听,她去赴朋友的约会,他也会偷偷跟着她直至她到达安全的地方……

他爱得卑微,像追逐太阳的向日葵,她的一个微笑一个眼神,已足以令他沉醉。她不爱他,却也不拒绝他对她的好。像阴天里的太阳,悬在天边,若即若离,不温不火,从不曾给过他爱的温暖和光辉。

他们就这样,走过3年。3年里她不断地恋爱,分手,再恋爱,再分手,像走马灯一样地更换男朋友,只有他,始终跟在她身后。她恋爱,他是她的智囊和倾诉对象;她失恋,他是她依靠的肩疗伤的药。

她是那种天生不安分的女子,毕业后就开始四处飘,有时候在北京,有时候在广州。仍然不断地开始和结束一段又一段爱情。他留在那个小城,做了最出色的外科医生。可是他治不好自己的病,他的心跟着她辗转起伏,从一个城市到另一个城市,从一场恋爱到另一场恋爱。疲惫,却幸福着。

他30岁了,身边也不断有一些优秀的女孩子在追,他却从不曾动过心。可她只要一个电话一声叹息,就能让他翻山涉水马不停蹄地赶到她的身边。在将近10年的时光里,她恋爱,结婚,离婚,再结婚,身边的人换了一个又一个,却始终不曾给他一个出场的机会。在她的爱情赛场上,他甚至连个替补都算不上——替补还有上场的机会,他没有。

他不悔，不怨，只要她需要，他必殚精竭虑，全力以赴。就像这次，她说需要钱，他焚心似火，连夜就拿了钱，去给她送。隔着千山万水，他本可以用最便捷的方法把钱汇去，却还是请了假，他要把钱亲自送到她手上。只因为，他担心着她的安危。

没想到路上会出意外，当那辆失去控制的车朝着他的车横冲而来时，他只觉得思维停顿灵魂出窍，整个人都轻轻地飞了起来。

在医院里重返人间，看到窗外灿烂的阳光，他恍如隔世。他想起还在另一个城市等待的她，心里竟异常平静，不再忧心不再焦灼。他觉得自己的心——那颗一直为她陷落的心，终于重新回到了自己的胸腔内。那一瞬，他的泪像小蟹般，慢慢地爬满了一脸……

3个月后，他康复出院。半年后，他和一个娴静温柔的护士结了婚。是那场几乎让他丧命的车祸让他顿悟，对一个不爱你的人而言，再多的深情痴迷，再多的体贴呵护，都是用来辜负的。就像他和她，他的全心全意，他的长久守候，他的痴迷执著，自始至终，都只是他自编自演的一场爱情独角戏，所有的爱，对她而言，只是用来辜负的。而他，最紧要的，是把所有的爱全盘收回，装进另一颗柔软善知的心里。从此，与幸福紧紧相握。

谢谢你曾爱过我

卫宣利

分手一年后，他们在商场的电梯间相遇。彼时，他另有佳人在怀，眉目含情，温言软语，幸福像瓶子里溢满的肥皂泡，迫不及待地要冒出来。电梯门打开，她一脚踏进来，抬头看到他，再想退回去，门已在身后徐徐合拢。

他亦看到她，揽在佳人肩头的手，尴尬地抽也不是，留也不是。一年不见，她人憔悴了很多，却很精神。妆容淡雅，从容干练。看得出来，这个曾经被自己深深伤害的女人，仍然活得匆忙而充实。她还恨着自己吧？当初他为了身边的女人，不顾正准备嫁衣的她决然离开。她像个祥林嫂似的，满世界地跟人控诉负心人，恨不能拿把刀割他的肉剜他的心。如今相遇，自是凶多吉少。

他正忐忑，她已伸手过来，盈盈笑道："你好。"她湿润的手指轻触他的掌心，又迅速放开。细细的温暖，让他的心头倏然一热。他很想问问她，过得好吗？却一句也说不出来。电梯门打开，她微笑着转身离去。

刚到办公室坐定，便收到他的短信：谢谢你的原谅。她展颜一笑，回：没有原谅，只是感谢。谢谢你曾给过我那些美好时光，并给了我寻找下一个幸福的机会。

是的，不爱了，分手了，曾经的海誓山盟转头成空，恨过，怨过，到最后，却有了一颗慈悲宽容的心——这才是爱的最高境界。

你曾无数次在寒夜里接我回家，你曾带我看过香山红叶，你曾逗我笑，我流泪时你曾借给过我坚实的肩膀，你曾用保温饭盒坐两个小时的车为我送红烧鱼，你给过我最甜蜜的吻，你曾用微薄的薪水为我买喜欢的冰激凌，你曾被我半夜扰醒陪失眠的我聊天……谢谢你曾给过我那些美好时光，谢谢你让我在最美丽的时光尝到爱情的滋味，你让我知道什么是心动、颤抖、欢喜、期待、憧憬，你让我相信爱情的存在。

你离开了。也好。因为你的离开，我又有了寻找下一个幸福的机会。后来，我遇上了他，他温柔，风趣，体贴入微，愿意把一切好的东西给我。他比你更适合我的性格。而我，因为你，更懂得了怎样去爱他。感谢你，让我找到了自己幸福的归宿。

谢谢你曾爱过我。

抢了一只保温瓶

冰凌一笑

我终于相信，婚姻是爱情的坟墓。只有杨过和小龙女才可能拥有古墓中的幸福，而我不是小龙女，子午也不是杨过。

我和子午，只是两只锋芒毕露的刺猬，随时会用各自的尖刺攻击对方的要害。尖刺是用冷漠、刻薄等毒汁浸泡过的，招招可让对方致命。

我知道子午是爱我的，一如我，也还深爱着他。但当他攻击我的时候，我做不到不还击。我们在进攻中伤害，在反击中受伤。

那个天寒地冷的冬天，再一次爆发战争后，我感觉幸福已结成千年寒冰，再也不可能融化成春水。

娘家是个永远的避难所，偷偷溜进家门的时候，老爸正独坐在书房看报纸，厨房里飘出浓浓的熟悉的海带排骨香。见我一脸的怒容，妈只淡淡地问："又怄气了？"打开委屈的阀门，我把对子午所有的不满排山倒海地放了出来。妈不劝阻也不安慰，只是微笑着，静静地听。

妈从厨房里端出排骨汤，然后拿出那个精致的保温瓶，一勺一勺地往瓶里装汤。这是妈的习惯，每年冬天，妈煲完汤都会先用保温瓶温着，她说，等炒完菜，汤就凉了。

爸沉醉地喝着香浓滚烫的排骨汤，鼻尖渗出丝丝细汗，妈用纸巾轻轻为他拭着汗，嗔怪地说："这副馋相，也不怕女儿笑话。""你妈煲的汤，天天喝也不会厌。"爸冲我扮了个鬼脸，眼里闪烁着一种叫幸福的光芒。而妈，也是一脸的满足。

我找不到我要的幸福，就向爸妈蹭点幸福吧！下班，又急急奔向娘家。

子午竟和爸妈坐在沙发上看电视，他们是在等我吃饭。我装作熟视无睹的样子坐到餐桌旁，子午沉默不语地挨着我坐。

迫不及待地揭开餐桌上的保温瓶，我发现蹄花汤面上，竟漂着厚厚的、凝固了的油花，汤冰凉如霜！我惊叫起来："妈，咱们的保温瓶坏了，不保温了！"

妈气定神闲。"保温瓶没坏，只不过，我装的是冷汤！"见我迷惑不解，妈拍着我的手，柔声说："孩子，保温瓶就是这样，你把热的东西放进去，它就会替你保热,你把冷的东西放进去,它就只会替你保冷!"爸深情地望着妈,柔柔地说:"幸福就如保温瓶。这一点,你妈最懂。"

幸福就如保温瓶?爸妈的话如两片最柔软的羽毛,轻轻从我心中拂过,我全身的盔甲顿时分崩离析。再偷眼看子午,锐利如刀剑的目光已化作绕指柔。

妈从厨房里端出一锅热气腾腾的百合马蹄排骨汤。

子午抢着为我盛了一碗汤,悄悄在我耳边说:"咱们把爸妈的保温瓶抢走如何?""没门!"我狠狠地白了他一眼,"除非,除非你像老爸那样,每餐把保温瓶里的汤都喝光!""成交!有效期是一辈子!"子午轻轻握住了我的手,而我一把把桌上的保温瓶抱进了怀里。

幸福就如保温瓶,你装进冷漠,它不可能保出温情;你装进火热,它不会给你冰凉。如果你想拥有幸福,那么别忘了,把你的关爱、体贴、宽容都装进婚姻这只保温瓶。

沙堆上的爱

冰凌一笑

她拎着行李箱钻进一辆的士，倏忽便从他的视线消失。他茕立窗前，任萧瑟的寒风灌进来，眉头蹙成了两道阴云。

楼下的院子里，一个大约五六岁的男孩正兴致勃勃地玩着一堆沙。沙堆又高又大，矗在小小的孩子面前，仿佛一座高不可攀的大山。男孩仰望着沙堆，围着它转了一圈又一圈。他终于抬起右脚踩进沙堆，右脚立稳了，他舒心地咧开了小嘴，又小心翼翼地把左脚踩入右脚上方的沙里。很显然，男孩想一步步攀上沙堆的顶峰。可是，他意想不到的情况出现了——他左脚刚落，沙堆轰然坍塌，他的身子打了个趔趄，跌回到地面。

男孩怒目圆睁，不甘心地换个方向再一次攀起沙堆来，可同样的情景又出现了——沙堆再一次塌陷下来。此后，男孩又围着沙堆接连换了十余个攀登点，可沙堆无一例外地在他脚下陷落、散开。疲惫的男孩最后一次跌落后，索性赖皮地坐在沙堆里，直到妈妈出现，他才哭着扑进她的怀抱。

他一直盯着男孩和沙堆，直到委屈的男孩被妈妈抚慰着抱走。风吹得他的眼睛涩涩的，被沙堆绊倒的男孩可以回到妈妈温暖的怀抱，被爱伤得体无完肤的他，又从哪儿找到慰藉？

他认识她的时候，她刚结束刻骨铭心的初恋。她是美丽冷傲的公主，眼里哪会有卑微如尘埃的他，而他却死心塌地地爱着她。一年，两年，三年，她若即若离，不愠不火。直到第四年，她的老父亲突患恶疾，临终唯一心愿是希望独生女儿有个归宿……他就这样成了她男友。他知道她的心思，找不到爱的人，嫁谁不是嫁？他虽心伤，却也满足，毕竟她留在了他的身边。他想，纵使她是珠穆朗玛峰，只要他用一生的时间，一点点地去试着攀登，终有一天能攀上顶峰，在她心头插上爱的旗帜。

那以后，他一点儿也不敢马虎，更加细心地呵护她。她爱玩，常不着家，他也不干涉。日子久了，他又怀疑是自己对她太黏，照顾太周到，她才那样不懂他的好。为了制造距离和相思，他甚至故意远赴他乡。他想，也许换一个方向，他能攀上她的心崖。可是，就算一个月不打电话，两个月不见面，她也没有生出失落和伤感。

许多个孤灯独坐的日子，他把精力投入事业，羽翼渐丰，事业有成。就在他计划为她买一栋大房子时，她突然向他提出分手。就算她如此绝情，他却还在思忖着如何挽救这场爱情。他说服她暂时冷静一段时日，甚至答应给她完全的自由——如果在一年中，她找不到她爱的人，他仍然会在家里等她。可是，她一点儿也不感激，而是幽幽地说："五年时间早已证明你不是我爱的人，再拖一年又如何?"说完，她收拾行李离开家，只留给他一个决绝的背影。

没有爱，她的心就是一盘散沙，他的胸怀再宽广，又怎能网得住每一粒随风蹁跹的沙粒?

人生的圈里圈外

不是谁都能抵达天路尽头

马国福

青藏铁路通车了,举世瞩目的伟大工程引来了许多国内外的记者。媒体给青藏铁路赋予了一个诗意大气的名字:“天路”!悠远、苍茫、厚重的铁路跨越世界屋脊,“挑战极限,勇创一流”的青藏铁路精神震撼着我们的心。我是从青藏高原走出来的人,对故土有着特殊的感情。电视直播通车仪式的那几天我一直关注着青藏铁路的每一档新闻节目。

在一档节目里,记者在青藏铁路沿途采访,遇到一老一小的两个朝圣者。他们俩穿着一身厚厚的藏袍,在两个膝盖上分别捆绑着两块汽车轮胎用的橡胶皮,双手握着一块厚厚的木板。记者问:“胶皮和木板是干什么用的?”老者很安静地回答说:“绑橡胶皮和手握木板,是为了减少与地面摩擦时所产生的肉体的痛苦。”

镜头对准了他们磕长头的画面,是一个特写。他们先是十分庄严地站定,然后跪下去,再将整个身躯扑倒在路面上,双臂尽可能地往前伸,一直伸到不能再伸了为止,这时候,他们就用额头在地上磕一下。完成一组动作后,他们的整个身躯就往前收,从手掌触及的地方站起来。站起来后他们双手合十,十分虔诚而神圣,接着又跪下去,又扑倒在路面上,周而复始……

我注意到他俩的额头已经磕得结起了一个十分醒目突出的黑紫色老茧。老者解释说这是由于额头长期磕碰地面产生的。记者问:“疼吗?”老者说:“习惯了,就不感觉到疼。”

通过节目,我看到了一路上有很多朝圣者,许多来自几千里之外的地方,他们结伴而行。推着一辆已经风尘仆仆几近烂散的人力车。车上装的是成袋的糌巴、容积达几十升的水壶、备用的木板、橡胶皮还有衣服。还有的朝圣者都赶着羊和牛朝圣,他们解释说用羊毛换取东西,用于朝圣路上的吃喝,用牦牛帮人载货,换点钱捐给喇嘛庙。结伴而行的朝圣者中由年幼的人为年长的人做后勤工作,烧饭、搭帐篷、开路。

记者问:“凡是朝圣者人人都可以抵达圣地拉萨吗?”老者摇头说:“不是谁

都能到天路尽头。一路上要经历无人区、高寒区，要跋山涉水，病死、饿死在途中的人很多。如果饿死、病死在途中，也是一种很荣耀的事情。因为他们把生命献给了神，献给了自己的信仰。

“高山区的气候变化无常，时而是风暴，时而是飞雪，时而又是泥石流和山体垮塌等等，同一天当中能够经历四季的气候。除去气候的恶劣因素不说，朝圣的人还要翻越许多座高山，那些山的海拔高度，平均在四千米左右，上面终年是积雪，非常寒冷，氧气也很稀薄。

“渴了，就捧一口山泉；饿了，就啃一口冰雪；困了，就原地躺下。一路风餐露宿，当晨光再次来临，继续虔诚而无畏地用自己的身躯和灵魂，一步步接近天堂，接近心中的圣地。”

年轻的朝圣者补充说：如果男人没有到神山朝圣，那就会被人瞧不起；如果女人没有去神山朝圣转山，那么就会嫁不出去，转山一圈能抵消一年罪过，转30圈就能抵消一辈子。”记者很不解，接着问：“从家出发到圣地需要多久？”他说：“差不多3年时间。”

节目到尾声的时候，电视里播放起背景音乐，是一首简短的藏族民谣：黑色的大地是我用身体量过来的，白色的云彩是我用手指数过来的，陡峭的山崖我像爬梯子一样攀上，平坦的草原我像读经书一样掀过……

节目结束了，我的心还沉浸在画面中。茫茫朝圣路，长长信仰线。一个又一个虔诚的朝圣者走在那条路上，消失在天与地之间，好久好久，那牛皮手套和额头触地的啪啪声，敲击着我的心灵。

我们来到世上，就是一个为了终极人生目标而不懈朝圣的人，只是有的人信仰被风吹雨打去，像一粒尘埃一样，消失在茫茫尘世中，庸庸碌碌苟活一生；有的人却举着信仰的火把，生生不息地传递下去，让原本平淡的人生在老茧中开出花来，在难以超越的海拔上亮出自己的名字。

在这个信仰容易溃散的时代，老者的那句话铭刻在我心中：不是谁都能抵达天路的尽头……

你有多重要

孙道荣

汽车进入了山区,山路崎岖不平,颠得人五脏六腑都翻腾出来。车上只有十几个乘客,坐在后几排的乘客,因为颠得吃不消,都挪到了前排。

他却主动地移到了最后一排,五个座位连在一起,正好可以躺下来。他太需要休息了。这段日子,工作丢了,谈了好几年的女朋友也吹了,整个人完全处在心灰意懒之中,连续十几天吃不下睡不着,他觉得自己走到了人生的绝境。此行,他想回老家看看父母,年迈的双亲培养出他这个大学生,很不容易。他觉得自己对不起他们,他不想再让他们为自己操心。他决定在了断自己之前,再看一眼可怜的双亲。

汽车颠簸着前进,乘客都昏昏欲睡。他也恍恍惚惚地进入梦乡。

突然,在一阵剧烈的撞击后,汽车猛地停了下来。

所有的乘客,都被惊醒了,有人头撞在了前排椅子的扶手上,有人被震碎的窗玻璃割伤,有人被抛出了座位,躺在后排的他,也被高高地弹起,又重重地摔了回来。

出车祸了!

车厢里,立即爆发出一片惊叫声和哭喊声。一片混乱之后,大家你看看我,我看看你,虽然都有不同程度的撞伤,但看来都无大碍。大家稍稍松了口气,探头窗外,看看到底发生了什么事情。这一看,让他们惊出一身冷汗:车子悬在路边的半空中,晃晃悠悠,而下面,是一个峡谷!大家这才发现,车子是斜的!车头向下,尾巴翘起。

车内再次爆发绝望的哭喊声,混乱之中,倾斜的汽车剧烈地摇晃,随时都可能坠落。

他看看身边,最后一排只有他一个人。窗户是开着的,他轻轻移到窗前,看看外面,还好,还有近半个车身挂在路牙上,只要从窗户跳出去,他就获救了,安全了。

他站起来,探身准备往外跳,可是,因为他的移动,车厢猛烈地颤动了一下。他突然意识到,如果自己跳下去,整个汽车可能因为重心失衡而坠落。前面的乘客发出惊呼:你不能跳出去,不然我们可就都完了!

是的,他不能只顾自己跳出去,那将置一车人于死地。可是,如果不马上跳出去,汽车可能随时坠落,那自己也将与大家同归于尽了。他不怕死,他这次回乡,就已经做好了死的打算,只是没想到会是这种死法。

他深深地吸了口气。

他冷静地判断了一下形势。中学时,他的物理成绩就很好,他知道,在现在这种情况下,车头和车尾重量的稍稍改变,都可能使微弱的平衡被打破,而致车毁人亡。其他乘客都在汽车的前半部分,车尾只有他一人,他是这个平衡系统中,最重要的一环。他这一生,从来也没有这么重要过!

现在,唯一可行的自救办法是,他保持不动,维持这个平衡,让前面的乘客,慢慢往后移,再从窗户逃出险境。

他对大家说,我不动,你们一个一个地从前面挪过来。千万不能挤,不要慌张,一个一个来!

在他的指挥下,离他最近的一位乘客,一点一点地,向车尾爬过来。汽车轻轻地摇晃着,每一次抖动,都揪着大家的心。

第一位乘客,成功地移到他身边,从窗户跳了出去。又一位乘客,爬了过来。十几位乘客都获救了。受伤的司机,也从驾驶室爬了出来。

他最后一个从窗户跳了出来。汽车晃了晃,没有坠落。

惊魂未定的乘客们,都安全获救了。看着摇摇欲坠的客车,大家的脸上,流露出劫后余生的欣慰。等大家定下神来,才想起坐在最后一排的那个小伙子。如果没有他的沉着和勇敢,不敢想象,会是怎样不堪的后果。大家四处找他,向他表达谢意,却没有找到。

他已经悄悄走了。他的家就在离此地只有几公里的山坳里,上中学时,为了省路费,他就常常一个人从这条山路步行回家。10年前,也是从这条山路,他走出了大山,他是他们山寨里出的第一个大学生,他曾经令多少人为之自豪啊。

落日的余晖洒满山林。他拐进一条小路,这样可以早一点到家。归巢的鸟们,成群结队,从他的头顶掠过。

远远地,他看见了掩隐在山坳里的山寨,炊烟袅袅升起,他仿佛看见灶膛旁母亲被柴火映得通红的脸。他加快了脚步。他的主意已经改变,他要从这里,重新开始自己的生活。

珊瑚是怎样色彩斑斓的

澜涛

浩瀚的大海中孕育着各种神奇，散布在海底的那些色彩斑斓、形态万千的珊瑚就十分令人惊奇：白的晶莹剔透、红的艳丽如火、粉的含娇带羞……很长时间内，人们并不清楚，那样幽深冰冷的海水下面，没有阳光，缺少氧气，那些珊瑚是怎么生出如此斑斓色彩的呢？为了揭开这个谜底，科学家经过长期研究，终于发现了珊瑚拥有如此斑斓色彩的原因。

珊瑚是珊瑚虫向体外分泌的外骨骼形成的。珊瑚虫是一种腔肠动物，许多珊瑚虫群集在一起形成群体，每一个珊瑚虫个体都能向体外分泌钙质或角质的外骨骼，珊瑚就是这些外骨骼堆积而成。老一代的珊瑚虫死去了，新一代的珊瑚虫又在其祖先的遗骸上蓬勃生长起来。一代又一代，珊瑚的骨骼越堆越高，便形成了形状各异、体积庞大的珊瑚丛。而在珊瑚分布的海底经常发生火山活动，在大量的火山活动中，不计其数的鱼类不幸身亡，而每一次火山活动所释放出的大量火山灰也常常成为一些生命的杀手。

珊瑚也难以幸免。但奇迹出现了，因珊瑚在死亡的过程中吸附进的海水中的火山灰赋含着一定数量的常量元素以及微量元素，而这些元素一旦吸附进珊瑚内，珊瑚就将改变自体颜色：如果吸附的元素以铁为主，珊瑚玉石的颜色就是红色；如果吸附的元素以镁为主，兼有少许铁质，珊瑚玉石的颜色就会是粉红色或是粉白色；如果吸附的元素以镁为主，几乎没有其他杂质，珊瑚玉石的颜色可能是白色……原来，色彩斑斓、美丽神奇的珊瑚是吸附了含有不同元素的火山灰的缘故。

大自然似乎要用火山这样的灾难摧毁这个世界，但弱小的珊瑚们却汲取着灾难中的营养，让自己死后的生命变得斑斓美丽。当我了解了珊瑚斑斓色彩形成的原因后，我就常常想：珊瑚是不是在给人类上课呢？多么深重的灾难，都蕴藏着美丽命运的机会。

更广义上的公正

张世普

美国的新泽西州春藤市有发达的道路交通运输系统，每年不仅为这里送来数以万计的富人旅游者，也为这里送来许多衣衫褴褛的贫困者。

这是一个圣诞节，春藤市的居民都沉浸在节日的氛围里。家家灯火通明，桌上摆满了火鸡、圣诞布丁和圣诞碎肉，父母们纷纷送给孩子们喜欢的圣诞礼物。然而，艾德里安娜和她7岁的儿子却没有这些。艾德里安娜拉着儿子的手在大街上漫无目的地游荡。饥饿的儿子拽着妈妈的衣角，停留在酒店门前不肯离开。

艾德里安娜最终没能抗拒儿子的乞求。她选择了进入一家餐馆，趁人不备拿走了面包和火腿。但是，没等溜出酒店，门口的侍者就把她扭送到老板面前。接着，艾德里安娜和她的儿子被送上了法庭。

酒店老板控诉艾德里安娜偷盗价值一美元的面包和火腿。依据春藤市的法律，如果事实成立，艾德里安娜将赔付酒店老板一美元并被判处10天的监禁。

面对衣衫褴褛的艾德里安娜母子，法官几经思考，始终不能举起手中的法槌。

"证据确凿，希望法官大人立即宣判。"酒店老板开始显得有点不耐烦。

观众席上哗声大作，旁听者们互相交头接耳议论纷纷。

"肃静。"终于，法官站了起来。庄严地扫视了一遍所有在场的人之后，拿起法槌。

"笃"的一声响，法槌清脆而坚定地敲在审判庭的桌上。

"我现在宣判，" 法官缓缓地说，"这位母亲偷盗面包和火腿应该判罚一美元，但造成盗窃行为的根源是无法选择的饥饿。面对饥饿的母亲和孩子，我想每个有良知的人都应感到羞愧，因为这是全社会造成的过错。作为公正的代言人，我首先接受惩罚。"说完，法官走到艾德里安娜面前，掏出一美元递到艾德里安娜手里。

法庭上顿时鸦雀无声。全场人的眼神都凝聚在法官递出一美元的手上。

"我抗议！"酒店老板站起来大声叫嚷。然而，叫嚷声立即被嘘声和口哨声淹没了。

观众席上一位老者默默地起身把一美元放到被告席，一位妇女也拿出一美元放到艾德里安娜面前，一个孩子也把一美元交到艾德里安娜7岁儿子的手里……

“你可以走了。”法官对艾德里安娜说。

在全场人的注目下，艾德里安娜拿起面前的美元，拥着儿子走出了法庭。

这时，法庭内所有观众都站了起来，雷鸣般的掌声，一浪高过一浪，经久不歇。

盗窃，当然应该受到惩罚。但是，人饿了，当然也需要面包，冷了，当然也需要衣服。惩罚盗窃是公正，惩罚盗窃的根源却是更广意义上的公正，更广意义上的公正就是所有人得到应有的审判。在这个世界上，饥饿和寒冷，法律也许无法解决。然而，赋予法律更广意义上的公正，这一点我们应该是能够做到的。

悬念中的哲理

程应峰

在沿海城市旅游时，我听导游讲了这样一个故事：在一家海鲜馆里，一群旅游者正在进晚餐。他们一面品尝菜肴，一面即兴谈天。鱼端上来了，大家七嘴八舌地讲起一些关于在鱼肚子里发现珍珠和其他宝物的趣闻轶事。

一位长者一直默默地听着他们闲聊，终于忍不住开口了："听了你们每个人所讲的故事，都很精彩，现在我也讲一个吧。我年轻的时候，受雇于香港一家进出口公司。像所有年轻人一样，我和一位漂亮的姑娘相爱了，很快我们就订了婚。就在我们要举行婚礼的前两个月，我突然被差到意大利经办一桩非常重要的生意，不得不离开我的心上人。"

老人顿了顿，接着说："由于出了些麻烦，我在意大利待的时间比预期长了许多。当繁杂的工作终于了结的时候，我便迫不及待地准备返家。启程之前，我买了一只昂贵的钻石戒指，作为给未婚妻的结婚礼物。轮船走得太慢了，我闲极无聊地浏览着驾驶员带上船来的报纸，消磨时光。忽然，我在一份报纸上看到我的未婚妻和另一个男人结婚的启事。可想而知当时我受到了怎样的打击。我愤怒地将我精心选购的钻石戒指向大海扔去。"

他沉默了一会，神情落寞地说："回到香港后，我再也没有找女朋友，一个人孤单度日，转眼几十年过去了。有一天，我来到一家海味馆，一个人闷闷不乐地慢慢进餐。一盘咸水鱼端上来了，我用筷子胡乱夹了些塞进嘴里，嚼了几下，忽然喉咙被一个硬东西哽了一下。先生们，你们可能已经猜出来，我吃着什么了？"

"当然是钻戒。"周围的人肯定地说。"不！"老人凄凉地说，"我确信是一块鱼骨头……

在座的一阵爆笑，刹那间，泪花跳出眼角，迷离了所有自信的眼神。"可是……"老人瘪了瘪塌陷的嘴唇，有些哽咽，"我开始是这么认为，饭毕才知道，是我一颗早就磨损得差不多、摇摇欲坠了的牙齿滑进了喉咙。"这一次轮到大伙张大惊疑的嘴巴了。

悬念就是这样，总在开始给人一个明确的思维指向，结局却拐了一个弯，背离了人们心中的愿望或者潜意识中的目标指向。其实，很多意想不到的结局正是生活中极易发生的平常事，而不是想象中的奇迹。

以上答案都不对

卫宣利

她第一次恋爱，是20岁的青葱年华。那个俊逸洒脱的男生，爱笑，爱打篮球，爱唱迪克牛仔的歌，也爱冬夜里踩着厚厚的雪和她一路走下去。激情浪漫的青春，就像一朵饱满鲜嫩的花蕾，幸福呼之欲出。

她是那么喜欢他淌着晶莹汗珠的脸，喜欢他在草场上腾跃而起的身姿，喜欢他浑厚不羁的歌声。她给他写信，很缠绵的句子，如一朵朵娇羞的花，绽放在淡粉的有着柠檬香味的信笺上。周末不回家的时候，她到他的宿舍里，把床单衣服都一起卷了去，像个勤劳的田螺姑娘，悄悄地洗净晾干后再放在他的床头。他偶尔带她去街边的小吃店打牙祭，点一盘青椒肉丝，她挑来挑去，把肉丝都挑到了他的碗里。

这样地爱着，以为便是一辈子的长长久久。却不料，爱情的花易开也易谢，毕业的同时，分手的结局亦无可幸免地落到他们的头上。

工作后她一直勤勉努力，性格沉稳内敛，同事相处周到得体。那样美丽干练的女子，很难不被上司注意。那个儒雅优秀的男人，他能看得出被她细心修改过的纰漏，能从她送上的一杯咖啡里揣摩出她的喜与悲。她加班到很晚，他便坐在车里，默默地看着她办公室里的灯光，直到她下楼，安全地坐上出租车。公司里有酒会，他总是事先关照，不许别人灌她酒。

她那样冰雪聪明的女子，自然将一切尽收眼底。不是不钟情，只是，使君有妇，再热烈的感情，也只能沉沉压下。彼此心照不宣，她依然每日巧笑嫣然，只有他看得出她笑容背后的悲怆；他亦沉稳如昨，也只有她才看得出他内心的无奈和对她的怜爱。

这样的爱，终究是累。两年后，事业如日中天的她，突然递上辞呈。他没有挽留，辞呈在案头放了三天，终还是批了。只是送别时最后的拥抱，倾听着对方温暖的心跳，两个人都潸然泪下。

就这样在爱情的路上跌跌撞撞，她最后遇上他的时候，已经28岁。他大她两岁，不帅，很温柔。第一次约会，在优雅的西餐厅，他穿笔挺的西服，打整整齐齐的领带，人却显得拘谨紧张。他老老实实地说，我从来不穿西服，不习惯。他没有再说，她却明白，他穿西服，是在表示他的认真和尊重。

那天，在第一个男友的结婚宴上，她小醉微熏。他送她回去，一路上她唠唠叨叨地对他讲起以往的爱情，最后她哭了，说，命运就像一个怪脾气的老头，你想要玫瑰，他偏给你百合，等你想要百合了，他又给你玉兰花——他从来不给你选择的机会。

他认真听着，灯影里，她的脸上泪痕狼藉。他用手轻轻抹去她的泪，温柔地说，还记得我们上学时做过的选择题吗？最后一个答案经常是"以上答案都不对"。命运并不是不给你选择的机会，而是把正确的答案留在最后了。你看，我就是那最后的一个——以上答案都不对。

她听着他奇怪的理论，忍不住笑了。三个月后，她和这个男人结了婚。

后来她仔细地想，爱情真的像一道选择题，有些答案你以为是对的，结果却是错的；有些答案你清楚地知道是错的，所以远远地避开；你最终要选择的，其实是最后一个答案，这个答案清清楚楚地告诉你：以上答案都不对。

诞生一个爸爸需要多少历程

王清铭

一个全新爸爸的出笼总是在孩子的嗷嗷哭声中的,孩子的出生意味着一个爸爸的诞生,孩子的生辰是母难日,也是一个男人殉难、一个爸爸诞生的日子。

诞生一个爸爸需要多少历程?"爸爸"这个称呼十月怀胎,不,应该说,爸爸孕育的时间更漫长。在十月怀胎之前,甚至在结婚之后,爸爸就开始酝酿从男孩到男人的基因突变。男孩潇洒、小资,像某时尚杂志所标榜的"人见人爱";男人稳重,一撇一捺都是一种支撑。男人把男孩的"奶油"烤成面包,或制成奶酪。生活是锅,男人把一些男孩的"稚嫩"炒成焦黄的菜肴,"矫情"的水分也在烹煮生涯中随着馒头的蒸汽蒸发,消失。

生活是一口平实的锅,煮豆燃萁,爸爸孕育的过程接受更多的是一种自我煎熬。烟瘾和腾云驾雾般的梦想放弃了,烈酒和酒神般的激情在日常生活中兑了太多的水,稀释了。做男孩时,可以肉麻地"发嗲";当了男人,就把"嗲"的口闭住,不抽烟、不喝酒、不口吐狂言,也不开口抱怨。如果在街上碰见一个行色匆匆的男人,他头发散乱、衣服皱巴、表情僵硬,这一定是一个"临产"的"爸爸"。双截棍还是让周杰伦去矫揉造作地挥舞吧,一个爸爸的诞生需要力能扛鼎的气力与气魄,来举起整个家庭的重量。

诞生一个爸爸需要多少历程?梁实秋说请客忙一天,造屋忙一年,娶妻忙一生。一个爸爸的诞生需要搭上三辈子,所谓的"三生石"实际是为孩子而准备的。一个爸爸的诞生怀胎十月,接受的是十三个月的胎教。现在开销大,生孩子花一笔,养孩子花更大的一笔,教育孩子花更大的一笔,哪一笔不是工薪阶层的你要从心头放血的?想到将来,不焦头烂额,日渐稀疏的头发也要掉它几根。

诞生一个爸爸需要多少历程?那个曾经也梦想绮丽的女孩,悲壮地变为女人之后,她嘴里的牢骚就成另外一个即将诞生的爸爸必修的科目。但你必须洗耳恭听,悉心接受。愤怒容易动胎气,一个爸爸的诞生同怀孩子一样,需要风和日丽。你只能把阴霾移到心头那看不见的角落。有时你很羡慕你那位远在乡村的爸爸,那个爸爸的诞生仿佛种植一茬庄稼,轻松自然。但你不能,你这个爸爸的诞生缺乏枝繁叶茂的泥土,在钢筋水泥的城市丛林,你得自己去扎根、发芽和开花。

生活无厘头得像周星驰的搞笑电影，面对强大的敌手，主人公突然地玉山崩颓，跪地求饶。你有时觉得自己就是某个主人公，生活不消灭你，而是先将你打败了。孩子在娘胎里的每一次细微的心跳和轻微的翻身，都让你战栗不已。为了孩子，你心甘情愿，哪怕在生活面前五体投地！你经常这样自我解嘲。心尖软了，腰部塌了，双腿自然打战了。不是站立不住，而是以一个悲壮的姿势，随时准备俯首做孺子牛。

诞生一个爸爸需要多少历程？一个爸爸的诞生得经过漫长的黑夜，你眼巴巴地把黎明望穿。心里苦巴巴的，但你脸上露出甜蜜蜜的笑。一个新爸爸的诞生也需要阵痛，如刀绞似的。需要在汗水里泡几回，血水里浸几回，才能完成淬火的过程。

一个婴儿响亮的第一声啼哭，宣告一个“爸爸”跟随着横空出世。刚诞生的爸爸是没有名字的，如你的孩子呱呱坠地时一样。一个爸爸的命名需要好几个月的时间，也就是等到你那咿呀学语的孩子用散发乳味的声音确认之后。

诞生一个爸爸需要多少历程？你很欣慰，你的孩子嫩叶似的嘴唇一发芽，就吐出露水晶莹的两个音节：爸爸！

“屈膝”所承载的另一层含义

张世普

与欧洲各国相比，荷兰是一个后起的西方强国，但是荷兰人凭着精明的经商头脑，使荷兰在16世纪末一跃而成为一个称霸全球的商业共和国。明朝万历二十九年，也就是17世纪的第一年(公元1601年)，荷兰的商船首次来到了广州，要求与中国通商。然而未得到明朝政府的允许，以后荷兰人曾两次占领澎湖列岛，明天启四年，明朝官兵夺回澎湖列岛，接着荷兰人又占领了台湾，直到民族英雄郑成功从台湾赶走了荷兰人，荷兰人的“武力通商”的办法才告结束。

荷兰人从此时才开始认识到用武力是不可能从中国获得想得到的利益。1656年，荷兰人又扬帆远航来到遥远的东方，这次荷兰人是派使团到达北京。但荷兰人遇到了那个时候所有到中国的外交使团都会遇到的一个麻烦，就是在觐见大清皇帝时必须行三拜九叩的大礼。

事实上，一直到18世纪末，几乎没有一位欧洲国家的外交官愿意接受这种苛刻的天朝规矩。但是，荷兰使团却毫不犹豫地答应了。入主中原刚刚8年的大清顺治皇帝，以一种极其兴奋的态度接见了荷兰使团，并高兴地赏赐给这个来自当时世界上最富庶国家的使团大量的礼物。荷兰使团不但在顺治朝、康熙朝、乾隆朝都来朝见，都屈膝跪下了。

而当时荷兰的人均国民生产总值已经相当于清朝的几百倍，很难想象，世界上最富庶国家的使团竟然会向一个贫穷国家的皇帝屈膝下跪。而事实确实如此，中国的清史稿与荷兰使团成员的回忆录都证实了这一点。一个叫约翰·尼·霍夫的荷兰使团成员就写下了他们答应跪拜条件的原因：“……我们只是不想为了所谓的尊严，而损失最高利益。”荷兰人的最高利益是什么，就是通商和赚钱。由此为荷兰换来了贸易，换来了特殊地位，换来了大量赏赐，换来了大量财富。而清史稿将这种朝贡赏赐称为“朝贡贸易”。

尽管从16世纪到19世纪初，西方葡萄牙、西班牙、英、美等国都曾先后不断的派出大批使者和商人，以及商船队到中国进行贸易，但是在这三百年间，荷兰与中国的贸易始终占据重要位置。作为一个称霸全球的商业共和国，17世纪的荷兰从贸易中获得了巨额财富。

按常理，屈膝下跪对一个人而言，必然意味着精神上的矮化，意味着懦弱与臣服。然而来自一个称霸全球的商业共和国的使团，那些为出生于强大民族而自豪的荷兰公民，竟然毫不犹豫地向一个愚昧落后、狂妄自大的外国皇帝屈膝下跪，无疑向人们昭示了屈膝所承载的另一层含义：国家利益重于一切。屈膝跪伏在地的荷兰使团成员，相对于高高在上，为了自己的所谓尊严连基本国家利益都可以不要的大清皇帝，尊卑之别相差何止千里，因为他们已经做到了能为自己的国家所做到的一切。

人生的圈里圈外

张世普

上世纪末,一位名叫伊万斯美的美国科学家进行了一次耗资惊人的“生物圈二号”实验,当时伊万斯美已经年近60,他花费了30年的时间从事对自然生态环境的研究。为了这项试验,几乎他走遍了全世界所有的原始生物聚集地,直到他自己认为已经足够制造出一个适宜人类生存的动植物圈。

在美国政府的支持下,伊万斯美教授在美国亚利桑纳州地下用钢筋水泥建造了一个足有10个足球场大、20层楼高的实验基地,里面尽可能地模拟自然生态体系,有空气、水、土壤、各种动植物以及森林、湖泊、河流和微型海洋,甚至还有模拟的阳光。伊万斯美自信地认为这是一个名副其实的“生物圈”,里面的人们完全可以与在真实的世界一样自给自足的生活。

几十名男女志愿者被送进“生物圈二号”,饮用生态系统自然生成的水,呼吸植物释放的氧气,吃自己种出的粮食。

本来伊万斯美教授预期那里可以永远居住人类,至少志愿者在那里与世隔绝两年健康不会出现任何问题。然而令伊万斯美教授无论如何也没想到的是,仅仅8个月后,实验就被迫提前结束,因为那里的氧气浓度已不足以维持志愿者的生命,虽然经过输氧加以补救,但是在25种小动物中,仍然有19种已灭绝,由于传播花粉的昆虫全部死亡,植物也停止了繁殖。

这个结果让伊万斯美教授百思不得其解,究竟是什么导致“生物圈二号”实验的失败呢?之后,伊万斯美教授又对实验室进行全面研究。直到2003年,他才发现,“生物圈二号”的问题并非出在生物圈本身,而是出在混凝土墙壁上。土壤里的细菌在分解土壤有机质的过程中耗费了大量氧气,而它们释放出宝贵的二氧化碳又被混凝土墙壁吸收,从而使模拟的生物圈全面崩溃。

最终,伊万斯美教授得出这样的结论:实验的失败是因为自己把注意力过分集中在能够自给自足的生物圈本身,而没有想到生物圈外面的各种因素。现在回过头来看,伊万斯美教授所犯的不过是一个简单的逻辑错误,但是在世界纷繁庞杂的各类表象下,这样一个看似简单的逻辑并不是每个人都能明白。其实,人生也是不断地在画着一个又一个圈,包括社交圈、工作圈、亲友圈……这世间许多人画了不成功的圈,都是因为忽视了圈外。所以,我们要画好一个圈,就要像伊万斯美教授那样彻底搞清楚:一个真正的圈包括圈里与圈外。

那个写附言的女孩

马国福

毕业后到这个南方小城工作,每个月我都雷打不动地给千里之外的亲人寄钱表达自己的心意。每次寄了钱,我很少在汇款单附言栏里写些祝福的话。时间长了,我和邮局汇兑窗口的那位收汇员混得比较熟,有时我们也谈一些自己的人生经历。

她看上去年龄和我差不多,人长得一般,但她说话的声音很好听。当她得知我是一个外地人时主动地问寒问暖。在这个举目无亲的小城听到一两句安慰的话,我总能找到家的感觉。今年母亲节前夕,我收到几百元稿酬后径直寄给了母亲。填好汇款单后,她问我:“为何不在汇款附言里写一些问候或祝福的话?”我说:“经常和家人联系,没什么可写的。”她只是淡淡一笑,那笑里藏着一种说不出的语言。钱汇出后不久我就收到了父亲的来信,信中父亲问我怎么在一张汇款单上有两种笔迹,而且汇款附言里娟秀的字体是女孩子写的。我感到很蹊跷。

当天我就给父亲回了电话,说我没写附言更没有女朋友。父亲不信,他说:“你女朋友肯定通情达理而且很有文化,不然写不出那么好的话。”我问是什么附言,父亲说附言是这样写的:“母亲,你的前半生我没有参与,你的后半生我将奉陪到底,祝你健康,幸福。母亲节快乐!”听到这样温情的附言我心里充满被人关心的温暖,淡淡的,涩涩的,说不出道不明。

没过多久我就忘了这件事。那段时间我写得很勤稿酬也很多,到邮局拿稿酬常碰上她当班。有一次在邮局我突然想起了那件事,我问她:“母亲节前你是否在我的一张汇款单里替我写过附言?”她还是淡淡一笑,笑得很纯真。她说:“是又怎样不是又怎样?不过我要提醒你,金钱不是唯一尽孝的方式,有时候一句普通的问候胜过任何物质的付出。常人只注重从物质上关注自己的父母亲,其实,父母需要的是儿女精神上的关照。你以后有空多给父母亲写信吧,哪怕几句话也行。在我们眼里很平常的几句话对他们来说是一种莫大的安慰。”说完她又忙了起来。我的心被她湿润了,我想如此善解人意的女孩肯定有一对幸福的父母和诚挚的爱人。

由于工作忙，我很长一段时间没有去邮局。有一次路过邮局我停了下来，没别的事，只是有一种想见见她的冲动，同时也想告诉她我已养成勤写信的习惯。在邮局我没有看见她的身影。我向她的同事打听她的下落，她的同事告诉我说："她刚结婚去度蜜月了，临走前还嘱托我说，如果有一个说普通话的外地青年来拿稿费，给家里汇款时别忘了提醒她多给父母写信。"

一种甜蜜的惆怅瞬间侵占了我的全身。从此以后我换了一个邮局寄信汇款，也加大了写家书的频率，不为别的，只为那个在汇款单里替漂泊在外的游子写附言的女孩。

烟盒里的人生观

马国福

单位门口是闹市区，常有三轮车夫在此路段等客、拉客。大热天口渴时他们常常到门卫老头那里要杯水喝。一来二去他们不但和门卫老头成了熟人，而且和常到门卫那儿拿稿费和书报的我混了个面熟。

有一次我到门卫拿杂志社新近汇来的稿费，恰逢一前来要水喝的老车夫。他主动和我搭讪，并从兜里掏出香烟给我发烟。他掏出的烟盒很是让我惊讶，他掏出的是20元一包的“金南京”！在我们的心目中，一天只挣一20元的他们通常情况下只抽一两元钱的廉价烟，根本舍不得抽这种高档香烟。我觉得这个老车夫很特别。

接过他的香烟，我仔细一看原来是一角钱一枝的“大前门”。我笑了笑：“老爹，你也很有意思啊，能从两元钱一包的香烟中抽出20元一包的香烟的味道。”他露出憨厚而又很拙朴的笑容说：“想想自己能抽20元一包的香烟，最起码心里感觉不一样嘛。尽管壳子是20元的包装，里边的香烟只是廉价的，只要心怀20元的感觉，即便再难抽的香烟同样会有很舒服的感觉，这样蹬车就感到浑身有使不完的劲儿。”

他的话很让我震撼！我为自己妄自菲薄的猜测而感到脸红。

点上他给我的香烟，我有一种异样的感觉。签字后，接过门卫给我的百元稿费单，我上楼办公。上楼时蹬车的老爹向我翘起大拇指，说：“小小年纪拿这么多的汇款，了不起！”我赶忙给他发了一支20多元的“金南京”，以表示感谢。

后来听门卫老头说那个车夫真不简单，老婆常年卧病在床，还供一个上名牌大学的儿子上学。我为他乐观的心态肃然起敬，怪不得他这么有精神，原来，在沉重的生活担子下，他有着常人所不具备的资本啊。我萌生了有朝一日见见他儿子的念头。

前一段时间，入梅以后的一个下午，快下班的时候，突然下起了倾盆大雨。路上的行人纷纷赶到单位一楼的楼檐下躲雨。刹那间，大街上积满了雨水，很少看见行人了。我下班后到门卫拿刚到的晚报，那个蹬车的老爹在门卫那里躲雨喝茶。大雨早已淋湿了他，雨水在他像梯田一样纵横交错的皱纹间缓缓流下。我问他今天拉客怎么样,他说不怎么样,凑凑合合。说完他又给我掏香烟,这次他掏的香烟更上档次,是50元一包的“中华”,我以为里面装的还是几元钱的廉价香烟,出乎意料的是真的“中华”香烟。这巨大的反差让我有点纳闷。他自豪地说:“儿子放假回来,得了一等奖学金,是儿子买给我的!”那神情十分夸张、骄傲,眉宇间洋溢着喜悦、满足。我说:“你儿子真孝顺啊!”他未置可否。

我正在抽他的烟,一个穿着雨衣白白净净一脸书生气的小伙子走进传达室,对着老爹说:“爸,回家吧,今天你不用蹬车,我来蹬车拉你回家。”说完拿出纸巾,给老爹擦去脸上的雨水。老爹拉着儿子的手说:“叫叔叔好。”他腼腆地叫了我一声“叔叔好!”我说:“都是同龄人,叫我哥哥好了。你爸爸真了不起啊,培养了你这样一个孝顺懂事的大学生。”

出门时他突然给我说了句让我惊诧不已的话:“多年前我爸爸还是个代课教师呢,他说过如果不能拥有美好的人生,那一定要有美好的人生观!”

儿子蹬车,老子坐车,望着渐渐消失在茫茫大雨中的父子俩,这感人的一幕让我的心慢慢湿润起来。

那句话深深地烙在我心中:如果不能拥有美好的人生,那一定要拥有美好的人生观。我终于明白了老者为什么在高档的烟盒里装廉价的香烟:他以一个香烟盒为工具,把人生的减法变成加法,把生活的负数换算成正数啊。

哭丧

冰凌一笑

在闽浙一带，大凡死了人，都要请专人来哭丧。据说哭得越响亮，死者的后人将越发达，因此哭丧是头等重要的大事。在我老家，也有哭丧的风俗，特别是老人过了，若是哭声不够响，说明后人不孝顺。

那种哭，是扯开嗓门，边哭边诉，拖着长腔长调的哭。我觉得，用"哭"来形容还不够准确，因为听起来，分明就像在唱歌。哭着唱着数着，他(她)生前的苦生前的好，如大珠小珠落玉盘，点点滴滴，打在听者的心尖上。这时，有人会偷偷地用手拭眼泪，也有跟着嚎的。哭的哭，劝的劝，愁云惨淡，抢天呼地，有种凄凄戚戚的热闹。

记得幼时在乡下外婆家，隔壁的黄婆婆过世，封棺时，哭得最响的，不是他的两个儿子，也不是他的三个闺女，而是他的大儿媳。那个精瘦的女人，拖着一双儿女撵到棺前，高声号叫。"我的娘呀，你还没过上好日子，为何走得咯急咯早嗨……"她5岁的儿子懵懂地看着她恸哭。见儿子杵着发愣，做妈的伸出两根指头，狠狠地在他腋下掐了一把，儿子便像他妈一样，杀猪般干号起来。

黄婆婆的大儿媳哭得惊天动地，声势浩大。可人们只像看戏般地看着。谁都知道，她原先与婆婆像结了怨的仇家，整天拌嘴吵架。她向人提起婆婆，总是称其为"老不死的"。这时的泪，让人分不清是伤心泪、悔恨泪还是鳄鱼泪。直到她男人吼出一嗓子"够了，嚎得人烦……"，她才呜呜咽咽地收了腔，拉着儿子闪到一边。看热闹的人都冲着她的背影撇嘴："这个女人，哭得倒蛮有劲。"

后来堂舅过世，堂舅母扯开尖细的嗓子，边哭边骂死掉的堂舅是个痨病鬼，上辈子欠了他的，这辈子让她遭罪。"你两腿一蹬，快活似神仙，我拖着你三个崽女嘛样过呀？"堂舅母跺着脚，跳将起来，探头就要往棺木上撞。劝慰她的女人都红了眼，忍不住掬一把泪。几个上了年纪的婆婆都摇头叹息，说堂舅母哭的日子还在后头。

有一回，外婆带着我回她娘家奔丧。仙逝的是外婆78岁的嫂子。外婆进得灵堂，对着她嫂子的棺木就哭开了。"你13岁就进了我家屋唉，我俩好得像两姊妹……一起上山扯猪草，手拉手去河边洗衣裳……"，"我出嫁，你眼泪滴滴地把我送了一程又一程……看到我回娘家，你就好欢喜呀！"外婆哭着，身体倾向棺木，哭一句脑袋和身子跟着拜一拜。外婆的两个侄女挽着她的胳臂，陪着她默默垂泪。外婆哭累了，坐下来歇息，有人就劝慰她，说她嫂子生前没病没痛，是在睡梦中过去的，是有福之人，都劝她也是古稀年纪了，要保重身体。外婆听着，又冲到棺木前，身体一摇一摆地拜，喉咙发出嘶嘶的声音，诉的都是少女时代的前尘往事。

外婆并没送她嫂子上山，她侄子安排她在家守门。听到锣鼓鞭炮声渐行渐远，外婆脸上露出笑来："走了也好呀！""那你干吗还哭得那么伤心？"年少不经事的我，看到外婆前后不一的表情，忍不住抖落心中的疑惑。外婆嗔我一眼，幽幽地说："傻妮子，我那一辈的人，就留下我一个了呀！"我还是迷糊，外婆幸运地活着，还有啥好哭的？

长大后，我渐渐明白，当日外婆哭她嫂子，更多的怕是哭自己逝去的青春好年华。最后一个见证她成长的人也走了，她留在世上，自是有些寂寞。

我10岁那年，村支书家国带人送公粮，在路上翻了车。家国的头撞瘪了，当场咽了气。出殡那天，天阴沉沉的，锣鼓、唢呐敲得铿锵，送葬的队伍在田埂上逶迤。男人们都佝偻着身体，默默地红着眼，女人们压抑地抽泣着，生怕弄出声响来。家国34岁的妻被人搀着，两条腿轻飘飘的，很像小人书上的飞天仙女。两个不谙世事的儿女，脑后拖着长长的孝布，木讷地跟在棺木后。棺木放入墓穴时，家国3岁的女儿恍然大悟似的尖叫一声："我爸爸，我要我爸爸……"女孩儿恐慌、无助的声音如石头砸碎玻璃，锐利的碎片四溅，片片划过人的心。家国的妻嘶哑地喊着："家国！家国！让我随你去呀！"……"老天没长眼呐！""好人呀！怎么就这样去了！"压抑着的悲痛在那一刹决了堤，哭声四起，汹涌如洪水。直到现在，我也还没见过比那更悲壮的场面。六百三十多位村民，哭他们的好支书。

一个生命从世上消失了，哭自然是生者宣泄悲痛的最佳方式。"亲戚或余悲，他人亦已歌。死去何所道，托体同山阿。"有人哭，总是好的。

人在世间走一遭，伴着自己的啼哭来，伴着他人的哭声去，这就是生命最完美的轮回吧！

请拿起第一根糖葫芦

李丹崖

我是在人潮拥挤的市中心广场上发现这位老人的，他约摸60岁光景，一身旧得发白的蓝色中山装，打着补丁的肩膀上扛着一个稻草扎成的靶子，靶子外面裹着一层透明的塑料纸，塑料纸外面扎满了一串串火红的糖葫芦。那不是北京糖葫芦专卖店里镶满葡萄干和果仁的那种，靶子上的糖葫芦仅仅是简单地裹了一层糖稀，糖稀上粘了几粒芝麻。

所有人一看就知道老人是从乡下来的，因为，他穿的千层底上还有着模糊的泥巴，他扛着一靶子糖葫芦，应该是他今天所有的指望。然而，将近一个小时过去了，老人的生意竟然无人问津。老人只知道城里人都喜欢吃糖葫芦，他却不知道的是，那是他10年前进城时的情景。如今的城里人早对这种流动的“山楂红”不感兴趣了，取而代之的是北京冰糖葫芦专卖店，那里已经由“山楂红”演变为水蜜桃、核桃仁、葡萄……

近两个小时过去了，仍没有一个人光顾老人的生意，他不免有些急躁，于是燃起一根烟，抽起来。恰逢周末，广场上的孩子很多，他们跟随着大人们欢呼雀跃着，游走在林林总总的美食摊点前，一家紧挨着一家：韩国烧烤、棉花糖、奶茶……孩子们眼花缭乱，整个广场成了欢乐的海洋，但是，唯独老人是孤单的。

老人眼睁睁地看着其他家黢黑的臭豆腐都卖得很火，而自己小灯笼似的“山楂红”靶子前竟然门可罗雀。又是半小时过去了，老人抄起了手，把糖葫芦靶子揽在怀里，就在这时候，一位年轻的母亲扯着一个小女孩从老人的跟前走过，当女孩走到老人的糖葫芦靶子下时，瞬间止住了脚步，她扬起一只手说：“妈妈，我要吃糖葫芦！”

老人的脸上瞬间掠过一丝喜悦，禁不住推销起自己的生意来：“我的糖葫芦可甜了！”

“妈妈，我要！”顺着女孩高高扬起的手指，一只修长的大人的手拔掉了靶子上的一串糖葫芦，年轻的母亲付了5毛钱，老人满脸笑容，绽放得宛如秋天的向日葵。

女孩咬下了糖葫芦上的第一颗山楂，“妈妈，真好吃，谢谢爷爷！”老人听到女孩喊自己爷爷，简直兴奋到不住所措的地步，他慌忙又从靶子上取下了另外一串，塞在女孩的手里："好孩子，这串是爷爷送你的。"

广场上的孩子们瞬间发觉了手拿糖葫芦的女孩，看到这样两串诱人的"小灯笼"，所有的孩子都奔向老人的糖葫芦靶子，10分钟后，老人的靶子上空空如也。

为什么第一串糖葫芦被取下后，后来人的态度会发生如此大的改变呢？

在社会学中，这种现象被称为"都市恍惚症"。对于类似的现象，著名心理学家罗伯特·西奥迪尼认为，其中一个最重要的原因是：我们忽略了"第一个"的作用！

永远不要忽视一个人的力量，这是人际交往中的微妙的"蝴蝶效应"。因为，你的一个微小的举动，很可能会像一颗关键的棋子，瞬间改变一盘死局。

甘做那个拿起第一根糖葫芦的人，很可能因为你的出现，才让所有人的爱心如同糖葫芦一样被穿集成串！甘做第一个人，就像一颗石子激活了一潭死水；甘做第一个人，有时候是一种高贵的美德。

临界时分的真诚

雕刻笑容

积雪草

20岁的时候，她喜欢与一切传统的东西背道而驰，以为叛逆不羁、乖戾就是深刻，那时候她不笑，冷眼看世界，嘴角轻轻地牵着几分轻蔑。

假期回到家里，冷着一张脸回答父母的问题，冷着一张脸看父母为她做这忙那。有一天傍晚，她在阳台上浇一盆刚买回来的月季，忽然隐隐听到母亲对父亲说：这孩子在外面念书念傻了，怎么回到家里不会笑了呢？

她的心头一震，原来自己已经那么久没有笑了。但心中仍然是不屑，虚伪的笑容，不真诚的笑容还不如不笑，那些服务场所的职业微笑，被她取笑为零售没有灵魂的微笑。

半年之后，她参加工作了，事与愿违地去了一家公司的公关部，也就是说她的职业决定了她必须有一张笑脸面对工作，面对客户。而笑容于她早已陌生、早已久违、早已遥远得不知停留在心灵的哪个角落，曾经的吝啬，日久竟变成了一种习惯。

时间久了，公司里的男同事竟在背后给她起了一个绰号，叫“僵尸”。背着这样一个不雅的绰号，忍受着同事背后的指指点点，心中有些不安，但也并不是真的很介意。

跟部长一起去见一个客户，部长是一个二十八九岁的男人，未老先衰，一路上啰哩吧唆地旁敲侧击。她自然懂得他的意思，他是怕她一会儿见到客户，冷着脸对人家，把客户吓跑了。他讲了他的80岁的老父如何慈爱，如何含辛茹苦地供他读书，他的妻子如何为了他，遭遇车祸，最后归结到正题上，一句话不能失去这个客户，不能失去这份工作，他们等着他的这份工钱活命。她听了，心中竟是一种久别的感动，眼睛里弥漫着温润的湿气，这样有责任感的男人真的越来越少见了。

她对他用力地点头。他笑了，拍拍她的肩说，这就对了。

客户自然没有跑，只是若干天后，她竟然听到另外一个版本，关于部长本人的。他的确有一个父亲，但不是80岁，而是不到60岁，并且定居澳洲；至于妻子，更是无稽之谈，他现在不但没有结婚，而且连女朋友也没有。

最初听到这个版本的时候，她气得不能自抑，冲动地跑去找他问罪，推开门看到他笑眯眯地问自己，有什么事儿，她忽然间有些泄气，他何错之有？不过是骗自己笑过一回。

细细地品味，竟然觉得这笑不再空洞、无味，而是一种人生的态度，是一种豁达的处世态度。总有一些笑容是为别人盛开，总有一些笑容会温暖别人，点亮别人，那么自己为什么还要吝啬那点笑容呢？学会微笑，用一朵花开的时间，原来一切都很简单。

临界时分的真诚

李丹崖

1979年8月24日,早晨。

意大利庞贝古城里的人们像往常一样,或是忙着在街上张罗生意;或是坐在婴儿的摇篮边哼着温暖的眠歌;或是沐浴在教堂的钟声里作着虔诚的祈祷……但就在这时候,一场噩运也正在古城上空孕育、盘旋。而这些淳朴善良的人们竟全然不知。

黄昏时分,突然一股令人窒息的硫黄味袭来,接着地动山摇,乱了方寸的奔跑声,歇斯底里的呼喊声,毛骨悚然的呻吟声加之器物的破碎声,一时间弥漫了整座庞贝城。这是一次突如其来的火山爆发。厚厚的火山灰铺天盖地地压下来,整座古城顷刻间成为一片废墟,没有一人能幸免于难。

时光如流,转眼间1900多年倏然而逝,当一群考古专家和学者怀着诡秘的心情来清理这片废墟时,发现了许多副"人形模壳",这些"模壳"是由于火山灰凝结在尸体上,并随着尸体的腐烂而逐渐形成的一种人体遗形。他们作挣扎状、呼叫状、奄奄一息状……望去,一场撕心裂肺的悲壮场面会一遍又一遍地在你脑海里复生重现。

然而,令人意想不到的是,当发掘工作约摸进行一半时,有这样一副与众不同的"模壳"呈现在工作人员的面前:他是一位身披铠甲的城门卫士,就牺牲在自己的岗位上,却至死都不曾挪动半步,他依然笔挺着胸膛、高昂着头颅,全然看不出一丝畏缩惊慌的神态。他耳孔和鼻腔内都塞满了厚厚的火山灰,显然是窒息而亡的。真的难以想象他是如何挺住的,还能如此处之泰然。他用山一般的躯体和钢铁一般的意志恪守在自己的岗位上。那写满真诚的躯体如一座厚重坚实的丰碑,巍然坐落在人们的信念里。又像一面猎猎飘扬的旗帜,卷起人们心海里的股股春潮。

即使是岩石历经岁月沧桑的侵蚀也会剥落老去,而那城门卫士的形象却能如此悲壮地耸立在那里,一站就是千百年。他用自己年轻而英俊的姿势站成了一种风景,屹立在世人心中;他用自己行动的笔尖,力透历史的纸背,永远地活跃在人们的思想里!

多么惊世骇俗的生命琥珀!

不知道当时有多少专家久久地立在这位卫士、这位巨人——这副精瘦的“人形模壳”面前肃然起敬;也不知有多少学者流下了滚烫的热泪。美国作家马克·吐温就是其中一位,他把这撼人心魄的一幕牢牢地记在了自己的作品里,融进了自己的生命中。于是,我们又看到了另一位巨人站在历史的峰巅笑着向路人招手。

想必这卫士站立的姿势该是世界上最伟大最优美的了,这是一个自然人在生死的临界时分用自己的血肉之躯所描绘出的钻石般的真诚。泰山崩于面前而不改其色,正是这样伟大的信念,才铸就了他坚不可摧的壮举啊!

走笔至此,另一组镜头又在我的脑海里翻腾,还记得《泰坦尼克号》中的乐队吗? 如果不是为了“梦想之船”泰坦尼克号的处女航行,也许他们在国内也该成为非常出色的乐师了。但他们毫不顾及这些,当噩运就要给他们当头一棒,死亡之魔就要给他们带来灭顶之灾时,他们仍能心平气和地演奏。我想,这时他们手中的琴已不光是乐器了,还是一种喷射着生命真诚之音的圣物。泰坦尼克号在人们声嘶力竭的呼喊中沉没了,结束了一出罗曼蒂克式的悲剧;提琴手们的生命之舟也随之被冷酷的汪洋吞噬了。但是,他们却在我们的灵魂里多留存了一刹那,正是这样一刹那让我们发觉透过那袭人的寒气,仍有一股强悍的生命之乐在空中,在我们意志的峡谷里回荡……

谁能说逝者的眼睛里不常含着微笑? 这是乐手们用生命笑着为自己奏起的超脱之歌,同时,也是在为别人、为噩运,用箭矢一般的信念,穿透苍茫的夜空而升华成一曲永恒的绝响!

永恒? 刹那? 刹那? 永恒! 一个人的生命不在乎其时间上的长短,有其临界时分光辉的一刹那,足矣!

父亲的红颜知己

积雪草

那年秋天，父亲因为工作上受到排挤，心情一直不好，整天眉头紧锁。不久，父亲大病了一场，是十二指肠溃疡加上慢性浅表性胃炎，每每犯病，必汗如雨下却又不能进食，无奈只好住进了医院。

我每天去医院给父亲送饭。父亲又饿又吃不下，我第一次看到父亲另外的一面，坚强、隐忍、铁铮铮的男人被疾病折磨得瘦成一根麻秆，却并没有喊一声疼。

有一天，我提着母亲刚刚为父亲做好的小米粥，去医院给父亲送饭。刚走到父亲的病房前，忽然听到父亲低低的说话的声音，是刻意压低了声音的那种，我侧耳静静地倾听，只听父亲说道，这样做绝对不行。我的心跳立刻加快了，再听是一个女人的声音，细细的，很柔软，她轻轻地笑道，王老师，您给我这次机会。父亲有些愠怒地说，不行，我不能要。父亲的声音是决绝的。然后两个人都不出声，静静地对峙着。是什么人叫父亲老师呢，父亲并不是老师啊！那时我觉得只有在学校教书的人才是老师。

我好奇心陡起，从门缝悄悄地看进去，原来是一个年轻的女子，手里拿着一叠钱，很多。

那个女子是从北京来的，看穿戴和小城女子果然有些不一样，特别是脸上的那种神情，淡淡的。忽然听到父亲说话的声音里带着一种水音，我才醒悟过来。只听父亲说，就算我借你的吧，等我将来有钱了，我再还你。我不明白，家中很缺钱吗?

我慢慢地退回到走廊尽头的长椅上坐下来，期望那个女子能早点离去。坐在长椅上，我想到了母亲，不知道该不该把这件事情告诉母亲，母亲是有权知道这件事儿的，可是告诉了母亲，无疑就是伤害了母亲，我左右为难，犹豫的结果，我决定为父亲保守秘密，做出这个决定，像尘埃落定一样，我长长地舒了一口气。

有几回走到病房的门口静静地听着，他们只是说着一些不相干的琐事。女子轻轻地巧笑，我听了有一丝的恼怒，她比母亲年轻，她比母亲漂亮，她比母亲有作为，她是一个年轻的女翻译，我不自觉地拿她跟母亲比较起来，心中有一丝丝的恨父亲，我隐约觉得，父亲正在背离我们，背离这个家。

那件事儿之后，我对父亲的态度有了改观。父亲喊我，我总是慢慢腾腾地应付着，有时候在餐桌上吃饭，有父亲爱吃的东西，我趁父亲不注意，迅速把父亲爱吃的东西挟到母亲的碗里，然后说，妈，你吃，爸爸的胃不好不能吃。父亲把筷子伸在半空中停下来，尴尬地看着我，莫明其妙地笑了，说，这丫头最近怎么了？好像处处针对我似的，那天，我到处找那件新衬衫没找到，原来是被她藏了起来。听了父亲的话，眼泪迅速弥漫了眼睛，低着头往嘴里扒饭，不吭声。

我悄悄地观察着父亲的反应，我担心忽然某一天早晨起来，父亲会突然提出和母亲离婚，然后离开我，离开母亲，离开这个家。事实上我的担心是多余的，父亲并没有什么异常的举动，对母亲体贴依旧，风平浪静的过了好多年，家中并没有什么变故，我心里有些鄙视父亲的虚伪。

有好几次，我静静地倚在门边，看母亲为我们忙里忙外，那件事便如鲠在喉一般噎得我难受，我冲动得想把那件事告诉母亲，忍了又忍，终于没有说，因为我怕看到母亲的泪水，因为我怕这个家从此散去。

父亲退休以后，迷上了下棋，尽管是个臭棋篓子，但每逢我回到家里，必然要和我杀几盘。有一天正杀到兴头上，忽然接到一个电话，是个陌生的女人打来的，约父亲去参加一个聚会。父亲欣然答应了。

我问父亲是谁，父亲不说。母亲在旁边说，是你父亲的红颜知己。我疑惑不已，惊讶得合不拢嘴。我说妈妈，您可真够大度的，您不怕父亲跑了？母亲说，大道理我不懂，小道理倒是有一个，越是你爱的人你就越要相信他，给他足够的时间和空间去选择。一味的防范，只会适得其反。你父亲是个坦坦荡荡的人，这一点上我是相信他的。

我还当您老人家不知道呢，我做保密工作做得很辛苦，害得我白白担心了好几年。我说。

母亲笑，说我是个傻孩子。我为自己曾经对父亲的怀疑感到羞愧，为自己曾经处处针对父亲感到后悔，他是我最亲的亲人，我有什么理由不相信他，不爱他呢？人生的路上，有风雨，有彩虹，更要有信任。信任就像一坛醇香的老酒，喝在心里，又美又暖，且回味无穷。

牵引之爱

刘克升

有个小伙子，经常到集市上去卖丝瓜。与他为邻的摊位主人是一位老农，老农卖的也是丝瓜。奇怪的是，每次都是老农的丝瓜先卖了出去，只有等老农收拾收拾家什走了以后，小伙子的丝瓜才能卖得动。

小伙子感到非常纳闷。有一次，他偷偷地截住了老农的一位顾客，说出了自己的困惑："我的丝瓜又长又嫩，你们怎么不买我的呀？"这位顾客实话实说地告诉小伙子："不错，老农卖的丝瓜又长又嫩，你卖的丝瓜也是又长又嫩，只是老农卖的丝瓜直得好像一把尺子，削皮的时候很顺手，而你卖的丝瓜弯弯曲曲，削皮的时候磕磕绊绊，有点麻烦。"

小伙子把自己的丝瓜不好卖的原因找到了。可是，怎样才能让自己的丝瓜长得笔直，好像一把尺子呢？小伙子想，老农一定有秘诀。于是，在一个集市结束之后，小伙子偷偷地跟着老农，来到了老农的丝瓜地里。老农的丝瓜密密麻麻地从丝瓜秧上垂了下来，青翠欲滴，一看就知道老农是位侍弄丝瓜的高手。而且，小伙子还惊奇地发现，老农在每个丝瓜的头部位置都系了一条麻绳，每条麻绳的下端又拴了一块小石头。由于高度的差异，这些拴在麻绳末端的小石头错落有致，独具一格，显得很有些情趣。

小伙子恍然大悟，老农的丝瓜之所以长得笔直，完全是小石头的牵引力的作用。回到家里后，小伙子找来了一些麻绳，开始模仿老农的做法。一开始，小伙子取得的效果并不理想：有的丝瓜因为拴在麻绳末端的小石头太轻，根本没起到牵引的作用，丝瓜照样长得弯弯曲曲；有的丝瓜因为拴在麻绳末端的小石头太沉，居然得不偿失，把丝瓜拽成了两截。好在经过反复的揣摩、反复的试验，小伙子终于取得了成功，种出了和老农的丝瓜一样笔直的丝瓜。

"牵引"这个词，从字面上可以理解为：伸出一只手去，把对方引导过来。伸出去的手，代表的是爱。拴在麻绳末端的小石头，代表的也是爱，一种牵引之爱。很多时候，我们希望把这种"小石头"式的牵引之爱给予身边的人。只是这种爱，也是需要磨合的。浅尝辄止或者过犹不及，都不是我们所盼望的。

你要记住：亲人伸出去的手以及他们设置在你身后、看似羁绊的"小石头"，是你成长经历中不可缺少的牵引之爱。在学会接受牵引之爱的同时，也祝愿你能够及时伸出手来，抛出你的“小石头”，给予你所爱的人以正确的、温暖的、能够承受的牵引。

请相信每个温暖的故事都是真的

刘祖光

在看著名企业家的传记时，我发现了一个有趣的事情。

他们在创业初期，不可避免地，几乎都遇到了难以想象的困难。有的资金不足，有的刚刚壮大却误入歧途，有的被对手打压得喘不过气来……种种困难，不一而足。但共同的是：这些困难像高山一样阻挡在他们面前，征服高山，不仅仅需要顽强的毅力，更需要坚定的信念。企业家们翻过了高山，最终踏上了高速发展的通途，记者采访他们时，很多人都讲，在他们最艰难的时候，一个故事温暖了他们已接近丧气的心灵。

这个故事的真实性很值得推敲。因为在十几位企业家的传记中，他们讲的这个故事是相同的，但主人公却不同。故事大家都很熟悉，是一次战争失败后，一位将军躲到一个山洞里避风雨，他在垂头丧气的时候，看见了蜘蛛在风雨中努力地结网，风再大，雨再急，网被冲散了一次又一次，蜘蛛依然坚持不懈地结着网……

一个大家耳熟能详的故事，主人公却千差万别。有的企业家说是同拿破仑作战的威灵顿将军，有的说是美国南北战争中的格兰特将军，有的说是二战中赫赫有名的巴顿将军，一个中国的企业家甚至说那个人是中国古代的传奇皇帝朱元璋……

在大学时，几个同学曾就这个故事的真正主人公发生过激烈的辩论，还特意请来了历史系的教授，让他来评断是非。结果，白发苍苍的教授无奈地说：历史上从没有记录过哪位将军有过这样的故事，只能在野史逸事中寻找证据。但，野史逸事十有八九都是不可靠的……

也就是说，这个故事本身是否真实很令人怀疑。但这个时候，谁还怀疑它的真实性呢，人们在困难中或挫折中时，宁愿相信它是真实的。人们相信，不管是威灵顿也好，巴顿也好，这些成功人物曾经也遇到过困难，而且比自己遇到的困难还要大，但他们感动于蜘蛛的执著精神，激励了自身战胜困难的勇气，最终，经历了一番寒彻骨，终于赢来了梅花扑鼻香。这样的故事好比美丽的童话，大家都知道它是假的，但却都喜欢听，因为它能温暖心灵，激励人生，让人阴郁的内心里有了希望和亮色。

不是吗？有多少女孩子喜欢听《灰姑娘》，虽然明知道是假的，但她们宁愿相信，自己天生丽质，或慧质兰心，自己将来也会和灰姑娘一样，有机会穿上水晶鞋，和俊朗的白马王子翩翩起舞，从此过上幸福美好的生活。看这个故事的时候，多少女孩的心里流淌着温暖的希望，在真诚祝福灰姑娘和王子的同时，也憧憬着自己美丽的将来……

一位朋友生病住院，她迷糊间，念叨起了母亲。她和母亲之间不说话已经有6年之久了，因为她高中时不听母亲劝阻，和一个长相酷似刘德华的男孩恋爱。母亲百般劝阻无奈，眼看着女儿的成绩每况愈下，只好撂下了句狠话：你一天不和他断，你就一天不是我女儿！朋友生性倔强，竟真的和母亲再不说话，和男孩到处闯荡。后来才明白，母亲当初是对的，是为她好，于是，她每到节日，必买一件礼物送给母亲，但毫无例外的，礼物都被退了回来。朋友很伤心，对母亲的不近人情怨愤不已。但她说着恨母亲的话，却还经常跟我们讲起母亲的故事，说她小时候最爱听母亲讲故事，母亲讲的每个故事都有一个美丽又温暖的结局，她总是伴着心满意足的微笑入眠。然而，母亲现在做的事却一点也不让人温暖了，想想也对，那些温暖的故事，不也都是假的嘛！

在病床上，百无聊赖中，她翻杂志看。读到一个故事，感动得泪流满面。这个故事很俗套，一看就是瞎编的，居然流传甚广，好多杂志都转载了。说的是一个男孩因为女友的一个玩笑，竟回家向母亲要心脏，母亲竟也昏了头，把自己的心脏给了儿子。在路上，儿子不小心跌了一跤，那颗心竟说：小心点，别伤了自己！我奇怪地问朋友，这个故事你以前看过啊，当时还笑着说，这个故事的作者水平太次了，居然编出个小朋友都不相信的故事来。怎么，现在居然为这个故事流泪了？

朋友边抹眼泪边说：我想起了小时候母亲常说的一句话，人若想快乐，就要相信一切温暖的故事都是真的。我是真的伤了她的心了，原本我还想，以后再也不理母亲了，可这个故事告诉我，天底下的母亲都是爱儿女的，我相信，我的母亲，以后一定会原谅我！

春节时，她回了家。母亲抱着她哭了很久，原来，母亲退回她的礼物，不是因为她还恨着女儿，而是她并不冀求物品，而是希望看到女儿的身影！

事后，朋友一脸幸福的小女儿状：幸亏我看到了那个故事，虽然明知道它是编的，但，它还是温暖了我的心，让我重回母亲身边。

是啊，人总有挫折和沮丧的时候，我们不妨看看那些快乐温暖的故事，虽然理智告诉你，那是假的，但情感上，我们宁愿相信它是真的，因为，温暖，就是在别人温暖的时候，它可以把温暖传递给你……

一路阳光

丁立梅

这个故事，是听来的。说故事的，是我一个写作上的朋友。那日，他看完一家电视台的访谈节目后，抑制不住激动，给我打来电话，他说，我要说一个故事给你听，你一定会感动。

故事是有关一个拥抱，一个警察的拥抱。警察是个平凡的警察，平凡得一如大街上的你我。他是一名刑警，刑警的工作，是最无规律可循的，哪里有案件，哪里就有他们的身影。而案件什么时候能侦破，也是最说不定的，可能一两天，也可能会赔上三五个月。于是他们就成了真正被时间牵着走的人，到处奔波，去寻蛛丝马迹。

他们在生活里，也有爱，有家，却常愧对那一份爱，那一个家。故事里的刑警，就是这样一个人，他有一个爱他的妻，有一个温馨的家。然他常常回不了家，只留他的妻，独自支撑他们的岁月。他的妻，是有怨言的，但又能如何？她选择了刑警，也就选择了无尽的等待和牵挂，她渐渐习惯了这样的日子。

可是，她怀孕了。怀孕了的女人，是纤弱的，是该被丈夫捧在手心里的。她的丈夫，却常不在她身边，十天半月不见人影。那一天，她又要去医院做孕期检查，别的女人去，都有丈夫千般呵护万般疼爱着，唯独她，形只影单，像个被爱遗弃了的人。这一回，她是铁定了心，要他陪她去的。他也是充满愧疚地许诺，这次，一定陪她去。然而，突发性的案件来了，他要立即赶往案发现场。

她委屈的泪，成串。他能给予她的，只是一个深深的拥抱，临别时，他在她耳边轻声说："亲爱的，我的这个拥抱，是有魔力的，它会保佑你一路平安。"她当然不信，却还是在他深深的一个拥抱中，含泪笑了。

他奔赴案发现场，她一个人，去医院。奇迹就是这个时候发生的，她发现，一路上，几乎所有的人，都对她微笑致意，仿佛真的有谁施了魔法，在他们脸上，洒下阳光，一路的花都开了。她上公交车，座位已满，可是人们看到她，都争着站起来让座位给她，还一再叮嘱她，小心呵。她到医院，妇产科门口正排着长长的队，这天去做检查的孕妇多，大家看到她，却自觉地让出一条道来，笑着示意她先去做检查。做检查的女医生，这天的笑容也特别和暖，给她做得既仔细又认真，临了还殷殷关照，你若感到哪里不舒服，随时来呵。

这一天，她像一个备受世界疼爱的公主，走到哪儿，都受到人们特别的照顾和尊重。天蓝蓝的，云白白的，一路阳光，一路花香。她幸福地想，丈夫说得没错，他的拥抱，真的具有魔力呵。她哪里知道，秘密就在她背后的衣上，那是丈夫在拥抱她时，悄悄贴上去的纸条，纸条上写着：我是一名刑警，因工作太忙，无暇照顾我怀孕的妻子，大家若看到她，请多多关照。

故事发展到这儿，我想流泪。不是因为那张纸条，而是因为看到纸条的人们，他们没有漠视地走开，而是用心底的善和爱，铺出一路阳光。他们没有让一颗心失望。

天堂有棵枇杷树

丁立梅

年轻的母亲，不幸患上癌症，生命无多的日子里，她最放心不下的，是她4岁的儿子星星。从儿子生下起，她与儿子，就不曾有过别离。她不敢想象儿子失去她后的情景，曾试着问过儿子，要是不见了妈妈，星星会怎么办呢？儿子想也没想地说，星星就哭，妈妈听到星星哭，妈妈就出来了。

她听了，一颗心难过得碎了，她在心里说，宝贝，你那时就是哭破了嗓子，妈妈也听不到了。

因为化疗，她一头秀发，渐渐掉落，如秋风扫落叶。儿子好奇地打量着她，问，妈妈，你的头发哪里去了？

她看着一脸天真的儿子，心如刀割，但脸上却笑着，她说，妈妈的头发，去了天堂呀。然后，她装着很神秘的样子，悄声对儿子说，星星，妈妈告诉你一个秘密，你不要告诉别人哦。

孩子很兴奋，郑重地承诺，妈妈，星星不告诉别人。两只晶莹的大眼睛，一动不动地盯着她。

她把儿子搂到怀里，搂得紧紧的，笑着跟儿子耳语，妈妈可能要离开星星了，妈妈也要去天堂。

天堂在哪里？妈妈要去做什么呢？孩子有些着急。

天堂啊，离家很远很远，妈妈要去那里种一棵枇杷树。星星不是最爱吃枇杷么？

哦，孩子认真地想了想，那，妈妈把星星也带去，好不好？

不行，宝贝。年轻的母亲，摸摸儿子稚嫩的小脸蛋说，你现在还不可以去，因为你是小孩呀，天堂里，不准小孩去。等你长大了，长到比妈妈还要大好多好多时，才可以去哦。

那，妈妈会等星星吗？

会的，妈妈会一直等星星。妈妈在那儿，种一棵最大最大的枇杷树，树上，会结好多甜甜的枇杷，等着星星去吃。但星星得答应妈妈，妈妈走后，星星不许哭哦，一定要乖，要听爷爷奶奶的话，听爸爸的话，这样才能快快长大，知道不？

孩子高兴地点头答应了。

不久之后，年轻的妈妈安静地走了。孩子一点也不悲伤，他坚信妈妈是去了天堂，是去种枇杷树了。夏天的时候，枇杷上市，橙黄的果实，充满甜蜜。孩子吃到了很鲜艳的枇杷，他开心地想，那一定是妈妈种的。

一些年后，孩子终于长大，长大到明白死亡，原是尘世永隔。这时，孩子心中的枇杷树，早已根深叶茂，挂一树甜蜜的果了。他没有悲痛，有的只是感恩，因为妈妈的爱，从未曾离开过他。他也因此学会，怎样在人生的无奈与伤痛里，种出一棵希望的枇杷树来，而后静静等待，幸福的降临。

一场关于人性的拍卖

李丹崖

耶鲁大学经济学家苏博克曾在众目睽睽之下，给全世界的人开了个“玩笑”。说是玩笑，其实，也可以看做一个游戏，一个和“拍卖”有关的游戏。在这个游戏里，他能保证让其中一方永远做赢家。

不信？您瞧——演出开始了——

高朋满座。这是一场大规模的宴会。

出席宴会的人，要么是政界要员，要么是商界名流，要么是高级知识分子……总之，有一条是有目共睹的，那就是，在场的所有人，无一不是聪明绝顶的人。

宴会即将开始，主持人汤姆满脸堆笑地走到主席台前。他要和诸位嘉宾共同做一个游戏。游戏的内容是这样的：他手上拥有一张千元大钞，他要将这张千元大钞拍卖给一位幸运的嘉宾，在场的每一个人都可以互相竞价，以50元为单位，直到没有人再加价为止。最后，出价最高的人只要付给汤姆他所开的价码即可获得这张千元大钞，但是，还有另一个条件——出价第二高的人，虽无法获得千元大钞，仍需将他所开的价码如数付给汤姆。

这果然是个闻所未闻的拍卖会，在场的所有嘉宾都表示愿意参加。于是，汤姆的话刚刚落音，就有人开始报价：“100元”、“150元”、“200元”……竞价声此起彼伏，到价码被提高到“800元”时，报价的速度逐渐慢了下来，后来，只剩下杰克和比尔在那里互相较劲。

就在这个时候，杰克喊出“950元”，950元——1000元！也就是意味着赚不了多少钱了。汤姆弹了一弹手上的千元大钞，含情脉脉地看看比尔，谁都明白他的意思：你再不加价，钞票就是杰克的了！

比尔笑了笑，脱口而出：“1050元！”他似乎连想都没有想。

会场里陡然引起了轩然大波。这时候，滑稽的汤姆转而得意地望着杰克，他在等待杰克加价或者退出，只见杰克犹豫了一下，咬了一咬牙嘣出：“2050元！”人群里起了更大的骚动。

看到自己的竞争对手荒诞到这个地步，比尔决定做个理智的决定，他摇了一摇桌面上的白色毛巾，优雅地表示退出。

“疯狂的拍卖会”结束了，所有悬着的心都放了下来。

杰克最终付出“2050元”，买到那张“1000元”的钞票，而比尔，一无所获不说，还平白无故地搭了“1050元”进去……

毫无疑问，在这样一场滑稽的拍卖会上，只有一个人做了赢家，而且是永远的赢家！那就是拍卖方。

写到这里，您不禁要问“为什么”。

其实，与其说这是一个游戏、一个拍卖会，不如说这是一个高明的陷阱！说它高明，是因为它巧妙地利用了人性的贪欲和虚荣心。

是利益，牵引着看似聪明的“猎物们”一步步向着“陷阱”靠近，直到泥足深陷，无法自拔。一个“猎物”还要拉另一个“猎物”进来。他们共同导演了自己的悲剧。

同样，也是虚荣心，让另一个“猎物”不甘丢下自己的面子，最后变成毫无面子！

这不是一场拍卖，而是一场行之有效的“人格测试”！它让人性的贪婪在残酷的失败下变得原形毕露；也让自私在众目睽睽之下，进行了彻底的自我了断！

可见，在人格的拍卖会上，报价和价值成反比。如果你的报价高在云端，那么，你的价值必将低进尘埃。所以，为了不让自己的灵魂蒙羞，你最好在拍卖会开始之前，趁早拿起桌面上的“白毛巾”！

摇一摇，你就可以做赢家！

借一扇窗口发现爱

李丹崖

他是个爱好旅游的小伙子，原本的梦想是做一名导游，后来，命运却阴差阳错地让他当上了邮差。虽然邮差不像导游那样可以全国各地地走动，阅尽山水名胜，但是，却可以穿梭于城市和乡村之间，体验两种完全不同的生活。

然而，谁都知道梦想的诱惑力！几年后，年轻人很快厌倦了这份工作，因为，他每天都要骑着自行车来回奔波于枯燥乏味的城乡线上，日子一天抄袭一天地度过，他认为，这样没有新意的生活真是太可怕了！于是，只要是一提及自己的工作，他就失落极了。怨天尤人不说，还经常冲着周围的同事们发火，即使是回到家里，对家人也没好气。尤其是当他看到带着队的导游们坐上大巴开向旅游景点的时候，他简直要寸断肝肠！他想，同样是工作，为什么性质悬殊这么大呢？终于有一天，他毅然决定，送完最后一趟信就去向领导辞职。

那天是个晴天，他一早就送完了城市的信，接着风风火火地向乡下赶。然而，就在他路过郊区的时候，却无意中发现了公路旁边有一座青砖白墙的瓦房，瓦房盖得并不华美，但很有特点：窗户很大。也正是透过这扇窗户，让他首度发现了窗口里趴着一个漂亮的女人，且笑容可掬地望着他，那笑容，那脸庞，童话中的梦境一样，美丽极了！简直堪称是他生平见过的最美的女子。他一瞬间惊呆了，心想：如此偏僻的郊区竟然会有这般貌美的女子，自己平常怎么没有发现呢？他想，一定是自己太累，看花了眼，但是，当他再次回过头去看时，依然是相同的情景：青砖白墙、妙龄女子、含着笑挥手。山水画一样缥缈在他凝滞的视线里，瞬间又随着那女人许多笑容，涟漪一般漾开……他这才相信自己的眼睛，不是童话，是现实的客观存在。

不知是哪股力量的驱使，那天回单位交差的时候，他竟然破天荒地撕毁了辞呈，再也没有出现辞职的念头！渐渐地，他不再厌恶单调的邮差生活，对家人的态度也好了，尤其是对待工作方面，因为投递迅速无误，还多次受到领导表扬。于是，他劲头越来越大，对工作也越热心。他每天都从城市急匆匆地蹬上自行车，风驰电掣般奔向农村……对于他的转变，谁都不知道为了什么。其实，只有他自己最清楚，他之所以如此迅捷，正是为了到达那座青砖白墙的房子，与美丽的女人见上一面，看一眼那女人的笑容，哪怕只有短暂的几秒钟！

原来，是窗口里那个含着笑意的女子潜移默化了他的生活。并逐渐侵占了他生活当中的一切。

他曾经不止一次地揣度着窗口里那个女子的身世，每一次他又觉得自己滑稽可笑。想这些干什么呢？自己已经有妻子，还有了一个活泼可爱的儿子，这样对另外一个女人花心思，太不道德了！但是，尽管他这样想着，但是，他的思想转瞬又被那窗口里的女子侵占。他想，为什么不能有一封信寄往那扇窗口呢？如果那样，他岂不是可以近距离地看一眼那个美丽女人了吗？他再想，那女人应该有着迷人的身段，银铃般的笑声……他知道，自己完全是被那扇窗口里承载的美给陶醉了，这时候，他的梦想不再是当导游，而转变成了邮差，能够替窗口里的女人送一封信的邮差！

但是，命运偏偏又在这个时候给他开了个玩笑。由于他工作积极，业绩突出，他很快被领导提拔为邮政所里的分拣员。按理说，这份工作告别了蓬头垢面的奔波和劳碌，他应该高兴，但是，他却说什么也高兴不起来，因为，他知道，从此以后，他的工作将与那扇窗口里的美丽女人说再见了！然而，他是那样的依依不舍，便决定走进那扇窗口，与那美丽女子见上一面，为此，他不知道辗转了多少个夜晚，一天，他终于想出了个好主意。

那天，他借故体验生活，顶替了一个熟稔的邮差去送信。这次的信件可不比往常，因为，在诸多信件当中，终于有了那窗口里的女人一封信。这一封信不是来自别人，正是来自他本人。他奋战了两个昼夜，终于给那女人写好了一封信，信间并没有写别的，唯有感谢，感谢那女人的笑容阳光一般地改变了自己的生活。当然，也用了不少篇幅来夸那女人的美丽。这封信，费尽了他生平所学过的所有美丽词组。

邮差的条件有了很大改善，单从交通工具上来说，已经由自行车变成摩托车。但是，他那天却发现摩托车还没有以往的自行车快。用了20分钟，终于来到了那女人的房子前，他发现了久违的情景：窗口里，那女人依然笑容可掬。他停稳车，迫不及待地敲响那扇门。门"吱呀"的一声开了，开门的是一位老妇人。老妇人一边兴奋地把他迎了进去，一边冲着里屋喊："闺女，果然来信了！"

"太好了！"他分明听出是那女人的声音，自己心仪已久的女人，那声音确实是银铃一般，且充满了和老妇人一样的兴奋。但是，当他顺着女人的声音望去的时候，他却惊呆了，原来，他所极力地搜寻着的那个女人，重写他生命的女人，一个让他魂牵梦绕了大半生的美丽女人，竟然是一个没有下肢的残疾！那女人欣喜地半趴在窗口前的椅子上，两条空空的裤管在椅子下端飘荡。简直太不可思议了！

那天，他心如刀绞，说了好多话，含蓄地表达了自己的祝福，而后，留下信便走了，几天以后，他也收到了一封信，来自那女人，信上说——

尊敬的先生，感谢您的来信！是您的信让我明白了我的存在还有那么大的意义。您说是我激励了您，改变了您的生活。其实，我应该感谢您才对！

我的丈夫，一个结实帅气的小伙子，他是一个扳道工。我们原本拥有幸福的生活，我们经常在轨道上漫步，但是，一场突如其来的灾难夺去了他的生命，也让我失去了双腿，我当时也想随他而去，但是，他临终前告诉我，在城市的郊区盖一座房子，这是他一生的梦想，他并且告诉我，他会给我来信，让邮差捎来他远方的灵魂。为了不让这个灵魂负疚和担心，我时刻准备着，穿最漂亮的衣服，对每一个人微笑，尤其是看到你们邮差，我就更加高兴。所以，在一定意义上，是你们带给了我生的气息，活下去的勇气，感谢您的到来，我会更加乐观地活下去……

他看到这里，泪水迷蒙了双眼，除了泪水，他还会心地笑了，这笑容，像极了那窗口里的女人。

在每个人的生命中，都有这样一班邮路，都镶嵌有这样一扇窗口，是这样一扇窗口让我们发现美好、发现爱。如果你相信生命当中还有世俗的童话，那么，请你仔细观察这扇窗口吧！

你好吗？

杨暖

一个相熟的邻居，几日不相见，发了短信来问："你好吗？"了了三个字，看了心里一热。想起却是好些日子没有聚着了。下班再路过她家门楼，敲开门来，正迎着朋友盈盈的笑脸。那刻，觉得好温暖。

网上遇着的一个文友，喜读我的文字。曾经有一段，我的日子过得很乱，疏忽了写稿，连博客也安安静静，顾不上更新只言片语。于是，友人就在QQ上留言："这些日子，你好吗？"我好么？我怎能倦怠？那一端，有人在殷殷地盼着，读我的文字。于是，我又打起精神，捧起书本，不断进步自己的文字。不要冷了那一颗心，才好。

在公司，同事遇见了，常会微笑着问一句："你好吗？"不相熟的，对这般温情的问候，多会报以微笑。相熟的同事，则会趁此机会，聊上两句体己话。彼此的善意和关注，会在工作中营造许多愉快的气氛。这是同事相处的艺术。

外地的几个老友，过一阵日子没有对方的消息，就会发邮件过来，问："近来，你好吗？"也说不清是谁先发给谁的。但凡收到信的这一方，总会回封长信，叙着这段时间的工作、生活，还有一些开心的乐子。这段日子的好与不好，其实，都罢了。要让对方知道，才是关键。下一次，又会如此。

你好吗？时常，我也会这样问候远近的朋友和同事。它像一条温情脉脉的引线，不经意间，就牵出许多温暖的情愫。是朋友间的关心，或是爱人间的牵挂，当然还有一些关注喜爱你的目光。日子总是太忙，我们要赶着生活的步子，忙碌奔波，糙了一颗心。顾不上表达，或者根本就忘了表达。这时，一句简单的"你好吗"，就生出几多牵挂。这牵挂，又在彼此的心底，缠缠绕绕。随着日子的积累，情意一点点丰厚，友情、亲情、爱情，阳光般照着我们，一颗心就暖了。

时常也会有这样的一些时光。你和我一样，是独自一人，寂寂着。安静的一颗心，清亮着，空空荡荡。窗外，打远处飘进来一些歌声，叮咚作响。缥缈的思绪，如浮云般，洁净绵软，不可触摸。这时，我们很容易会想起一些人，一些事。想起那些个最亲最近的人。想念远方的那个她（他）。平静地与自己的内心对话，噢，原来心里有那么多的牵挂！不由自主，想知道："你好吗？"

是的，你好吗？这世间，原本有多少的相遇，只是相遇。擦肩而过，就成了两条再不相交的平行线。天各一方，月共一轮。因为有过温柔的疼惜，就够了。如果，有一天你还想起我，只要在心里殷殷地问：你好吗？这也够了。

我只与你相惜

杨暖

夜晚，我在博客上写着文字，随手翻看几个网页。无意中跳到一博客，看到久未联系的朋友。她的主页已是一张发黄的老相片，留存着时光似曾相识的气息。文字还安放在那里，最后更新的日期是2006年11月21日。读着她熟悉的文字、留言，那些温暖的记忆，如缈缈轻烟，从心底一缕缕发散出来。只是，博客分别搬家，我们彼此一个转身，就消失在人潮中，再也遇不到。网络让人们的距离可以很近，亦可很远。就像人的心，心里有，怎么远也觉得近。心里没有，隔条网线远天涯。

下午QQ里一个文友寻我。他原来就在这个城市的西区。多日无音讯，他已去了广州。遭遇不公，他辞了工作，言语间有淡淡的失落和漂泊。彼此的相识，是因为我和他的文字很近，常同时出现在一本杂志，一张报纸。很长时间，我一直以为，我住城东，他在城西，总有一日会因为文字或工作而相见。如今，他已经走远了。他找到我的博客，又加了我的QQ。他发来QQ大笑脸，不停地晃动着，欢喜着。我回他一个，心里却生出一种酸酸的欣慰。还好，有网络在。还好，也有文字在。

晚归等车的一片人群中，有人欢喜地唤我。昏黄的灯影中，一股亲昵的气息越过人群，向我扑来。是宁宁，一个恬静秀气的女子。当日，在新员工培训会上，我和她的自我介绍，都来自北方遥远的一个小镇。异乡相遇，虽不曾相识，却让我们惊喜得一见如故。我们手拉着手，眼睛含笑地看着另一双眼睛。没有太多言语，仿佛已经认识许多年。

在这家大公司里，我在品牌部，宁宁在国际部。不相干的两个部门，每日工作亦是匆匆穿梭，在层层的写字间里包裹着，多日都遇不见。人群中，宁宁欢喜地向我奔来，挽着我的臂膀，像一对久别重逢的朋友。昏暗的光影中，有她欢喜的眼波闪烁着，亲切而温暖。喧闹中，我和她靠得很近，就那么面对面站着说话，心情欢喜得无以复加。也不知为什么欢喜，只觉得心中有一眼愉悦的泉，止不住地向她溢出，溢出。是性情相投的好感和满足？是不远千里而相识的惺惺相惜？

是的，相惜，人世间有一种情意叫相惜。

你我在人群之间行走，不可能讨好所有人，更不可能“征服”别人。唯一能做的就是真实地展示自己。或许我走的路、说的话，正是你向往或者曾有过的感受，那就有了共鸣和感动。于是，穿越重重的人群，彼此相识，我只与你相惜。自然而然，不需要长时间相处培养感情，亦不需要处心积虑经营复杂的关系。如若遇到，即相见甚欢，一双眼睛渴望另一双眼睛的重逢。相惜一份心底的暖，就够了。

守护绝望中的希望

澜涛

我去一个农场采访一对因输血感染了艾滋病毒的母子。

艾滋母子家居住的是三间砖瓦结构的房子。从外面看过去，是因为冬季的缘故吧，死气沉沉的。我刚走进院子，一个面容枯槁、三十几岁模样的女人打开房门迎了出来。没等我开口，女人已经先说话了："你就是昨天打电话来的那位记者吧？"我点头，将记者证拿给女人看。女人瞥了一眼我手中的证件，并没接过去，说道："进屋坐吧！"

女人叫韩梅，29岁，正是我要采访的艾滋母子中的母亲。

我以为，被艾滋病毒宣判死刑的人应该是满眼的凄伤和绝望，但韩梅的眼睛里却十分淡然和平静。采访在一问一答中进行得十分顺利，韩梅仿佛在讲述着别人的不幸，一直十分平静地回答着我的问题。终于，当我让韩梅回忆一下，当她刚刚知道自己感染了艾滋病毒时的情景时，她的嘴角悄然地抽搐了一下。

韩梅因为临产到所在农场的职工医院做剖腹产手术时，因输入"艾滋血"而感染上艾滋病毒的。韩梅当时并不知情，剖腹产生下儿子肖阳波一周后，发着低烧的她就出院回到了家中。此后，她虽然经常发烧、头晕，并时常莫名的呕吐，但她和丈夫都没有太在意，都理解成她是生产后没有调养好，而对于也经常莫名发烧的儿子，夫妻俩也理解成是孩子体质不好引起的。

4年后的九月，农场的一名女子生病到省城医院治疗时，被发现感染了艾滋病毒。省疾控中心经过排查，确定其是因在农场职工医院输血感染的艾滋病毒。由有关专家组成的治疗组立刻对过去几年在农场职工医院输过血的患者进行逐一排查，很快，韩梅和肖阳波被确定感染了艾滋病毒。

当疾控中心的工作人员将这个消息告诉韩梅时，她难以相信，她紧紧地搂抱着4岁的儿子，歇斯底里的哭嚎着，整整一夜。第二天，韩梅抱着4岁的儿子，在丈夫的陪同下赶往省城进行封闭治疗。车启动了，看着渐行渐远的家，韩梅心如刀绞，她知道，这一走，她和儿子或许就难以再活着回家，而这个叫做家和家乡的一切或者就将都成为最后的张望。

她疯痴般地盯看着车窗外的一切，房屋、街道、树木……恨不能不错过哪怕是一根小草。看着看着，泪水就模糊了她的双眼。正沉浸在去大城市欣喜中的肖阳波见了，好奇地问韩梅："妈妈，你为什么哭啊？你不是说城市里有好多高楼大厦、有好多的汽车，可漂亮了吗？你怎么还不开心啊……"

韩梅对我讲述到这里，突然停了下来。空气一下子沉静凝重起来。我能够感觉到韩梅心中的悲痛，我以为她会哭，会落泪。但是，稍倾的沉静后，她轻轻一笑，说道："不好意思，让你见笑了。"

如此悲痛的时刻，还牵挂着陌生的我的感受，我的心丝丝地疼起来，无言以对。

这时候，一个四五岁模样的小男孩从外面推门进来，见到我，先是一愣，然后走到韩梅身前，将手里的一对碗盘递给韩梅，说道："妈妈，我冯姨说这碗和盘子她家不要了，送给咱家用了。"韩梅接过碗和盘子，眼睛里掠过一丝不易觉察的悲凉和无奈，喃喃地说道："这碗和盘子是邻居冯嫂来给我送吃的时候端来的。唉！我家用过的东西，人家都不敢再用了……"

我不知道该说什么，看着眼前的小男孩，问道："你是不是叫肖阳波啊？叔叔给你带了几本动画书，你看喜欢不。"说着，我从包里翻出事先买给肖阳波的动画书，肖阳波接过书，立刻兴奋地翻看起来。韩梅看了看儿子，一脸安详地笑了，随即，她讲述起关于儿子的艾滋生活。

韩梅和肖阳波到了省城的医院后，就开始进行药物治疗。第一天，韩梅打上的静点，轮到肖阳波打。4岁的肖阳波说什么都不肯扎针，他拼命地挣扎着、哭嚎着。几名医生护士按手的按手，按脚的按脚，用了五分钟，才将静点给肖阳波打上。终于安静下来的肖阳波问韩梅："妈妈，我们为什么要打点滴啊？"韩梅回答着："我们生病了。"肖阳波又问道："我们生的什么病啊？我们会不会死啊？"韩梅的心仿佛被万支利箭穿扎着，嘴唇嚅动了几次，没能再说出话来。

只有4岁的肖阳波只安静了没多久，就开始尝试挣脱胳膊上的针头和输液管，结果，滚针了，需要重新扎针。又是一番杀猪般的哭嚎与挣扎。最后，医生给肖阳波注射了安眠药，才顺利地静点上。此后，每一天为肖阳波打静点都成为韩梅无法面对的痛苦，一天，当肖阳波又一次被强制注射了安眠药才静点上之后，她对一旁的丈夫说道："我唯一的希望是自己能死在儿子前面。我实在看不下去了，我看不了儿子受的这种罪啊……"

医院的生活，韩梅还能够忍受。然而，对于正处于好玩好动年龄的肖阳波来说，却是百无聊赖的。一天，一名病友7岁的孩子到医院来，肖阳波立刻跟在对方身后，形影不离。韩梅看在眼里，疼在心上。她突然意识到，该是让儿子了解病情的时候了，否则儿子极有可能在和其他小伙伴玩耍的时候不小心将艾滋病毒传染给对方。

她立刻叫过肖阳波，为肖阳波修剪已经够短的指甲。肖阳波不解地问她："妈妈，我手指甲都这么短了，你怎么还给我剪啊？"韩梅解释并叮嘱着儿子："儿子，记住妈妈的话，你绝不能用手去挠别人，因为你和妈妈都得了艾滋病，不小心的话会传染给别人的……"肖阳波似懂非懂地问道："妈妈，什么是艾滋病啊？""艾滋病是一种很可怕的病，人得上了就治不好了。如果你出血了，千万不要碰别人，不然就会把病传染给别人的……"肖阳波沉吟了片刻，小大人一样点着头，说道："妈妈，我记住了。我要是出血了就不能让别人碰。"继而，他又问韩梅："妈妈，那我们能不能治好啊？"

生命还没有绽放，就要凋零。我突然打了一个冷战，感觉有泪水要从我的心里崩流出来，我急忙去翻找纸巾。而一旁的韩梅还在讲述着。

我翻出纸巾的时候，突然看到，一旁的肖阳波的鼻孔在往下滴血，我急忙伸手过去，想帮他止血。就在我的手就要触碰到肖阳波鼻子的一刹那，他突然一把推开我的手，喊叫着："你别碰我，你离我远点，会感染你的……"

我愣怔在当地，脑海中一片空白。止住鼻血后，肖阳波再一次投入到我带给他的那几本动画册子中去了，我的心却仍旧波澜翻滚着。这个被艾滋病毒感染的小生命，可能随时都会倒在艾滋病毒的魔掌之中，但他弱小的生命却蕴藏着一颗博大的担当心。

我正发呆，一旁的韩梅轻轻地叹息了一声，对我说道："记者同志，你能不能帮我个忙，帮孩子找一家能接收他的学前班。我和孩子他爸找了几家学前班，都不肯接收他。我们给他找家教老师，老师教了一天后就不肯再来了。这孩子每天都嚷着要上学……"

说着，有泪水滑出韩梅的眼角。我终于看到了这个艾滋女人的泪水，却无法将这泪水和脆弱联系上丝毫。病魔可能随时都会夺走她的生命，可她依然对未来满怀希望，依然对儿子满心希望。

我潸然泪下。

艾滋病毒都无法让那对母子放弃与绝望，而相对于这对艾滋母子，大多数人都是幸福和幸运的，那么，优越的我们，还有什么借口沉郁忧伤？还有什么理由懈怠颓丧？

肖阳波饿了，韩梅去为肖阳波做吃的去了。采访暂时中断。我望着在厨房中有说有笑的艾滋母子，他们的身上突然焕发出一种光彩，那是一种沐浴福气、遭经劫难都无法腐败或曲变的爱与希望所发出的光彩。地震、洪灾、疾病、战火……千年流光，万岁轮转，人类历经重重灾难、种种不幸，但却奇迹般的繁衍传袭下来，应该正是秉承着希望与爱的缘故吧！

常怀爱和希望于心，哪怕灾难将生命摧毁，但那爱与希望的光彩仍会熠熠不灭，并光亮温暖自身，以及自身之外一切靠近的心灵。

母爱是心里的海

那个总喜欢将爱挂在嘴边,却很少付诸于行动的人是儿女。那个从不把爱字说出口,却将爱播撒于生活每块土壤中的人是父母。

母爱是心里的海

积雪草

20岁那年，我平生第一次和母亲吵架，也是唯一的一次吵架，吵得很凶，吵得天翻地覆。我歇斯底里地对母亲大喊："我知道您不爱我，我知道他们都比我优秀。"母亲咬住嘴唇，有些怒不可遏地对我说："是的，我不爱你，你自己都不爱惜你自己，别指望别人会爱你。"我无法置信地看着母亲，母亲目光坚定的与我对峙，毫不掩饰，那一刻我的心里充满了绝望，觉得自己是天下最不幸的人。但我依旧梗着脖子回望母亲，脸上写满不屑与叛逆，内心里，却是早已泪流成了河，亲情构筑的世界顷刻坍塌。

母亲有三个儿女，我是那个最没有出息，最没有长进的一个。上学的时候，从学校里逃出来，以为不上学可以和别人一样，嘲笑那些啃书本的人为书虫。工作的时候，背着母亲自作主张地辞掉工作，以为自己的才华怎么可以在那小小的方寸间慢慢磨蚀掉。失恋的时候，用刀片一刀一刀地割自己的腕，当然只是轻轻的，不会血流成河，全不顾及母亲的感受。任性、妄为、自虐、怪癖，从没有想过那些行为会给母亲带来怎样的伤害。母亲终于在忍无可忍的情况下对我说，不爱我！

这句话让我惶恐、失落、绝望，像一根刺梗在胸口，很难受，但我还是明白了一个事实，我是一个被自己的母亲抛弃掉的人。

我摔门而去，自此再没有回过家。带着一腔的悲壮，去了另外的城市。我不相信，凭着自己的努力会找不到一份工作，会饿着。我不相信，凭着自己的勤奋，会比弟弟妹妹差。我也不相信，凭着我的真挚和满腔的爱，会找不到一个爱我的男人。

我勤恳做事，踏实做人，一个人在陌生的城市，工作、恋爱、成家，拒绝听母亲打来的电话，因为除了我，她的身边还有两个优秀的儿女，反正我是那个可有可无的人，是邻居眼里的笑柄，是父亲眼中的失望，是母亲心头拔不掉的刺，我能做的，只是在他们的眼前消失掉。

渐渐的，我不再是众人眼里的异类，人生在一点一点地蜕变，精彩而纷繁。我终于敢正视自己，勇敢地回望过去，但想起母亲的话，还是令我隐隐作痛。特别是过年过节那些喜庆的日子，想着一家人围坐在一起，共享天伦，我的眼睛就会模糊成一片，看不清东西。我知道我想要什么，可是我还是没有勇气回家，因为实在不知道该怎样跟家人相处。

碰巧弟弟打电话来，说母亲病了，住在医院里。我一下子慌了起来，正在削苹果的水果刀，不觉中把中指削掉了一块皮，我擎着那只受伤的手指，满屋乱走，忧心如焚。

我终于明白，自己的内心里，最重要的人，不是那个小小的自我，仍然是母亲。急急忙忙地收拾东西请假，舟船劳顿地赶到医院里，看见母亲并无大碍，始放下那颗心。母亲静静地躺在床上，手里握着手机，只要电话一响，她就以为是我，尽管这些年，我并没有给她老人家打过电话。

猛然看见我，母亲竟说不出话来，盯着我看了半天，伸手在我的长发上一下、一下的抚摸着，像小时候那样，半天方说，丫头，你也忒狠心了，一走几年不回，不过看到你现在的样子，健康，平安，我还是很高兴。我忍了很久的泪，终于一下子夺眶而出。

与弟弟秉烛夜话，弟弟说，这几年母亲几乎每天都是忧心如焚，后悔当初的话说重了。我听了默然不语。弟弟又说，母亲曾去过我居住的城市，只为看我过得好不好，却不曾惊扰我。也曾暗中拜托她的亲戚朋友关照我，不让我知晓，怕我不能接受。就连每晚的天气预报，都要看看我所在的城市是阴是晴。

我仍然不语，但心中明白，母亲说不爱我，其实是句谎话，只为让我醒悟，她一直在我的身后默默地看着我，关注我。而我，竟然傻傻的不为所知，天下哪有不爱自己的孩子的母亲？心一阵阵抽搐地疼，眼泪在胸腔回流。

与母亲单独相处的时光，忽然忆起年少时，我们几个围在一起吃新鲜的水果，给母亲一个，母亲说她不喜欢吃；母亲带我们几个出去玩儿，烈日灼灼，我们几个喝饮料，给母亲，她说她不渴。每次我们都信以为真，自顾自地吃喝，无视母亲偷偷地舔舐干裂的嘴唇。

原来母亲说了谎话，和她说不爱我是一样的。只是现在醒悟，晚不晚？羊羔尚知还报跪乳之恩，而我尚不如羊？

在母亲的谎言里，平安地走过人生的十字路口，平安地渡过人生的劫难，轻松地渡过成长的阵痛，我要感谢母亲的“谎言”。

母爱是掌心里的海，宽容，包纳，令我一生取之不竭，受用不尽。遭遇人生坎坷不平的时候，我会想起母亲的爱。

爱无言

积雪草

那年冬天，运气真的很背，由于我经验性的错误，致使公司的一单生意受到了损失，老板二话没说，就把我开除了。刚刚工作没多久的我，每次发薪不是添置衣物，就是和朋友们一起出去撮一顿，久而久之，竟成了习惯，所以口袋里并没有什么积蓄。

收拾好东西，才发现并没有落脚的地方，加上年底了，各单位都不招用新人，所以我只好拎着东西回家，像落魄的浪子，厚着脸皮回到父母家里。

父亲和母亲都没有说什么，但我还是隐隐地感觉到空气中流动着的压力。父亲一支接一支的吸烟，皱着眉头并不和我说话。母亲忙里忙外的扫房子，蒸年糕，蒸豆包，置办过年用的东西，唯有我，像个外人一样，缩在屋子的角落里看书。

想想这些年，父母也挺不容易，他们都是老实本分的人，没有什么额外的收入，凭着那一点少得可怜的工资供我念书，日子过得紧巴而又辛苦。我曾经拍着胸脯跟他们保证，毕业后，我一定会让你们的日子过滋润些。言犹在耳，却转眼就自己抽了自己的耳光，想想自己都有些脸红，所以他们有理由怒我的不争，有理由给我脸色看。

心情压抑，看着别人喜气洋洋的过大年，我却没有什么心情。父亲贴春联，母亲煮饺子，热气腾腾的饺子像一只只肥嘟嘟的小胖猪，在滚水中打了一个转，被母亲捞到盘子里，端到桌子上。如果是平常，我早就迫不及待地开吃了，这会儿，却因为无望的前途，美味也难以诱惑到我。

母亲强行把我拉到桌边，乐呵呵的骂我，发生了天大的事情，也得吃饭啊，更何况只是丢了工作，没有什么了不起的。父亲也随声附和，吃饺子、吃饺子，饺子就酒，越吃越有。

我当然没好意思和父亲对饮，拿起筷子，勉强吃了一个饺子，竟然被什么东西硌了一下，吐出来竟然是一枚一分面值的硬币，我一下忘记了自己糟糕的心情，兴奋地说，我吃到钱了！

在我们的老家，新年的第一顿饺子，会包一枚硬币在饺子里，谁吃到了，说明谁的运气好，财源滚滚。这几年，都说硬币有细菌，包硬币的习惯早已成为小时候的记忆，可是母亲看到心情不爽的我，竟然把硬币用开水煮过，包在饺子里，让我重温儿时的喜悦，眼泪瞬间润湿了我的眼睛，谁说父母不爱我？他们为了鼓励我能够重新飞翔，竟然想出了如此笨拙的办法。

和着泪水，我又吃了第二只饺子，第三只饺子……

第二只饺子里包着豆腐，寓意新的一年里，幸福美满快乐！

第三只饺子里包着年糕，寓意新的一年里，一年更比一年高！

每一只饺子，母亲都做了记号，捏了花边，以区分别的饺子，所以我能恰到好处的吃到硬币，吃到豆腐，吃到年糕，一口、一口，和着泪水，这哪里是饺子，分明是一个母亲对于一个孩子的关切之情和殷殷期望，希望自己的孩子能平安快乐！

饺子里的好运是母亲给我的，所以我没有理由再消沉下去，没有理由躲在父母的翅膀下没完没了的舔舐伤口，那些委屈、伤心、懊悔和母亲的爱比起来，真的不算什么。那一刻，我深深地体会到什么是爱无言，母爱无言。

穿蓝色监狱服的爸爸

岑桑

一

父亲在我童年的印象里大多模糊不清，只有他临走时的一幕格外清楚。破门而入的警察，大声呵斥着把他按在地上。我和母亲坐在床上，连哭都忘了。我不记得警察和母亲说了什么，只记得敞开的大门外站满了邻居，妈妈茫然地看着警察附和地点着头。

安静下来的时候已是深夜。母亲关上门，爬上床紧紧地抱住我。两个人无能为力地哭了。那年我还只是个 7 岁的孩子，母亲是一个软弱的女人，我们两个除了哭没有任何办法。

父亲因为偷窃伤人被抓。母亲给父亲送行李、跑法庭从没带我去过一次。从那时起我休学了，太多的指指点点让母亲决心把我反锁在家里。大桶的饼干就是我一天的粮食。每天我会准备一杯水放在茶几上，然后扒在窗前等她。直到有一天，母亲疲惫不堪的回来，拉着我说："小远啊，没钱不怕。可千万别犯法啊。"

我特别认真地点了点头，然后小声地说："妈，我饿了。"

母亲看着空了的饼干桶，拉着我去吃面。那时兰州的拉面还只要一块五毛，我要了一碗"柳叶"。粗粗的面条端上来的时候，一个邻居坐过来，关怀的表情里掺着好奇，"听说你那位今天判了？多少年啊？"

母亲刚拿起的筷子停了下来，"9 年。"

"太重了吧，人又没死，摊上这么个男人，你真够倒霉的……"

母亲的脸色难看得像一张白纸，放在桌子下面的手，微微抖着。我不知道自己哪来的主意，把刚吃了几口的拉面，整整扣在那个女人的身上。母亲只说了声对不起，就拉着我走了。背后是连绵不绝的尖叫。

兰州初冬的夜晚，四处飘散着炉火煤烟的味道。我为自己的"壮举"自鸣得意，擦着鼻涕说："没事儿，妈，有我你什么都不用怕。"

母亲摸着我的头，却什么也没说。我知道她哭了，她哭的时候总是一声不响。

不论是父亲被带走，还是我在学校被老师同学耻笑，我一直都没恨过他。可是从那天起，我第一次清清楚楚地知道，我恨他。也许，因为母亲受委屈的样子，也许，因为我不能上学，或者根本就是那碗一块五毛钱的拉面，我等了四十几天，最后扣在一个不相干的女人身上。7岁，做什么事都不需要太多理由。反正我恨他。

二

母亲在父亲入狱后不久就和他离婚了，我在家疯跑了一年，重新复读。母亲把家里所有关于父亲的东西都收得干干净净。孩子对很多事情都会忘得很快。母亲带着我，生活自然艰辛，但很平静。原本她把希望都寄托在我好好学习上，可是后来，看着我始终提不起的成绩也就不强求了。

12岁那年，放学回家。家里来了两个警察。我第一次发现自己那么怕警察。我一直躲在母亲身后，抓住她的手。一个警察看着胆怯的我，把我拉出来特别和蔼地说："小朋友，你想不想看看你爸爸啊，他在狱里表现很好，很想见到你和妈妈。"

我结结巴巴地说："好……"

警察抬起头对母亲说："你看，孩子都同意了。"

去看父亲的那天，我没有什么兴奋，只带了我唯一一篇获得89分的作文，叫《我的爸爸》。监狱的会客室里，有很多见亲人的犯人。我没认出父亲，他却远远地挥着手，喊着我的名字。看来他生活得不错，比从前有精神多了。母亲一直坐在旁边一言不发，我大声朗读我的作文引来好多人的关注。

作文里说，我的父亲不帅但很正义，不富有但很善良……我在作文里虚构了一个标准的父亲，不是十全十美，但很真实。父亲微笑地听着，眼角有隐隐的泪光。读完之后，很多人都为我鼓掌，我却走到父亲面前说："这是我心目中的爸爸，不是你，你根本不配！"

父亲的脸一瞬间僵硬了，他拉住我说："儿子，爸爸知道错了，你原谅……"

"你不该叫我们来，不该再来打扰我们，我和妈生活得已经很苦了，不想再见到你。"我狠狠地把手中的作文本摔在他脸上，"这个送给你了，让你看看什么叫差距。"

我拉着母亲跑出了门外，分不清脸上是汗水还是泪水。母亲哭了，轻轻地，一声不响。我拿袖子擦去她脸上的眼泪说："妈，别哭了，为这么个人才不值呢。"

三

父亲在狱中表现良好，减刑一年，离开监狱的时候，已经是1999年了。他来找过我们，却被我挡在门外，被我一身的痞气吓住了。他说："你怎么染了红头发。"

我说："大叔，你找谁啊？我染什么颜色的头发，你管得着吗？"

1999年，母亲已经对我无能为力。16岁的我发现了在这个社会不受欺负的捷径，和社会上的小帮派混在一起，自以为高傲地生活着。那年的冬天，异常寒冷，天黑后大街上很快就没人了。我和几个朋友悄悄地潜进一个地下车库去偷东西。我们正准备砸开车窗偷车座上的皮包，却刚好被保安发现了。我们拼命向外跑去，但没想到有另一个保安挡在前面。他刚挥起警棍，却突然惊讶地说："小远！"

我一下都愣住了，那竟是我的父亲。朋友一把拉起不知所措的我匆匆地跑走了。

第二天回家，我看见了他，和我母亲一脸严肃地说话。我一进门，他就站起来了。

我说："你出去。少来挑拨我和我妈的关系。"

父亲却低声下气地说："小远，爸爸不是想管你，只是你和那些人混在一起，太危险了。"

"你出去，我什么样轮不着你来说。"我拽着他的胳膊把他推出门外，母亲想拦，可是看着我蛮横的样子也不说话了。

我对母亲说："妈，你找谁来说我都行，就别找他！"

一个月后，我和朋友决定去做一回大的，砸抢商店。我们计划了很久，最终决定在周末动手。那天深夜，我们在天桥下聚头。可就在要出发的时候，一个人影突然窜出来，紧紧地抱住我，嘴里大声地喊着："小远，你可千万不能去啊，你一去这辈子就算完了。"

我这才看清竟是我的父亲，我一边跟他撕扯，一边大叫着滚开。我的朋友看着我们纠缠不清，不耐烦地走了。我气极地用拳头砸父亲的后背，可他却一声不吭，死死地抱着。我愤怒地说："你自己也偷东西，你有什么脸来管我。"

父亲的手臂忽然一松，我挣脱出来。他又急急地挡在我身前，"我是为了咱们家能有点钱才去偷。你是为了自己痛快，就不顾一切。"

我冷冷地哼一声，"你可真大公无私的，我妈不用你偷的钱，也照样把我养大了。”

父亲尴尬地低下了头，“那……就算为你妈，别去了。”

那天晚上，我的朋友全都被抓住了，只有我没去。原来临出发的时候，母亲偷听到了我的电话。她是个没什么主见的女人，只好找到父亲。看着第二天登着抢劫商店新闻的报纸，我心里有说不出的滋味。母亲说：“千万不要犯法啊，小远，你爸就是个教训。”

我倔强地抬起头，“谁是我爸？”

四

母亲和父亲在第二年复婚。我们虽然住在一起，但我始终不肯叫他爸。父亲也不强求，他只是和母亲说我既然学习不好，就不要学了，不如学一门手艺。我说那就学拉面吧。他说，“学拉面好啊，走到哪儿都能吃到家乡的东西。”

永远不会忘记，我第一次拉了两碗面给他们吃。两个人坐在桌子边上筷子没动，眼泪先掉进了碗里。父亲说：“如果当初我也学了这门手艺，你们也不至于吃这么多年的苦了。”

我说：“你吃不吃啊，话那么多，眼泪再掉把面也浇咸了。”

我想，我是从那天起开始原谅他了吧，但始终不愿叫他一声“爸爸”。也许是习惯，或者是一些不知所谓的理由。

2003年的春天。我和朋友决定去上海打工。朋友说那边的拉面很赚钱，最便宜也要五块钱一碗。我心动了。离开兰州的那天，母亲把我送上了火车，把不多的存款全给了我。我不要，她却用力地塞进我的口袋说：“你爸说了，穷家富路，这一走还不知道啥时候回来。”

我侧头看车窗外，父亲一直站在窗下看着我，一言不发。52岁，已经一头白发。列车员不停地催促母亲下车，她站起身，却又回头说：“你一会儿叫他一声爸，他等了很多年了。”

可是列车启动的那一刻，我的嘴里像堵了麦梗一样，始终说不出口，只是看着父亲落寞又无奈地挥着手，退得很快、很远。

到上海的第二年，母亲打来电话说父亲病危。在我还在犹豫回去还是不回去的时候，父亲就去世了。打来电话的母亲一直在哭，她说：“你不孝啊。”

我不屑地说：“你说什么呢，妈？我为什么要孝敬他？”

文弱的母亲从来都没有和我发过脾气，可是那天，她却在电话里对我大声地哭喊着：“你不孝啊，小远，你不孝……”

后来，我接到母亲寄来的一封信，里面是一本破旧的作文本，那是我的，有得了89分的《我的爸爸》。在那篇的最后，我看见了父亲的留言。他说，小远，对不起，原谅爸爸吧。我一直都在按着你写的爸爸去做，只是我不知道自己做得够不够你的标准，但我已经尽力了。孩子啊，你看你写的多好，不帅但要正义，不富有但要善良，不十全十美但要真实。我现在最希望的是，不是听你叫我一声爸爸，而是希望你这一辈子能做一个这样正直的人。

我忽然把作文本用力地扔在地上，大声叫着，“你这算什么，为什么要让我来教你，应该是你来教我怎么做人，不是我自己。”

那一晚我喝了很多酒，一个人躺在狭小的床上，昏昏地睡了。

五

2005年，出名的电影除了一个馒头的《无极》，还有一部《千里走单骑》。朋友当是张艺谋的最新的功夫片，兴冲冲地买碟片回来，可是只看了一个开头就睡着了。而我，一个人坐在昏暗的房间里，静静地看完整部片子。很奇怪，最让我感触的，不是高仓健的执著，而是那个关在监狱里的、会唱戏的父亲，他始终没有看到他的儿子，只能看着拍回来的录影痛哭流涕。我似乎看见了我父亲的影子，也是这样，每天穿着监号服，翻看着那本破旧的作文本，认认真真地学做一个儿子心中的好父亲。可是，他的儿子始终固执，始终坚持，却最终不知道自己究竟在坚持些什么。

那天我一人跑上屋顶的天台，对着北方的天空，大声地喊：“爸爸……爸爸……对不起。”

送给河马老爸的粉色父亲节

岑桑

秒杀“铅笔小腿”的神秘配方

你每天总是比我早起一个小时，天空刚刚发亮，你就穿蓝色条纹睡衣，轻手轻脚地在厨房热牛奶，煎蛋，拌沙拉。你会先叫醒妈妈，隔十分钟再叫醒我，计划十分周密，避免家里大小两个女人争抢厕所。

这几天家里的餐桌一片葱茏的绿色，不是因为春天已经到了，而是夏天快要来了。我和妈妈发誓要练就一双纤瘦的“铅笔小腿”，配合新买的裙子。我们反复叮嘱，肉绝对不吃，那是长肉的元凶；饭菜不要太油，天文数字的卡路里会转化成大块的脂肪；而且味道不要太好，以免禁不住诱惑，饭量大增。可是，一盘青翠的蔬菜沙拉也能让你拌得香味四溢，真拿你的手艺没有办法。

我和妈妈都想看看你究竟有什么秒杀的秘诀把饭菜做得这么香。你却挡在厨房门口说，不能看不能看，这可是我的独家配料，不能曝光。

我站在门口不服气地说，可口可乐藏了120年的“7X”原液都被盗了，我就不信找不到你的神秘配方。

我用你的山口百惠，赢得我的郑元畅

从小就觉得你是最全能的爸爸，做饭、洗衣、修电器，连我的衣服破了你也会缝。有时我问你，怎么不让妈妈帮你做呢？你就会以公益广告的口气说，忙……忙……都忙。当然，人无完人，全能爸爸也不会例外。你最大的缺点就是终日不歇的唠叨。如果你不能真切地体会我的感受，请参照《大话西游》至尊宝和唐僧的对白。

这个周末我终于可以有恃无恐地温习《恶作剧之吻》，钟爱郑元畅的那句，“我会越来越爱你，爱到我们都变成老公公老婆婆。”让我依稀看见爱情的模样。你买菜回来照例说，这些东西有什么好看，高二了，还追星，我像你这么大的时候……

我清清喉咙打断你的话，从身后摸出一本古董级的笔记本，每一张泛黄的纸页上,都精心地贴着山口百惠的剪报。我说,这是以前的大明星吧,是谁贴在上面的呀?

我洋洋地得意地跑到妈妈身边,看你脸色涨得通红。

你们怎么会有这个?

妈妈张弛有度地说,当年我问她奶奶,你喜欢什么样的女孩,她老人家就把这个给我,说你就喜欢这样的。

你第一次哑口无言,看我和妈妈笑趴在床上。

那天晚上,你忽然变得很感性,坐在不开灯的阳台,吸了一支烟。暮春的天空,是氤氲的深蓝,缀着明明弱弱的星星。妈妈洗了水果,让我拿给你,对我频频使眼色。我说,对不起,老爸,你生气了?

我看见你腿上摊开的笔记,山口百惠带着清纯的微笑。

你说,爸爸没那么小气,就是看着这些让我想起以前。我不该那样苛刻地管你,谁年轻的时候没喜欢过偶像呢?我只是想告诉你,偶像就像这些天上的星星。看起来很美,但离我们很远,太沉迷,就没有办法生活了。

我轻轻握住你的手,粗糙、有力、掌心有暖暖的温度。我明了你的心意,总有一天,帅帅的郑元畅也会变成发黄的手册,成为一本记录我青春的笔记。

温柔老爸的"香蕉航母"

我向你保证,那天你看见我在"夏雪冰品店",是卓海涛第一次请我吃冰。他说没见过这么早就开业的冰品店,非要带我去品尝。你提着四个"沃尔玛"超大口袋进来的时候,吓了我们一跳,酱油瓶敲着辣酱瓶,听得我心烦意乱。你后来说我都脸红了,可我真没察觉,只是特别感慨于卓海涛,吃冰就吃冰呗,偏偏坐在那么大一扇窗户前面。

卓海涛这个人除了篮球,再没什么可圈可点。我承认,知道他有些喜欢我,而我对他,也有那么一点点好感。但是,我和他一定不是你想象的那样。

虽然你做了12年的图书管理员,但也用不着忽然跳出一句,A plant may produce new flowers,man is young but once。

你太不了解卓海涛了,以他平日回答老师问题的参数来看,就算你字正腔圆地念出中文,"花有重开日,人无再少年",预计明天下午,他才能顿悟你话里的含义。

其实我有些意外,以为你会生气。没想到你会安然地坐下来,还要了一艘特大号的"香蕉船"。我猜你是想融入我们打探"军情"吧。可是你知道吗?毕竟你是爸爸，就算你再和蔼可亲，有些话我们还是不会说。比如，你的“香蕉船”，虽然味道不错，可是四月天气，吃这么大一艘，冻得我上牙打下牙。而卓海涛在一旁心领神会，说我翻拍女版《无间道》，敲了一串摩氏密码通知他，不吃完，就别想出这个门。

想不到第二天你就在班里出名了吧？知道卓海涛怎么评价你吗？他说我有全天下最温柔的爸爸，惩罚人的手段都与众不同，笑盈盈地买一艘“香蕉航母”，撑死你！

我的倔强遗传自你的DNA密码

你总会纵容我一些古怪的想法，比如，去麦当劳打工为贫困生捐款，或者，画着油彩的花脸和卓海涛去看易建联的比赛。同学都认为你是个最开明的爸爸，可是谁也不知道，你也有食古不化的顽固。你知道“市三好生”的名额对我有多么重要吗？我只是想请同学吃一次寿司，为自己拉票。但是那天，你却凶巴巴地对我说，这是弄虚作假，你什么时候学会做这样的事？

我真的不能理解你，现在是2007年了，所有人都在这样做，不搞好同学关系，又有谁会给我投票呢？

可你却站在我面前，表情郑重地说，搞好同学关系是对的，但不能靠请客吃饭。现在就这么做，将来走上社会该怎么办？我宁可让你名正言顺的考个普通大学，也不想让你用这种方式换来重点学校的通知书。

如果时间可以点击重放，我一定不会赌气地说你是跟不上时代的小图书管理员。

其实我并不是真的在乎高考下浮的分数线，只是觉得很不公平。我的成绩优异又能怎么样？就是因为你的固执，我总要和“三好”擦肩而过。

我关上房门，大声背诵英文短句，It's unfair! It's not fair! I'm very disappointed……而你走过门口，抑扬顿挫地念，Try not to become a man of success, but rather try to become a man of value.（不要为成功而努力，要为做一个有价值的人而努力。）

我悄悄地站在门后一声不响，也没听见你离开的脚步。或许我们都一样，早就明白了彼此的心情，只是隔着一扇薄薄的木门，谁也不想把它打开。你千万别怪我不向你低头哦，原因在你，是你的DNA遗传密码，决定了我的另一半倔强。妈妈可以作证，她说，我和你很像。

你的“抠门”理论和加菲猫一样

夏天来的时候，我和妈妈的“铅笔小腿”计划全面失败，“最魁祸首”就是你。怪不得对你的“神秘配方”严加保密，原来是用猪骨乌鸡熬高汤，营养丰富的加在所有的素菜里。

如果我知道学校的家庭“驴友”大赛是徒步走到千岛湖，我一定不会死皮赖脸地鼓动你参加。我宁可用音乐、动漫、冰激凌，填满悠长的五一长假。说实话，第一天还不错。阳光、树林、稻田和你做的寿司加三明治的奇怪双档，让我基本忘记硕大的背包、脚痛和每平方米至少15只以上的蚊子。可是第二天，当我和妈妈从睡袋里酸痛地蠕动出来，才忽然发现，这只是一个开始，还有三天的坎坷路程。不过你也别偷笑我们，你自己也一样，穿Tee的姿势比穿中世纪的盔甲还难看。

领队说只要坚持到最后，就会得到一份神秘礼物。看他说得玄乎其玄，像是藏了阿拉丁神灯，说不定，就是个台灯。别说你没看到那些搭顺风车的家庭，但你偏偏固执地背着帐篷要徒步走完全程。郊外的晚上，蚊虫飞舞，月光清亮，你坐在帐篷外面给脚上晶莹的水泡贴OK绷。我和妈妈探出头，甜笑着诱惑你第二天全家搭车去千岛湖。

我一直不承认你是个小气的爸爸，可是那天晚上，你却让我吃惊。你一边疼得咧着嘴吸气，一边掐着手指算给我们听：帐篷、睡袋、隔潮垫都是租的，不用就浪费了。提前到达宾馆，住宿还要加钱。而且钱都花了，那个神秘的礼物就是块橡皮也要拿到！

Ay yo wa la！抠门老爸，我的运动鞋就不是钱买的吗？

我们到达千岛湖是第三天的午后，成绩还不错，是第二个徒步走到终点的家庭。你终于得到梦寐以求的神秘礼物，不是台灯哦，是和你身材很像的电饭煲。我和妈妈击掌庆贺，你却像河马一样，坐在湖边的岩石上一声不响。

我第一次看见这么漂亮的湖水，干净的阳光铺在湖面显得格外清澈。或许是因为自己一步一步走来的原因，看什么都有淡淡的感动。我把电饭煲放在你的手中，你捧着它呵呵地笑着：你看看，这多好，等旧的坏了也不用买新的了。知道吗？很多事情都是这样，松懈一下就放弃了，坚持坚持也就挺过来了。

其实挺佩服你的，平时到达的最高高度，也就是图书馆里的七层书架；徒步最远的距离，大概就是从家到菜市场。可是你却用长满水泡的双脚坚定地带着我和妈妈走到了千岛湖。我知道你想要告诉我什么，加菲猫说，真不愿意起来，尤其我还病了，可我还得带病坚持吃饭。大概和你说的一样吧，在困难时不要轻言放弃，成功也许就是睫毛尖的距离，探一探脸，就能够碰到了。

送给河马老爸的“粉色父亲节”

六月的第三个星期天，你总会收到我的礼物，皱纹纸做的丁香，“毕加索”风格的肖像……你用白色鞋盒收藏在衣柜的左下角。听说你早早地就向妈妈打探今年的礼物了，可是知道吗？你问错人了，这次可是我一个人连续 12 天的 DIY。

从早晨你就不时地出现在我的身边，神出鬼没的在我背后干咳。妈妈说，快把你的礼物拿出来吧，你爸的宝贝鞋盒敞了一天，都快风干了。

我小小得意地拿出礼物，透明的盒子扎着银亮的丝带。你期待地接过去，打开，是张着花叶的围裙。虽然，两根带子一边长一边短，中间的小熊也有些营养不良。可你还是兴奋地对妈妈说，看，女儿做的，多漂亮！

妈妈佯装吃醋地说，给你怎么会是鲜嫩的粉色？

嗯，是鲜嫩的粉色。在“洛亚斯潘”神话里，粉色是智慧女神华美衣裙上最清亮的宝石。代表年轻、活力、温柔、期待、深爱……和感恩。

谢谢你！老爸。谢谢你尊重我对郑元畅的喜爱；谢谢你相信我和卓海涛最初的友情；谢谢你怕我营养不良，偷偷加在菜里的骨汤；谢谢你的顽固，让我懂得什么是正直；谢谢你用脚上的水泡，告诉我坚持的意义。

看你这么开心，就再告诉你个秘密，因为“三好生”吵架的那个晚上，我悄悄站在你的卧室门口说了三次对不起。别说你没听到，我问过你哦，你用响亮的鼾声回答我——听到了。弧括，原谅我的投机吧，其实是怕你没日没夜的爱心唠叨。

今天是父亲节，你可不要生气哦。动物世界说，大河马总是用头顶撞刚上岸的小河马，不是让它摔倒，而是让它快点强壮。你这个“大河马”的道理我都明白了。

我的温柔的、做饭很香的、大脚臭臭的、爱啰啰唆唆的大河马老爸，父亲节快乐！

母亲的眼神

岑桑

一

我在拥挤的站台上看见母亲的时候，她正从身上脱下一件崭新的大红毛衣。脚边放着两只臃肿不堪的提包。她已经62岁了，但健旺的样子，完全看不出是坐了三天两夜火车的老人。

“广州的火车站和咱们安阳的也差不多啊！”

“火车站还不都一样，又不能开出飞机来。”

母亲还是老样子，永远只有家乡的东西最好，就算到了美国，见到我的第一句也一定还是这样说。

我拿起地上的提包，一只格外的重。她说把我小时候的衣服都带来了，给没见过面的孙子穿。

我觉得好笑，“你真不嫌累，大老远的带这些东西来，现在的孩子谁还穿旧的，早买新的了。”

“你懂啥？”母亲一把拿回提包说，“孩子穿旧衣服压惊，再说了，小孩子长得很快的，衣服穿两天就小了，买新的不是浪费嘛。”

母亲的左脚有点跛，走在我的旁边，一掂一掂的。她是个很传统的人，传统得有些固执。现在我不喜欢和她争执了，可是从前总要争个没完。

我在广州打工6年，这是母亲第一次来，看她刚满月的孙子。快要到家的时候，她忽然从提包里翻出那件在火车站脱下来的红毛衣穿在身上。

我问她：“今天15度还穿毛衣，不热啊？”

母样边低头系上大粒的塑料扣子，边笑着说：“专门为来这儿买的，热也得穿上。怎么也得让我儿媳妇儿和孙子看看。”

二

在我12岁之前，全家一直在东奔西走。父亲在一个建筑队里开铲车，母亲就在队里的厨房做饭。每天用铁锹一样大的锅铲，在黑色的铁锅里炒菜。大颗的汗水混着油烟，粘在母亲褐色的皮肤上，一会儿工夫就会成河了。直到现在，我仍然记得那口炒菜的锅，晚上，母亲就会把它洗刷干净，放在土灶上，烧一锅温热的水。然后，我就会兴高采烈地跳进去。那大概是我有生以来的第一个浴盆吧。母亲一边给我洗澡，一边唱那首老掉牙的《你的眼神》，词不是很准，哼哼呀呀地也不在调上，但是她的眼神，就像歌里唱的那样，安详、温暖，叫人难以忘记。

我是建筑队里唯一的孩子。父亲也想过像别人一样，把我放在老家。可是母亲始终不肯同意，宁可自己累点，也要把我带在身边。我7岁那年，建筑队正在杭州盖一片小区。母亲请了假，风风火火地跑了几天，终于把我送进一家民工子弟小学。学校在城郊的一片破旧的平房里，每天早晨，一辆快要散架的校车，就会满满的塞着一车和我一样父母在打工的孩子去学校。运气好，我就会占到车窗边的座位，可以挥手和母亲告别。

母亲没上过什么学，所以对学习总带着一种敬仰。可我却散漫惯了，学校对我来说像一道紧箍咒。我常常和班里的几个同学逃课。那时还没有网吧，几个人凑些钱去游戏厅玩游戏。如果谁也没有钱，就会跑去附近的公园，在草地上傻傻地躺上一天。成绩是可想而知的差，母亲为了学习，没少和我动武。那时看母亲提着鞋子在建筑队的大院里追我，成了父亲和工友晚饭后的娱乐。我们就那样吵吵嚷嚷地跑过了整整一个夏天。

那年期末成绩单下来的时候，成串的不及格，让我不知道怎么向母亲交代。但那天晚上，我却一直没有见到她。和母亲一起做饭的阿姨说，我父母有急事，要出去几天。可我却隐约地听说，是我的父亲出事故了。

母亲是三天之后回来的，人一下憔悴了很多。看见脏兮兮的我，什么都没说，去厨房用铁锅烧好了热水，招呼我洗澡。我看着她的样子，没敢问父亲怎么样了，只是悄悄地脱了衣服跳进水里。

那天母亲没有再唱歌了，只是默默地用毛巾轻轻地在我身上搓洗，搓着搓着，一个人就哭了。我光着身子从水里跳出来，湿漉漉地抱紧她说："妈，爸是不是回不来了？"

母亲没有回答，只是把我抱得更紧，放声地大哭起来。那是我印象里，母亲唯一一次毫无掩饰的痛哭。后来，父亲的骨灰下葬的时候，她也再没有那样哭过。

三

安阳最出名的就是我们黄县的红枣。母亲带来许多，放在白瓷碗里，红彤彤的。她说女人生完孩子，气血会差许多，要小惠多吃一些才补得起来。小惠是我的妻子，结婚的时候和母亲才见第一次面。两个人一直生疏。不过现在因为孩子，忽然熟络起来。看着刚刚满月的孙子，母亲总会情不自禁地说起我。小惠就坐在一旁像刺探军情似的，问东问西。母亲说我从来都不会听话。小惠忙问："他是不是很早就谈恋爱了。"

"是啊，上高二就谈上了。"

我想，母亲一定不会忘记高二那年吧。

父亲去世之后，母亲就带我回了老家。她把家里的地租了出去，然后带着我去了安阳，用建筑队给的"事故抚恤金"在一个小区的门口开了家小卖店。其实母亲留在安阳，很大原因就是希望我能在城里上学，将来能考上大学。但是对于我来说，只要不用学习，做什么都可以。记得临近中考的那一年，我们为了考学起了争执。她一定要我上正式的高中，将来去考大学。而我只想去职校，学一门手艺，早早结束学业。当然，那个年龄，我是争不过她的。母亲最终借钱，凑齐了我上学的"建校费"，让我以借读的身份进了安阳的重点高中。可是就在第二年，我偷偷地恋爱了。

那是个喜欢梳马尾的女孩，我们还都不太懂怎样才算恋爱，两个人整天腻在一起就算是恋爱吧。那年的圣诞节下了雪。我对母亲说谎晚上去朋友家玩，然后带着马尾女朋友去看通宵电影。原本以为是个神不知鬼不觉的计划，没想到母亲还是放心不下，把电话打到朋友家里。一切就穿帮了。我没告诉别人我去哪儿了。母亲焦急地骑着自行车四处找我，跑遍了半个城市的网吧。

"那个死小子，害我找了他一个晚上，他倒好，在楼下的电影院里看了一宿电影！"母亲现在说起这件事，还是一脸的气愤。

"那后来呢？他和那个女孩怎么样了？"小惠很关心那个马尾女友。我咳了咳，母亲便心领神会了，转口说"后来……我把他揍了一顿，他就和那个女孩分开了。"说完，母亲又唯恐小惠误会，补了一句，"她没你好，也没你漂亮，比你差远了。"

母亲的刻意，反让我们笑了起来，连她怀里孙子也像明白什么似的，抓着她的手指，呵呵地笑着。

而真正的"后来"呢？其实和那个女孩已经没什么关系了。在那个下雪的圣诞节，母亲因为心急出门找我，穿着家里的拖鞋就跑出去了，整整一夜。回来的时候才发现，她的脚被冻伤了。之后，她左脚跟的肌肉再也没好起来，坏死萎缩成一个瘦小的半球。

从那时起，她的脚就跛了，母亲从没有因此埋怨过我，而我的心里却常常自责。有时我问她："脚都冻成那样了，你不知道疼吗？倒是回家换双鞋啊！"

母亲却说："没看见你的时候还真不知道疼！心里着急的哪顾得上啊！"

几个月后，我和那个马尾女孩就不了了之了。那个年龄的爱情，没有几个能够长久。可是我的母亲，却要永远一踮一踮的走路了。

四

我曾经发过誓，以后都不逆着母亲了。但是很多事情，不是发个誓就可以解决的。她一心让我考大学，只要报纸上一有哪个农村的贫困学生考上大学的消息，她就剪下来给我看。我说自己确实不是块学习的材料，还不如让我早点做些别的事情。但她总是固执地说，只有考上大学，才能真正成为一个城里人，才能对我死去的爸也有个交代。

大学我考了两年，成绩和最低的分数线还要差许多。那时我想母亲这回可以死心了。但她却不顾我的反对，一厢情愿地把我送进了一所安阳的民办大学。

那是2002年，我上大学的第三年，我们黄县的红枣在全国开始出名了。于是母亲决定把家里的地收回来，要回去自己种枣树。临走前，她把学费和住宿费留给我，反复叮咛了很多事情才离开。而我拿着那张存着几千块钱的存折，做了一个很重要的决定。在母亲走后的第三天，一个人退了学离开了安阳，坐上了开往广州的火车。

我在广州找到工作之后，才给母亲打的电话，她急得大病了一场。我一直没有告诉她我的住址，就是怕她来找我。可是后来听亲戚说，她还是来了。只是广州那么大，她一个人找了十几天，用光了身上的钱才回去。

2005年，我在广州终于有了家自己的汽修店。过年，我带着小惠回老家结婚。那是母亲第一次见到小惠，她一边笑得合不拢嘴，一边又流眼泪。她变得有些絮叨，说她这几年种红枣赚了不少钱，屋瓦都换了新的，村里谁家添了孙子，谁家又死了老人……我就躺在家里的火炕上，听她说了一夜。直到窗外的天空微微发亮，她才握着我的手，靠在床边睡着了。印象里，她一直是个很强悍的人，什么事都能独当一面。但在那一晚，我才发觉她也是个需要依靠的老人了。

五

厨房的水壶发出水开的鸣笛声，小惠要去调水给孩子洗澡，母亲却抢着要做，让我抱着孩子给她打下手。

母亲做事仍是很麻利，调水试温，窄小的厕所腾起蒙蒙的水汽。母亲一只手托着孩子的头，一只手轻轻地擦洗。我靠在门边随口问她："妈，我没正经上个大学，你是不是挺失望的。"

母亲就笑了，"有啥失望的？让你上大学，就想让你将来过得好点，你现在有店，有老婆，有儿子，上不上大学有啥关系。"母亲忽然叹了口气，声音暗淡下去，"我都后悔了，当初如果不是我非逼着你上大学，咱们娘俩儿是不是能好好在一起多过上几年，唉，现在你儿子都有了，想明白也都晚了。"

一直觉得自己离开她，是我这辈子最明智的决定，似乎越是努力地在广州打工生活，就越能证明她的错误。可是就在那一刻，我忽然发现，她不过就是个希望自己儿子幸福的老太太。我把她一个人扔下这么多年能证明什么？也就只有自己的不孝吧。

母亲看着水盆里的孩子，又唱起了那首《你的眼神》，我很久没听她唱过了。还是那样记不清歌词，哼哼呀呀地不在调上，却让我想起了很多年以前，我坐在那口大铁锅里，等她给我洗澡，听她唱歌。那时她还年轻，还可以用铁锹翻动一个工地的晚餐，还可以举着鞋子，满院子地追着打我……但她现在真的老了，牙齿掉得只剩下一半，画着皱纹的嘴唇，微微向里瘪着。一切都留下了时间的痕迹，但只有她的眼神，依旧没变，仍然像歌里唱的那样，安详、温暖，叫人难以忘记。我曾在小惠的眼睛里也看到过，那应该是一位母亲，疼爱自己的孩子，永远不变的眼神。

母爱总会赢

刘克升

他很少谈起他的母亲。

有一次，他的一位最亲密的朋友同他谈到了这个话题。他沉默了半晌，看似轻描淡写地讲述了自己与母亲的三个片断。

小时候，母亲对自己的要求特别严厉。有一天，他同本村的二狗子发生了争执，一怒之下用石块把二狗子的头给打破了。二狗子的父母领着受伤的二狗子找上了门，母亲非常生气，打了他两巴掌，然后让他给二狗子道歉。他觉得自尊心受到了伤害，扭头就向外跑。身后传来了母亲愤怒的呼喝："不给二狗子道歉你就别回这个家门！"

他丝毫没有给二狗子道歉的意思，于是在野外的老楸树底下一待就是半夜。

他对朋友说，这次，是母亲输了——半夜里，她打着手电筒，焦急地喊着他的乳名，找到了老楸树底下，把他领回了家中。

上大一的时候，他在本校谈了个女朋友。两人卿卿我我，整天黏乎在一起。母亲不知道从哪里得到了这个消息，托人给他带来了口信，暗示他不要过于沉溺于爱情而耽误了学业。他呢，依然我行我素，沉醉在爱情的甜蜜中。母亲着急了，专程从镇上赶了过来。她说，我不是来看你的女朋友长得丑俊的……她劝说儿子，多抽时间学点东西，准备考研。母亲说，到时候如果考不上研究生，不准儿子进家门！

"这次还是我赢了！"他对朋友说，"我没有考研，赌气连着寒假、暑假两个假期都没有回家，最后还不是母亲找到学校来，亲自把我请回了家里？"

大学毕业的时候，他在城里联系好了工作单位。不料，曾经当过母亲的班主任的老校长找到了母亲，说是镇中学缺个英语老师，问母亲能不能动员儿子回镇中学任教。母亲听从了老校长的建议，多次给儿子吹风，让他多想想乡下的娃儿，回家乡来支援老家的教育事业。母子之间的较量又一次开始了。母亲快言快语地告诉他，他要是留在了城里，就别再回来看她，就当没有她这个娘。

"这次母亲又输了！"他有点得意地说，"我现在在城里不是混得很好吗？母亲不是说不愿意再看到我吗？可她最终还是主动地来到了城里，给我们看孩子、做饭……”

朋友是学哲学的。听完了他的叙述后，望着他得意的面孔，发出了长长的一声叹息。

他不解，问朋友为何会有如此惊心的一叹。

“真的是你赢了吗？”朋友轻轻地摇了摇头，回答说，“不要同母亲较劲，更不要同母亲论输赢！无论结局怎样，母亲都会输掉。因为，儿子是母亲灵魂与身体的不可分割的一部分，在针尖对麦芒的较量之中，即使儿子输了，输掉的也是母亲的心肝。”

听了朋友的点拨后，他愣在了哪里：自己和母亲，到底是谁赢了呢？

朋友一字一顿地说：“赢了的不是你，而是母爱！”

赢了的是母爱！这句话犹如一声惊雷，把他的心绪轰炸得无比纷乱。

他辗转反侧，彻夜无眠，终于想通了：儿子是不应该把母亲视为自己的对手的。因为，母爱能够打败来自自身的所有的对儿子的恨。即使恨有千万钧，在儿子面前，母爱总会赢！

雪夜中的陌生访客

刘祖光

虽然专家预告今年将是暖冬，然而在北方，冬天的风依然刺骨。我所在的县城，白天街上的人就不太多，到了晚上，街上更是冷冷清清。人们躲在屋里"猫冬"，没有特别重要的事，人们是不会出门的。

腊月二十三，是农历小年，也是学校放寒假的日子。送走了最后一批学生，我感到浑身轻松了许多。孩子们拿着成绩单，不管成绩好坏，但只要是放假，他们都开心得很，在寒冷的风中喜笑颜开。傍晚时分，阴沉的天更黑了。天气预报说今晚有雪，果不其然，还不到六点，雪花便如精灵一般从天上飘落。不一会儿，地上便蒙上了一层白色的包装。等到包装变成了棉被时，已是十点多了。

我抱着小女儿在阳台上看雪花，街道里空无一人，只有漫天飞雪。小女儿忽然伸手指着外面说，爸，你看——

一个人影，从远处歪歪斜斜地晃来，恍若鬼魅。他骑辆自行车，样式很旧的"28型"，链套也没有，车子精简到了仅有一个三角骨架。这么破的车子走在雪地上，自然很危险，所以尽管他骑得小心翼翼，看起来还是如风浪中的小帆船。我暗想，这个人有什么急事呢，在雪夜里赶路？

太冷了！怕女儿着凉，我抱着她回到暖和的屋内。刚坐下不久，门"咚咚"响了。我和妻子诧异地对望了一眼，实在想不出，谁会在这个时候来我家！

打开门，我的嘴巴张大成了0型。一个瘦小的男人，披着一身雪花，站在我家门前。他不正是刚才那个赶路的男人吗？他穿着破旧的迷彩服，衣服体型都很像。我问：请问你是——

你是刘老师吧？男人紧张地说，我是王小宁的父亲！

王小宁是我的学生！我赶紧把学生家长让进屋里，他却不肯进屋，说，刘老师，我不进去了。我这一身寒气，进去不合适。再说，我这一身泥，怕弄脏了地……

我还是让他进屋，他坚决不肯！我只好作罢，但旋即我就紧张起来，王小宁家在农村，离县城很远，大老远的冒着大雪跑来，是不是王小宁出事了？

王父说，今天学生放假，他早知道了。他在村口的砖窑厂干活，一边干活一边等儿子回来。同村的孩子早就回去了，可王小宁却迟迟不回，他一直等到天黑，王小宁才没精打采地回来了。问他，他说到同学家玩去了，再问他的成绩，他却说没成绩。

王父急切地说，刘老师，你说这孩子像话吗？学了一年了，咋连个成绩都没有！农民种地还讲个收成呢，我在家问了他半天，他也不说，我就干脆来找你了！

王小宁这孩子比较调皮，刚进高中时学习成绩还可以，后来迷恋上网，成绩每况愈下。到了高二，成绩已是班里的倒数了。说了他无数次，也没什么用，平时迟到旷课是家常便饭。期末考试那两天也没见他人影，自然就没他的成绩。

我把原因和王小宁平时的表现说完后，王父呆如木鸡。一会儿，他的嗓子里挤出几丝似哭非哭，似咽非咽的声音：刘老师，我这孩子不成器，给你添麻烦了！他在乡初中时挺好的啊，我和他妈都鼓足了劲供他。我是个农民，没啥本事，每天在砖窑里给人家背砖，累死累活，每天挣20块钱。大冬天里，我怕他手冻没法写字，我还把发的手套给了他，我的手都快被砖给磨掉了……

我很是震惊。再看他的手，十个指头几乎都缠着胶布。本来我还想说按王小宁的表现，已经够得上开除了，然而我生生地把这句话咽了回去，不是因为我想再给王小宁机会，而是我不想再伤他父亲的心了。

他擦擦眼泪，说，刘老师，这孩子，我真不知道咋说了。还劳老师费心，争取把他教育过来。老师，我是庄稼人，也不会说话，这么晚了还打搅你，真是不应该……说着说着，他就说不下去了。女儿忽然走了过来，端了一杯热茶，说，叔叔，别伤心了，喝口茶吧！

他摸摸女儿的头，说，好姑娘！小宁以前也跟你一样，现在不行了……

看得出，他很生儿子的气，但无论怎么生气，他仍然念着儿子的好！站在阳台上，我看着他躬着身子骑着自行车努力向前冲的身影，眼眶禁不住湿了！

可怜天下父母心！这句话虽然被说了无数次，但这次，我感触最深。

谁给你的爱不留缝隙

蝶舞沧海

一

从记事起，他就一直看见一个小魔术。那就是每天早上起床时，破旧的窗户缝和门缝里都会长满了碎布条，一拉房门，布条便轻轻软软地落下来，像小鸟的翅膀掠过他的面颊。他捧着这些布条，咯咯咯地笑了。

然后他会看到她。她坐在堂屋中间的小板凳上，面前是一大盆的脏衣服或者芋头。她的手刷刷地忙活着，动作非常利索。她看到他，笑，小宝，睡好啦？他边做鬼脸边朝盆里看，如果装的是芋头，他就猛地冲到盆边，把小手伸进去胡搅一气。她哎哎哎地叫着阻止着他，但来不及了，他已站起身蹦蹦跳跳地甩着手喊，好痒呀好痒呀。她笑骂，你这个小坏蛋！

她带他到厨房，给他手上抹醋。抹完醋他就赖在厨房不走了，于是她烧燃柴灶，给他烙葱油饼，或者煮一碗鸡蛋面。他狼吞虎咽的时候，她就蹲在他身旁看他，目不转睛地看。她目光里的内容他形容不出来，但他在那样的目光里充满了骄傲，像童话中尊贵的王子一样的骄傲。

她手很巧。她会给他织漂亮的毛衣，毛衣上小熊小狗栩栩如生，使得村里别的小孩子艳羡得围着他转。她会给他做棉鞋，缝书包。没有钱买玩具，她也会亲手给他做。他印象最深的就是她做的木陀螺。他把木陀螺放在地上，啪啪啪响亮地抽打着它，陀螺转着，他跳跃着，欢乐的笑声传到很远。

他们村子里家家户户都种芋头，定期有人来收购。芋头只有一种，但她会想方设法地做出许多花样来。有时是切成滚刀切或菱形块，放油里炸得金黄，再放入白糖融化成汁，最后撒上芝麻，就成了香喷喷的芋头甜点；有时是把芋头蒸熟压碎，和熟小麦淀粉一起揉成面团，再擀成饺子皮，就可以包芋头饺子；她放个小鱼篓在门前的水沟里，隔几天总能起到几条泥鳅，她给他做泥鳅芋头汤。芋头圆滑乳白，蒜苗青绿，泥鳅黑亮，馋得他直流口水。因此他胃口大开，长得十分茁壮。

那时她在他的眼中，是聪明的甚至是无所不能的，他是喜欢她的。

二

门缝里还是会每天掉布条，但接的人不是他了，而是她。因为他上学了。她一边推门一边大声喊，小宝，该起床啦！他知道了布条不是长出来的，是她每天早上塞进去的。他不解地问她塞布条干吗，她却只是摸摸他圆溜溜的小脑袋，笑而不答。

他和她都没有想到，刚上一年级不久，他们之间的这种平静恬淡，就被一次突如其来的事件打碎了。

那一次他做家庭作业，要用"放"组四个词。他想了好半天才想出两个词来：放假，放学。还差两个，于是他只好去问她。她停下手里的活，也想了好半天，才说，放心。他把"放心"写了上去，说，还一个呢？她又想了很久，对他迟疑不决地说，放……屁。

第二天他把作业交了上去。老师看到他的答案，问他是谁教的。他说是妈妈。那个年轻的、刚刚上任没几天的老师一下子就大笑起来，笑过了，把桌子重重一拍，还放屁呢，你妈这种人也能辅导孩子学习？全班同学都哄笑起来，他哭了。从此以后，很多恶作剧的同学一看见他，就异口同声地在他背后齐声大喊，放屁！放屁！他小小的心里第一次感受到了耻辱，而这耻辱，竟然是她带给他的。她以往在他心目中的形象，就此颠覆。

他想起自己的爸爸。听人说，爸爸以前在村里做点小生意，后来越做越大一直做到了城里，再后来爸爸在城里遇上了一个同样很有生意头脑的女人，就回来和她离了婚。爸爸和她离婚的时候他 4 岁，离婚的场景他隐约记得，当时她痛哭流涕地抱着爸爸的腿，央求爸爸不要带走他，她说自己什么都不要只要他，她不放心把他交给别的女人来抚养。

他那时也愿意跟着她，因为她一直比爸爸疼他。可现在回想起来，他有些后悔了。她一天书都没念过，她只会给人丢脸，难怪爸爸不要她。

三

从初中到高中，他一直在学校住校。周末的时候，很多同学都骑着自行车往家里飞奔。十几里路并不算太远，但他很少回去。直到后来，关于她的一些风言风语传到了他的耳朵。有人说，别以为她是什么好货，她儿子在家里时她才假正经的。

在村里的女人中，她算是好看的，何况单身一人。她的皮肤仿佛永远晒不黑，很普通很廉价的衣服，穿在她的身上就别有一番味道。在他还不懂事的时候，就常有一些伯伯叔叔来借故找她，他们的眼睛在她身上扫来扫去，和家里那只老猫看到鱼的表情一样。她常常悄悄地叮嘱他，小宝，要是有伯伯给你钱让你去买东西吃，你可别要啊。你是咱家里唯一的男子汉，你要时刻和妈妈在一起，要保护妈妈，不能把妈妈单独留下啊。后来就果然会有伯伯叔叔的来，给钱让他去买糖。他想起她的话，坚决不去，寸步不离地守着她。等人走了，她一把把他搂在怀里，一边笑着夸他乖孩子，一边抹眼泪。

他不愿相信那些传言是事实。于是在一个周末的晚上，他突然袭击回了家。他拿钥匙打开了大门，果然，里面有一个男人。他不听她的解释。他指着她的鼻尖，你要么和他结婚，要么断绝来往，别让我再发现你这样偷偷摸摸丢人现眼！她的眼泪一下子就涌了出来，她想说什么，但他不想听。他转身进了另一间房，狠狠摔上门。

第二天一早他醒来，门缝里依然塞着布条。他厌烦地扯掉，再拉开门。她和往常一样，已经坐在堂屋中间洗芋豆。她仿佛什么也没发生过，朝他笑，小宝，睡好啦？

四

工作后他不再回家，因为走进村子他就会感觉抬不起头。她却没有自知之明，常常跑到村头的小卖部给他打电话，不管他的声音冷得像冰还是像霜。

有一天他的手机又响了起来，还是村头的那个号码。他当时正等女朋友的电话，不想占线，便挂了。可是电话又打了过来，他越挂对方越打，非常固执。他火了，按下接听键就吼：你一天到晚烦不烦！

却不是她的声音，是邻居杨婶的。性格泼辣的杨婶开口就骂，你这个良心被狗吃了的小崽子，你平时就这么对你妈的?！你快回来，你妈住院了！

他赶了回去。他简直认不出她来了。她苍老得惊人，瘦得脸上的颧骨都突了出来。看到他进来，她眼睛里猛地一亮。那束光亮突然间灼痛了他，他想起了他儿时她看他吃鸡蛋面的眼神。十几年过去了，她的眼睛由清亮变得浑浊，但其中包含的内容却毫无改变。

他到办公室找医生。医生说，你母亲的肠癌已经到了晚期，准备后事吧。他一下子就蒙了，这怎么可能！她一直都健健康康的！医生叹了口气，你母亲的肠子里一点油都没有，我还从没见过生活这样艰苦的病人，回去给她弄点好吃的吧。

他一直坚硬的心，像中弹的玻璃一样哗啦碎了。他从来就没有想过她过的是怎样一种生活，没有想过这些年他念书的那么多钱，她一个种田为生的女人是怎么一分分积攒下来的。杨婶看见他又开始骂，小崽子，你也不想想，你妈当年如果不要你，她年轻漂亮的嫁谁不好嫁？你后来上学费用越来越高，你妈的身体也不如前了，一些耕田耙地的活她不找个男人怎么做得了？她不结婚也是为了你这个浑小子，都各有各的孩子，一旦结了婚，她怕到时候身不由己，不能供你上大学了……

他听不下去了，转身就往外跑，一口气跑到医院的大门外才崩溃地放声哭了出来。他一直以为她丢脸，却原来丢脸的是自己。他那么无知那么自私，他丢了身为儿子的脸，丢了亲情的脸啊。

回家后，他去镇上给她买了排骨，牛肉，还有一只乌鸡。他向单位请了假，每天陪着她。她还是每天起得比他早，还是会每天往窗户缝里塞布条。但他没有睡着，他终于知道了她塞布条的原因。原来她起床时天还没亮，为了怕堂屋的电灯光线射进来惊醒他，就先把所有可能漏光的缝隙都堵上。她在黑暗中塞布条的动作那么熟稔，就像在灯下一般。他默默无声地看着她做这一切，泪水将整个枕头都洇湿了。这世上，还有什么比母爱更完整，完整到连一丝缝隙都不留呢？可是他，领悟得太迟了。

一个月后她走了。她是面带微笑地看着他，带着无限眷恋，慢慢闭上眼睛的。这一次他没有哭，他找来那些碎布条，学她的样子把所有窗户缝和门缝堵上，然后开了堂屋的灯。堂屋的脚盆里，还有她没洗完的芋头。他跪在房门外轻声对她说，妈，您这一辈子都没有睡过一次懒觉，现在，您好好休息吧……

捡回丢失在雪夜里的良心

风为裳

一

办公室里的同事指着报纸说：这世道啥缺德人都有，这老太太都在医院住了一个星期了，亲戚家属集体玩失踪，良心都喂了狗了。有人说：没准就是个无儿无女的孤老太太呢，不然，那么晚，那么大的雪，老太太一个人站在路边干啥？

我心神不宁，钉书钉钉着了手，小杨说：主任，过年打麻将欠了赌债吧？电话铃惊心动魄地响了起来。我拿话筒的手有些抖，是妻子洪丽打来的，问我回不回家吃饭，我气不打一处来，吃吃吃，就知道吃。说完，把电话摔在机座上。

办公室的人走光了，我站在窗边，天上又纷纷扬扬地飘起了雪。

时光倒流到26年前。下雪，我趴在家里热热的火炕上，看她缝绵衣。我问她：雪有啥用？她用针划了划头发，说：能蒸馒头啊！我撅着嘴，说：那咋不用盆接着呢？她笑，抬头向外张望，去山里拉柴火的父亲还没回来。

天黑透了，她蒸了三锅馒头，父亲还没回来，她坐不住了，用手划拉划拉身上的面，说：东子，你哄着点妹妹，我去村口看看你爸。

她去了很久，妹妹都睡着了，我害怕，不敢睡。她是被人背回来的，身上沾满了雪。她一把把我搂在怀里，说：东子，以后你就是咱家的顶梁柱了。我被她身上的凉气击得打了个哆嗦。

父亲被一棵树砸在了下面，送到医院时，已经停止了呼吸。那一年，我8岁，妹妹6岁，她不过30岁。

二

手机铃声像潮水一样响了又退退了又响。索性我关了机，使劲地呼吸一口冷空气，人清醒了很多。买了一份晚报，晚报的头版登着无名老太受伤住院的消息。报纸上说老太太的医药费高达8万元了，老太太还在昏迷，如果亲人不去唤醒她，也许她再没有醒过来的机会了。

我一个人走在初春的街上，整条街华光溢彩。我也如这个城市里的人一样，西装革履，一身名牌，处处显示着生活的品质。这便是我从小就向往的城市生活吗？高楼大厦里有我一间，银行里也有我24万的房贷。我是机关里的小主任，却不得不时时刻刻地仰人鼻息。家里有漂亮的妻子，她不断地纠正着我作为山里人二十几年来养成的习惯。我踢了一脚马路牙子，去他妈的城里人吧。

我快步走向了第一人民医院，那个病房的号码很多天前就牢牢地印在了我的脑海里。医院的走廊里人很少，我终于站在了那个病房的门外，隔着门玻璃，我看到她像一片落叶一样躺在那里，一动不动。昏黄的灯光下，她的手无力地垂在床沿上。我很想进去，把她抱在怀里，告诉她：东子来了，咱们回家去。

有个护士走过来，问我：同志，你找谁？我匆忙地抹了一把脸，下意识地说：没事，我就是随便看看。护士很警觉：你是来看8床无名老太的吧？

我转身，逃一样地离开了医院。是的，我又一次从她身边逃掉了，就像小时候，她举着鸡毛掸子打我，我总能飞快地逃掉一样。

三

山里的日子艰难。爷爷奶奶怕她改嫁，扔下我们兄妹，就把林场里赔给父亲的钱都收了起来。她去闹了几场，便偃旗息鼓了。她说：东子，那是你爸用命换来的钱，咱们不指着它过日子。然后，她像男人一样上山砍柴，下地割豆子。这还不是最难的，寡妇门前是非多。有那么一段时间，段场长总到家里来，扛一袋米来，或者带来几个山里稀罕的冻梨冻柿子，坐下就不愿意走。我和妹妹很喜欢段场长来，只要他一来，我们就有好吃的。可是有一天，她把他带来的东西都摔了出去，她说：姓段的，你要是有心，就离了婚，堂堂正正地来。你要找相好的，走错门了。

那天晚上，我被一阵骂声吵醒，她手里拿了把菜刀，说：你个没人味的东西，欺负我们孤儿寡母，算什么英雄好汉。你进来试试，老娘跟你拼了。她的表情很吓人，我叫了一声妈，妹妹缩在被窝里很小声地哭。她说：哭啥，咱光脚的还怕他穿鞋的。窗外的白杨树被风吹得呼呼响。好半天过去了，再没声音。我小声问她是段叔叔吗？她摸了摸我的头说：你段叔叔好赖是人，今晚来的是鬼。

没几天，关于她的谣言四起。学校里那些孩子指着我说：你妈是破鞋。我冲上去，把那些骂她的孩子一个个摔倒。我的衣服破了，脸上身上也被打得都是伤。我没有上后面的课，一个人游荡在树林间，我想：长大了，我一定让她享福，让她天天在炕上坐着，啥也不用她干。

不知怎么我就在树林边的草垛上睡着了。远远近近的喊声把我惊醒时，天已经黑了,天上的星星一眨一眨的。我揉揉眼睛,大声哭了起来。她拎过我,上来就是两巴掌。

回到家,她阴着脸给我找衣服,端来水让我洗澡。我脱下衣服,她看到我身上青一块紫一块的,一下子就急了,问我是怎么回事,我说是我自己玩摔的,她不信,说我不说真话,她就不要我了。无奈,我说了白天学校里发生的事。她没吭声,第二天送我去上学,却在办公室里好一顿闹。她说:我这辈子也没啥指望了,谁再敢动我家东子和小西,我就跟他拼了。

她走了,老师们小声议论:王香平从前挺文静的,现在咋泼辣成这样了呢?

四

我回到家,已十点多了。洪丽没睡,她把饭菜热了给我端了上来,我开了一瓶酒,咕嘟咕嘟空嘴喝进去半瓶。洪丽说:我知道你心里不好受,可是事情都到现在这个地步了,你想想,你要是去认她,那近10万的医药费不说,单说你被曝光出来,你这个国家干部的工作也不用干了……

我把手里的酒杯摔到地上,我大声吼:是的,钱,工作,面子,哪个都比她重要,她就快死了,是个累赘,就让她自生自灭好了!

林林听到我们吵,光脚站在卧室门口。我说:你给我滚回去,养儿养女有什么用,良心都他妈的喂狗了。洪丽说:你疯了,冲孩子喊什么?

我就是疯了。我连自己的妈都不认,让她一个人孤零零地躺在医院里,我可不就是疯了嘛。

我一夜没睡,面前的烟灰缸里是小山一样的烟头。电话响了。是妹妹。我问她咋这么晚打电话来呢?她说:哥,我昨晚眼皮一个劲地跳,夜里梦见咱妈了,她拉着我的手,一句话也不说,就是哭。哥,咱妈不是有啥事吧?

我干笑了两声,说:咱妈没事。妹妹说:哥,你还是让妈回来吧,你们城里的床妈睡不惯,她的腿风湿得厉害,你上学那年,割豆子,她都跪在地里爬。这两年,她的记性也差了……

妹说:哥,有些话,也许我不该说,那天嫂子打电话来数落她的不是。她是不好,但她是咱妈,她为咱俩脸都不要了,你上大学后两年,咱家这遭了灾,黄豆绝产,一年到头一分钱不挣不说,还白搭了种地的钱。她急疯了似的,她儿在读大学,她上场部去闹,哭天抢地,跪在人前,一跪就是一个礼拜。人家说:闹就给钱,就都闹了。她说:先把我儿的学费给上,钱我还你们。她打了八千块钱的欠条啊,她回来,大病了一场,却硬是靠吃止疼片挺了过来。

我的泪顺着面颊流进嘴里，又苦又涩，这些事，她从没对我说过。放下电话，我狠狠地敲自己的脑袋。林向东，你真没人味啊！

五

她变成了村子里最厉害的女人，霸道不讲理，爱占小便宜，她在村子里基本上没什么亲戚朋友。她很孤单，干完活，就一个人坐在院子里发呆。有时一坐就是小半天。我跟妹妹不忙了，她就跟我们说父亲，说他当初怎么追她，说他说要跟她过一辈子的，她说：你爸那个挨千刀的，等我死了，我饶不了他。妹妹笑：都死了，再饶不了还能咋的。她便也笑，她说：你俩小兔崽子给我听好了，我的后半辈子全指望你俩了。你们要也像你爸那样没良心，我就活砍了你们。妹妹说：妈，你都说些啥呀！她嘿嘿地笑，脸上的皱纹像地里的玉米叶子。

她不骂人已经不会说话了。为了多分几根垄，她能去场部闹上一个星期，为了多挣几块钱，她会用最恶毒的话骂那些干部，她甚至说：不就是老娘没让你们睡吗，就给老娘戴眼罩？林场里的干部怕了她，凡事也就让了她。

我和妹上了高中，她把一分钱掰成两半花。她说：你俩使劲考，考上哪妈供你们到哪，就是砸锅卖铁，我王香平也要供出个大学生来。

我考上大学那年，她的腿疼得厉害，她说自己可别瘫在这床上，她还等着带孙子去林子里采蘑菇呢！我说我不去上大学了，她回手就给了我一巴掌，她说你个狗熊玩意，还能有点出息不？

我上了大学，妹妹考了两年，便心疼她死活不再考了。为这事，她提起来就骂妹没出息。

六

我穿大衣时，洪丽问我去哪。我说：我去把良心找回来。我说：离婚协议书我放桌上了。

我结婚8年，她只来过四趟。这次，她来过年，她说：梦里都想着这小兔崽子。说这话时，她已经是个很弱很弱的老太太，再没有年轻时的霸气。她说的小兔崽子是林林，林林却连手都不让她拉。她想亲亲林林，洪丽大呼小叫的，说：人嘴最脏了，会有传染病的。她就那样愣在那，看看我，又看看林林，然后说：城里的孩子就是金贵，我孙子也成金贵的孩子了，多好！

洪丽专门给她准备了一个碗，吃饭时，她挟给林林的菜都被洪丽挑着放到了桌子上。像她就是个病原体，不能碰不能摸。她在这个家里有些不知所措，她像个做错事的孩子,她的飞扬跋扈变成了小心翼翼。终于她说:东子,给我买张回去的票吧,听不见松涛声,我睡不着觉。我跟洪丽闹别扭,怎么就不能让她过完年再走呢?

那天我在外面喝酒回来,洪丽哭着跟我说她给林林倒水,把林林烫着了。我的火呼就上来了,我冲她吼:不是让你啥都别干吗?她站在门前,个子又瘦又矮。她说:东子,我还是回家吧。我醒酒时,她已经不在家里了。

电视的早新闻里播出了一条新闻:天黑雪大路滑,无名老太被车撞了,肇事司机逃逸,老太被路人送去医院抢救,老太身上没有任何身份证明,甚至连个电话号码都没有。我一眼就看到了车祸现场红色的三角兜,那是她来时给我装松子的。洪丽说:林向东,你去认她咱俩就离婚。我很犹豫,司机逃逸意味着高额的医药费要自己拿,我的房贷压得我喘不过气来,林林还在学钢琴……

我以为我可以昧着良心等她死,继续过自己的日子。可是,那样没了良心的日子还会有幸福吗?她养我时,搭上了一辈子的幸福,她比较过得失吗?

我这辈子只有一个妈。比起她来,什么都不重要了。

我在众目睽睽之上下跪到在她面前,我说:妈,咱回家,咱回林场老家去!

她的手满是老茧,粗粗拉拉的。她的头发都白了,我把脸贴到她的脸上,多少年了,我没再亲吻过她。我轻轻叫着:妈,儿子带你回家……她的眼角一点点渗出泪来,她在等我,她在等我找回雪夜丢失的良心……还好,我来了!

笨爸爸是上帝恩赐给我的礼物

风为裳

10岁的女孩温迪和父亲马特来到我的律师事务所时，我正被一起离婚案子搞得焦头烂额。所以，当马特含混不清地讲述事情经过时，我很不耐烦。我说：你能不能整理一下你的思路再跟我说，我的时间很宝贵。大个子的马特突然变得不知所措，站起来又坐下。倒是女孩温迪很从容，她说：夫人，有人想把我跟爸爸分开，他们说他太笨了，不利于我的成长，可是他是我爸爸，我不在意他有多笨……

我从繁冗的卷宗里抬起头来，仔细打量着这对父女。男人高高大大，大概有40岁的样子，脸上却总带着无辜的孩童的表情。他的目光不敢看我，常常落到温迪身上，那时，眼里溢着笑。女孩温迪穿着肥大的衣服，鞋子也显然是社会福利机构领来的那种没型没样的帆布鞋。她的黄头发编成了一两条辫子，很显然，编辫子的水平不太高，一只正一只反着。我问：谁给你编的辫子？温迪甜甜地笑了，用手指了指马特说：他。然后跑到我的桌子前，很小声地说：其实，我可以编得很好，但是马特先生喜欢给我编辫子，我只好牺牲一下满足他的小愿望啦！

我对这对父女有了兴趣，是谁要分开他们？为什么？

我叫助手拿来了社会救助机构转来的卷宗。我明白了温迪和马特面临的问题：马特是个只有七岁孩童智商的弱智男子。一个偶然的机会，他收留了一位墨西哥的偷渡女子，生下了温迪。两年后，墨西哥女子被遣送回国，小温迪只好跟马特一起生活。马特领最低的生活保障金，可以照顾小温迪。可是温迪渐渐长大了，她聪明伶俐，求知欲极强。她问马特大海是什么样子的，山真的能比天还高吗？还有，为什么他们家没有妈妈，为什么马特不像别人的爸爸那样可以开车带她出去玩，这些问题都是马特答不上来的。小温迪常常把这些问题带到学校去，学校里的老师很惊讶一个10岁的孩子居然连最基本的常识都不知道。年轻的女教师恰好在一个社会救助机构做义工，她说了温迪的事，救助机构的工作人员决定要帮助这个可怜的小姑娘。他们很快就帮助小温迪找到了一户愿意收养她的人家。可是，他们的决定遭到了马特跟温迪的强烈反对。他们不同意分开。

马特反反复复地跟我说的一句话是：我们是一家人，我们不能分开。

温迪清澈的大眼睛看着我，她说：夫人，他们不讲道理，马特先生是我爸爸，谁会愿意离开自己的爸爸啊？

我弯下腰，问温迪：如果离开爸爸，会有更好的房子住，更新的衣服穿，还有更爱你的人，你愿意不愿意？

小姑娘歪着头想了想，说：夫人，如果跟爸爸在一起，我当然愿意。如果跟爸爸分开，不跟我爱的人在一起，我不会快乐的……

说着，晶莹的眼泪从眼睛里流了出来。马特连忙伸出宽大的手掌替温迪擦眼泪。那一刻，我决定帮助这对父女打官司。

官司打得很不容易，社会救助机构觉得弱智的马特先生跟10岁的温迪没有能力处理自己的生活，他们有义务帮助这对父女。道理大家都懂。但是，如果因为道理生硬地将父女两生生分离，那是不是太残忍些了呢？

我拿出一卷录像带，上面是我录的马特先生跟温迪在家的生活场景：马特为了回答女儿月球上到底有没有水的问题去敲邻居家的门，而温迪则一个劲地懊悔自己问了不该问的问题，她对着镜头说：长大了，这些问题我自己就能回答了，我可不想让爸爸难过。说完，她做了个大鬼脸。

马特先生笨手笨脚地给温迪梳辫子，温迪帮助马特系领带，他们手牵手地去公园给鸽子喂食，马特做饭，温迪调微波炉的时间……

像法庭上所有的父亲一样，马特先生对女儿的爱溢于言表，而10岁的女孩温迪也无时无刻不在照顾着父亲。最后，温迪站在镜头前，她说：如果不是该死的法律，或者我们可以跟妈妈幸福地生活在一起……

法庭上很多人都擦着眼睛，我扔下手里的卷宗，动情地说：马特虽然是弱智人士，但是，他同样有跟女儿生活在一起的权利。温迪也同样有选择跟父亲一起生活的权利。我们的善意是不能建立在剥夺他们父女权利为前提的。

官司赢了。从法庭出来，温迪兴奋地抱住我，亲吻我，她说：夫人，告诉你个秘密，我从字典里查来的，马特，这个名字的含义是上帝恩赐的礼物。他，我的笨爸爸是上帝赐给我的礼物呢！

阳光下，马特正在替温迪挡着来来往往的车。不知道他听没听清女儿的话，他的手扬着，温迪站在他后面小脸花一样漂亮，而马特先生的脸上则洋溢着幸福的微笑。

母亲，让我陪你慢慢变老

卫宣利

一

从小，她对母亲就是有距离的。母亲不漂亮不温柔，嗓门粗大，身材肥胖。而她，偏偏遗传了母亲的这些缺点，从小学一年级起，她便是班上最胖的女生。母亲又懒得给她扎小辫，硬是把她一头乌黑的发剪成了短短的娃娃头。有一次上完体育课，她满头大汗跑去上厕所，结果把厕所里的女生吓得集体尖叫——她们把她当成了男生。

这样屈辱的记忆，深深地刻在她的脑海里。她害怕学校的体检，因为每次一踩上体重磅，旁边的老师和同学便一惊一乍地惊呼：呀，65公斤！她也害怕体育课，跑步她总是最后一名，仰卧起坐，别人一分钟50个，她躺在床垫上，咬紧牙关，憋得满脸通红，仍然坐不起来。

这样的事情经过一次，她对母亲的怨恨就加深一层。如果母亲漂亮一些，自己也不会这么丑吧？如果母亲细致讲究一些，自己也不会如此粗糙笨拙惹人耻笑吧？

她从来不肯和母亲一起上街，一个胖妇人，后面跟着一个胖女孩儿，企鹅一样一摇一摆地从街上走过，这样的场景，想想都让她心里憋得慌。可是那一天，母亲非要拉她上街，她死抠着门缝不肯挪步，逼急了，大叫一声："我不要和你在一起，你这么难看，我怎么会是你的女儿？"

母亲呆了半晌，然后，那肥胖的穿着廉价印花汗衫的身体，剧烈地抖动着，嘴角颤了几颤，巴掌高高地扬了起来，终于又缓缓放下。母亲没有像平时那样泼妇一样地把她的祖孙三代统统扯出来骂一遍，她晃着肥胖的身体，一步一步走了出去，背影有些悲怆。

后来，父亲告诉她，其实那天，母亲是想给她做裙子的，那件缀着百合花的棉布长裙，班上的晨晨也有一条，她羡慕的目光逃不过母亲的眼睛。母亲买了同样的布，又找了街上最巧的裁缝，只是想让她跟着去量一下尺寸。

她并无半点感激，愈发在心里愤恨：如果不是长得和你一样胖，何苦费这么大的周折?

二

她没见过那样笨拙的女人，切菜会切破手指，毛衣织了拆拆了织，从没见她织成过一件成品。到菜市场买肉，也要父亲跟着才能买，因为她辨不出什么样的肉是新鲜的。怕麻烦，做菜总是老三篇，让人吃得腻味。她很奇怪，俊朗潇洒气度不凡的父亲，何以选了粗糙邋遢的母亲做妻？而且，对母亲的那些缺点，父亲总是视而不见，包括她的坏脾气，她的任性，她的蛮不讲理，父亲也总是笑着，全盘接受。

父亲对母亲的宽容和宠爱，常常让她觉得嫉妒。她觉得那份原本属于她的宠爱和心疼，都被母亲抢了去。

她长得越来越像父亲，15岁，已经出落成一个亭亭玉立的姑娘。叛逆期的她，开始明里暗里和母亲作对。书包里总有男生偷偷放进去的纸条，放了学她不回家，待母亲辗转找到她时，她正和一帮男生在乌烟瘴气的游戏厅玩得天昏地暗。看到她胖胖的身影进来，她故意从一个男生的嘴里夺过一支烟，吸得“滋滋”作响。

母亲劈手夺过她的烟，扔在地上，用脚狠狠一拧，骂一声：不成器的东西!一个嘴巴抽过去，结结实实地落在她粉嫩的脸上。旁边的男生“哗”地一下全散了，她只觉得一张脸火烧火燎地疼，泪水一下子便涌了出来。她捂着脸，歇斯底里地喊：“你这个恶毒的女人，你究竟是不是我亲妈？”

母亲明显地怔了一下，却不由分说，强行将她带回家。一路上，两个人都不说话，她不断地挣扎，想从她的手里挣脱出来。母亲的手却像一把钳子，牢牢地拽着她，终究挣脱不得。她忽然觉得十分悲哀，心想落在这个女人的手里，她这辈子算是完了。

那以后，学校里的男生再也不敢打她的主意。她也终于安下心来，一鼓作气，考到了千里之外的外地读大学。

她只想离她远一点，再远一点。

三

独自在那个繁华的都市，不是不想家。乡愁泛起时，她脑海中回忆最多的，竟然是母亲肥胖的身体，是母亲为她织的蹩脚的毛衣，是那些重复的并不可口的饭菜，以及母亲对她粗声恶气的怒吼。她想，有一天她也是要做母亲的，那时候，她一定要做个温柔慈爱的母亲，决不会像她那样粗俗。

整个大学期间，她没回过一次家。只是，隔三岔五的，总能收到父亲寄来的包裹。有时候是一双线拖鞋，有时候是一包炒得焦黑的瓜子，也有时候，是几根香腻的熏肠。她知道，这些东西，都是出自笨拙的母亲之手，也只有她，才有本事把好好的东西糟蹋得面目全非。可是为什么，每次拿到那些东西的时候，她的心会特别地安然和踏实?

大学毕业那年，就业形势非常严峻，她的专业又是冷门，工作很不好找。她不愿意回家，便开始四处飘，有时候在北京，有时候在深圳。偶尔打电话回去，父亲说，如果过得不好，就回来吧。她听得到电话那端有母亲的声音："女孩子踏踏实实找份工作做着多好，总是这么不听话，真是白养了她……"

她的倔劲儿便上来了，不混出个模样，她断然是不肯回去的，她怎么能在母亲面前认输?

并没有真的做出什么惊天动地的事情来，不久后她便恋爱了，对方是个小有名气的作家，他的每一个字都让她痴迷沉醉。她迅速地结了婚，跟着他，心甘情愿地做起了全职主妇。在他疯狂写作的时候，为他洗衣做饭，细致体贴地照顾他的生活。

她自觉比母亲聪慧精致，把一个家整得温馨浪漫，她还能做很多花样翻新的菜，把作家侍候得神仙一样。她想，这样才叫真正的女人呢。

这样的日子只持续了两年，在她为作家打了三次胎之后，作家终于厌倦了，要去寻找新的激情和方向。她就像一块用旧的抹布，被毫不留情地丢弃一旁。

三

母亲在那个陌生的城市里辗转找到她时，她正病着，发高烧，不停地说胡话，身边连个倒水的人都没有。母亲看着她憔悴的面容，落下泪来："傻孩子，这么不爱惜自己，不知道爹妈心里多疼……"母亲的手轻轻抚在她的额头，温热亲切的气息一下子袭上来，她转过头，把脸埋在被子里，安然地闭上眼睛，泪水汹涌地淹没了一颗倔强的心。

她整整在床上躺了10天，她不知道年迈的母亲，怎样在这个陌生的城市里迅速地熟悉一切。每天母亲出去的时候，她便闭着眼睛，想象着母亲胖胖的身影，在如水的车流间笨拙迟疑地穿越马路，用人家听不懂的方言，一遍遍地解释要女儿喜欢吃的菜，再提着东西，一步步走向女儿床头。

母亲做菜的水平并没有见长，红烧排骨做出来是黑色的，鲫鱼豆腐汤炖出来淡得无味，可是她第一次觉得，母亲做的菜是这样的绵长鲜香、回味无穷。

母亲说，还是回去吧，在家里也好照顾你。是那么熟悉的语气，一如她小时候赌气离家出走，最后被母亲从村头的柳树后找出来，用她温暖的手，牵着她的小手，往家走。

她搬回来和父母一起生活，新工作是给一家广告公司做策划，每天晚上都要熬到很晚。母亲和她睡在一间房里，有一天深夜她正在工作，突然听到母亲在哭："小研，小研……"她走到母亲的床前，看见母亲闭着眼睛，泪水一股股地从眼角淌出来，怎么都擦不尽。

有人给她介绍新的男朋友，是个医生，有短暂婚龄。有一天她从外面回来，正要推门进去，却听见母亲在房间里和人说话："小研她经历了太多情感的波折坎坷，她结婚又离婚，这些年没有过顺心如意的日子，你一定要好好待她……"

她在门外听着，泪水成串地往下跌。

五

父亲去世的时候，把母亲的手放在她的手里。父亲声音颤抖着说，你一直问我她究竟是不是你亲妈，现在我告诉你：她的确不是你亲妈。你妈出车祸死的时候，你还不足一岁，她是为了照顾你才来咱们这个家的。这些年，为了给你一份完整的爱，她倾力维护着这个秘密，甚至没有要自己的孩子……她人是粗糙笨拙了些，可她有一颗温柔细腻的心哪……

她雕塑一般呆住了，不，不是这样的，这些年来，她所给予她的，已经远远超过一个母亲对女儿的疼爱与呵护，她早已不再怀疑自己的身世。眼前的这个女人，她的粗糙，她的笨拙，她的坏脾气，都被浓厚的爱冲散了。她只是一个母亲，一个深深疼爱着自己的母亲。

她目不转睛地盯着母亲的脸，想说什么，喉咙却哽住了。只是慢慢上前，抱住这个又老又胖的女人，把头伏在她的肩上。这是这么多年来她们第一次亲密接触，这么近的距离，甚至能听得见彼此温暖的心跳。

她用一个拥抱向父亲承诺，她会爱她的母亲，会陪着她一起，慢慢变老。

有爱无爱都铭心刻骨

刘祖光

大学毕业后，我来到了离家很远的安阳市，在一所高中教语文。像我这样的新老师，学校有二十多个，但大部分都是安阳人，少数几个是新乡或鹤壁的，离家都不是太远，除了我。很多同事得知我来自距安阳近千里远的南阳市时，都惊讶得张大了嘴巴，纷纷问我原因。我只是默然，心中的痛无以言说。

怪就怪我天生敏感而自尊。自从7岁那年父亲故去后，我的内心就像女孩子一样，变得敏锐起来。尤其是继父到来后，我更觉得天空的蔚蓝不见了，取而代之的，是浓郁的阴。继父是个普通的工人，赚钱辛苦，脾气暴躁，动辄对我妈发脾气，每当他们吵架的时候，我和妹妹躲在房间里，大气都不敢出。上高中后，我几乎常年住校，每月回家拿生活费时，我的心总要经受一次折磨。我知道，给我钱的这个男人与我和妹妹一点血缘关系都没有，他的被动、无奈、愤懑，皆是由于母亲的缘故。一次他喝醉酒后大声说，天啊，我好苦啊，供两个学生上学，是我亲生的孩子也就罢了，老子当裤子也得供，可……

在屋里写作业的我暗暗发誓，但凡有一点机会，我都不要和这个人在一起了。所以大学毕业后，南阳市有学校要我，但我还是选择了遥远的安阳市。离开家，离开了他，我感到了轻松。但我很想念妈妈和妹妹，但每次往家里打电话，接电话的大多是他。我没有多少话和他讲，往往开口就说，让我妈接电话……

挂断电话，我心里嘀咕，这个人，下了岗就真的没事做了，天天守在电话机旁，就不知道干点别的事？不过，工作一忙起来，我就很少顾及到家里了，为了避免想那些烦心事，我主动担任班主任工作，在查看学生的家庭资料时，我发现了一个颇为严重的情况——

班里七十名同学，竟有七位同学来自单亲家庭，这些孩子平时的表现和其他的同学明显不同，显得孤僻、不合群。还有三名同学表现得和他们一样，后来我找他们谈心时发现，他们的父母和我的父母一样，是重新组合起来的家庭。我对他们的一切行为都表示理解，并用最大限度的耐心和他们交流，希望能化解他们内心的忧郁。然而，在对他们做思想工作的时候，我发现最大的苦恼，是找不到一个榜样。我的例子虽然是真实的，但学生却以为是我编出来的，我想，如果能有一位同学有着和他们相似的家庭背景，却又乐观向上，那该有多好？

只是，我想想，自己都觉得不可能。我对曾经那段痛苦的心理历程至今心有余悸，不忍回首，更何况这些和我一样脆弱敏感的孩子呢？

然而，不久后的家长会上，我又重新认识了一个孩子。家长会前，他跑到我办公室，对我说他家长可能来不了，我说你爸爸妈妈任何一个来就可以，他笑着说，他只有妈妈，爸爸去年因车祸去世了。我心里一惊：在我的印象里，这个孩子大大咧咧的，每天都笑眯眯的，文艺活动、体育比赛、课前五分钟演讲……他都积极参加，而且很善于讲笑话，常常把同学们逗得哄堂大笑。性格这么开朗的人，居然也是单亲家庭！？

我说，你妈妈真的很忙吗？忙到连儿子的教育都顾不上了？

他笑着说，她不好意思来！

我哭笑不得：这有什么不好意思的？你今年 17 岁了吧，儿子都这么大了，来学校是参加家长会啊，又不是干什么……

他依然一脸微笑，说，她今年才 26 岁，前年嫁给我爸的……

天啊！难道，他那唯一的亲人还不是亲生母亲？

这孩子性格开朗，很大方地给我讲了他的故事。亲生母亲在他 12 岁那年由于癌症去世了，父子俩相依为命，后来，家里没个女人实在难过，父亲才又在农村娶了一个"老姑娘"，继母人还算可以，对他不好不坏，一家人的日子平淡中也有幸福。只可惜，父亲车祸去世……

我忽然想起来，上星期下了大雪，天气冷得很，无数家长提着被子和鸡汤来学校看孩子，根据门卫的记录，我们班大多数家长都来了，但他的家长没有来，而他，只有一床被子，但他人缘好，同学们都乐意和他交往，几个朋友争着和他合铺，朋友间更显得亲密无间。

我觉得，他就是我寻找的"榜样"。我带着相机到他家里家访，没见到他继母，倒遇到了不少邻居。十几个农村妇女，七嘴八舌地说着孩子的好，说他跟继母虽没血缘关系，但他极孝顺，一回到家就干活，一次继母发高烧，他背着她，跑了十几里路，到镇医院看病……种种"事迹"，我记了一本子。都是小事，然而却让人感动。

但我不明白，他为什么对继母那么好，她对他开始并不好啊！他说，不管怎么说，她都是爸爸的妻子啊，来我家，我们就是一家人了。不管她对我怎样，我对她就像对自己的妈妈一样就行了。

我忽然想到了自己。十几年来，我一直抗拒着继父，在我心里，一直都没有把他当做家人来看。对他,又何尝是件公平的事。不管他对我有爱无爱,但他从未缺过我学费,而且在我初三那年,他用拳头教训了几个勒索我的无赖……当我毕业时,他在一旁建议我到离家很近的三中上班,而我却签了这么远,每次往家里打电话,总是他第一个接,个中原因,我自然清楚……

忽然间,鼻子一酸。也许正如我的学生所说,有爱无爱,他都是我们的家人。我拿起电话,生平第一次对他说了句,爸爸,保重身体……

那边,已是哽咽声……

我的学生,名叫张永新,男,17 岁,河南省汤阴县菜园镇人。

最深的爱，最疼的心

像男人一样去疼爱

我们还是姐妹

艾尔比的水彩笔

父母的礼物

谁会与你交换幸福

欠不欠，你不都叫哥吗

姐娘

最深的爱，最疼的心

十六岁，亮在我心里的那盏灯

手心与手背的另一种诠释

像男人一样去疼爱

岑桑

一

我和姐姐不是孤儿,只是父母在外打工,但从我十几岁起,就再也没有见过他们。只有姐姐在打理着我们简陋的生活。那年春节,姐姐百般节省,年三十才炖了一碗排骨,我们两个偎在床上,竟然谁也不忍下口。听着窗外震耳的鞭炮声,我说:"爸妈能回来就好了。"姐姐便哭了。她翻出父母留下的那几张仅有的照片撕得粉碎,然后拍着桌子说:"吃排骨,从今以后,咱俩就是孤儿了。"

其实把自己当成孤儿更好,心里断了见到父母的奢望,面对窘迫的生活反而没有太多的怨言。姐姐辍学打工供我上学,刚满20岁,便草草地把自己嫁了。记得那天放学回家,姐姐忙乱地收拾着衣物,听见我回来,头也没抬地说:"收拾你的东西,咱们搬家。"

"去哪儿啊?"

姐姐没有回答,只是打理好行李,拉着我去了一个男人的家。那个男人我认识,是姐姐打工饭店的老板。我跟着姐姐进门,他正眼都没看我一下,只是靠在沙发上懒散地吸烟。他夹烟的姿势很特别,放在中指与无名指之间。他用暗红的烟头指着一间小屋说:"那间给那小子住吧。"姐姐便把衣服包塞给我,推我进屋,"去,自己收拾一下。"

第一次拥有自己的房间,我却没有任何欣喜。隔着虚掩的房门,隐约听见姐姐说:"你说到一定要做到。"

"知道了,我一定供他读完大学,不过他没有那个本事,就不能怪我了。"

坐在柔软的床上,我却像针扎一样的难过,20岁的姐姐嫁给一个比她大15岁的男人,原因只有一个,那就是我。

二

我从没叫过那个男人一声姐夫,也不和他说话。生活虽然一下好了起来,我却不想回家。因为我不想看见姐姐像一个保姆一样,为那个所谓的姐夫忙前忙后。那时我居住的小城刚开始流行网吧，我通宵在那里。凌晨，姐夫突然闯了进来，把我拽出了门，愤怒地说："你知道你姐找你一个晚上了吗？"

"关你什么事？"

"你姐那么希望你考大学，你这样就能考上吗？"

那个男人揪着我的衣领大声吼叫，我却冷笑，"那不正合你的意吗？省得还要花钱供我上大学。"

"啪"的一声，一个耳光。我一下愣住了，半晌才反应过来，好像那么久的压抑忽然找到了个缺口，愤怒地和他扭打在一起。其实面对五大三粗的姐夫，16岁的我还算不上是一个对手，只有挨打的份儿。那天我鼻青脸肿的被他提回了家。姐姐虽然生气，但还是心疼地为我擦药。那天晚上，我第一次听到他们争吵。姐姐向来顺着他的脾气，却为了维护我和他大吵起来。我蹲在门口，偷偷地听着，生怕粗暴的姐夫会打她。那时我下定决心，他要敢动姐姐一根手指，我就冲出去和他拼了。可是最后，却只听见姐夫摔门离开的声音。

我悄悄地躺回床上，想到姐姐要一辈子忍耐这样的男人，很久都不能入睡。迷蒙间，我房间的门忽然开了，推门进来的竟是姐夫。他一把拉我起来，满嘴呛人的烟气喷在我的脸上，"小子，你不是觉得我欺负你姐吗？那你就快点考上大学，让她少受点委屈。"

我狠狠地看着他，却只能无力地用语言来宣泄自己的愤懑，"我恨你！"

而他一直冷硬的脸上，却忽然不屑地笑了。

三

虽然我恨姐夫，但他的话却提醒了我。只要我考上大学，找到好的工作，就可以接走委曲求全的姐姐。我的功课落下很多，重新学习十分吃力。姐夫每天在家颐指气使的样子，似乎成了我全部的动力。我复读了一年，终于考上了武汉的一所大学，临行前，姐夫竟出人意料地在他的小饭店，摆了一天的宴席。姐姐那天看起来十分漂亮，从没看过她笑得那样开心，晚上还在反反复复地为我打点行装。只是我从没有想过，这竟是最后一次看到她。

大一，临近期中，忽然接到姐夫的电话，姐姐病危。谁也没想到宫癌竟会扩散得那样迅速。回到家的时候，姐姐已经不在了，只有黑白的照片挂在墙上。姐夫拉着我说："给你姐姐上炷香吧。"

没想过一向强悍的他会变得这样委顿。他的声音完全哑了，眼睛混浊，充满了血丝。我在姐姐的遗像前长跪不起，他一直默默地陪在身后。直到我站起来的时候，他才说："在家多住两天再回学校吧。"

我摇头，擦去眼泪，拿起还没打开的背包走出门外。

初冬的夜晚，晴朗干冷，我一个人坐在车站空旷的候车大厅，等待下一列回武汉的火车。手机忽然响了，是姐夫打来的，看着屏幕上那串熟悉的号码，我挂断了最后的联系。没有姐姐，这座城市便不再是我的家，而那个打来电话的男人，和我也再没有任何关系。

我想，我不会再回来了。

四

重回学校，我开始打工赚自己的学费。总觉得自己晚上工作，白天一样可以上课，可是久了，才发现很多事并不像自己设想的那样，几门成绩都不及格。大一的第一个寒假，我留在学校打了两份工。白天在前进五路的电脑城前，发放传单。武汉的冬天，阴冷潮湿，衣服似乎都能拧出水来。那天我站在人行道的一小块阳光下不停地跺脚，在熙攘的人群中，竟意外地看见了一个熟悉的身影，是姐夫，穿着黑色的大衣，鼻尖冻得通红。他径直走到我面前，粗暴地说："你为啥不回家？电话也不打？"

"姐都不在了，我和你没有关系，我要独立了。"我第一次觉得摆脱他的施舍，靠自己原来可以这样理直气壮。

可姐夫却从包里拿出一张成绩单推到我眼前，"你们学校寄来的，你让我怎么摆在你姐的灵前？难道你认为她就想看到你这样独立？"

他的话让我恼羞成怒，我大声地喊着："我的事不用你管，我跟你没有任何关系。"

"混账东西！"姐夫从衣袋里拿出一只厚实的信封，直直地砸在我的脸上，"你要是个男人，就把这 8000 块钱拿着，有本事你毕业后挣回来，我等着你来砸！"

姐夫转身走了，留下我站在喧闹的街头。原以为自力更生就可以扬眉吐气，却没想到竟让他当街羞辱得像个蹩脚的小丑。低头捡起地上的信封，眼泪竟然不争气地掉下来，我对着他走远的背影，暗暗念道："你等着，你等着……"

五

我再也没有和姐夫联系过，拿着他砸在我脸上的 8000 块钱，交了学费，安心学习。大一期末，我以全优的成绩，拿了全系最高的奖学金。假期我没有回去，姐夫也没有打来电话。只是临近开学的时候，忽然接到他汇来的钱。汇款单绿色的留言栏里，简单地写了几句，“收到成绩单，我给你姐看了，考得不错。”

兑款前，我把它撕了下来，放在钱包透明的月票夹里。那天，我打电话给他。我说，钱收到了，他说，哦。我说我拿了奖学金，他说，你先留着吧。很长的一段空白之后，我说了再见。挂机的时候才发现，我和他除去吵骂，竟然不知该说些什么。之后的三年，我没有回过家，与姐夫的联系也屈指可数，只有每年汇学费时的简短问候。汇款单的留言栏，我都收着，背后记着他邮来的款数，我想，总有一天我要还给他的。

大学的最后一年，我交了女友，一个江苏的女孩。毕业后，我们都留在了武汉。工作不久，月薪都不太高。我们租住在一间四十几平方米的小公寓里。女友很会打理生活，简单却井井有条，有些像姐姐。她常常问我什么时候娶她？我说，连房子都还没有，我拿什么娶你？她会不死心的再问，如果这辈子你都买不起房子，你就不准备娶我了？我无言以对。

再接到姐夫的电话，已是2006年的夏天，他让我有空回去一趟，有件事想和我商量，也让我去姐姐的坟上拜一拜。电话里他有些吞吞吐吐，我猜可能是因为钱吧。于是我带着所有的积蓄，坐上北归的火车。

六

姐夫一直没有再婚，还住在原来的地方，很意外，当年我的那间小屋他还保留着原来的样子，那些高考复习的资料，仍整齐地码在书架上和我走时一样。姐夫胖了许多，烟抽得也凶，坐在沙发上，感觉更加的松懒。我把存着所有积蓄的存折递给他说：“还不够，但这些先还给你。”

姐夫先是一愣，然后哈哈地笑了，“小子，我让你回来，可不是为了这个。是因为你的亲爸前一阵儿来找你了，儿子打老子要遭天打雷劈的，所以我帮你揍了他一顿。不过……”姐夫掏出一张纸条放在我面前，“我还是让他留了电话，如果你想要见他，就打给他吧。”

我收起纸条，却没有马上打过去。亲爸，这个在我记忆中没有一点印象的人，怎么会忽然来找我，我有些难以置信。

姐夫把我放在桌上的存折推了回来，我坚持地说：“这是我欠你的。”

他摇了摇头，“小子，你是不是一直以为你姐是为了你才嫁给我的。那你真的太不了解你姐了。如果她不爱我，就算我答应养你一辈子，她也不会嫁的。那个时候，很多人都瞧不起我们，有人说我乘人之危，有人说她贪钱。就因为我比她大15岁吗？还是因为她穷？其实一个女人最需要爱她的男人做什么呢？就是娶她做老婆呗。管那么多干什么？"

他挪动着身体站起来，把存折塞在我手里，"你还是拿回去吧，这个不是你欠我的，是我欠你姐的。"

回武汉的那天，姐夫一直送我去了车站，在车厢的门前，突然紧紧地抱了抱我，他笑着松开手说："他妈的，长这么壮了，以后打不动你了。"

忽然发现从前那个强壮的男人，已经是发福的中年人了，不知从什么时候开始已经比我矮了许多。我望着他，深深地对他鞠了一躬，"谢谢你，姐夫。"

火车启动的那一刻，姐夫站在车窗下，用力地向我挥手，依稀看见他眼角泌出的泪水在阳光下闪着光芒。我把衣袋里那个说是我亲生父亲的电话号码扔进了垃圾桶。一个男孩在成长成男人的过程中总要有一个榜样，对于我来说，绝不是垃圾桶中的男人，而是那个在我15岁时第一次暴打我的姐夫，他用他自己粗糙的方式，一直蛮横地校正着我成长的方向。这么多年，我一直以恨他作为生活的动力，可是直到今天我才发现，原来我从来没有恨过他。

七

回到武汉的那天，女友到车站接站，她紧紧抱住我的那一刻，我轻轻地在她耳边说，我们结婚吧。她惊喜地看着我，问我怎么想通了？我说，一个女人最需要爱她的男人做什么呢？就是娶她做老婆呗。

我们还是姐妹

岑桑

一

我叫叶宁，她叫林青，我们是亲生姐妹。从小穿一样的裙子，扎一样的头绳，很多人都说我们像双胞胎一样，长得很像。

林青长我一岁，但总是比我成熟许多。10岁那年，父母离异。母亲要带着我们姐妹，她却站出来说："不，我要和爸爸在一起。"

其实那时我不太懂父母之间发生了什么，也不知道她那样说就代表着我们要分开。我只知道父母每天吵得很凶，母亲看她的眼神就像在看一个叛逆。那天好像是盛夏的中午，阳光在记忆中热烈得有些苍白。父亲摔门而去的声音，震得整间房子都嗡嗡作响。而我和林青，安静地坐在床边看母亲愤恨地把东西塞进皮箱。林青偷偷地递给我一只发夹，红色，嵌着一块浅白的石头。她晃了晃手中另一只一模一样的发夹，贴在我耳边悄悄说："记住，我们还是姐妹。"

母亲拉着我离开的时候，天色已经暗了，父亲还没有回来。我回头看林青，一个人站在空荡的房间里对我轻轻地挥手。她微笑着，眼角却有大颗的泪水滑下来。就是那天我不再叫林宁，改了母亲的姓。

从此，我叫叶宁，她叫林青。

二

母亲很刚强，一个人带着我开了家服装店，忙忙碌碌的，生意很好。后来，我也渐渐知道母亲憎恨父亲是因为另一个女人。父亲在母亲的嘴里渐渐变成了"那个男人"。她警告我"那个男人"不是好人，要远离他，包括他那个和我长得很像的女儿。可是我和林青毕竟还在一个学校。她常常来问我还好吗？母亲好吗？告诉我她和父亲简单的生活。我们一起上学放学，我总是记不起母亲的告诫。

但那天放学的路上，我们意外地碰见了母亲。她提着进货的黑色袋子，满脸汗水。林青跑了过去，伸手帮她去提，"妈，我来帮你……"

话还没有说完，母亲便打了她一个响亮的耳光，"谁让你叫我妈！"

我和林青都愣住了。母亲严厉，却从来没有打过我们。她一手提过袋子，一手拉着我就走了。酸涩和胆怯混合着母亲的咒骂堵在心里，让我没敢回头看林青一眼，只觉得她一定哭了，像我和母亲搬走的那天一样，脸上有无声无息的泪水。

那天之后，我不再敢和林青一起玩，总是远远地躲开她，而林青也不再来找我。母亲给我找了新的学校，也搬了新的房子。林青送给我的那只发夹就在那次搬家中丢掉了，或许连同丢掉的，还有那一句“我们还是姐妹”。

三

我居住的城市很小，总会和林青偶然遇见，也总能听到一些有关父亲和她的消息。而我也习惯了带着冷淡的表情去听他们的故事。父亲最终没有和那个女人在一起，变得落魄。我上初三那年，姐姐考上了职校，其实她成绩一直很好，但父亲没有能力供她读大学。那时，母亲的服装店已开了三家，我们的生活优越起来。偶尔看到俭朴的林青，我常想她会不会为了当初稚嫩的选择而后悔。

高三的时候，学校的夜自习开得很晚，每天我会在学校门前的小吃店吃碗拉面或是麻辣烫，我总是会看到林青，她在小吃店门口晃悠，或是倚在一棵树下看我，弄得我很不自在。我们浅浅地打着招呼，生疏得像只见过一面的朋友。已经毕业的林青在学校旁的一家小工厂做夜间的兼职。她只字不提起父亲，我也不问。如果遇见她，我就把外卖提回学校去吃。

母亲的生意越来越忙，一进货常常四五天不回来。我也渐渐学会自己照料自己的生活。北方的冬天来得很早，十一月就已异常的寒冷。从学校回家，要经过一条幽深的巷子，入夜，寂静得可怕。一个人回家的时候，我总要猛跑着冲过去。那天跑到中间，却忽然被一个人拽住，他只是笑，揪扯我的衣服，呛人的酒气喷在我的脸上，让人作呕。我从没想过一个男人原来可以这样强悍，一只手便已钳住我所有的挣扎。

混乱中我听见男人的惨叫，他的手一松，我滑了出来。是林青，黑暗中握着铁棍对我大喊：“叶宁，快跑！”

我头也不回地向前疯跑，耳畔凌厉的寒风却吹不去心中巨大的恐惧。冲进家门的那一刻，我瘫软在地上，抑制不住地大哭。直到窗外微微亮了，我才想起林青。

第二天的晚上，我依旧去了学校门前的小吃店，一碗面，磨磨蹭蹭地吃了很久才等来了林青。她的额头有一片暗红的擦伤。我问她还好吗？她说没事。我说谢谢，她笑了，淡淡地说："我们是姐妹。"

我抬眼望她，忽然觉得自己很难堪地站在她的面前，所有自以为是的优越，顷刻消失得无影无踪。

四

三个月后我考上了大连的外国语学院，打点行装的时候，听说林青交了男友，我偷偷地看过，是个腼腆干净的男孩。我想林青以后一定会快乐了吧。

大学的生活对我来说，充满了新奇。我很少回家乡的小城，母亲想我的时候就会来大连看我。她开始有些絮叨了，很多琐碎的小事翻来覆去地要讲好多遍。我问起林青，她笑嘻嘻的脸忽然一怔，说："你问她干吗？"

不过她还是说了。林青打过胎，和她的男友也分手了。我一时愣住，原本以为那个腼腆干净的男孩会带给她快乐。母亲在一旁尖酸地说："那个男人是教不出好东西的。"

大四那年的暑假，我回了家，有意从以前的老房子走过。林青和父亲还住在那里。忽然听到有人叫我，才注意到身边不远一个提着白菜的土灰女人，竟是林青。她变了好多，头发随意地挽着，只是发鬓上仍然别着当年那只红色的发夹。她还是那个和我很像的姐妹吗？未婚堕胎，在这座小城必定要经历无数刻薄的指责。林青依旧淡淡地微笑，却不经意地泄露出几许沧桑和无奈。

她邀我上楼坐坐，我说算了，只是路过。她也不勉强。我走得有些仓皇，却不知在逃避什么。是因为我不想看见林青的落拓，还是因为面对她的落拓，我却无力改变什么。

五

2005年的春节，我已经和男友开始筹划来年的婚礼。借着长假，回家探望母亲。母亲没有往日的惊喜，一个人坐在窗前轻轻叹气。问她怎么了？她指着桌上一张白色的信纸沉重地说："你父亲去世了。肺癌。"

"父亲"这个词，对我来说已经淡漠很久了，可忽然听到他去世的消息，心中还是一紧。看着桌上摊开的来信，我想母亲不叫父亲"那个男人"了，大概是因为它吧。父亲的笔迹很零乱，有些地方混乱成一团，但他的意思我还是能看得懂。他说他要走了，有些事却不能不说，关于林青，我的姐姐。

当年林青救我，她却没有逃脱，幽深的巷子里，她失去了女孩最宝贵的东西。怀孕，堕胎，这件事后来传到她男友那里，于是与她分手了。父亲说，林青那时知道我一个人走夜路，所以每天都跟在我后面。虽然我没有把她当成我的姐姐，但她仍把我当成她的妹妹。

白色的信纸在我的手中微微地颤抖，那些缭乱的字迹模糊起来，父亲在信的末尾，一遍一遍地写着，“我们亏欠她太多了”，直至字不成行。林青一直默默地承受着一切，一个人照料着病重的父亲，我们确实亏欠她太多了。

母亲拉起我说，咱们去看看你姐姐吧。

六

那天是小年夜，天空飘着薄薄的雪。我和母亲重新走上那幢熟悉而残破的老楼。林青打开房门的时候，脸上没有太多的表情。历经世事的磨炼，她究竟是淡然还是麻木我说不清。房间里昏暗的吊灯，还是从前的那只，擦拭得干干净净却掩不住陈旧的老态。父亲的遗像挂在墙上，和我心目中的样子完全不一样了。

林青包了饺子，小小的一盆，放在桌上缓缓地腾着热气。母亲看着林青说：“你父亲写信告诉了我你的事，真是难为你了。”

林青添了碗筷，“没吃过我包的饺子吧。来得正好。”

“姐，对不起。”

“傻瓜，我们不是姐妹嘛。”

林青安顿我们坐下来，自己拿着筷子夹了饺子。

“当年你为什么不愿意和我一起走呢？”母亲终于还是问了她多年的纠结怨恨。

林青的筷子停了下来，沉默了许久，才淡淡地笑了，“那时太天真了，以为我留在父亲身边，就能劝他回心转意。”

林青大口地吃着饺子，眼泪在氤氲的蒸汽中滑落下来。我终于读懂了她当年微笑流泪的样子，11 岁的她，天真地以为凭借自己的力量就可以挽回这个分散的家庭。而如今重聚的这一刻，已是 17 年后了。

我和母亲忽然紧紧地抱住了她，抑制不住地痛哭起来，所有的误解和歉意都在泪水中释然了。

七

2006 年的十一，我和男友在大连结婚，母亲和林青都来为我祝福。林青送我一件小小的礼物，一只红色的发夹，虽然不是曾经的那只，但是很像。她指了指自己的头上，也别了一只一模一样的。我欣喜地戴了起来。

男友第一次见到林青，惊奇地说：“你们姐妹长得真像，就像双胞胎一样。”

艾尔比的水彩笔

田祥玉

那天是星期五，有很好的太阳，我穿着一条肥大的工装裤在院子里修剪草坪，而我的丈夫和儿子正在客厅里吵嚷着下五子棋。草坪修剪到差不多一半的时候，客厅里的电话响了，是那天的第一个电话，平时的周末我们家的电话还真不多。儿子阿伦正在大声责怪父亲趁他不注意偷走了两步，父子俩争得面红耳赤，看来他们谁也不会接电话了。我只好放下剪刀，脱下笨重的靴子走进客厅。

我赶到的时候，电话差不多已经响了一分钟，我能想象得到，如果我再迟到一秒钟拿起话筒的话，对方一定要悻悻然挂机的。果然，当我拿起话筒还没来得及问好，对方就怒气冲冲地问："请问这是艾尔比家吗？"是个嗓门很大而且语速很快的老年妇女，显然她打错了电话。我跟她说："对不起，您……"可没等我说完，她就接过话茬，"请您务必马上来爱华伦大街 15 号的文具专卖店一趟，因为您的儿子艾尔比现在在我们这里。"我正要把刚才的话接下去证明她打错了电话时，那边传来一个小男孩的啜泣声，跟我打电话的女人马上提高嗓门："偷了东西还哭，你的母亲会马上过来教训你。"我听出来了，那个叫艾尔比的孩子拿了文具店的东西，当店员要他告诉家里的电话时，他只好胡乱说了一组号码。

我看了看我的儿子阿伦，他正为刚刚赢了爸爸一局而高兴得欢呼雀跃。我突然想去文具店看看，于是我说："请您别吓坏了艾尔比，我 15 分钟赶到。"我驱车前往 1 英里外的爱华伦大街 15 号，很容易就找到了那家文具专卖店。书店大厅里有很多人，有小孩，但更多的是大人。站在中间哀哀哭泣的一定就是艾尔比了，因为他的脚下有一个浅紫色的水彩笔盒子。我扒开人群，显然这个小家伙不认识我，但是当我把右手递给他的时候，他居然怯生生地伸出了他的手。我牵着他，温柔地说："孩子，你怎么那么不小心，把买水彩笔的钱搁在钢琴上了呢。现在妈妈把钱送来了，你去把钱还给他们。"

围观的人听到我这样说后开始散开，有个小姑娘甚至走上前来对艾尔比说："开心点，没有人认为你是小偷。"水彩笔标价是 5 美元 30 分，我把一张 10 美元的纸币交给艾尔笔，鼓励他自己去交钱。艾尔比有些迟疑，见我用慈祥温柔的目光看着他，于是接过钱，低着头去收银台了。两分钟后，他将店员找给他的 4

美元70分还给我，而我将那盒漂亮的水彩笔交给了他。

我牵着艾尔比的手走出文具店的时候，先前恶狠狠地打电话给我的老人跟我说："我们错怪了您的儿子，而您真是一位豁达的母亲。"我朝她笑了，艾尔比见我这样，也很自豪地抬起眼睛，他跟先前骂他的老奶奶扮了个鬼脸。

走出文具店后，我提议开车送艾尔比回家。他说他的家离这里只有300米，我说那么再见吧小伙子，希望你能描绘出最美丽的图画！他羞涩地笑了，紧紧地把水彩笔抱在怀里，他跑着跳着离开，到马路对面后还回过头来跟我挥手。

我看出了一个6岁小孩由衷的开心和幸福，而一个6岁的小孩本来就应该这么幸福和开心的，即使他不准备跟店员付账就想把一盒心爱的水彩笔带回家去。艾尔比还只是个小小的孩子，他那么醉心于一盒普通的水彩笔，我宁愿相信他这么做的原因，仅仅只是因为想要有笔描绘他眼中美丽的风景。

而作为一个孩子的母亲，我并不认为自己那么做有多么伟大。时光流逝，这件事情也渐渐地从我脑海里淡去。但是12年后的一天，我突然接到一个陌生电话，当我说了"你好！"后，话筒里传来一个小伙子的声音："请问您是艾尔比的母亲吗？""艾尔比？"我突然失声叫出来，对方在电话里爽朗地笑了，"我15分钟后会冒昧地打扰您。"

15分钟后，一个高大英俊的小伙子站在我面前，他没等我说话就张开双臂拥抱我："12年前，我就想叫您一声妈妈了。我是艾尔比。"我突然泪流满面，虽然我一直没有忘记12年前文具店里的那个孩子，但是我从来没想到我还会见到他。而且，如今的艾尔比，已经是纽约一所大学的美术系的学生，他告诉我："虽然我3岁就失去了母亲，但是从6岁开始我就拥有了另一个亲爱的妈妈，这个妈妈用一盒水彩笔指引了我的整个人生……"

父母的礼物

连谏

父亲离开她们整整一个月后，她和妹妹才去收拾父亲的房子。沙发旁倚着父亲的拐杖，茶几上摆着他喝到半残的茶，没摹完的字帖，阳光普照的阳台上，因为没人打理而奄奄一息的花草……触景伤情，她们站在客厅中央，哭了，面对父亲留下的痕迹，不知该从哪里下手。

父亲在遗嘱中把遗产分配得很平均，把差不多和房子等价的存款留给了妹妹，把房子和房子内的一切留给了她，因为已离婚的她带着孩子与前夫割据一套房子很不方便。

她和妹妹边掉眼泪边分头收拾。她收拾完卧室，过去帮妹妹收拾书房。在书房门口，看见妹妹蹲在地上翻一只箱子，听见脚步声，妹妹抬眼看她，眼神复杂，说不上来的一种隐隐的隔阂感，妹妹把箱子大大地打开：爸爸有整整一箱子的字画。

父亲喜欢丹青，她们是知道的，却不知他什么时候收藏了这些字画。那些国画的宣纸有点泛黄，是年代久远的颜色，二十几张装裱工整的名人字画，虽然她不懂字画行情，但也知道它们的价值，定然不菲。

忽然地，妹妹自语般地问：怎么从来没听爸爸说起过这些字画呢？

妹妹有些怨气，她听出来了，好像父亲故意偏心留给她才不让妹妹知道似的，她讷讷着解释：爸爸也没和我说过。

妹妹怏怏地看着字画，一声不吭，脸色渐渐阴霾，因为父亲在遗嘱中说得明白，房子和房子里的所有东西归她。

她有点尴尬，不知该怎么解释妹妹才会相信，毕竟按照遗嘱这箱子画的受益人是她。她只好继续收拾书房，过了一会，她听见妹妹噔噔地走了，没跟她打招呼。看着被狠狠带上的门，她的心比被人狠狠抽了一下还难受。

母亲和父亲相继去世，她和妹妹应该是这个世界上最亲最近的人了，这一箱子画，像一条鸿沟隔开了她们。她知道妹妹在心里埋怨父亲偏心，也会埋怨她，就像她们小时候父亲口袋里有三块糖，给了她一粒，因为妹妹小，得到了两粒，她也会心理不平衡，但是因为妹妹就是妹妹，比她小，即使心有不甘她也不能和妹妹争。

她坐在父亲的房子里哭，如果父亲地下有知，他一定宁可把这箱画扔了也不愿她们姐妹因它而产生分歧，如果父亲忘记了这箱画，或者是真的偏心，她也会分给妹妹一半，绝对不会独占的。

第二天早晨，她送女儿去学校，刚锁好门，听见里面的电话响，担心接了啰唆一顿女儿会迟到，她没去接。

上班后，同事告诉她，今天早晨有人打电话找她找疯了。她问：没说是谁？同事说不知道，是个女的，听口气好像很生气。她知道可能是妹妹，刚想给她打电话，妹妹的电话就打过来了，开口第一句就是：姐姐，早晨我给你打电话，你为什么不接？

她解释了一会，妹妹没再说什么，犹犹豫豫着，好像有话不知该怎么说。她知道妹妹想问画的事，她说：是不是关于那些画？

妹妹顿了一下：是的，我觉得爸爸的遗嘱不公平。

都在她意料之中，说：你想怎么处理？

我们平分。妹妹说得干脆，她忍着快要掉下的眼泪说好吧。她伤心的不是要被分掉一半的画，而是妹妹的迫切，好像妹妹不说她就会把那一箱子画私吞了一样，难道一箱子画，抵不过三十多年亲情的信任吗？

她告诉妹妹要工作了，抽个时间，她们把那箱子划分了。听她要挂电话，妹妹急切地说：姐姐，我们请字画鉴定专家鉴定一下那些画的价值吧，不然，我们不懂，也分不公平，还有，在分那些字画前，最好把那只箱子封上。

妹妹一口气说了一大串话，好像担心被打断后便失去继续说下去的勇气。她边听边感受着心里的温度，刷刷凉下去，一箱子字画，居然会让她们失去了信任。她说：好吧，你愿意怎么做都可以。挂了电话，她的眼泪哗啦哗啦地掉下来。

中午，妹妹在写字楼下打电话，约她去父亲的房子贴封条。好像多一会不贴就会多一分字画被她偷换或是私吞的危险。

封条是妹妹用电脑打出来的，上面签着妹妹的名字按着妹妹的指印，也给她留出来一块空白，让她签名按指印。

看着妹妹忙得一丝不苟，三十多年来，她第一次感觉到妹妹那么陌生，甚至不如一位普通街坊熟悉亲切，因为她们曾经相亲相爱到无有缝隙，来到这个世界时，父母就送给她们一份最好的礼物：她们是亲人，用来相互关爱。

所以，她们之间，从不在心上设防，伤害却腾然间就来了，像一颗蛀牙，隐忍地让她疼彻心扉。

回公司的路上，她一直在哭，那颗蛀牙在一刻不停地啃噬着她们的亲情。

然后的几天很平静，妹妹偶尔给她打电话，跟她说找字画鉴定专家的事，其他都不提，好像她们的关系就靠这箱子字画来维系了。

周五晚上，妹妹电话她，说是已经联系到字画鉴定专家吴先生，她们明天一起把画送过去鉴定一下。

她们把字画抬到吴先生的工作室。说真的，她倒希望这箱字画根本没存在过，她们多年的亲情，从发现它的那一刻起，就在开始毁掉，它无情地掀开了人性中自私的一面：她们的亲情不过是建在沙滩上的一栋华美大厦，正在利益分配的冲刷下摇摇欲坠。

那些泛黄的画摆满了工作台，整整一个上午过去了，吴先生放下放大镜和手里的参照资料，告诉她们：把画收起来吧。

妹妹小心地问：能不能麻烦您大体说说每张字画的市场价值？

吴先生喝了一口茶水，笑着说：这些字画是临摹赝品，没有市场价值，不过，挂在客厅里做装饰倒不错。

她的心，莫名其妙地松弛下来，好像终于澄清了父亲没有偏心、也澄清了自己并没和父亲事先商量好瞒着妹妹的事实。

妹妹一张张地翻那些画：这怎么可能？

她拉了拉妹妹的手：我们走吧。

她们抬着字画回到父亲的房子，妹妹的脸很红，有点惭愧的样子，可能当利益的欲望从心中退却后，人比较容易回到理智吧。

在父亲的书房，她把字画分成平均的两份，给妹妹一份，妹妹不要，她塞到妹妹怀里：这是父亲留给我们的礼物，他留给我们的爱都是一样的，留着做纪念吧。

妹妹跟她说对不起时声音很小，她们拉着手，坐在父亲的房间里掉眼泪。她想，她们哭，跟知道这些字画值不值钱没关系，更大的伤心是：她们都看见了那颗生长在彼此心中的蛀牙，它伤害了她们多年相亲相爱的感情，而她们，不知怎样才能拔掉它。

她们都没再提起那些不快的往事，她们还有漫长的人生，可以相互扶持相互关爱，那颗蛀牙，总会被亲情软化，然后，被岁月掩埋。

因为，她们拥有世间最好的礼物：她们是亲人。

谁会与你交换幸福

蝶舞沧海

一

小峰被渔船打捞上来时,小小的遗体已经被水泡得面目全非了。在江边煎熬了两天两夜的亲人们,顿时悲痛欲绝哭成一团。

跪在人群一边的13岁的她,脸上挂着泪痕与伤痕,眼睛肿得像桃子。看到小峰的一刹那,她连忙起身,却一下子摔倒在地上——跪得太久,膝盖麻木了。她把求助的目光转向了我。我咬咬嘴唇,走过去搀起了她。

她踉踉跄跄地挤进人群,哭着扑在了小峰身上。小峰的母亲,我的继母,一把揪住了她,伴随着歇斯底里的怒吼:你这个血泡子!讨债鬼!怎么死的不是你?!我要你赔我峰儿的命!你赔我儿子……

她是姑姑的女儿,我和小峰的表姐,大我半岁。但很有姐姐的样子,那天家里突然停了电,闷热得要命,我和小峰就吵着要去江边玩。她被缠不过答应了,但和我们一再申明只许吹风,绝不许玩水。

可是下水的却是她。退潮后的江码头,水泥阶梯上蒙着浅而浑浊的水,看着安全,实际上却铺着一层淤泥。她下水的时候脚一滑,滚到了浩瀚的江水里。我跑到岸上大喊救命,等我叫来一位过路的大人时,正好目睹了那可怕的一幕——8岁的小峰递给她一根木棍想把她拉上来,结果被她拖了下去,两个脑袋在江面闪了一下便消失了。那位大人跳进水里,只抓住了一只伸向水面的手,是她的手。她得救了,而小峰不知被浪潮冲到了哪里。

继母得知事情始末的一刹那,发了疯一般的打她,拦都拦不住。她吃不住疼,好几次张口想争辩什么,但看了看我,终于什么也没说。最后她主动跪着等小峰的消息,她认罪了。

二

按继母的命令,我不准再去她家。每次看到她,我总是掉头就跑。谁知一个星期六的晚上,她却主动到我家来了。

我不给她开门。她在门外叫，燕子，我是你姐啊，你丽丽姐啊。我转过身用身体死死地顶住门，我不是因为听继母的话，而是我自己害怕见到她。她一定是反悔了，把那天没说的话要说出来了。

正在喂猪的继母闻声过来，拉开门挥起竹扫帚就打。她抱着头，蜷着身子喊："舅妈，我是来向您说对不起的，您原谅我好不好，以后我来代小峰孝顺您好不好？好不好？"继母被戳到痛处，更加捶胸顿足："呜呜呜……"继母一屁股坐到了地上，越哭越伤心，抹得满脸都是灰和糠。

她去厨房打了一盆水端给我，向继母努努嘴。我端着盆，犹豫不决。从继母进门后，我就没有过上一天好日子，尤其是和父亲生了小峰后，继母更是视我如眼中钉。我穿的都是从亲戚家拣的旧衣服，穿的鞋子破了洞，一下雨，五个脚丫被泥水泡得发皱，久而久之，小小年纪的我就患上了严重的脚气。继母脾气暴躁，发起火来掐得我全身青一块紫一块。但她在父亲面前拒不承认，说是我血小板低，随便在哪儿不小心碰一下都会青。懦弱的父亲除了叹着气偷偷给我一两个钢镚儿，也只能睁一只眼闭一只眼。所以我对继母，既怕又恨。

我的这些处境，和我一起长大的她最清楚。很多次继母叫我回家去带弟弟，她就故意耍赖不让我走。我也不愿意走，夜晚和她一起睡小床是我最快乐的时刻，我可以大声说话大声唱歌，像出笼的小鸟。她特别爱哭鼻子，看到我身上的伤痕时她总是问："妹，疼吗？还疼吗？"我说："这儿不疼了，那儿还有点疼。"她就鼓起嘴帮我吹还疼的地方，边吹边吧嗒吧嗒地掉眼泪。

我到底还是把她拧好的毛巾递了过去，小心翼翼地说："妈，您擦把脸。"继母止住了哭，有些意外地抬起脸看我，眼里有一种异样的光芒。那种光芒我熟悉，从前一直是属于小峰的。擦罢脸，继母将毛巾狠狠掷在她身上，喝道："滚！就是要孝顺老子也轮不到你！"她走的时候，我追到门口拦住她，又心虚地低下头。她先是愣了一下，然后恍然大悟般地说："你放心，那个秘密咱们谁都不许说出去。"见我不吭声，又伸出她的小指勾了勾我的小指："金钩钩，银钩钩，谁骗人，是小狗。"

她单薄的身体在暮色中渐行渐远，我难受得蹲下来，把脸埋在了手心里。

三

日子一天天过去，小峰带来的伤口渐渐结痂了。继母慢慢地对我和蔼起来，至少我是这世上唯一还能叫她妈妈的人。

只是继母是个记恨的人，始终不能原谅的人就是她，坚决不允许我和她在一起。我和她只好偷偷地来往。她还是习惯性地掀起我的衣袖看一看，然后抱着我没有伤痕的手臂直乐。后来的高考成绩下来，我们居然考上了同一所大学。她又乐得不行，说你看老天多有眼力，让咱姐妹俩花开并蒂莲，永远在一起。

我和她家都很穷，为了我们上大学的费用，两家人各自艰难地东拼西凑着。眼看开学在即，父亲却偏偏在这个节骨眼上出事了。那天一大早他骑着自行车去镇上买农药，被两个毛头小子刺了一刀，抢走了身上仅有的几十元钱。

经过抢救，父亲总算从鬼门关回来了。在父亲平安的喜悦之后，我的心马上又坠入了深渊。那是我准备上大学的钱啊，却在一夜之间化为乌有！我绝望了，回到家里不吃不喝，只是趴在床上默默流泪。

按原计划要去学校报到的前一天，继母突然揣着一个厚厚的信封进了我的房间。她兴高采烈地说："燕子，上学的钱妈给你想办法弄到了！车票行李都给你准备好了，我们现在就走！"我一下子激动得话都说不出来了，兴冲冲地到了车站，我才想起考了同一所学校的她来。继母说："哦，她以为你去不了，昨天就走了。"

到了学校，我却怎么也找不到她。打开行李时我发现了一封信，是她的。我这才知道，继母私下找她谈过，说如果她能把上学的机会给我，那她和峰儿之间的恩怨就一笔勾销。她在信上写道：我不是圣人，一开始我也舍不得，我哭过挣扎过。可是后来我想，这些年来我看着你受了那么多苦，我一直的愿望不就是希望你能幸福快乐吗？我又想，舅妈能为了你将我和小峰的事一笔勾销，这说明她已经把你视如己出了。舅妈都能这样对你，如果我真把你当我妹，真心地疼你爱你，这样的机会我又为什么不能让给你呢？

我捧着信痛哭失声，脸羞红得像火烧一般。她一直当我是妹妹，可是我却那么自私无耻。小峰的死其实是我造成的。我恨小峰，嫉妒继母对他的爱。那天在江边，当小峰脱下继母给他新买的凉鞋抖沙子时，我看看自己断了底的破凉鞋，一气之下夺过小峰的鞋就扔进了江里。扔下去后我就后悔了，她也担心我回去挨打，连忙下水去抢鞋子，所以，才有了那一场悲剧的发生……

仿佛猜到了我的愧疚和自责，信末她说，妹，记住咱们拉过的勾。别让我白费苦心，你不能对不起我哦。

四

我和她的未来，就这样被她交换了。她留在了贫瘠的乡村，成了脸朝黄土背朝天的农民，而我成了气质优雅的都市白领。

她不再是我记忆中皮肤细白的漂亮女孩，她皮肤黝黑，手指粗壮，身上有股难闻的猪潲水和汗酸味儿。见到光彩照人的我，她有些微微的拘谨。我主动拉了她的手，我说："姐，我今晚还要和你睡，咱们还要说一宿的话好不好？"她喜出望外，连声说："好好好。"我们俩睡在一头，也许是太兴奋，她拉开话匣子就没完了。菜籽价涨了，棉铃虫特别厉害，梨树挂果了，新捉的猪娃嘴刁，过年时估计两百斤都长不到……我很认真地听着，努力想接上两句不让她冷场，可是对这些一无所知的我实在有心无力。她讲着讲着也发现了，猛然闭了嘴，有些尴尬地说："妹，还是你说吧，说城里的见闻给我听。"结果是，我说了没几句，疲惫不堪的她就打起了呼噜。我叹了口气，轻轻抱住了她。我欠她的实在是太多了，怎么还都还不起了。

我说："姐，跟我一起去城里吧，我保证给你找份好工作。"她一边忙活手里的事一边大声答："咱宋家啊，能飞出一只金凤凰就够啦，两家的父母都老了，我要是出了门，万一谁有个三病两痛的谁来照顾呢？你放心忙你的事业，家里有我你就甭担心，咱姐妹这叫那啥，一个主内一个主外……不对不对，怎么说得像小两口了……"她被自己逗得哈哈大笑起来，而我在这样的笑声中，转过脸潸然泪下。

不久她结婚了。姐夫长得难看，而且是个吃百家饭长大的孤儿，穷得一直娶不上媳妇。我问她为什么会选他？她说："他心眼好，愿意和我一起照顾四个老人。"我眼睛发涩，嗓子又哽得碗口粗了，我气她："我的爸妈，谁让你管来着？"她故作轻松地嚷嚷起来："喂喂喂，我可是在等你多赚点钱了把舅舅舅妈接过去的，别以为就这样赖给我了啊！"

我的手绕上她的颈。我送她的礼物，是一条细细的铂金项链，并蒂花的坠子。我用脸贴着她的脸，在她耳边轻声说："赠人玫瑰，手留余香，姐，你把你的幸福给了我，所以你也一定会幸福，一定。"她一下子就哭了，我们热泪交织，紧紧地拥抱在一起。

欠不欠，你不都叫哥吗

蝶舞沧海

正在给病人取血样时，科室的电话响了起来。我的手一抖，血浆洒了。来不及给愠怒的病人道歉，同事已经侧身叫我了："刘樱，你哥的片子!"

取了片子跑到呼吸内科，顾不得医生正在给病人看病，我推开门，急得几乎把胶片戳到了医生的眼皮上，说："我是检验科的刘樱，麻烦您快帮我看看!"

不过十来分钟，天翻地覆。我一口气冲下楼，在医院的一棵槐树下站了很久很久。然后我拿出手机，拨了他的号码。他说："我给你把笔记本电脑买啦，正在回家的路上。超薄的，保准你喜欢。下班早点儿回家，今天是你生日，咱们要开开心心地过啊。"

我闭上眼睛，靠着树缓缓地滑了下来，泪水慢慢爬了满脸。我没有告诉他，他患上的是肺癌，医生说已经到中晚期了……

一

他不是我的亲哥。他与我没有任何血缘关系。妈妈婚后一直不育，是爸爸在一次上街赶集时捡回了尚在襁褓中的他。

尽管有了他，妈妈还是坚持不懈地寻医问诊。他4岁的时候，我来到了这个世界，从此他在家里的地位一落千丈。

5岁的他就开始做家务。他那么小，洗碗碰掉瓷，扫地扫不干净，倒尿盆把尿洒在鞋上，每一件事都会让爸爸妈妈大动肝火。我从不知道一个人的耳朵可以被拉得那么长，像捏橡皮泥一样。天长日久，他的耳垂比常人的大和长，谁见了都说，这孩子生得多福气。

他生病了是从来没有药吃的，发烧几天几夜也得靠自己退下来。割猪草时划破了手，随手抓把干灰往伤口一摁，血就止住了。馊了的饭菜给他吞下，他拉两次肚子就又活蹦乱跳了。有一次他咳嗽很长时间都没好，嗓子疼得实在受不了了，他想起我咳嗽时妈妈喂我喝过一种药，那药装在一个褐色的小瓶子里。趁爸爸妈妈下地干活去了，他到处找啊找，终于找到了那个瓶子。只喝了两口他就倒在了地上，捂着肚子打滚。因为瓶子差不多，他把打棉花用的农药"助壮素"当止咳糖浆喝了。爸爸妈妈不但没有送他上医院，还将他一顿臭骂，骂他偷东西。还是邻居的奶奶舀了盆肥皂水给他猛灌，他喝了吐，吐了喝，吐得奄奄一息，最后挺过来了。

在爸爸妈妈面前，他是不敢大声说话的，更不敢和我逗闹。但只要爸爸妈妈一不在家，他就很快乐地追着我嚷："妹，叫我哥，叫我哥。"我说："去，我才不叫你呢，我妈说你是野孩子，你根本不是我哥。"

二

一直到他9岁，爸爸妈妈才迫于舆论让他和我一起上了学。村里的小学，一年其实根本花不了几个钱。他是班里个子最高的学生，永远地坐在最后一排。他很聪明，考试成绩总是在前三名。

我始终没有叫过他哥，总是跟着爸爸妈妈一起直呼他的名字。小学毕业的前一天，我们在一张桌子上写作业，他突然转过头神秘兮兮地问我："有个字我不知道怎么念，你能告诉我不?"

他刷刷写下了一个大大的"歌"字。我嘴一撇，不屑地说："你真笨，歌呗。"他说："啥? 你再说一遍?""歌！"我又大声地重复了一下。他还是问："啥? 念啥?"我恼了，连声大喊："歌!歌!歌!这下听清楚没有?"他眼睛亮亮地看着我，说："听清楚啦，嘻嘻，你这不是叫我哥了吗!"我不依了，"你狡猾，此歌非彼哥，一个有欠一个没欠呢！"他耍赖，"管他什么欠不欠，欠不欠你不都是叫哥吗?"

他乐得手舞足蹈，胳膊和腿都在空中划摆。那是我记事以来第一次见到他那么开心。我突然发现，他已经15岁了，手臂和腿怎么还那么细呢?他的手上，怎么有那么多新旧交替的伤痕呢?我年少纯真的心，像被蚂蚁咬了一口，小小地疼痛了一下。

我去镇上住读初中的时候，他辍了学。爸爸妈妈说，他该给咱们家挣钱了。

仗着个子高，他向人谎报18岁，到我学校附近的一个小砖瓦厂上班。砖瓦厂灰尘漫天，呛得鼻子喉咙全是灰，一天活干下来总要先清清嗓子才能发出声音。爸爸妈妈对他说："我们挣的钱是要给樱樱存着将来上大学的，你挣的钱就负责樱樱的生活费。"他听了，连连点头："应该的，应该的。"除掉生活费，他把每月的工资都如数上交，可爸爸妈妈还在挖空心思地从他身上抠。他们甚至承认我是他的妹妹了，常常对他说："你妹妹的鞋又小了呢，你妹妹又要买学习资料了呢。""你妹妹"这三个字，成了爸爸妈妈找他要钱的杀手锏，屡试不爽。于是他只能从牙缝里一省再省，到最后把早餐都省掉了。

这样的日子，从我初中起，便日复一日地流转到我高中毕业。6年的时间，他长成一个大小伙子了，只是仍然面黄肌瘦。长年累月的灰尘侵袭，他的支气管越来越不好，经常咳嗽，像个老头。他去学校找我，同学们都开玩笑："你哥是从饥荒年代穿越时空而来的吧？"他却常说："妹，你千万别怪爸妈，要不是爸妈捡回我，我这条命早没了，那我哪来的家，又哪来这么好的妹妹呢！"

三

我到外地上大学，他向爸爸妈妈请求随我一起去打工，也好照顾我。大城市里消费水平高，像他这样没有学历又没有一技之长的人，仍然只能做最下层的体力劳动，收入十分微薄，供我读大学，比在小城要吃力得多。

爸爸妈妈却根本不给他留退路。他们说："我们摸田打土块能填饱自己的肚子就不错了，你妹妹开学就花光了我们所有的积蓄，你要负担不起她，那她只有卷铺盖回家种田。还有，你妹妹一没背景、二没后台，你还得想点儿办法给她存点儿钱，她将来找工作时好打通关系，进好点儿的单位。"

他愁得吃不下饭，每天四处去找工作。自身条件那么差还要求工资高，遭了不少的白眼儿甚至辱骂。一个多月后的一天，他兴冲冲地告诉我，功夫不负有心人，他终于找到一份好活儿了。问他什么活，他笑着说："保密，反正你哥没偷没抢，挣的钱你放心用就是了。"

他每半月都会给我送一次钱，他从来不让我去看他。他说他干活的地方都是些粗鲁爷们儿，会吓到我的。这样一说，我也就不再过问了。他确实挺有本事的，给我的生活费越来越宽裕，我甚至有了余钱买漂亮的衣服和口红。

一晃就到了大三。有一天我的钱被小偷偷了，一时身无分文。回想起他无意中说过他租住的地方，便一路打听着找了过去。他不在，和他同住的工友说，我带你去找他。

我怎么也没有想到，他的工友把我带到了殡仪馆的烟囱下。刚一走近就有一阵刺骨的寒气袭来，让我浑身直打冷战。工友手一指："呶，他在上头忙活呢。"

那个烟囱足有150米高，直冲云霄，他穿着红色的工作服，像一只血色的鸽子在空中飞舞。看我极度惊讶的样子，工友说："你不知道你哥是干这个?这叫烟囱清洗工，也就是给火化炉除尘。这活又脏又累又危险，很少有人愿意做，所以工资高。"工友上上下下地打量了我一番，接着说："干这行要忍受让人恶心的尸臭味儿，还多少会呛进一些骨灰残粉，肺部容易受污染。我们隔三岔五都去医院打点滴消炎，你哥却从来都舍不得，总说他妹妹差钱用。不是我说你，你看你身上这一套衣服，少说也可以给你哥打几天的消炎针了吧?”

六月正午的天气，我的脸和地面一样炙热，热得快要把我烤化。我仰脸望着他，泪水不断地流了出来。仿佛过了一个世纪，他终于疲惫不堪地下来了，一张脸黝黑发亮。看到我，他大吃一惊，责怪他的工友不该带我来。我哭着一把抱住了他：“哥，我欠你的太多了，我们家欠你的太多了……”

他显然不习惯我的拥抱，红了脸，笨嘴笨舌地劝我：“你还记得那年那个字吗？别忘了你是叫我哥啊，既然是哥哥妹妹，又哪有什么欠不欠的?”

四

我以辍学为由，威胁爸爸妈妈不许再要他的钱，他到了婚嫁年龄，该有份体面的工作，为自己的将来打算了。在我的逼迫下，他回到家乡学了汽驾，然后和别人合买了一辆二手出租车。他为花掉给我存的钱买车而愧疚，没日没夜地出车，想快点儿挣回来。我拿他没办法，只是盼着快快毕业，等我工作了他就省心了，我们就都可以过上幸福轻松的日子了。

毕业后，我被分到了市里最好的医院。他的气色越来越不好，咳嗽越来越严重，动不动就感冒发烧。凭着医务人员的直觉，我有种不敢往坏处深想的担心。可他死活不肯和我去医院做检查，一直和我拧到我生日这天……

路过的人纷纷向我投来了诧异的目光。一个穿着白大褂的人，却像个疯子一样坐在树下旁若无人地大哭。我怎么能够自制呢?他这一生，从小到大每一天都在苦难中挣扎，都在为我和这个家透支他的生命啊。在他心里，他觉得他是我哥，他就欠我的，为我付出都是应该的。我突然明白，他其实对自己的病早有知晓，不然不会拖到我生日这一天才来检查，并且用尽手中所有积蓄给我买笔记本电脑，嘱咐这一天一定要开开心心地过。

我站了起来，我要快快回家告诉他：“哥，我要治好你的病，哪怕倾家荡产。不为别的，就为你是我亲哥。”

姐娘

澜涛

姐姐大我3岁,却给了我母亲般的爱。

15岁那年的冬天,雪特别大,天也异常的冷。灾难就在这个风雪肆虐的冬天撕碎了我原本温暖幸福的家。

临近春节时的一天清晨,父母赶着家里的马车,拉着发好的打烧饼的面,以及炉子和煤炭,去5公里外的县城赶集。马车刚刚拐上国道不远,一辆装满木材的长途货车在超车时,骤然撞到马车上,母亲当场就没有了气息。等我和大我3岁的姐姐赶到医院的时候,父亲已经奄奄一息了,他拉着姐姐的手,气若游丝地叮嘱着:“一定……要让你弟弟……读上大学……啊……”姐姐泪人般的拼命点着头,泪水滂沱地往下流淌着,就在姐姐的点头中,父亲极其安详地笑了一下,而后,就闭上了眼睛,再没能睁开。

大年三十,我和姐姐对着父母的遗像哭个不停。新年钟声敲响的时候,姐姐擦了擦眼睛,语气坚定地命令着我:“从今天开始,我们都不能再哭了,记住。”我诧异地看着姐姐,木然地点着头。

很快,新学期开学了,正读高三的姐姐把书包洗得干干净净后,装起原来的课本,放到了柜子里,然后,把我的书包递给我,对我说道:“好好读,一定要考上大学。”

我没有接书包,问姐姐:“你不去上学了?”

“姐姐去装煤车,供你上学。”姐姐轻描淡写地说着,再一次把书包递向我。

“我是男人,应该我去赚钱,姐姐,我不去上学了。不上学一样可以过好日子的……”

姐姐听了我的话,一怔,旋即,大声叫道:“你说什么?没出息!你忘了爸爸怎么说的了吗?你必须去上学……”姐姐叫着,显得很激动,我想要反驳,可抬头,看到她的眼圈很红。我咬咬牙,接过了书包。

我变得异常刻苦,因为,只要我稍稍疏懒,眼前就会浮现瘦小的姐姐吃力地一锹一锹地往汽车上装煤的身影。为了多赚些钱,只有18岁的姐姐和一些大小伙子们一样在火车站煤场装煤,每装一车5元钱,一车8吨。每天,姐姐都坚持装6车煤。每次，需要交费用给学校的时候，我都会从姐姐递给我的钱上闻到浓浓的煤炭味，那味道亲切而又锋利，温暖着我、激励着我，也割划着我、刺扎着我。

姐姐从小学习就非常出色，她的最大梦想是考进北大，她说她喜欢那里的未名湖，她渴望在阳光下坐在未名湖畔，读书读云读风。在没有遭遇变故前，对于还有半年就要参加的高考，她充满了信心和期望。我不知道，割舍掉生命里的渴望和热爱对她将是怎样的疼痛和折磨，我也不敢去揣想，因为，思绪每每刚刚触及，就会有疼痛海啸般漫上心头。我只有更加刻苦和勤奋地学习学习！因为，我知道，我要完成的不只是我一个人的梦想！还有姐姐的梦想！

我给自己定下了一个目标：考上北大。

奔向北大的路总要经过艰难而漫长的打磨。3年，我坚持着不让自己每天的睡眠超过6小时，好有更多的时间用于学习。3年，姐姐每天比我睡得还要少，因为她既要去打工，又要照顾我的衣食，打扫家里的卫生。姐姐迅速地衰老着，可我不敢对姐姐说一句怜惜的话，我知道任何的语言都只会玷污了姐姐的目光和爱。当我接到北大录取通知书的那天，姐姐的脸上，阳光灿烂，泪光灿烂。

我看着姐姐，满心酸涩。泪水就漫上了我的眼睛。姐姐看见了，擦着眼泪，笑着说道："看我，说话不算数，又哭了。"我终于再难抑制，泪水决堤般地奔出眼眶，哽咽着："姐姐，你就哭哭吧……"

考上北大是一个艰辛的历程，我可以撑挺；走进北大需要很多的学费，这却是我无能为力的。姐姐开始借起钱来。在这样一个用计算机计算得失的时代，姐姐常常空手而归。开学前，姐姐将父母留下的老房子卖掉了，凑齐了我的学费。我问姐姐："以后，你住哪里啊？"

"你去上学后，我就外出打工，赚下一年的学费。等你工作后，我们再把老房子买回来……"

姐姐将我送到北京后，去了广州。

开始的一个月，没有姐姐的消息，也没有姐姐的汇款，我节约地使用着从家里带出来的钱挨着日子。第二个月，接到姐姐寄来的300元钱和一封信。我迫不及待地打开姐姐的信：

"……这里没有大学文凭很难找工作，快一个月的时候，我才在一家玩具厂找到一份工作，月薪400元，等熟悉熟悉后，我再找一份薪水高些的工作，就可以多给你寄些钱了……你安心学习，照顾好自己，处理好和同学的关系……知识太重要了……"

眼泪悄悄地盈满了我的眼睛，我不知道，最初的一个月，身上只剩下不到100元钱的姐姐是怎么捱过来的？我不知道，一个月100元钱的生活费中姐姐将怎样盘算日子……姐姐啊！我亲亲的姐姐！你寄给我的何止是钱，是你的心血啊！

大约四个月后，姐姐的汇款多了起来，一个月总会寄来800元左右。我很诧异，姐姐告诉我，她在一户有钱人家做保姆，月薪一千元，她用不到钱，就多寄给我一些，告诉我不要在买资料和吃饭上委屈自己。我想，以姐姐的出色，她应该能够找到这样的工作。但用起钱来，我还是尽量节约着，以便积攒出下一年的学费。

尽管我的物质生活始终窘迫着，但精神上因为姐姐而一直富翁般的富有。

大一的暑假，我留在北京做了一个假期的家教，大二开学前，姐姐给我寄来了5000元钱，叮嘱我交学费用。我追问姐姐哪里来的这些钱，姐姐告诉我，她的雇主教会了她微机打字，又帮她联络了一些打字的活，这些钱是她利用空闲时间帮别人打文件赚来的，又借了一些，不过很快就会还上的。我想，一个人如果能够有这样的姐姐，应该是最幸福的了吧！

我是幸福的。

日子就这样平淡而又生机地流动着。姐姐一直不让我去广州看她，她也不来北京看我，说这样可以省下钱来，因为姐姐想早一天买回家乡父母留下的老房子。她说，那房子里有爸爸妈妈的气息，住在那里，心才能安定。可买回祖屋是需要很大一笔钱的啊！既要供我读书，又要供养自己的姐姐，怎样的努力才能够积攒下来买回祖屋的钱呢？我开始更加节俭自己的开销，因为我知道，我每节俭下一分钱，姐姐就可以少劳累一分，祖屋就可以早回来一天。

临近大三暑假的时候，姐姐突然从家乡的小镇打来电话，兴奋地告诉我，祖屋已经买了回来！我兴奋，但同时诧异，问姐姐哪里来的钱？姐姐告诉我，她买奖券中了奖，正好够买回祖屋。

我不知道，一向节俭而又理性的姐姐该是怎样渴望祖屋的回归，才肯在自己血汗的薪水中拿出钱来去购买奖券的。我的眼睛和心灵都被幸福和骄傲的泪水润泽着。姐姐啊！我骄傲的姐姐！有你，我可以一生无忧！你可以为我抵挡一切：灾难、苦痛、艰辛……

暑假很快就到了，我迫不及待地奔向家乡的小镇，奔向祖屋，奔向姐姐……

刚刚走进家乡小镇那条熟悉的胡同，有老邻居和我打着招呼："回来了？快去看看你姐姐吧！得了那种病，哎……"看着邻居欲言又止、吞吞吐吐的样子，我满心狐疑。

姐姐苍白、憔悴了很多，看见我，先是很惊异，继而，眼睛就红了，上下不停地打量着我，脸上的笑容让我温暖又疼痛。我问姐姐："姐，你得了什么病？"

姐姐仿佛被电击了一般，脸上的笑容一下子僵硬住，愣怔了好一会儿才说道："没什么的，歇歇就好了！"可我还是很快就从邻居的口中知道了姐姐的病：艾滋病！

艾滋病！

在我的意识中，这种病只有那些从事性服务的风尘女子才会得的病。联想到姐姐突然拥有了购回祖屋的大笔钱财，联想到姐姐不可能去买奖券的性格，联想到邻居们诧异的目光……当我从姐姐的口中确定了她真的得了艾滋病后，姐姐的亲切立刻被憎恶掩埋，姐姐的光环也立刻灰暗，我的心纷然碎裂，祖屋也变得阴森逼迫起来。我对着姐姐大声吼道："我没有你这个肮脏的姐姐，我也不要住在这样的祖屋里！"吼完，我在姐姐的愣怔中冲出屋去，全然不顾随后传来的她的追喊声，决然地踏上了返回学校的火车。

接下来的日子疼痛、郁闷、茫然，像一只断了线的风筝，我随风飘荡着，不知道方向和将来。我把一切不幸都归罪在姐姐身上，痛恨地不接她的电话，不拆看她的信件……

可我难以让自己不去想她。

突然有一天，家乡的二叔来到学校，告诉我："你姐姐没有救过来，临死前，她嘱咐我一定要把这封信亲手交给你。她让我告诉你，看在二十几年的姐弟情分上，你能把这封信看完……"

我的心咯噔一下，有如针扎般，我们毕竟是一脉姐弟，匆忙地打开信：

"……本来不想告诉你的，怕你会伤心。以为你能够相信姐姐，可现在，我知道，我必须把真相告诉你，不然，你会一辈子被猜疑中的羞耻压得抬不起头来的……姐姐的确没有买过什么奖券，也没有中过什么奖，但姐姐买回祖屋、寄给你的钱都是干干净净的……在广州，姐姐把一个肾卖给了一个需要移植肾脏的人才得到买回祖屋的那些钱的，不幸的是，移植肾脏时，姐姐在输血中感染了艾滋病毒……"

天地旋转。

姐姐啊！姐姐！我该是何等的幸运，能够拥有你这样的姐姐，我又是何等的愚笨，不懂得珍惜你！

悔泪长流，却难唤醒沉睡的姐姐。

最深的爱，最疼的心

卫宣利

一

有很长一段时间，我没有叫过她一声“姐”。

母亲嫁给父亲时，她5岁。她的娘在她2岁那年，得了白血病，医治无效，撒手人寰。父亲独自带了她3年，才遇上母亲再婚成家。所以，她是我的大姐。

她大我6岁，却没有大姐的温良敦厚。任性、刁蛮、倔强，小小年纪，已经学会处处和母亲作对。母亲为她洗头，她嫌水太烫，撒泼耍蛮，说母亲成心想烫死她，抬手就打翻了洗脸盆。母亲做饭稍微晚了一会儿，她说迟到了，哭着死活不肯上学。她会当着母亲和别人的面，凄凄哀哀地唱：“小白菜呀，地里黄啊，三两岁上，没了娘啊……”弄得母亲脸红一阵白一阵，尴尬无比。她甚至私下用糖果做诱饵，问我她不在的时候母亲都说过她什么坏话。意志薄弱的我，抵抗不了诱惑，便乱七八糟地编一些坏话给她听。第二天，那些话被添了油加了醋后，传进了父亲的耳朵。自然，又会引起父亲母亲的一场恶战。

所以，从我记事起，家里就大吵小闹硝烟不断，而引发这些战争的导火索，多数都是她。这使渐渐懂事之后的我，对她有一种本能的怨恨。她对我，也从没有大姐的样子，10岁的时候还和我争玩具，从不肯带我出去玩儿，如果迫不得已，她总是事先叮嘱我，不准叫她姐姐。她有一套漂亮的裙子，我眼巴巴地盼了几年，等她终于再穿不进去时，她却一甩手就把裙子给了表妹。

我读三年级的时候，她读初二。瘦小孱弱的我，是被高年级同学欺负的对象。有一天放学后，隔壁班的林大强在路上拦住我，蛮横地要搜我的书包。书包里放着父亲新给我买的画片和水彩笔，我死死护着，他强行来抢，两个人厮打在一起。她恰好走过来，我求救的目光望向她，她却只是冷冷地看了我一眼，便漠然地走开了。

那天，无比绝望的我拼了死命，在终于保全了我的画片的同时，我也被打得鼻青脸肿。我提着书包回家，在家门口的拐角处，她突然从黑暗里闪身出来挡住我，仍然是那种冷漠的眼神，淡淡的口气说，你不会跟爸妈告状吧？我倔强地瞥她一眼，昂头走开。她在身后又说了句：每个人都有两只手，打架的时候永远不要指望别人帮忙。

我转回身，问她：你究竟是不是我姐？

二

她初三没毕业就没有再读，老师亲自来家里请了几次，她都避而不见。她给父亲的理由是她不喜欢读书，要出去打工自己养活自己。父亲当然不同意，她才16岁，瘦得像根豆芽菜，出去能干什么？再说，家里又不是养不起她。她就闹，绝食，跑到同学家里一住几天不回来。终于有一天，她不声不响地打点好行李后，自己坐火车投奔郑州的大姑去了。一星期后父亲接到大姑的信，大姑在信里劈头盖脸地训了父亲一顿，说，你心肠真硬，让那么小的女孩子孤零零一个人去医院打工，得受多大的罪啊，你欠钱花啊……

不用说，她已经在大姑那里开过诉苦大会了。

父亲接到信的当天就赶到了郑州。父亲在那家私人开的医院里看到她时，她正端着病人的便盆往外走。她瘦瘦的身体掩在肥大的白大褂里，显得那么单薄。脸色有些苍白，还带着惺忪的睡意，明显的睡眠不足。父亲一把拉住她，不由分说就往外走。她拼命地挣扎，嘴里喊着，我不回去，我就是喜欢这里，我有选择自己生活的权力……

父亲终没能把她带回来，她一直是这样倔强，只要她认准的事情，九头牛也拉不回来。她在郑州一待就是4年，4年里她没回过一次家，偶尔打个电话，也只是简单地问个好。只有从大姑的信里，才能捕捉到一点她的消息。她辞了医院的差事，去饭店做了服务员，她在夜市上卖袜子，她报了一个厨师培训班，她自己开了一家小饭店……

父亲托大姑转给她的钱，她一分不少地退回来，她像一块拒绝融化的冰，以一种固执的姿态，拒绝任何人的靠近，也拒绝任何温情的融化。我不明白，一个人的心中怎么会有那么多的怨恨？而父亲，母亲，或者我，究竟又欠了她什么？平心而论，母亲不是那种狠心的后娘，她就是嘴碎，凡事爱较个真儿，心还是挺善良的。她其实是很想把大姐当亲生女儿来疼的，可是大姐始终以决绝的姿态，拒绝她的靠近。

三

她就这样淡出了我们的生活，父亲似乎也渐渐适应了没有这个女儿，和母亲的关系日益融洽安宁，他们常常一起到学校去看我，一副琴瑟和谐的美满模样。

我读高二那年，春节的时候她突然回来了，和她一起回来的，还有一个30多岁满脸络腮胡子的男人。几年不见，她已经不再是当初那个豆芽菜般瘦弱的小女孩儿，她穿低腰露脐的牛仔裤，脸上的妆化得花红柳绿。回来把行李往客厅一放，就双腿翘在茶几上和那个男人看电视，瓜子壳雪梅核吐了一地。那样子，仿佛并不曾离家4年，只是长途旅行回来。

她回来了，父亲便很高兴。父亲和母亲一起，到菜市场和超市买了大堆的食物。父亲亲自下厨，煎炒煮炸，做出一桌子的好菜。吃饭时，父亲再三追问，她才吞吞吐吐地说，她和这个男人做传销，不但没赚到钱，还把这些年的积蓄赔得一干二净。在外面流浪了一个月，弹尽粮绝，不得已才回来的。然后她跟父亲宣布，她要跟这个男人结婚。

她介绍那个男人：是她店里的厨师，大她15岁，离过婚，现在没有正经的职业……父亲的脸越来越难看，说，无论你什么时候回来，这里永远是你的家。你没钱，爸爸养你。但是，你要和这个人结婚，门儿都没有。

她当场就翻了脸，摔了茶杯，跳着和父亲吵：你凭什么管我？我们在一起3年了，他对我好，我们才是亲人呢，你明白吗？

父亲不明白。在她再次负气离家之后，父亲便常常坐在阳台上发呆，烟越抽越厉害。他想不明白，究竟是什么原因，让他这个女儿离他越来越远。

她这一走，又是4年的时间，音讯渺无。

四

我考上了郑州的大学，父亲去送我。在车站，火车都快开了，父亲又挤到我身边，叮嘱我，有时间就出来转转找找你姐，要是遇上了，就告诉她，爸不阻拦她了，她要是喜欢，就和那人结婚吧……只要她能常回来看看我……

父亲说不下去，转过身，去擦脸上的泪。又对我笑，说人老了，就是这么没出息。

我忽然心中一酸，父亲是个脾气暴躁骄傲自负的人，可对她，父亲很少发脾气，他这样一再地容忍和妥协，难道还不算爱吗？

却一直没有找到她，我去大姑家找她，大姑说她已经几年都没有音讯了；我去过她工作过的医院、饭店、夜市；我留意过超市的服务员，街边摆小摊的大姐，菜市场的小贩……都没有她踪影。我想，她是不是和那个男人一起，去别的城市了？

大二那年，深秋的一个傍晚，我和同学考完试后一起去吃馄饨。我们坐在桌子旁等，一边谈论着考试内容。一个清瘦的女子把馄饨端上来，我接过筷子，正要吃，突然就怔住了——原来是她。她正把另一碗馄饨往同学面前放，她脸色蜡黄，眼窝深陷，漂染过的头发胡乱地扎在脑后，像一蓬枯萎的荒草。我一把抓住她细细的手臂，失声叫出来：姐。

这么多年，我还是第一次叫她姐。她怔了一下，手里的碗哗啦一声掉在地上，她的眼睛里已经没有我记忆里的凌厉和倔强，上下打量我好久，才叫我：萱。

她已经结婚了，当然不是那个老男人，那男人当初和她在一起，是看中了她那点钱。两个人做传销把钱折腾光后，那男人看她再没有什么油水可捞，便把她撂下，不带一片云彩地走了。她在这个城市，重新从一个端盘子的小工开始做起，后来遇上和她在同一家饭店打工的一个四川小伙子，人很老实，心眼儿好，对她也好。结婚也没有和任何人说，就是两个人把行李搬到一起，和饭店的同事吃了顿饭，很简单的，成了一个家。结婚后两个人辞了工作，开了这个馄饨摊，勉强维持生计。刚生了孩子，是个小女孩儿，还不到 2 岁。

我责怪她，为什么这么久都不跟家里联系，你不知道爸爸多为你担心啊。她不说话，泪凝于睫。我想到她的个性，是的，她怎么肯在爸妈面前认输？

五

父亲接到我的电话，第二天就来了。我带他去那个馄饨摊儿，隔得老远，父亲就停下来了，远远地看着在摊前忙碌的她。父亲忽然蹲在人行道上，像个孩子似的，呜呜痛哭起来。是的，一直以来，她都是父亲心中不敢碰触的软肋，她的倔强，她的刁蛮，她的每一次赌气，都是将父亲的软肋扯起来，用剑狠狠地刺几下，再放下去。她吃的苦受的累，都加倍地担在父亲的心上，让他的心，疼了又疼。

她看到父亲，呆了半天，嘴唇嚅动着，也不知道该说什么。一个小女孩儿趔趔趄趄地走过来，稚声稚气地问，妈妈，你怎么哭了？他是谁啊？她赶紧拉过孩子，走到父亲面前，说，叫，快叫姥爷……

父亲抱起孩子，脸上早已老泪纵横。

后来，她跟我说，不养儿不知道报亲恩。是因为有了自己的孩子，她才知道父亲其实是那么疼爱她。这么多年来，她的厉害，她的任性，她的工于心计，只是害怕父亲在有了我之后，会忽略她。所以，她才会用那些极端的方式，来时时提醒父亲来宠爱她。其实，手心手背都是肉，父母哪里会忽略自己的孩子呢？

我教小外甥女唱歌：爸爸，太阳出来月亮回家了吗？对拉！星星出来太阳去哪里啦？在天上!我怎么找也找不到它？它回家啦!太阳星星月亮就是吉祥的一家……

她安静地听着，脸上是温和的笑意。是的，我们是吉祥的一家，无论哪一颗星星走丢了，父母的心都会疼。因为，那心上，盛着对我们最深的爱。

十六岁，亮在我心里的那盏灯

岑桑

我妈走的时候，留给我一对镯子，银制的，有暗淡的光芒。我用它打成一串铃铛，挂在腰上。

我爸妈离婚不久，我爸就把家里的楼房卖了。那时我妈远嫁北京，他就让我搬回奶奶留下的弄堂老屋。而他终于在离婚后的第二个月，迅速地完成了多年的梦想，卖了房子，带着钱，天南海北地跑生意，只留我一个人独自生活。

其实，他们离婚对我来说是件好事，起码不用天天听他们争吵。每个月我的生活费，从不同的城市汇过来。而我妈觉得亏欠了我，也总是偷偷地寄钱给我。所以我早早便拥有了16岁梦寐以求的东西，充足的钞票和大把的自由。

老房子全身都是吱吱嘎嘎的毛病，住着的人也是吱吱嘎嘎的。一楼的胖老头儿，在我住进来的第三天就和我吵了一架，他说他年老睡觉轻，我晚上回来，铃铛"稀里哗啦"，他就一宿不用睡觉。我懒得理他，关上房门，他却还在门口不依不饶地啰嗦了半天才走。我一个人窝在床上想，别以为我一个人就好欺负，我怕你呀！

老房子离我的学校太远，于是我爸给我转了学，我也失去了以前的朋友。在新学校的第二个星期三，我急赶慢赶还是迟到了，班主任黄老师硬着脸，石头一样的站在那儿，好像随时都会长出绿色的苔藓来。她让我把铃铛摘掉，说影响别人学习。我不摘，她就生气了，说我家里都已经那样了，还不知道自爱。

我歪着头，问她，我家里都哪样了？然后把书包甩在背上，转身就走。黄老师气急败坏地在我身后叫我回来，我在楼梯口停下，没有回头，只是使劲地扭了扭腰，铃声飞溅。

那天起，我就让自己不要上学了。

我开始常去网吧，玩一种叫《千年》的游戏，在网上我是叫"铃铛"的女侠。

在网上龙和我PK，两刀就结束了我的性命。我复活，跟着他，偷袭，又让他两刀就结束了我的性命。他说，都一个网吧的，打什么呀。

我抬头四望，看见了龙。他对我招手，微笑。我敲字问他怎么知道的。

他说，嘿嘿，当然知道了。

他约我去打电玩。在电玩城我认识了他的几个朋友。我和他大踩跳舞机的时候,来了一个短发的女孩,龙叫她“小娅”。她僵着脸,指着我说,“她是谁啊?”

龙拉着她去了墙角。他们计较半天,小娅才离开。在门口,她狠狠地向我看过来说:“你等着。我小娅可不是好惹的。”我嗤之以鼻,别过脸去。

那天,我玩得很开心,似乎找到了新的乐趣。

从电玩城出来,已经很晚了,龙说送我,我没让,自己拦了一辆出租车回家。

出租车在弄堂口停下,进不去了。弄堂里一片死寂漆黑,只有我腰上的铃铛哗啦作响。有时候真不愿意一头扎进去,总让人毛骨悚然。走到弄堂中间的时候,有一个女孩站了出来,是小娅。她指着我说:“就是她。”几个人就从她身后冲上来,把我围住。我还来不及反应,就被打倒在地上。这是我第一次被人围堵,连叫救命的经验都没有,倒在地上,脑子混乱,只知道拼命地把自己蜷成团儿,再小,再小。

突然弄堂亮了起来,一个老人的声音大喊,你们这群小赤佬,快点走!我已经报警了!

打我的人一哄而散,纷乱中我听见小娅说,“以后你离龙远点儿!”然后就跑走了。

我躺在地上,想翻过身都不能。一个胖胖的身影走过来,竟是和我吵架的胖老头。他气喘吁吁地拎着把扫帚,把我扶了起来,给我拍了拍身上的土,说你等会儿。然后回屋取了一只手电筒出来。手电发出昏黄的光,借着这束微弱的光线,他把我送上了楼。在我要关上房门的时候,他唠叨着对我说,女孩子不要回来得太晚,很危险的。我停了一下,赌气地说:“要你管!”

关上门,屋里没有光,身上跟刚拆过骨头一样的松散疼痛。躺在床上,想起我妈,好想让她现在抱着我。爬起来给她打电话,电话铃响了很久才有人接,一个陌生男人没睡醒地喂来喂去,我没吱声儿,挂了线,躺在床上悄悄地抱紧电话。

月亮从云层里强挤出个缝儿,透出白白的月光,屋里有了明暗的界线,我把头扭在暗影里,闭上了眼睛。

这时,突然传来敲门声,不大,但在夜里分外清晰。我问是谁,没有人答应,打开门只有一瓶药酒放在门前的地上。一定是楼下多事的老头,我想给他扔下去,可身上的疼痛还是让我留了下来。坐在床边给自己擦药,擦着擦着眼泪就砸在了手上。

龙看见我身上的伤,没说话,拉着我找到小娅,他“啪”地扇了她一个耳光,说:“你以后少来骚扰铃铛。”我和小娅都愣住了,我第一次见到打女生这么顺手的男生。

白天我们上网,晚上他带我去迪厅,他的朋友也去了。那天晚上玩得真疯,我第一次喝酒,没想到酒量挺大。音乐震耳欲聋,狂叫也没人听得到。我从洗手间回来,龙拉我坐下,说想不到你酒量很好啊,再来一瓶吧。我豪爽地举起瓶子,还没来得及喝,就有个服务生走过来,说有人找我。我很纳闷谁会找我,就跟着他出去了。

到了门口,没看见找我的人。我问他谁找我?

他腼腆地一笑,露出两颗小虎牙。他说,你快走吧,刚才你的朋友在灌你。你看不出来吗?我看你小,才告诉你的,别让人骗了。

我干吗要信你。

他又笑了,我虽然在这儿做的不久,但看得多了,他们是什么人我比你清楚。

我有些犹豫不决,他却说,你是不是没钱了呀?

他费劲地从兜里掏出20块钱,放在我手里说,我也没多少,刚赚的小费,给你打个车,快走吧。说着他把我推了出去。我愣愣地捏着他给我的20块钱走出灯光闪烁的大门,我回头望他,他却对我摆手。我知道我不会再来这里了。

深夜的弄堂,只有我腰上的铃铛,清脆明亮。没有人知道,其实我需要这些声响来抵挡黑暗里的孤独与恐惧。

下了出租车,手里一直捏着那张20元的票子,我没有用它结账。站在狭窄的弄堂,发现它有些不一样。原来是胖阿伯家门前不知什么时候装了一盏黄色的小灯,昏黄微弱的光线,却润亮了整条弄堂。我第一次可以走这条路不用害怕,自如地上了楼。

回到家,我把那20元钱平平地夹进书里。一整夜,我都睡不着,躺在床上,看天花板上裂开的细纹,像个“人”,像个“A”,像那个笑起来露两颗小虎牙的服务生……

第二天,我没有再找龙,他打来电话,也没有接。我重新找了一家网吧,泡在里面游戏熬级。每天下午5点,我都会躲开,因为那个时段总会冲来大帮学生,甩下书包,兴冲冲地满头大汗。那些书包“砰砰”地砸在桌子上,砸得我心里怪怪地,有些痛。

晚上,我在网上聊得正欢,突然有人拍我的肩。回头竟然是黄老师。她的头发不像平日那样一丝不苟,有些凌乱,眼镜雾蒙蒙地上了一层呵气。她说,回学校上学吧。上次是我不对,但你不能拿自己的未来赌气。她当头就是一句对不起,让我没脾气地跟了她出来。

你怎么找到我的?

她笑了笑,我是来找朋友,刚好撞上了你。今天太晚了,不多说了。你快回家吧。明天一定要来上学啊。

她把我送到公车站,看我上了车,才回身离开。看着她并不熟悉的背影,我感觉心里有些东西突然柔软地塌陷了。

第二天,我很早就去了学校。同桌激动万分地说,你可总算回来了。我说,我有这么好吗?值得你那么激动。他说,有,有,有,你回来了,黄老师就不用每天晚上,在网吧围追堵截地找你,天天把我们抓个正着。我这才知道,原来黄老师,是找了那么多个晚上,才和我"刚好撞上"。上晚自习的时候,黄老师叫我过去,她说我落下的课程会帮我补上来。我说这两天先不着急补了,你前几天加班,也该好好休息休息。她说我没加班,休息什么?我说,你去网吧加班我都知道了。她拍拍我的肩,我们都笑了。

放学一个人回家,走到弄堂口就看见了胖阿伯家门前的小灯,我轻轻地摘下挂在腰间的铃铛,放进书包。我知道,以后不会再有铃声吵醒别人的梦境,我不再需要那点"叮当"来让我坚强,因为那昏黄而温暖的光芒已亮在我16岁的心里了。走到一楼的窗下,我停下来,隔着那扇挂着夜蓝色帘子的窗,悄悄地说,谢谢你,胖阿伯。

手心与手背的另一种诠释

蝶舞沧海

一

他出生那年，正开始实行计划生育。母亲只生了这一胎，就做了结扎。按理说，他应该是家中的独苗了，集万千宠爱于一身。但是偏偏在他呱呱坠地之前，已经有个和他长得一模一样的小家伙哭声嘹亮地候着他了。于是，他就这样意外地做了弟弟。

两个人长得实在太像了，父母不知谁是谁的时候就解开他们的纽扣。他的胸前有一颗痣，而哥哥没有。

学校里，两个人你追我赶谁也不服输，年年捧回的奖状都是花开并蒂。他们兄弟俩成为村里人教育孩子的楷模，成为父母的骄傲。然而。这种安宁维持到他们初中时出现了变化。那天，父亲在地里被一条毒蛇咬伤，因救治不及时永远地闭上了眼睛。他们虽然清贫但却幸福的天空一下子坍塌了，母亲瘦弱的肩膀扛不起两个孩子的求学路。在父亲的遗像前，母亲流着泪高高地抛出一枚硬币。正面代表他，反面代表哥哥。三个人，同时紧张地屏住了呼吸。一道银白的抛物线后，是反面。他急得一脚踩在硬币上，这样不公平！看母亲态度坚决，他突然灵机一动，指着自己胸前的那颗痣，强词夺理地说，你们看我，我与哥哥有什么不同？我胸怀大志，我才是上天注定的读书人。母亲闻言，崩溃般地坐在地上自责地哭号，为一个十多岁孩子的绞尽脑汁，为她自己的力不从心。

哥哥主动退了学，挽起袖子和裤腿下了田，他穿得干干净净地去了学校。他很开心很快乐。只是，眼前老是不由自主地晃过两个画面，让他的快乐突然沉下。一个是哥哥退学时的伤心眼神，另一个是哥哥涨红了脸强忍着不哭的面孔。

二

高中时学习紧张，他住校。因为穷，食堂的荤菜他吃得少，哥哥就骑着自行车隔三差五地给他送菜。是各种不同的鱼，有鲫鱼、鲤鱼、鳝鱼。做法也不同，大鱼是煎的或红烧的，小鱼是晒干了油炸的。还有虾，红红的虾与青绿的椒丝炒在一起，色香诱人。这些口味纯正的野生鱼让整个寝室的人很眼馋，常有同学买了别的荤菜要和他交换。他胃口大开，身体长得结实强壮。

那天他要找一本学习资料，匆忙回了家。母亲在菜园里忙活，告诉他哥哥又捕鱼去了。他沿着水边寻找，看到了哥哥。哥哥胸前挂着一个鱼篓，浑身上下水淋淋的。渔具是用两根烤弯的竹竿和一面渔网制的，三面封一面开。哥哥正扑通扑通地用一只脚使劲儿朝开的那面踩水，提网时，里面就活蹦乱跳着几尾鱼。

小弟！你回来啦？他突然听见哥哥欢快地叫道。哥哥上了岸，竟没有穿鞋，用一块布裹着脚，一直缠到小腿上系着。他张了张嘴，还没问就有了答案。水那么深，能穿什么鞋呢？他们往回家的小路上走。哥哥落了他一拍，在他身后慢吞吞地磨蹭。他感觉到有点不对劲儿。身后的影子似乎一瘸一瘸的，黄昏将至的寂静空气里，他甚至能听到一种隐忍的、倒吸凉气的声音。

刹那间惊悟，他回头，果然看到一条蜿蜒带着血迹的脚印。他想过去搀一把，但哥哥那满身的泥浆让他无处落手。好在很快到了家。哥哥褪下长裤和裹脚布时，他的喉头一下子哽咽了。那脚，被水泡得发白发皱，脚底划开一条口露出红嫩的肉来，像婴儿张开哭泣的小嘴。腿上也渗着血，一条蚂蟥贪婪地扎进了半个身子。看他这样，哥哥咧嘴一笑，没事，沟里的碎瓷乱瓦划的，几天不沾水自然就好了。他给哥哥用棉球擦洗伤口时，哥哥居然忸怩得红了脸。脚上有多少的新伤旧痕啊，他想起那些美味的鱼，眼圈禁不住红了。

后来他常常想，人的一生就像一盘棋，一着不慎满盘皆输。他庆幸自己当初推翻了硬币的决定，否则遭罪的就会是他了。但转念一想，如果退学的是自己，自己会这样给哥哥捕鱼吗？他想了很久，却没有肯定的答案。这样一比他脸上有些火辣辣的。他这才知道，根本不是有没有痣的问题，而是谁爱得多谁就输的一种必然。

三

他考上一所医科大学，外地的。母亲的身体越来越差，家中负债累累。哥哥说，弟，我随你一起去城里打工吧，我供你读书。他没有异议，也只能这样了。走的那天母亲将他们的手紧紧地攥在一起说，你们兄弟，就是妈的手心手背啊。他知道母亲的担心，信誓旦旦地保证以后一定兄弟同心，绝不忘哥哥。

大二时他喜欢上了系里的一个女孩。他给她写情书，一封又一封，却如石沉大海。

但女孩太美丽了，他欲罢不能。于是他想在财物上给女孩点刺激。哥哥再骑着三轮车送生活费来时，他心里做着激烈的斗争。他不是不知道哥哥的苦。哥哥在一家建材市场做搬运工人，每一分钱都是从汗水里摔出来的。哥哥的收入刚好够他们俩紧巴巴的开销，他计算不清这些钱要经过多么艰辛的积累。所以，那句要钱的谎言在嗓子眼里被他吞下吐上，难以出口。

就在犹豫不决时，他意外地发现了哥哥的一个小动作。他看到哥哥掏出钱时，顺手把一张百元钞票塞到了另一个衣兜里。哥哥的房租早就交了，盒饭三五元一份，何况每天都有固定收入的，还留着100元钱做什么？于是接过钱时他心里带着气，毫不犹豫地说，学校要交资料费，100元。哥哥吃惊地看着他，迟疑了一会儿，还是摸出了那张钞票放到他手上。他得意地笑笑，掉头走开了。当晚他就买了一大束火红的玫瑰，约女孩看了场电影。爱情正甜蜜地靠近，可是花钱却如流水。

周末，他坐了两趟公交车，找到那个建材市场，准备再去要哥哥的私房钱。在灰尘与喧嚣中胡乱穿梭，他头都晕了。这时一个满身汗臭的搬运工人跑了过来，拍拍他肩膀用浓重的乡音说，兄弟，没内伤吧？你看看你，不是我说你，有钱不给搬运队交管理费，反而买了身新衣服穿上。早就跟你说了，搬运队的头儿是黑道上混的，咱惹不起呀。他听得一头雾水，目瞪口呆。那人接着说，赶紧去把那100元月费交了再来吧，再这样偷偷摸摸地干，被头儿逮到又得挨顿毒打。况且你这样谁都怕遭连累，不敢与你共事的。我先干活去了，家里孩子等着我寄钱上学呢。

他看着那个人走开，脑子里突然漆黑一团，像灯火通明的夜晚没有任何预兆地断了电。他在原地愣了好久，反复咀嚼着这些话。然后，像一头发疯的困兽撒开了腿四处乱窜，在每个门面，每个角落。

终于，他在拐弯处的角落里看到了那个熟悉的身影。果然没人和哥哥共事，哥哥正咬着牙关一个人下货。哥哥鼻青脸肿，被汗水渗透的衣背上还留有散乱的皮鞋印和隐约的血痕。哥哥那么吃力，每蹒跚一步，整个人连同木板便晃晃悠悠。他一直坚硬的心，像玻璃"咣当"一声落了地。哥哥瘦弱的肩，扛起的何止是木板，而是他的整个人生啊。

哥……他声嘶力竭地大叫一声，不管不顾地，终于哭出声来。

仿佛在一夜之间长大成熟。他把精力重新放回学业上，课余兼了两份家教。哥哥被他"赶"回了家照顾母亲。他欠哥哥的，实在太多了。

四

他毕业后回到家乡，分到市里最好的医院。就在那一年冬天，哥哥在乡下结了婚。婚礼上，他当着满堂宾客给了哥哥1000元的礼金，哥哥拉着嫂子给他鞠了一躬，说，弟弟真好。围观的乡亲也在啧啧赞叹，这个弟弟好，真好。他在一旁听着，鼻子发酸。

后来，他遇上了一个温婉的女子，两人相爱了。他带她回乡下，临走前他到医院开了一堆的护肝片。她好奇地问他买给谁的，他便给她娓娓讲述了一对孪生兄弟的故事。于是她知道了那枚硬币和那颗痣；知道了哥哥给弟弟捕鱼患上血吸虫病，廉价药物治好了血吸虫病却让哥哥落下"血吸虫病肝"，要是再不控制就会引起肝硬化；弟弟被蒙在鼓里心安理得那么多年，前不久才从嫂子的口中得知一切……他问她，如果孪生兄弟是一只手，那么谁是手心，谁是手背？

没等她回答，他就忍不住先哭了。他说，妈妈说手心手背都一样，其实不一样。在这个故事里，无私的哥哥是手背，自私的弟弟是手心。因为要用手遮蔽风雨烈日时，始终是手背向上，呵护着手心；而伸出手迎接礼物和花朵时，手背就退居其次，手心朝上。

对未来负责

再高明的障眼法也逃脱不了时间的眼睛，
在时光之河的淘洗里，真理从不爽约，只有对未
来负责的人，未来才会对他们负责！

一只肉鸡的科学一生

孙道荣

一枚鸡蛋，与众多的鸡蛋一起，被放在一只孵鸡机里。经过21天的电孵化，雏鸡出壳了。它的出生和它的身世一样，都是科学的产物。没有鸡窝，没有母鸡温暖的怀抱。除了电孵化之外，煤油、沼气等等，都是今天用来孵化鸡的科学手段。

第1天。电灯光会在几个小时内，将它的绒毛烘干，不需要阳光。如果一只雏鸡鸡头鸡脑地寻找阳光，它一定会失望的，身为一只肉鸡，它这一生，见到太阳的机会几乎为零。好在它会很快适应这道科学的光芒。摆在它面前的，是一盘用玉米粉和复合维生素B液混合的饲料。一只雏鸡不会明白什么叫复合维生素B液，这没关系，一只肉鸡并不需要学习。

第2天。饲养员会给它注射一针马立克氏疫苗，这基本上可以确保它的短暂的一生远离瘟疫的威胁。这一点很重要，那些农家散养的土鸡，就从来享受不到正规的现代医疗保障，鸡瘟是常事。这就是科学的大型养鸡场的优势。

第3天。雏鸡们的翅膀已经能够扑腾了，它们快乐地扇着绒毛未脱的羽翅。它们不知道，这将招来断翅之痛。饲养员将它们一只只捉住，“咔嚓”一声，将它们的翅肘关节给剪断了。这辈子，它们再也扑腾不起翅膀了。一只肉鸡嘛，你就不要做天鹅梦了。

第4天。饲养员拿来了另一个针管。我相信雏鸡和孩子一样，都害怕打针，不过，亲爱的雏鸡们，害怕是没有用的。这支名叫一针肥的针剂，将令你们这一生不但健康而且能够茁壮地长肉，在养鸡场，一切以鸡为本，一切也以肉为本。

第6天。雏鸡的食物开始发生变化，除了玉米粉之外，还有菜叶等绿色食物，这令雏鸡们胃口大开，如果雏鸡们认识字，一定更加开心，因为在它们的食谱中，还添加了一种用0.5%穿心莲溶液、0.2%～0.3%大蒜溶液或100倍活力99生酵剂混合成的“高效保健促长液”，嘿嘿，这可是保健品哦。

第8天。正在长大的雏鸡们开始玩耍嬉闹，你啄我一口，我挠你一爪，十分开心。是给它们断喙的时候了。每只肉鸡都难逃此厄运，它们长长的鸡喙将被切掉三分之一。断喙是为了杜绝渐渐长大的肉鸡们互相啄趾、啄羽的恶癖，安心地将精力都用来长肉吧，这才是你们的事业。

第25天。鸡们茁壮成长，很快进入了青春期。它们的羽毛开始变色，鲜红的鸡冠也冒了出来。鸡们开始骚动，它们开始谋划一场轰轰烈烈的爱情，没有白纸写情书，那就刨刨地，画张约会图吧。如果你是一只小公鸡，这可不是个好兆头。一把锋利的手术刀，会在几秒钟之内，将你就地阉割，以确保你的处子之身，也彻底杜绝你这一生谈婚论嫁的非分之想。

第45天。现在，肉鸡们基本上已经长成，它们饱食终日，无所事事、一心一意地长着肉。它们长着翅膀，连扑腾都扑腾不起来；它们长着爪子，从来也没有走出过鸡舍；它们长着眼睛，连阳光都没有见过。它们所有的念头都湮灭了，埋头长肉。可是，对一个真正懂得科学养鸡的人来说，这还不够，它们的膘还不够肥，还不能卖出足够好的价钱。于是，他会进行最后一搏，拔掉肉鸡鸡翅上的长管羽毛，以将能量集中在长肉出膘上，就像给树苗打叉一样。据说这种科学的"拔毛助长法"很管用，被拔掉长管羽毛的肉鸡，每天能长肉50多克。至于肉鸡们，"咯咯"地惨叫几声，会很快淹没在钞票的哗哗声中。

第60天。肥硕的肉鸡们，出栏了。它们被送到了各个菜市场，它们不会走得太远，菜市场离人类的厨房很近。

第61天。在清扫鸡舍的时候，人们发现了一枚鸡蛋。看来，一定有一只肉鸡还是偷偷地进行了一场恋爱。饲养员笑笑，将鸡蛋放进了一筐鸡蛋中。这枚鸡蛋，很快会被送进孵鸡机里，开始它的一生。

一份辛酸的求职承诺

孙道荣

招聘会上，一家公司要求每位应聘者必须填写一份表格，回答几个问题。这是一位2004年毕业至今还没有找到工作的女大学生填写的求职承诺。

一、谈恋爱了吗？我的IQ很低，对男孩子没感觉。所以，5年内保证不恋爱；5年后万一不慎恋爱了，保证5年内不结婚；5年后万一不得不结婚了，保证5年内不生孩子；5年后万一不小心必须生孩子了……那应该是45岁以后的事了吧，你们可以考虑辞退我了。

二、能喝酒吗？25年来从来没有喝过酒，不过，如果工作需要，喝；不是工作需要，但领导有要求，喝；客户有要求，喝；有酒量，喝；没酒量，创造酒量也要喝；实在喝不下去了，吃解酒药，喝；喝得烂醉如泥不省人事胡言乱语上吐下泻了，那也并不表示我不愿意喝，麻烦领导直接将酒灌进我的脖子里，只要能灌进去，就行。只有一个不情之请，曲终人散了帮忙将我送进医院。

三、希望什么岗位？我是学人力资源管理的，是管理学学士，英语六级，最好能在管理岗位；不能在管理岗位，做个打字收发的文书也行；不能当文书，在办公室扫地端水抹桌子打打杂也行；打杂不行，下车间到班组也行。

四、期望多少薪酬？50万？想都不敢想；20万？痴人说梦；10万？绝不可能；6万，非常非常满意；4万，非常满意；2万，满意；1万？我知道不是月薪，是年薪，我也……满意。如果公司还有困难的话，打张白条，也行。

五、能出差吗？短期的，可以；长期的，也可以。短途的，可以；长途的，也可以。与女上司一起出差，可以；陪男上司单独出差，也可以。有出差补助，坐火车住旅店下馆子，最好；没出差补助，坐驴拉车住澡堂子泡方便面，也没关系。

六、你还有什么要说的？我大学毕业两年多了，跑过几十场招聘会，投了几百份求职报告，都石沉大海了。有人说，给我一个支点，我能把地球撬起来。可我今天想说的是，这么大个地球，就不能给我一个支点吗？我只是需要一个岗位啊！给我一个岗位，让我养活我自己吧！

对未来负责

李丹崖

请允许我列举以下两段资料——

一、矗立在美国曼哈顿以西自由岛上的自由女神像，是法国人民作为庆祝美国独立100周年的礼物赠给美国人民的，是自由的象征，也是当时世界上最高的纪念性建筑，其全称为“自由女神铜像国家纪念碑”，正式名称是“照耀世界的自由女神”。该像由建筑师、雕刻家维雷勃杜克和以建造巴黎埃菲尔铁塔闻名于世界的法国工程师埃菲尔设计制作，并于1886年落成。

二、1907年，世界上第一架像蜻蜓一样的直升机由法国工程师伯雷格和黎歇才研制成功。但是，这架直升机没有翅膀，每一机臂头上有两副能在水平方向上旋转的四叶螺旋桨；在试飞时发现飞机振动厉害，安全性能差。直到1932年以后，前苏联工程师布拉图欣才设计制造出一架名为“欧米加号”的高性能直升机。从此，直升机成为空中交通的重要工具。

为什么要罗列这样两个毫无瓜葛的事物？此刻，您也许会为我的做法感到莫名其妙，其实，我想告诉您的是，这两者并非毫不相干，不信？继续向下看——

美国著名音乐剧作家奥斯卡·汉莫坦斯曾在他的一本书中这么说：“我一直想目睹自由女神像的全貌，于是，一次借拍戏的机会，我终于坐直升机看到了她的全貌。直升机在她的头顶上盘旋了许久，我清楚地看到了雕刻精美的自由女神像，就连她的头饰的做工都十分精美，可以说是没有丝毫的瑕疵供人们挑剔。想必，即使在梦中建造自由女神像的雕刻家也不会想到，在多年后的今天，人们会发明一个名叫‘直升机’的装置，让人们能够从头顶来俯视他作品的头顶，然而，值得赞扬的是，雕刻家并没有因为当时人们看不到，而忽视了对自由女神像头顶的雕刻，现在看来，他们反倒给予了‘头顶’以更多的重视。多么伟大的雕塑家！他们不以当时条件的局限就欺瞒世人，而是从遥远的未来出发，不断追求创作的完美……”

是啊，粗略估算一下，自由女神像的落成至少要比成熟的直升机问世要早40多年，应该说，维雷勃杜克和埃菲尔完全可以对自由女神像的头顶不闻不问，但是，他们并没有因为人们看不到自由女神像的头顶而偷工减料，而是给予了头顶以同样的重视。自由女神像完美了，雕刻家的目光也穿越了数十年，提前做到了完美！他们坚守了道德的底线并超越了道德；他们守住了心底的美好并升华了美好；他们对自己所热爱的艺术虔诚地交上了满意答卷；他们对世人的尊重也早已超越了人们所能料想的高度，在世人的心间拔起了一座神圣的高峰！

再高明的障眼法也逃脱不了时间的眼睛，在时光之河的淘洗里，真理从不爽约，只有对未来负责的人，未来才会对他们负责！

陆地上的莲

李丹崖

妹妹打算在“十一”结婚，消息一宣布，可愁煞了母亲。因为，按照乡里的规矩，大凡嫁闺女的家庭都是要有几床棉被做嫁妆的，母亲看不惯大超市里的丝棉被，她说，地里种的有现成籽棉，弹上几十斤，棉被不就有了？可是，如今弹棉花的越来越少了，都成了稀罕物，到哪里找呢？

母亲一个电话打到城里，令她万万没有想到的是，乡镇上无法找到的弹棉花店，我在城市给她解了围。因为我们小区门口就有一家弹棉花的老年夫妇。母亲早饭都顾不上吃，满心欢喜地拖着几十斤籽棉，一大早就来到了城里。十分钟后，我们就到了弹棉花的老夫妇处。

看到有生意上门，老年夫妇自然是非常高兴，连忙穿上洁白的工作服，机器发动，一团团籽棉瞬间变成了雪白的棉花。

那是一对快乐的夫妇，工作的时候，即使戴着口罩，他们也不忘咿咿呀呀地哼唱着京剧。这对老年夫妇，大爷叫宋玉，大娘叫吴荣。

母亲问吴荣，现在弹棉花这活都很少有人干了，为什么你们老两口还不干点别的啊？

吴荣笑着讲了这样一个故事——

说这话也不怕你笑话，那都是40多年前的事情了，那时候，我作为下放知青正好到了宋玉的村子，每天帮着乡亲们插秧、收割，一干就是两年。这两年，多亏了宋玉，他看我是城里来的，怕我受不了农村的苦，凡是重活累活就抢着帮我干。宋玉年轻的时候也是个不错的小伙子，用现在年轻人的话说，就是帅。他上了中学就辍学了，因为家里穷，但是他很爱学习。农闲的时候，我们经常在一起谈天说地，半年以后，我们渐渐有了感情，有一天，他向我表白了一切。我对他的印象也不错，但多少还有些难为情，因为那时候，可不像现在这么开放，谈恋爱被看做是伤风败俗的事情。我只得拒绝了他，哪知道他穷追不舍，每天都给我采来许多野花，扎成一束放在我的窗前，到了秋天，什么花都没有的时候，他竟然折了几枝棉花插在我的窗前。就这样，我被他那几枝棉花感动了。

恢复高考以后，我们考上了同一所大学。我们学的都是农技专业。毕业以后，我们义无反顾地回到了曾经孕育过我们爱情的那个乡村。结婚那天，我们新房里没用大把的鲜花来装点，而是插满了一大束棉花，因为，雪白的棉花是我们的媒人，人人都说，看到雪白的棉花，都能想象到以后，我们肯定会白头到老。

前几年，我们都退休了，孝顺的儿子把我们接到了城里。我们不愿意做吃等喝，但是，又不会做什么生意，一天，老头子突发奇想地说，我们索性就租家门面弹棉花吧！这样，才有了今天我们这个弹棉花店，不瞒你说，我们已经快半个月没有顾客了，但是，我们老两口有个约定，只要还有人来，我们就要弹下去……

这就是那个年代的爱情，这就是那个年代的浪漫。历经半个世纪，延续到现在，依然是那样的经典美丽。记得有句诗是这样写的："她是生长在陆地上的莲，诉说着永远开不败的神话。"

这赞美的不是别的，正是棉花。

母亲的泡菜

汤礼春

儿子是大都市的时尚青年，很会跟潮流，时下韩剧正在中国走红，他自然也跟风，回到家里，常带着摆酷的口气说:“我爱食韩国泡菜”，“我今天去吃了韩国料理，那韩国泡菜真好吃！”

我的耳朵听熟了，以为韩国泡菜是什么别具风味的美味佳肴。有一次和儿子上饭店，特地点了几碟韩国泡菜，我尝了一口，笑出声来:“什么韩国泡菜，比你奶奶做的泡萝卜酸菜差远了！”

“奶奶也会做韩国泡菜？”儿子大为惊愕。

我更正他道:“奶奶做的不是韩国泡菜，而是地地道道的中国泡菜！”

“奶奶做泡菜是为了赚钱？”儿子追问。

“不是为了赚钱，而是为了节省钱！”我又纠正儿子道。

于是我向儿子讲述起来——

那还是未实行计划生育的60年代，我的母亲生下了我们兄妹6人，我的父母都是国有工厂的普通工人，两个人每月的工资加起来只有80多元，仅够维持全家人的基本生活。

我的母亲很会持家，在节省钱上很有些头脑和办法。那时的白萝卜很贱，大上市时在菜市场上不是论斤卖，而是一角钱一堆，一堆大约有五、六斤。我的母亲下班时，就一篮一篮地买回到家来，直到在墙角堆成小山似的一堆，然后命令我们兄弟几个将白萝卜一个个刷洗干净晾干后，用泡菜水将萝卜泡将起来，每次都要泡上一大缸，足有几十斤甚至上百斤之多，有时也丢点卷心菜之类的菜叶进去一起泡，然后加上几块大青石将泡菜压起来，并叮嘱我们千万不要动那大青石。

大约半个月后，母亲会小心翼翼地搬开那大青石，取出一个小的萝卜来尝，咬一口，脆脆的一响，说一声“泡好了”，就将那尝过的泡萝卜让我们也来尝，我们接过来也轮番咬一口，脆脆的，酸酸的，但却没有哪个兄弟道一声“好吃”，因为从我们开始有记忆起，酸萝卜就是我们家餐桌上天天见面的一道菜，我们都已经吃够了，我们没有一个觉得泡酸萝卜好吃。但母亲的泡酸萝卜却是在街坊中出名的，每次泡好一大缸后，母亲总要给左邻右舍的各家送去一大海碗，邻居们吃的时候都要“啧啧”地赞叹一番。我的母亲泡的酸萝卜十分好看，那皮金黄金黄的，十分诱人，至于味道，我想在旁人眼里也是顶呱呱的。因为邻居中有一家是卖水果的，他家的孩子常常偷出一个苹果来悄悄找我，跟我换一个泡酸萝卜吃。我们各得所需，真是童年的一件乐事。

再好的美味佳肴吃多了也会厌烦。虽然那时我们家中每天的餐桌上照例少不了酸萝卜这道菜，我们却不屑一顾，如果父母不在，就不会动它。只是在母亲的监督之下，才会去夹上一点，有时母亲会嫌我们夹得太少，会替我们夹上一筷子。至于母亲，对泡酸萝卜好像吃不够似的，每天在家里吃了还不够，还要带上一钵到厂里去佐午饭。其实我们心里都明白：母亲不是对泡酸萝卜情有独钟，而是一心想节省几个钱，一心为了这个家呀！

但我们的母亲也会注意到我们生长所需要的营养问题，每隔七八天就会用两张肉票去买回一个大猪头（那时一张肉票只能割半斤肉，而猪头算不上肉的正宗，故又便宜又少要肉票），有的部位烧，有的部位炖，有的部位卤，让我们全家人大快朵颐一番。

自从我们都长大成人后，母亲从此再也未泡过酸萝卜，在这几十年的世事沧桑中，酸萝卜的记忆也逐渐在我们心中淡化或隐藏起来。想不到时下和我们母亲所泡的酸菜味道相差无几，甚至还比不上我母亲的韩国泡菜居然能如此受到时下中国大都市人的青睐，想起来不由得令我感慨万千，甚至有点啼笑皆非。我的母亲现已接近耄耋之年，且已中风有些痴呆，倘若她还清醒，得知她的孙子一辈爱吃泡菜酸萝卜，肯定会乐滋滋地再泡上一缸。然尽管她的泡菜不会比韩国的泡菜差，但孙子一辈的年轻人听说是中国的自己泡的酸菜，还会摆酷地说爱吃吗？

我不由得沮丧地这样想。

动什么别动规则

李丹崖

一群猴子从山脚的树林出发，排队到山上去摘桃子。山路很陡峭，稍不小心，就有摔跤的危险，于是，所有的猴子都弯腰低头瞅着脚下的路向前走，这样的“弯腰低头”动作逐渐成了猴群共同的姿势，寒来暑往，猴子们山脚山上，运回了许多香甜可口的桃子。

但是有一天，一只猴子的“提醒”引起了猴群的骚动。那是一只不安分守己的猴子，走起路来上蹿下跳，刚开始，它还能像其他猴子一样弯腰低头好好地走路，但是，坚持一个动作久了，难免会不耐烦。这只猴子一抬头，发现前面那只猴子通红的猴屁股正对着自己。“简直是奇耻大辱，竟然用自己的屁股对准我的头！”这只猴子大为不悦，为了“报复”，它用自己的指头狠狠戳了一下前面猴子的屁股。

前面的猴子“嗷”的一声跳了起来，“干吗戳我的屁股？”“活该！你干吗用屁股对准我的脸！”挨打的猴子觉得滋事猴子的话多少也有点道理，但又无处发泄，于是，就“以后猴之道还治前猴之身”，紧接着，“嗷——”“嗷嗷——”整个猴群骚动起来。

闻讯赶来的猴王急忙赶来问个明白。众猴大喊冤枉，都无法容忍别人的屁股对准自己的头。猴王大怒，迫于舆论压力，它不得不下令斩杀了第一个滋事的猴子，并颁布了一条法令：凡用屁股对准别人的头者，杀无赦！一时间，猴群欢呼，大呼猴王英明。

但是，新的麻烦接踵而至，由于法令规定“不准用屁股对准别人的头”，猴子们都不敢上山了，因为，要上山就避免不了“屁股对头”的现象发生。渐渐地，猴子们因吃不到桃子，体质越来越弱，眼看着猴群就要面临着绝种灭门的危险，猴王又想出了一条妙计。那就是让猴子们两个结成一对，手拉手、面对面横着上山，然后把桃子运下山来。这样一来，虽说运输的速度慢了点，但是，总算吃到了桃子，解决了温饱问题。

就这样，一年又一年地过去了。有一年，一群动物学家来到这里，当他们看到这里的猴子时，大为惊奇，因为这里的猴子都是一条腿长，一条腿短。开始，他们还欣喜若狂，都以为自己发现了一个新的猴种。后来，一个看山护林的老人为他们解开了其中的奥秘。原来，这里的猴子之所以一条腿长一条腿短，正是因为它们横着上下山所致。猴子横着上下山的时候，一条腿用力大，一条腿用力小，用力大的那条越来越强壮，用力小的那条腿逐渐退化，一天天这样下去，所有的猴子都成了“残疾”猴子！

一个动物学家听到这个消息后感慨良深地说：“猴王的暴力真是太可怕了！竟然没有一只猴子敢违背……”另一个动物学家听了立即反对，他说：“最可怕的不是猴王的暴力，而是第一个不守规矩的猴子，正是因为它的不守规矩才破坏了整个猴群秩序，给整个猴群带来了灾难性的畸形！”

这天，所有的动物学家都在自己的笔记里写下了这样一句话：规则的打破比严酷的暴力更可怕！

橙色的温度

杨暖

我一直觉得，橙色是有温度的。那种明亮，温暖的橙，带着极鲜明的个人气质。是阳光。是香橙。是炉火。是成熟的老南瓜。是屋檐下的老玉米。热烈向上的一抹暖色，皆透着饱满、欢喜的气氛，只望一眼，就心情飞扬了。

楼下邻居的新家，小小的儿童房，墙面、家具撒满了橙色的向阳花。那小儿性情也活泼，像个橙子一样，在房里滚来滚去。谁来，都想抱抱他。属于童年的色彩，多半是明亮、美好的。若干年后，小儿长大，童年在他的成长中，将凝成一片温暖的橙色。那里，安放着童年的快乐时光。

冬日的暖阳下，我在阳台上洗衣。对面的阳台上，一年轻的妇人正晾晒衣物，摇起来，满满一架。沙发靠垫、大毛巾、孩子的小衣，有三五件是橙色的。阳光照着，这些衣物就从视线里跳出来，热烈地，分外抢眼。也难怪，橙色遇到阳光，就像女子有了爱情吧，心里头明媚，怎么看都眉目欢喜。

这样想的时候，我的眼前就跳出一个女友来，她叫小婉。小婉少言温顺，相貌平平，属于走到哪里都不起眼的那类女孩。工作中，依然如此。就是这样的一个小婉，她竟然爱上了公司外贸部的一个主管。那男孩高大能干，与小婉相配，怎么都觉得是灰姑娘仰望白马王子。素来温顺的小婉，这次一点也没有退缩。她恶补英语、工作积极，接着又练瑜伽，跟大S学美容。两年之间，小婉发生了翻天覆地的蜕变。一束马尾打理成齐腰长发，明眸皓齿，妆容精致，好一个温婉的可人儿！今年的这个时节，小婉正和那男孩筹备婚事。

为小婉叫好的同时，我也在想，是小婉抓住了爱情，还是爱情改变了小婉？我更认为是后者。爱情所焕发出的力量，阳光一样地照着小婉，足以使一个人脱胎换骨。

在一个网友的博客上，她温故过往，写下知冷知热的一段话："阳光很懒，日子很软。岁月很短，梦想很远。头发很卷，泪水很浅。爱情很酸，橙色很暖。"我顺着读下来，四个字四个字地念，心里忽然百感交集。我听得见岁月过往的声音，日子们一个一个，小手拉着小手，从我的生命历程中蹦跳过去。成月，成年，它们有一个共同的名字，叫"岁月"。

这样写的时候，岁月为我打开了一扇明亮的窗，阳光照进来，我的内心宁静、舒展而愉悦。那些生命历程中短暂存在的温暖纯净的瞬间，那些或欢喜，或幸福、或感动的力量，在我的眼前跳跃着一片明亮的橙色。这些橙色有温度，穿越时光的层层包裹和淡忘，依然温暖着我们生命的底色。

花盆里的田园

杨暖

父亲从老家过来，带来了花生、红枣、粉条、豆角干，结结实实装满了两个编织袋。大包小包的土特产，把我家的厨房摆得像秋后的晒场，一派丰收的景象。我招呼父亲坐在沙发上休息，他稍坐了片刻，又想起来什么，从贴身的内衣袋里，摸索出一个塑料包。打开，是一撮小黑粒的花种。

咱家院子里的牵牛花，爬了一栅栏的小喇叭，栽在这阳台上，也一准儿好看呢。父亲这样说着，就去阳台上忙活了。

阳台上，摆着几盆茉莉、绿萝和鸡蛋花。都是好养的植物，可疏于打理，我常常不记得浇水，这花长得面皮黄瘦，一点儿也不成气候。父亲端端这一盆，摸摸那一棵，犹如对着一地缺水少肥的庄稼，满脸的心疼。父亲央我找来一把旧铲子，他给每一盆都松了松土，浇了水。有两盆花早枯了，父亲就把土倒出来，细细捏碎，再装回花盆。牵牛花的种子撒进去，浇上水，湿润平整的花盆像新翻耕过的土地，散发着清新的泥土味儿。

南方小城的冬季，温暖如春。过了一周，牵牛花就冒出了小芽。三片心形的叶芽，粉翠粉翠的。父亲闲来无事，每日都蹲在阳台上看，好像多看一会儿，就能长高一截。等牵牛花长成一株小苗时，父亲闲不住了。楼上楼下地转，很焦躁的样子。正好小区的物管处招园艺工，我鼓励父亲去面试。很顺利地便被录用了。父亲心里欢喜，上班的前一天晚上，终于肯花 10 元钱去理了发。清早又换上我买给他的红毛衣，精神焕发地上班了。

小区是这个城市的高档住宅，移步换景，处处见绿。偌大的院子，花草葱茏，打理得颇有几分景致。父亲刚来的时候，惊叹得直啧嘴：这楼房，像住在花园子里！如今，父亲的工作，就是为这园子松土、剪枝、施肥浇水。几名园艺工每人分一片，父亲也就有了一块自留地。

父亲上班很积极。每日早饭后，换上工作服，就去小区干活了。等晚上吃饭的时候，要去叫，他才记得回家。清晨我去上班，父亲就已经蹲在花丛里。晚上回家，父亲还在低着头干活儿。几天下来，我就对父亲说，上班下班准时去就好了。别累着身体，当是咱家的庄稼地呢。

父亲就乐呵呵地笑："我在家里一天还能种三亩田，这点小活算啥！不出大力不流汗的，没事儿！"依然乐此不疲。父亲在老家就是侍弄庄稼的好手，如今又像一个勤劳的园丁，精心打理着园子里的花草。

园子里要保持良好的景致，过一段时间，就补种更换新的花卉。那些老弱残败的小花，通常都会齐腰铲去，种下新苗。可父亲哪里舍得？他把那些要铲掉的小花连根挖起来，下班收集着带回家。一小盆一小盆，栽种在阳台上。不多时日，我家的阳台就栽满了高高低低的花草。说来也怪，那些瘦弱的花草经过父亲的一番折腾，如得到阳光雨露，长势喜人。它们和牵牛花打成一片，热热闹闹的，阳台葱茏得如父亲的庄稼地。

此时，牵牛花已爬起了藤蔓。父亲把藤蔓绑在阳台的栏杆上，栏杆就像挂起一串串的风铃，绿色的，随风摆动。黄昏的光影中，我在阳台上洗衣。扭脸就看到牵牛花开了，一朵一朵天蓝的小喇叭，张着小嘴儿，贪婪地吸气。有风吹过时，小嘴儿就一张一合，好像在唱歌。看着看着，我心里柔软得如同肥皂泡，故乡连同父亲的田园，齐齐浮现在眼前……

生活如椅子

王清铭

在梭罗宁静的《瓦尔登湖》里，我找到三张散乱地放着的椅子，很简陋。它给人留下深刻印象是因为梭罗的几句话：我的屋子里有三张椅子，交友用两张，社交用三张。

“人只有一个半朋友”，一个肝胆相照的，半个能为朋友牺牲自己利益的，所以交友只需两张椅子，一张给朋友，一张给自己。社交需要三张椅子，留一张自己坐，一张给增长的知识，一张给促膝而谈的乐趣。如果还有其他的椅子，就显得多余了。有四张，想凑一个麻桌或牌桌；如果是五张，其中一张必是“名”正襟危坐的座位，“利”也大摇大摆地走进来，跻身其间，旁若无人地坐下，跷起二郎腿。对过着纯粹内心生活的梭罗来说，这是无法忍受的。他是一个从社会结构中游离出来的原子，五张椅子会让他回到原有的生活状态。三张椅子，梭罗的需要就这么简单。

有趣的是，我穿越历史的目光，又在居里夫人的会客厅里看到了一张简单的餐桌和简朴的椅子。居里的父亲曾经要送他们一套豪华的家具，他们拒绝了，原因很简单：有了沙发和软椅，就需要人去打扫，在这方面花费时间未免太可惜了。为了不让闲谈的客人坐下来，他们没有添置第三把椅子。

居里夫人后来说：“我在生活中，永远是追求安静的工作和简单的家庭生活。”两张椅子，让他们有了事业上携手共进的伴侣；没有多余的椅子，使他们远离了人事的侵扰和成名的渲染，终于攀上了科学的顶峰，尽览另一种瑰丽的人生景观。

梭罗纯粹，居里夫妇高尚，在生命的质量上都是常人无可企及的。他们都没有多余的椅子。

淡泊以明志，宁静以致远。这句话做起来时你会发现它太抽象了。我们要从细小的事情做起，比如减掉多余的椅子，不让“身外之物”有落座的机会。椅子以舒适为标准，过于豪华，就变成一种装潢了，结果不是人坐椅子，而是椅子成为盘踞你生活的一种累赘了。

生活如椅子，删繁就简，撤掉多余的部分，你的生活就简朴、简洁、简练而且丰富、深邃了。坐上庸俗和卑劣，就坐不下伟大和崇高；坐上虚伪和暴戾，纯真和善良就无处落座；坐上自私和冷酷，爱心和热情就无法容纳。有了多余的椅子，你就会想到与之协调的华丽房子了，想到许多人苦心钻营的位置，想到那轻飘飘而又沉甸甸的票子，于是你忙忙碌碌，心情也沉甸甸的，没有了坐下来的轻松和欢乐。

泰戈尔说，翅膀下挂着沉甸甸的金钱是飞不高远的。同样，有了多余的椅子，你不但不能飞翔，而且连静坐沉思的乐趣也消逝了。

有时候我们的生活简单得只需一把椅子，供心灵坐坐。

感动的狗事

汤礼春

那天，我带着小狗"嘟嘟"到小区的花园里散心。

一出楼来，"嘟嘟"便撇下我，飞快地向草坪跑去。我抬头望去，在前面一大片草坪上，聚集着五六只狗在相互嬉戏，它们的主人们也在一旁闲聊着，"嘟嘟"就是冲她们而去的。看来我也不得不向她们靠拢。

看见我家的小狗，几个狗主人便立刻亲热地唤着"嘟嘟！嘟嘟！"有的还喜欢地把"嘟嘟"搂在怀里抚摸。看在"嘟嘟"的分上，我只有讪讪地和几个狗的主人点了点头，算打了声招呼。狗的主人们也是冲着"嘟嘟"的份上立刻跟我熟络起来。一个操着京腔的中年妇女冲着我道："嘟嘟的妈妈今天没下来？"

"嘟嘟的妈妈？"我一时没回味过来，她见我发愣，明白过来，解释道："哎！就是你太太！我们这里都是这么称呼的！"

"那我不成了狗爸爸啦！"我暗自苦笑。她大概从我的嘴角看出来了，指着一条纯白的狮毛狗自嘲道："她们还不是称我为乐乐的妈妈！我跟她们说，我应该是乐乐的奶奶，我都50好几了！"

我不由得笑了。她见我笑了，又补充道："养宠物狗的人都有爱心，都是把宠物狗当作自己的儿女来养的。而狗又是通人性的，你爱它们，它们也会爱你！我从北京搬到这里来时，怕飞机上不让带狗，提前把乐乐送给了楼下的一位邻居，可第二天，乐乐就从他家跑了出来，从3楼一直爬到我住的15楼，蹲在我家门口呜呜地哭着，我把门打开，见乐乐正流眼泪，我的眼泪也就刷刷地流了下来，再也舍不得让乐乐离开我了。上飞机那天，我只好给乐乐吃了片安眠药，装在旅行袋里，当成随身的衣物带过来的。"

说起狗通人性的故事，各个狗主人都很是感慨，都争着说了一通自家的狗这方面的故事，我这个大男子汉听了，也不由得感动。这时我注意到其他的狗都在相互嬉戏，只有一只小花狗温驯地趴在一个少妇的脚下，我说："它怎么不去和其他的狗一起玩呢？"说着蹲下去想抚摸它一下，少妇赶紧说："不要去摸，它会咬人的。"

我的手赶紧缩了回来，问："它看样子很温良的，怎么会咬人呢？"

少妇道:“它原来是一条流浪狗,是我捡来的,已经养了一年了,可它仍然对外人怀有戒心,可能是心灵受过创伤吧!”

“捡来的狗你也敢养?!”我有些惊诧。

少妇道:“我见它可怜哩!那天下雨,天很冷,我见它可怜兮兮地蜷缩在那里,就把它捡回来了。”

“你怎么知道它是流浪狗呢?”我问。

“我注意到它在这小区有一个月了,没有主人唤它,找它,很可怜,我就从家里拿点吃的给它,先给它送吃的时,它还不敢靠近我,我只有把食物放下,一走开,它就冲上来大口大口地吃,肯定是饿坏了!我一连给它送了十来天的食物,它也就对我信任了,后来,我送食物来时,人还没走开,它就冲过来了,还朝我直摇尾巴。”

“你收养它时,这野惯了的狗愿意跟你走哇?”我知道动物的天性都是爱自由,不喜欢被关、被管的,便好奇地问。

“可能是这狗挨饿呀,受人欺负呀,受的苦多了,也想有个主人管它照顾它吧!那天,我跟它说:‘天好冷,到我家去吧!’它也就听懂了,也不用我抱,就跟在我后面,一步一步地上楼到了我家。”

“看来,生存比自由更重要啊!”我感慨道。

“是啊!”少妇也颇有同感,“这狗十分珍惜现在的生活啊!在我家很乖,很听话,从来也不愿离开我。我每次出门时,都要跟它说,仔呀,我有事要出去了,你就在家好好待着,等我回来!它也就乖乖在家待着。可有一天,我因有急事外出忘了跟它交代一番,结果回来后,见它在流眼泪,也不吃饭,我就想它曾经被人遗弃过,所以很敏感,以为我也开始冷淡它了哩!伤心了!后来我哄了它半天它才好。”

听到这里,我的心也湿润起来,爱心是最让人感动,最能征服人心的啊!

苦瓜

汤礼春

苦瓜的名字听起来令人生畏，但只要你一见它的外表，就会立即被它吸引。

苦瓜生得玲珑剔透，全身像镶满了翡翠，像件天然的艺术品。其他的瓜菜长老了，便不中用了，可苦瓜却愈发变得金黄可爱，也愈发可口，就连里面的籽也像一颗颗红宝石一样使人不忍丢弃。

因为苦瓜模样可爱，就常惹得小朋友想吃，扯着父母的衣角嚷着要买。可当他们夹进第一口时，往往又慌不迭地吐了出来，连声道："好苦，好苦！"自此，你再劝，再哄他也是不吃了。

待小孩长成了大人，再尝苦瓜，慢慢咽下，居然从清苦中品出了一种特殊的鲜味，于是再到市场买菜，忍不住也会买了苦瓜回来。渐渐地，苦瓜就成了餐桌上的家常菜。

我想，好的东西一开始往往是不容易被人理解、被人接受的，需要人们大胆地去品尝，去体味，从中得出自己的见解。吃苦瓜的过程便也如此。

其实，当你再深一步地了解苦瓜后，就更知道其好处了。苦瓜有清火明目之功效，在赤日炎炎的夏季，当人们最厌食的时候，它却让人能吃下饭，叫人多增添点活力，抵挡炎热的残酷；而且，普通的饭菜经不住热浪的侵袭，一过夜就馊了、坏了，而苦瓜却不会变味。这样看来，苦瓜简直是万物之主怜悯人们炎夏之苦而特地派下来的了！

我常常琢磨这样一个问题：为什么当小孩时不愿吃苦瓜，而成大人后却爱吃了呢？也许，一般人的童年是快乐、无忧无虑的，当然一点的苦就能使之感受鲜明；而成大人后，人生的艰难经过多了，诚然，一点点苦在他们心里已算不得什么，而且还能从清苦中品出特殊的美味来。

粉红色的信笺

听一场电影

孙道荣

这是一场特殊的电影，一个志愿者组织的一次尝试，观众是30位盲人。

在他们面前，是一面不大的幕布，幕布前面还摆放了一排鲜花，站着一位手拿话筒的漂亮姑娘，她是这场电影的讲解员。这一切他们都看不见，但是，他们嗅到了花香，听到了姑娘轻轻的脚步声。

电影开场了。音乐响起，女孩大声讲解："片名出来了，叫《暖春》，画面上，出现了一个村庄，在山里面，刚刚早春，山上碧绿一片……"

"姐姐，绿色是什么样子的？"一个男孩问。

女孩迟疑了一下。接到讲解任务后，女孩就将这部电影反反复复看了十几遍，一遍遍地练习讲解。她知道盲人因为什么也看不见，会提出很多问题，但没想到，第一个问题就将她难住了。想了想，她告诉男孩，绿色就是小草的颜色，水的颜色，也是我们生命的颜色。男孩似懂非懂地点点头。

剧情在慢慢展开，每切换一个镜头，女孩都将画面描绘出来。

"现在，屏幕上是小花（电影里的主人公）和爷爷在草地上，草地上到处都是黄色的花朵，爷爷摘了好多花，编成了一个小花帽，戴在了小花的头上……"

"小花高兴吗？""戴着花帽的小花很漂亮吧？""草地很大吧，好看吗？"盲人们唧唧喳喳地问。镜头其实一晃而过，幸亏女孩看了很多遍，在她的脑海里，这片金色的草地早已定格，她努力将自己脑海里的草地描绘出来。

"现在的场景是晚上……"女孩讲解说。

"很黑吗？是不是什么也看不见啊？"有个老奶奶不放心地问道。

女孩告诉她，有淡淡的月光。

"可是，姐姐，月光是什么样子的？"又是那个男孩。女孩笑着告诉他，月光是银白色的，洒在地上，像水银一样。女孩真怕他会问水银是什么样子的，没想到小男孩忽然高兴地说，我听到水银洒在地上的声音了，很清脆的，真好听。女孩笑笑，她只看见了月光，没有听见月光的声音。

电影里，因为爷爷收留了无家可归的小花，爷爷的儿媳妇很生气，常常乘爷爷不在家，欺负小花。"现在，小花从鸡笼里摸出了两个鸡蛋，小花小心翼翼地将鸡蛋对着天空照，天空中有太阳。突然，屏幕上出现了儿媳妇凶狠的脸，儿媳妇恶狠狠地从小花手里抢鸡蛋，鸡蛋被打碎了，儿媳妇将小花的风车扔在地上，一只脚狠狠地踩在上面，将风车碾碎了……”

女孩讲解到这儿，影院里突然爆发了愤怒的讨伐声，“这个女人怎么这么凶狠啊？”“太坏了！”“小花太可怜了！”“爷爷怎么还没回来啊？”

屏幕里，传来小花凄惨的哭声和讨饶声……

所有的观众，都在抹眼泪。眼泪从他们干枯的眼窝里，不断涌出，几位老奶奶抑制不住，小声地啜泣起来。工作人员忙递给每位盲人几张餐巾纸。讲解的女孩也忍不住泪流满面，她没想到，一个他们什么也看不见的镜头，会让这些盲人如此激动。

电影的结局是，14年后，小花考取了大学，大学毕业后，回到小山村，成为一名小学老师。“现在的画面是，小花领着学校里的孩子们，在草地上放风筝，他们一起在向前奔跑……”盲人们的脸上，露出了灿烂的笑容。

电影结束了。没有一个人站起来，他们还沉浸在电影的情节里。

那个小男孩忽然站起来，怯怯地对女孩说，“姐姐，你的声音真好听，像电影里的月光一样。”

这是女孩听到过的最好的赞美。她向30位盲人讲解了一部电影，她也第一次听到了月光的声音，那是一群看不见这个世界，但拥有一颗善良而敏感的心的人们，才能听见的天籁。

玉英的饺子

刘祖光

一

3岁时，我跟随妈妈来到爸爸的身边。爸爸在平顶山梁洼矿务局所辖的一座中型煤矿里做生产队长，手下有几十号人，父亲和他们一样，整日在幽深的矿井里出没，提着脑袋挣钱。我到了那里后，很快就喜欢上那里。虽然在山里面，但矿工家属区诱人的饭菜香，矿工子弟们快乐的叫喊，让我很快就找到了快乐。

矿工干的活之繁重之劳累，常人是无法想象的。由于工作性质危险，女人都不太愿意嫁给矿工，所以矿工们一旦结了婚，就对老婆孩子宠得不得了。对于矿工来说，老婆是他残酷生活中的温柔，孩子则是他生命的延续，是他流血流汗永不停歇的动力。和其他矿工一样，爸爸是极宠我的，别人家的小孩有什么，我只要喜欢上了，他想尽办法也要给买来。由于他的娇惯，小时候的我很娇气，尤其挑食。这不吃，那不吃，每次吃饭都要他们哄上半天。妈妈为了对付我的嘴，特地打听谁家的媳妇会做饭，她好去学习。于是，她找到了玉英婶子。

玉英婶子的做饭手艺，在矿区是有口皆碑的，但怕她仍然对付不住我的嘴，妈妈到她家时，她刚好做了一锅面条。她就给妈妈盛了一碗，我一看，绿绿的菜叶，汤里飘着油花，面隐藏在汤里，看不见。妈妈做面条时，里面有好多肉，所以这碗看起来好看但没有肉的面条我不太想吃，随便喝了一口，觉得挺好喝的，再用筷子一挑，细若粉丝的面条柔韧绵长，挑不断，但入口即化，汤里尽管没有肉，但又香又浓，一点也不腻。我不用妈妈督促，一口气就把一大碗面条喝光了。妈妈喜出望外，马上买了东西到玉英婶子家，提出要向她学厨艺的要求。她很爽快地答应了。

于是，我和玉英婶子熟稔起来。我喜欢到她家玩，虽然她家的小屋没我家的大，里面也没多少家具，但她把小家布置得温馨干净，让人看了觉得清清爽爽的。她待人十分和蔼，虽长相普通，但笑起来很有亲和力，我一点也不怕她。她刚结婚，还没有孩子，我妈带我去她家玩时，她总给我些零食吃，比如炒花生和炒黄豆，都是她自己做的。她炒的黄豆又香又脆，既开胃还能顶饿，我心想，她以后有了孩子，那她的孩子一定幸福死了。天天能吃炒黄豆，那多让人羡慕啊！

我5岁时，她有了孩子。这时，妈妈进步神速的厨艺已经能够满足我的胃口了，但我仍喜欢到她家里玩。她丈夫叫张铁锁，20多岁年纪，人高马大，一身腱子肉，让我羡慕得很。张叔叔人特别逗，虽然干的是苦累活儿，但他却一点也不苦，脸上总是快乐的表情。爸爸说，张叔叔干活很勇猛，别人每天出一吨煤，他能出一吨半，所以他每月拿钱最多。因为有钱，所以张叔叔就显得特宠老婆，一发工资，他就带着老婆往平顶山市里去，逛上一天，买了大包小包的东西回来。玉英婶子的衣服总是常换常新，怀孕后张叔叔更是对她照顾得无微不至，每天晚上我都能见到他小心翼翼地搀着妻子，在矿区里散步。妈妈见了感叹说，玉英真好命啊，嫁了个好丈夫。像她性子那么弱，就得有铁锁这样的男人依靠着。

她的孩子出生后，家里更是充满了快乐。她身子比较虚弱，生了孩子后就更加虚弱了，但好在孩子的身体随爸爸，哭声嘹亮，搅得父母日夜不息。我半夜醒来，隔着窗户，还能看见张叔叔像山一样的身躯在铁路两旁走动，胳膊里抱着的，正是他的娇儿。黑暗中，两个人，一大一小，对比强烈，这幅画面在我的脑海里定格，让我多年之后回想起来，陡然明白了什么叫父子。

二

我仍然喜欢到她家蹭饭。但随着爸爸的工作调到了另一个煤矿，我们家也搬到了另一座山里。虽然山与山相隔不远，但我们和张叔叔家毕竟还是有了距离。我不能蹭她家的饭了，这令我在相当长的一段时间内感到新家太没意思。但随着年龄的增长，我的兴趣由吃饭转向了书本，对张叔叔家，已经逐渐遗忘了。

再次遇见玉英婶子，是在我14岁那年，我已经上初二了。在学校门口，我意外地碰到了她。她站在一个小摊后，一脸的拘谨与茫然。

那也是她第一次出来摆摊。她卖米线，一块钱一碗，我见了她，就很高兴地奔上前叫她婶子，对于我的出现，她很意外。但我很快发现，她的眼睛里满是哀愁与忧郁。不再笨的我很快猜出她家一定发生了什么事情，因为张叔叔那么宠爱妻子，轻易都不让她干活，更不用说让她出来摆摊了。而且据我所知，在矿工子弟中学门前摆摊的妇女中，全都是丈夫死于矿难的矿工家属，矿上照顾她们，就允许她们在学校门前做点小生意，不收她们的摊位费。难道……

我是她的第一个顾客。她给我做了鸡丝米线，晶莹柔韧的米线上面有好多鸡肉，十分好吃。我一咕噜吃完，连说好吃，我说："婶子，你以后的生意肯定很好，我要拉同学来吃。"她笑笑，怜爱地拍拍我的头。

钱,她自然不要!回到家,我对妈妈说了这件事,妈妈下午便来找她。她见了妈妈,先是一愣,眼圈便红了,一声“桂芹姐——”便泣不成声。她对妈妈诉说了不幸。原来,矿上出了安全事故,张叔叔和其他十几名矿工不幸被埋在了矿井下,三天后,救援人员才找到他们,很多矿工由于重伤和绝望死去了,张叔叔凭借着强烈意志,硬撑了下来,后经医院抢救,总算保住了性命。但他的腿被重木砸断了,不得已截肢,下半辈子,只能在轮椅上生活了。

家中的顶梁柱倒了,不仅不能为家里挣钱,反而还成了家里的累赘,张叔叔痛不欲生,自杀过好几回了。幸亏婶子看得严,才没出大事。婶子哭着对张叔叔说:“你要是死了,咱的楠楠不是成了没爹的孩子了吗?”张叔叔捶着腿流泪,“我不想拖累你们娘俩儿啊。我不能挣钱了,咱家以后可咋办啊?”

玉英婶子抹去眼泪,到矿上申请了摊位,便来学校门口摆摊了。妈妈对她的遭遇欷歔不已,她说:“玉英,你以后可要遭罪了。你性子那么软,能做好生意不能?我看啊,你还不如学别人,再找……”

婶子很坚决地摇摇头。“我不找!铁锁对我好,我不能对不起他。我们夫妻俩谁也不嫌弃谁,他倒了,可他还是家里的男人,他不能撑家,我可以撑!”

妈妈摇头,叹息不已。回到家,妈妈对爸爸说:“真担心玉英啊,你看那些摆摊的妇女们,一个个凶悍得很,都刚强得跟个狼似的,玉英性子那么软,以后受欺负了咋办?”爸爸也跟着叹气。

由于玉英婶子做的米线好吃,而且她用的是真正的鸡汤熬煮米线,真材实料,很快吸引了大批顾客。我在学校里也算得上一个小霸王,上蹿下跳地推荐死党们去吃米线,她的小摊前人头攒动,她的脸上也总算露出了笑容。生意一忙,张叔叔也来了,他虽然不能干重活,但可以收钱,还能帮着刷碗。夫妻俩在忙碌中,过着辛苦却实在的日子。

但是,他们很快引起了别人的嫉妒。那些同行们经常找茬,用污言秽语骂他们,张叔叔气得脸铁青,玉英婶子低着头,只当做没听见。后来,她们又找了一群地痞流氓来吃米线,硬说米线里有苍蝇,掀了他们的摊子。当时正值放学,我刚好看见了那混乱的一幕,赶紧骑车回家找我爸,我爸一听,召集了几十号矿工,拎着家伙赶来,痛殴了地痞一顿,我爸推着张叔叔的轮椅,在每一家小摊前都停一会儿,指着妇女们的鼻子说:“你们看好了,这是我兄弟,和你们的丈夫你们的兄弟一样,是个矿工,因为出事故,成了这个样子。大家都不容易,你们想想丈夫和兄弟,就不要再找茬了。若还是找茬,我让你们连生意都做不成!”

三

我爸在矿区是出了名的狠角色，没人敢惹。那几个妇女听了，唯唯诺诺，张叔叔眼里噙着泪对爸爸说："谢谢秦哥，我……"爸爸拍拍他的肩说："兄弟，咱能撑过去的。咱倒了，老婆站着，孩子还有希望……"

他们的摊子终于稳定了下来。尽管这样，本小利薄的米线生意，虽然生意好，但也只能顾住家。他们家的楠楠聪慧得很，学习成绩很好，而且在艺术方面有突出的表现。少年宫的钢琴老师看着楠楠修长的手指，对婶子说："你儿子不学钢琴太可惜了，这么长的手指，又对音乐那么敏感，将来一定有出息。"

但，哪儿有钱呢！他们把事故赔偿金拿出来，还不够，婶子又偷偷到医院卖了血，才给孩子买了架钢琴，给他请了钢琴老师。这个举动让朋友们大为不解，人们劝她，"那些钱是应付万一的，别一股脑儿的都给了孩子。让孩子上点学，赶紧出来工作，学钢琴？哪是咱矿工子弟的正事？"

婶子说："我就不相信，咱矿工的孩子将来就只配挖煤！他爹都这样了，我坚决不让孩子再挖煤了。"

妈妈听说了这事，说，玉英太要强了！真难想象，她那时性子那么软，现在变得这么刚强！

爸爸说，这还不是被生活逼的。铁锁倒了，她再不刚强，那家还怎么办？高三那年，我们家搬到了市里。妈妈经常和婶子打电话，我得知了她们好多事情，她不再摆摊，开了家饭店，名字叫"嫂子饺子馆"，听说生意不错！他们家的楠楠也很争气，钢琴弹得极棒，听说都过了几级了，连他们老师都觉得自己没法教他了。玉英婶托人照顾生意，自己来到市里，给儿子又联系了新的钢琴老师，还忙着给儿子租房子，妈妈听说后，没让她租，让楠楠住在了我家。楠楠少年老成，不大年纪，却比我还懂事呢！妈妈说，楠楠日后有了出息，要感谢他妈啊！你婶子把家撑到了今天，不容易啊！

我考上大学后，玉英婶专门来送了五百块钱的贺礼。我妈推辞不要，她笑着说："桂芹姐，我们现在不太缺钱了，真的，小宝是我打小看着长大的，他有了出息，我当婶子的自然也高兴！"话语中，满是开心与快乐。真的，昔日虚弱的婶子，如今真的成为一个女强人了。

四

大学毕业后，我回到平顶山市，在政府里做公务员，也正是那一年，玉英婶的“嫂子饺子馆”在平顶山市开张，据楠楠说，那家饭店他们投资了二十多万。开业那天，我们一家被请去，望着在宾客中穿梭着的快乐的玉英婶，我感慨万千：贾宝玉曾说过“女人是水做的”，其实，女人也是钢做的。她们身上，一半是柔软，一半是刚强，玉英婶子这些年，让我认识到，中国女性柔弱的外表下，是对生活的坚韧与热爱！

一盒假饭票

蝶舞沧海

那年夏天，我收到一所中专录取通知书的同时，父亲也被稻场上的脱谷机卷去了一只手。

我很小的时候母亲就远走高飞了，是老实巴交的父亲守着贫瘠的村落抚养我长大的。这突来的横祸让我们父女俩悲痛不已，但父亲没有放弃我的学业，他卖了不足40公斤的猪，又卖了部分粮食，四处找村人求借，很艰难地拼凑着我的学费。一直到10月份以后，我才提着陈旧不堪的行李跨进市里学校的大门。而那时已开学一月有余，新生军训也过了。

坐在教室里，我流着泪暗暗发誓，一定要节约，要把一分钱掰成两分用，最大限度地减少父亲的负担。因为学校正试行封闭式教学，我不可能在课余去谋点兼职什么的，节约的唯一途径只能是从牙缝里省。那时食堂的馒头饭菜，都是用与人民币同值的餐票购买。对于一日三餐我是这样安排的：不吃早点，正餐就买2两米饭和2毛钱的素菜。吃得最多的是酸辣土豆丝，只因它更易下饭。

那时我还是个15岁的大孩子，对食物有着惊人的渴望和需求，身体仍在拔节似的长高。每次到食堂，当鼻子里飘进粉蒸排骨或煎鸡蛋的香味，我总会及时地把嘴巴闭得紧紧的。如果不这样，我想我会失态如村口那只小黑狗，涎下长长的口水来。我嫉妒别人碗里的丰厚，在心里，我千百次地用意念将他们的佳肴吞得精光。

繁重的学习以外，我还肩负着校文学社副主编的重任，且不时地参加校内举办的各项体育竞赛。超负荷的身体支出，长期的营养不良，使我在接近一年的时间里变得面黄肌瘦，身体疲软，整天无精打采。那一年我做了无数个相同的梦，梦见自己趴在琳琅满目的餐桌上大快朵颐，但是一桌子的菜都吃光了仍然饿，饿得让人发疯。醒后为了止住胃里不断发出的咕咕哀叫，我只有大口大口地往嘴里灌冷水，边喝边眼泪奔流。

暴食一顿鱼肉的念头反反复复地、越来越强烈地折磨着我。好多次咬着牙将1元的餐票拿出来捏在了手心，但递进食堂窗口前，父亲老迈的驼背和那只血淋淋的断臂却总是劈面而来，将我的贪婪欲望转化为深深自责。终究，1元还是换成了 2 角。

那天是周四上午的最后一堂自习课，没吃早餐的我早已饥肠辘辘，一边在手里悄悄把玩着餐票，一边烦躁不安地等待下课开饭的时间。这时教室外有文学社的成员找我，交给我一份新生的申请书。从抽屉里取文学社公章时，一不小心把红红的印油涂在餐票上。就在一刹那，一个大胆的想法电光火石般在脑海里闪现出来。

我的脸因激动而发红。暗骂自己真笨，怎么早没想到这点呢？那些餐票，和学校的管理体制一样还不够完善，只是一张方方正正的硬纸壳，一面彩色一面空白，空白的一面是记号笔手写的金额和红红的印章。只要模仿上面的笔迹再私刻一个公章，印油一按不就行了么？书法是我的强项，至于公章，找块大橡皮擦在上面雕上那些字就可以取代！

几天后，我的一叠面值壹元的餐票诞生了。到底是作假心虚，我心里忐忑不安。把那些假票翻来覆去地看，一会儿觉得万无一失，一会儿又觉得字迹不太逼真，印章也模糊。但渴求已久的愿望已让我来不及去多想，我心若离弦恨不得飞去食堂，我要马上买两份粉蒸肉饱餐一顿！

学校的食堂有 4 个窗口，其中 3 个窗口都是凶神恶煞的中年妇人，边不耐烦地吆喝着快点快点，边手脚麻利地在轮流递去的饭盒上忙活。她们手里打出的饭菜总是短斤少两，偶尔有学生怯怯地咕哝一声"这么点儿啊"，她们便扯开了嗓门刻薄地讥笑："吃不好就多打点呀！切，2 两饭的钱还想买 3 两?!"一席话说得当事人赶紧红了脸落荒而逃。只有 2 号窗口，打饭的厨子是个 30 多岁的聋哑人。据说他的传奇之处在于，他可以根据别人说话的口型判断出对方的话语。食堂的菜没几样，对他来说不是难事，最重要的是他力气大工资少，标准的廉价劳动力，所以才得以和常人一样在食堂上班。他脸上常挂着憨厚的笑容，勺里送出的分量只多不少。这样一来，每天开饭时间他面前都排着长长的队伍，以至于不时有食堂里面的厨子出来，强制性地再往 4 个窗口均匀分散人群；也因为这样，我们打饭时常听到那几个女人呵斥他是聋子加傻子，骂骂咧咧数落他的一盆菜还没卖几张票就送完了。

我走进食堂。在选择窗口时我的腿因紧张而发颤，我担心被人认出，那样我会声名狼藉，在学校里面的种种荣耀也许全都会一败涂地！而那 3 个凶女人让我不寒而栗，看来只能选择 2 号窗口下手了。退一步说，就算他发现了是假票，趁他是个哑巴不会说话的一时半刻，我还来得及偷偷溜掉。

队伍前面的人已空，轮到我了。与他眼神交接的瞬间，他又向我咧嘴一笑。

每次在他手里买饭时他都这样,莫非他认识我?我一下子慌了,不知所措。我的磨蹭让队伍推挤起来,后面的人群发出牢骚声。我不得不硬着头皮递过去:“两份粉蒸肉。”他接过票看了一眼,然后再看我一眼,眼神里有着很明晰的诧异——是诧异一直买土豆丝的我突然大方了呢,还是……

我的脸很不争气地刷一下红到了脖子根,头也不自觉地低下来。完了,肯定完了,我想撒开腿跑,可是饭盒还在他手上,那饭盒是我进校时花两元钱买的,舍不得白白扔掉。前后不过几秒钟的时间,我的后背就黏糊糊的一片了。惴惴不安之际,高高地堆着粉蒸肉的饭盒突然出现在我的视线下。抬头,是他一如往常的憨笑。我长吁一口气,唉,真是草木皆兵啊!还好是虚惊一场!

有了那些高蛋白高脂肪的滋补和营养,我的脸色逐渐红润起来,干瘦的身体慢慢地长得圆润。每次看见他在窗口咧嘴微笑的表情,我心里就会乐开花:这聋哑人就是聋哑人,到底辨别力差些。再转念一想,又免不了得意地佩服自己是个不可多得的人才。

时间一直流转到次年的11月。中旬的一天中午,我径直奔向2号窗口,却意外地发现换了人。闪身退出来,我一个个窗口挨着找,也没见那个憨笑的熟悉面孔。从我进入校园起,就没见他休息过一天,那么现在只有两种可能:要么他得了重病,要么离职了。这样想着想着就沮丧起来,在我内心里,恶毒地希望他是得了重病。因为病好后还可以再来,要是离职了,我就再也不能顺畅无阻地用假票狂吃海喝,就算能,也还得在别人手上重冒一次风险。

我快快地返回教室,途经收发室时,门房交给我一个小小的邮盒。我疑惑不已,应该不可能是父亲,我一直对父亲谎说奖学金很丰厚,已经很久没向他要过钱物了。外地的同学我也几乎没什么联系,书信来往是要花邮资的。想到邮资二字,我把这个邮盒翻来覆去看了好几遍,居然找不到邮戳。心里疑团重重,我快步回到教室,急忙拆开。

让我意外的是,小小的纸盒里竟是两捆餐票!我随意拿起一捆一看,脑子“轰”的一下就炸开了——竟然全是我曾“花”出去的假票!

讶异、尴尬、恐慌、困惑,各种各样的情绪在瞬间打倒了我,我突然有种呼吸困难的感觉。回过神,我的手被蛇咬了一口似的缩回来,边左右环顾边慌张地盖上了盒子。到底是怎么回事?是谁终于发现了我的假票又给打回了?是食堂交给了校领导吗?想起餐票的下面还压着一封信,我更惶恐不已,一定是校领导顾及我的面子,以这种方式来揭发我并让我在“认罪书”上签字了!

我的心坠到了深渊,颤抖着手把信拿出来打开。想不到,里面没有刀削斧凿般的刚劲字体，却只有歪歪扭扭的几行：

很早就看过校报上你的照片和简介，所以知道了你的班级和姓名。很喜欢你的作文。我母亲病重，我要回大别山去照料她，可能不会再来了。你的那些票退回给你，以后可别再用，被人识破就麻烦大了。我在食堂有50元押金，我和他们商量不要现金，优惠给我60元的餐票。他们答应了，我觉得蛮划得来。你以后可以用这些票偶尔加加餐，别老吃土豆丝，身体会跟不上的……

原来是他，那个早就明察秋毫，却一直对我的自以为是默默纵容着的善良残疾人！我的胸口像被什么狠狠地撞了一下，他的清澈眼神，他的哑语手势，他的憨笑，突然间就从我对他一片混沌的印象中无比清晰地浮现出来。看着另一捆面值1元的60张餐票，滚烫的泪水扑簌簌落了我一脸。

深山陋屋，病弱老母，身患残疾，他应该比我更需要金钱来维持生存啊！可他却用这样的方法，整整帮助了我一年！自始至终，我都不知道他的姓名，没听过他的声音，他只是我生命里匆匆而行的一个过客。而他，不但完整保护了一个花季女孩视为生命的脸面和尊严，还留下无私的关爱和温暖。那些餐票，给了我那年最春意盎然的冬天。我用它们买到世界上最可口的美味，每一次吃着吃着就落了泪。

那些香美和温暖，随着胃的吸收渗透我的血液，营养我16岁为起点的、长长的一生。

204 教室的潘多拉魔盒

蝶舞沧海

204 班是学校出了名的差班。204 班的显著特点之一是早恋现象严重，而且贪玩，学习成绩较差。每一个老师才来的时候都是斗志昂扬，以为能用呕心沥血可歌可泣的奉献精神化腐朽为神奇，拯救这一群误入歧途的祖国花朵们。但我们根本不买账，作为 204 班的一员，我们已经习惯了老师的面孔隔段时间更新一次，反正，谁来谁去都无所谓。

这不，又新来了一个不怕死的，他的名字叫范桐，我们恶搞他，叫他饭桶。

第一节课，饭桶作过简单的自我介绍之后，忽然跑去关上了教室门。返回讲台，他一脸诡异地说："我和你们谈个条件怎么样？"

我们一下子没反应过来，不由得面面相觑，不知他葫芦里卖的什么药。饭桶继续说了："我知道你们爱玩儿。这样，你们以后玩什么我都不管，我绝不通知你们请家长，也不和教务处打小报告。但是你们玩什么不许偷偷摸摸，得让我也参加。""拉倒吧！我们可请不起您这个嘉宾，再说了，我们凭什么相信您不管我们？"马上就有人提出了疑问。饭桶不慌不忙地在教室里踱了一圈，昂起头傲慢地说："说实在话，就你们那些三脚猫的玩法，我还嫌玩得没劲呢！不是我吹牛，我要是策划玩法，你们都得叫着求着喊着叫我偶像……"

饭桶的话还没说完，就被各种鼎沸的尖叫声口哨声大笑声给淹没了。鬼点子最多的李强站了起来，在空中划拉着双手大声喊："同学们，既然范老师这么厉害，那以后咱们就让范老师带着玩好不好？我相信，范老师一定会是个难得的'呕'像！"

又是一阵哄堂大笑。饭桶倒是一点也不脸红，大言不惭地拍着胸脯保证明天就给我们拿一个好的方案出来。204 班欢呼起来，让一个老师入伙与学校纪律公然作对，实在是太值得期待了！

第二天，饭桶抱着一个四四方方的纸盒走进了教室。盒子包装得流光溢彩，华丽而充满了神秘气息。饭桶指着它说："它叫潘多拉魔盒。我们要玩的游戏就是潘多拉魔盒游戏。"

"一个盒子，怎么玩啊？"我们异口同声地问。饭桶笑了："嘿嘿，这你们就不懂了吧？你们有没有听过现在白领们常玩的一种游戏？就是每个周末一群人聚集在其中一位的家中，他们在一个盒子里放入最想说的话或是一个秘密，收看人是所有的人，而真实的收件人只有一个或者根本没有。"

204班笑纳了这个魔盒。与其说是想减压，还不如说是想恶作剧捉弄一下饭桶。比如我，我一直暗恋同桌的女生，写纸条给她她居然看都不看。这下既然饭桶提供了机会，那我就好好利用这个潘多拉盒子吧！

饭桶发给我们裁好的白色卡片，给了我们5分钟的时间写想说的话。写好后，我们把卡片一张张地投进去，饭桶自己也投了一张。等卡片收齐，他抱着盒子使劲摇晃，把卡片都摇均匀了，然后用胶带封上了盒子。"现在开始上课，下课铃声响，潘多拉盒子就打开。"饭桶说："不过，我发现有谁要是不认真听讲，开盒时间就会顺延。发现一个顺延一天，以此类推。"啊，这饭桶可真狡猾！得，听讲就听讲吧，为了揭晓盒内的秘密，204班上了有史以来最循规蹈矩的一课。

终于，下课铃声响了，饭桶叫了班长上台拆开盒子，他递卡片，班长读。班长接过第一张卡片，大声念道："我爱你！"

教室里笑成了一锅粥。饭桶一脸平静地等我们笑够了，转头对班长说："继续念！"

"我想你！"

哈哈哈……笑声把教室都快掀翻了，很多人边笑边狡黠地打量着饭桶的表情，想看他怎么出糗。谁知饭桶真的不管我们，还是递着卡片说："继续！"

所有卡片读完后，我们也相信了饭桶。于是我们和饭桶达成协议，潘多拉游戏每周一玩一次，但玩之前的那些课不能开小差。

传说中的潘多拉魔盒是邪恶的，它因为人类的好奇心而带来了许多不幸和灾难。饭桶带给204班的魔盒也是邪恶的，一周周过去，闹剧越演越烈。那种"我爱你"之类的话因为不再新鲜，写的人越来越少，倒是各种阴暗的秘密越来越多，内容五花八门。有说恨自己父亲的；有说自己抢过低年级学生钱的；有说不想念书了想去傍大款的。其中有一个人写得最为惊天动地，几乎分几次把他的故事完整地讲了出来。他的卡片上写着：我和Y相爱了，我们在一起好甜蜜；我写给Y的情书，被她的父母发现了，这下糟糕，两边的父母联合起来阻挠我们；爱无敌！没有谁能阻止我们热烈的爱！我和Y决定离开学校私奔，永远厮守在一起！

就像一部扣人心弦的悬疑小说，可它又不是小说，它真真切切地发生在204班里。班里所有人都对写这个秘密的人充满了兴趣，互相猜测，并急于想看到后面的结果。饭桶很懂得乘虚而入，他竟然利用这样的机会要挟我们每节课都得认真听讲，不然盒子他就不打开。无奈之下，204 班硬着头皮答应了。

那个人继续写着：可是收拾好行李我们才想起来，我们连私奔的路费都没有！怎么办呢？起初我们想利用课余时间去打工挣钱，可体力活我们干不了，脑力活人家又嫌我们文化低。无奈之下，我们只好商量从各自家中“偷”点路费。可我万万没有想到的是，我再也等不到我的 Y 归来了，她走了，留给了我一辈子的自责和痛……她趁父母外出时溜进他们房间，刚把钱抓到手里时，突然听见了房间钥匙插进锁孔的声音，惊慌失措之下，她本能地就想从窗户爬到阳台上去，结果脚下一滑，像一片叶子一样落了下去……我在医院见到 Y 最后一面，她流着泪说她不想死，她说她非常后悔，她恨我，恨我在根本没有爱的能力时去招惹她并把她毁了，如果有来生，她再也不会这么傻了……

班长念到这里时，教室里一反常态的安静下来，大家一时都被这种沉痛所感染了。一直不吭声的饭桶这时却说话了，他用发颤的声音说：“同学们，你们知道这是谁写的吗？”我们摇头。饭桶的喉结动了动，良久，才沙哑着声音说：“就是我。”

教室像被谁丢进了一颗炸弹，瞬间炸开了。饭桶抬了抬手，大家立刻安静下来。“那个女孩是家中的独女，她去世后她的母亲思女过度而疯了，她的父亲因为工作时精神恍惚出了大差错，被单位开除了。这么多年来，我微薄的工资除了养活我自己和父母，还要不遗余力地照顾女孩的父母，心力交瘁。我现在快 40 岁了，我遇到真正的爱情，可是我却没有结婚的资本，我不能让我的爱人跟着我受苦受累。这一段早恋，就这样把我们所有人都毁了……其实这个时候的爱情，哪是什么爱呢，只不过是一种对新奇事物的尝试，就像被好奇心驱使而打开魔盒的潘多拉一样，最终害人又害己。就为了这点好奇心，值得我们辜负父母，荒废前程吗……”

那是 204 班最后一次玩潘多拉魔盒游戏。那个五彩缤纷的美丽魔盒，在那一堂课之后被 204 班扔进了垃圾桶。204 班不再疯玩了，范老师从作业本和卡片上对照笔迹，把所有写过秘密的同学都单独沟通，一一为他们解开心结，早恋现象逐渐消失，学习成绩有了好转。

一年后，204 班的大部分同学都以优异的成绩考上了大学，全校师生一片哗然。可是 204 班的每个人都知道，这个成绩绝不是出自运气，而是范老师用心良苦的结果。

毕业离别之际，204 班所有同学都哭了，大家手牵手集体向范老师鞠了深深一躬，范老师也哭了。师恩难忘，美丽的潘多拉盒子，成为了我们 204 班最美丽的记忆和财富。

她不是一棵树

丁立梅

我是在丽江古城看到那个女人的，靛蓝的大褂，靛青的裤，腰系百褶围腰，典型的纳西族装扮。女人很老了，皮肤松弛，多皱褶。她盘腿坐在一方檐下，守着一堆绣花鞋垫，对着熙来攘往的人，风吹不动。像丽江河畔的一方石，抑或檐上的一块砖，身边的一个热闹世界，都与她无关的。她的身上，充满无法言说的古朴和沧桑。

我承认，这样的沧桑，深深打动了我。我身边的游人，亦有停下来看她的，他们在她的鞋垫面前弯下腰去，看看，并不买。抬首就是一片店，更精美的东西，里面多的是。

我举起手里的相机。飞起的檐，赭色的木门，檐下的红灯笼，还有这个老妇人，这实在是个很不错的画面。我甚至想过，如果拍摄效果好，我要把它放进我的游记里当插图。就在这时，突然从人群里冲出一个小孩儿来，小孩儿七八岁，黑且瘦。他斜背着一个网兜兜，里面横七竖八地躺着一些空饮料瓶。小孩儿几步就冲到檐下的老妇人跟前，伸出胳膊挡在前面，眼睛亮亮地对着我，口齿伶俐地说，不许拍！

我吃了一惊，没明白过来。我说怎么了？手里依然举着相机。

小孩儿一看，急了，直视着我，再次强调，不许拍！她不是一棵树！

我愣住了。这是我万万没想到的。是啊，她不是一棵树呢，我怎么可以随便拍？我放下举起相机的手，对小孩儿抱歉地笑了笑。小孩儿松了一口气，却仍盯着我，仿佛怕我偷拍。

我看他实在可爱，开玩笑地问他，那么，我可以拍你吗？

他眼睛滴溜溜地转了转，回答得倒爽快，说，可以。不过，他伸手一指老妇人脚边的五颜六色，坏坏地笑，说，你得先买一双老奶奶的鞋垫。

我问，为什么呢？

他答，因为你刚才侵犯了她，算是向她道歉。

我笑，照他说的做了。他很高兴，挺配合地让我给他拍了一张照片。我故意问他，你也不是一棵树呀，为什么让我拍？

因为你问过我可不可以呀，小家伙响亮地答。而后跑进人群里，像条小泥鳅似的，转瞬不见了踪影。

我愣在那里，为一颗小小的心里驻着的尊严。

这以后，我又去过很多地方，但不管到了哪里，我都不会再轻易地把别人捉进我的镜头。因为，他不是一棵树，我没有权利侵犯他。

谁碰疼了她的忧伤

丁立梅

那是个几乎与世隔绝的小山寨。大山深处，一群苗族人，他们住黄泥抹墙的房，吃自家种的苞谷和红薯，穿自家织的土布衣裳。有儿自小会山歌，有女从小会刺绣。如此生生不息，与大山融合在一起。

一行人坐了车去。当地导游再三强调，这个寨子，近年来才逐步与外界沟通的，很多方面还很原始，甚至野蛮。她叫我们无论言还是行，都不要犯了苗人的忌讳。特别关照，不能给苗人小孩子东西，哪怕一元钱。苗人讲究自食其力，你给他们家小孩子东西，他们非但不感激，还会很生气，认为你教坏他们小孩子，让小孩子有了不劳而获的念想。

山，重重叠叠，杂草遍生。我们沿着山脚走了大半天的路，一路磕磕绊绊，走得脚酸腿胀，越过一条湖，顺着长满绿苔的青石板，小心地爬上去，这才到达苗人的寨子。一截矮墙上，突然传来童稚的歌声，是改版的《小城故事》："苗寨故事多，充满喜和乐，若是你到苗寨来，收获特别多。"我们都被这歌声逗笑了，有游客紧走两步，跑上去问，谁教你的？那猴子一样灵敏的男孩子，一个翻身跳下矮墙，说，老师教的。转身一溜烟跑了。

整个苗寨，静。只有一幢幢房，参差摆开，一律的黄泥抹的墙，黑瓦顶。房与房相接处，都是青石板，曲曲弯弯，蜿蜒如蛇游。缝隙处，绿草肆意疯长。导游说，白天到苗寨，是难得见到大人的，大人们都到地里干活去了，他们每天早出晚归，一天只吃两顿饭——早饭和晚饭。

果真的，转遍整个寨子，看到的，只有孩子，和狗。那些孩子，三四岁到五六岁不等，再大一些的，都跟父母到地里去了。可能是近年来见到的游人多了，一群孩子并不怕生，绕在我们身边走，亦能听懂一些我们的普通话。给他们拍照，他们会摆出造型来，而后轰笑着跑过来，看相机屏幕上自己的样子，说出"漂亮"这个词。

只有一个小女孩，她远远地落在一群孩子的后面，一直不笑，神情忧郁，看上去不过五六岁。导游却告诉我，不对，她十岁了。这让我惊讶。我走过去，试图跟她搭话，我说，你衣裳上绣的花真好看，谁绣的？她答，我绣的。我夸她，真有本事。她说，我八岁就学会刺绣了。我提出要给她单独拍照，她想了想，问，可以带上我的妹妹吗？原来，她留在家里，是为了照应两个年幼的妹妹。她一手搀一个小人儿，她的背后，是那些黄泥抹墙的房，不远处，青山苍翠。

照片的效果很好，我让她看，我问，漂亮吗？她淡淡扫一眼，答，漂亮。脸上依旧没有笑容。后来，我走到哪里，她便跟到哪里，静静地在一边，如一朵静静的小野花。我问，你干吗不说话呢？她伸手摸我的衣襟，突然冒出一句，你们那儿也长黄瓜吗？我愣住了，一时不知怎么回答，她兀自答，我们这儿长好多呢，很好吃。我转脸看她，她的眼睛却避开我，望向大山外，两汪深潭水，映着几多迷惑：那大山外，到底是怎样一个世界？它带给她五彩的冲击，让她明显地有了不安。我突然明白了她的忧郁所在。

我问她，上学吗？她摇摇头，说，只念到二年级。又补充，我们这儿只念到三年级的，再念书，就要到山外的镇上去，我没去过。

我不敢再问什么，如果不是我们的闯入，她或许也是安静快乐的一个，安命于大山深处的自给自足，长大了嫁一个阿哥，戴满头银饰，做人家的媳妇。我对她笑笑，想送她一件礼物，但想起苗人的忌讳，忍忍，作罢。

我们离开苗寨时，一群孩子跟着，一直跟到寨子外。小女孩也跟着，神情忧郁，她的眼睛里，汪着两汪深潭水。当我们走了好远好远的路，回过头去，依稀看见寨子口，一个小小的身影，依然站着，蓝衣蓝裤，像一朵静静开着的小野花。青山环抱中，她身后的寨子，美得像上帝遗落的一个梦。

粉红色的信笺

丁立梅

忘不了我一伸手时，她脸上的惊慌。像只受惊的兔子，两只大眼无处转移了视线，扑愣愣地乱撞着。手攥得紧紧的，一抹潮红，像水滴在宣纸上，迅捷洇满她青春的脸庞。

那是高考前夕，学生们都低头在自修，每颗脑袋像极了饱满的向日葵，沉甸甸地低垂着，是丰收前的一种沉重。我在课桌间来回转着圈，不时解答一两个疑问。在这期间，她一直目不斜视地坐在座位上，快速地写着什么。她面前摊着课本，但我还是在那课本下轻易就发现了一张粉红色的信纸，纸上飘着点点梅花，雪花似的。她的字一个个落到那上面，也如同盛开了的小花。我站在她身后看了好一会，确信她写的东西完全与学习无关。所以，在她即将写结束的时候，我含笑地向她伸出手去。

给我——虽是温柔的低声的，但却不容置疑。她愣怔半天，慢慢把手上的东西递了过来。

教室里平静如常，没有学生注意到这边的这一幕。我把那张纸小心地折叠好，然后又递给她，我笑说，青春的东西，要收好。她很意外，吃惊地看着我，我俯过头去，耳语般地对她说，老师也曾青春过，这也曾是老师的秘密。然后直起身来，轻轻地拍拍她的肩，对她微笑。她脸上的表情开始放松了，最后舒展成一个灿烂的笑，像三月的桃花。我对她点点头，我说，看书吧。她听话地翻开课本，一脸的释然。

半年后，我收到一封从一所名牌大学寄来的信，是她写的。信纸是我见过的那种，粉红色的，上面飘着点点梅花，雪花似的。她在信中写道，老师，感谢你用最美丽的方式，保留了我青春的完整。当时我以为我完了，我不敢想象那后果，我以为接下来该是全班同学的嘲笑，该是校长找我谈话，该是家长到学校来。真的那样之后，我还能抬起头来吗？我不敢想象我还能心态正常地参加高考。最后她写道，老师，谢谢你，给了我一个台阶，一个最堂皇的理由。

青春的岁月里，原是少不了一些台阶的，得用理解、用宽容、用真诚去砌，一级一级，都是成长的阶梯。

因为爱，所以逐花而居

李丹崖

他们被称作“中国的吉卜赛人”。

在我的印象中，他们大都在40岁左右，这些人大多却有拖家带口，大多都有一个完整的家庭。因为，涉世未深的年轻人是耐不住这份寂寞的，也受不了这份苦。一年当中的三四月份，他们带着自己的蜜蜂出发，选择一片鲜花盛开的地方，然后搭下自己的帐篷，一住就是两三个月，直到附近的鲜花开尽，他们才朝着下一处花丛出发。他们就是养蜂人。

我也曾有幸认识过他们当中的一员。她算是比较年轻的一位。

那是一个杨柳拂堤的季节，我沿着一条小河到一个农场采访。在河的尽处，我遇见了她。这里是一片金黄色的油菜花丛，足足绵延30余里，蔚为壮观。她，一个年近30岁的女子，头戴一顶挂纱的斗笠，一袭红裙忙碌在花间，与这样的花丛相映成趣。

我完全被眼前的景象给陶醉了，连忙取出照相机打算记录以上的瞬间，哪知道，就在我刚刚聚焦的当口，一只蜜蜂落在了我的手上，然后以迅雷不及掩耳之势地蛰了一口，就这样飞走了！

我的喊叫声惊动了她，只见她连忙跑进了帐篷，拿了一个小瓶子出来，边说对不起，边从瓶子里取出苏打水给我抹上，然后，在歇脚的当口，我们聊了起来。

原来，她18岁就结了婚，丈夫是一个养蜂人，她就这样跟随着丈夫到处走动。虽说有些辛苦，但是，两个人的生活过得还算甜甜蜜蜜。3年后，他们由当初的3箱蜂发展到8箱，还有了一个活泼的儿子，但是，就在这时候，一场突如其来的意外夺走了丈夫年轻的生命。从此就只留下她，带着儿子和蜜蜂到处走动。当时，许多人都劝她安定下来，再找个男人嫁了，但是，她死活不肯。她说，那8箱蜂是她丈夫的留下来的，她要像照顾自己的儿子一样照顾它们。她说，那蜂箱里有她丈夫的灵魂，她不能撒手不管，那样的话，丈夫会不安的。

于是，她就这样把丈夫的“事业”一手接管了过来，且一管就是七八年，在这些年里，她一边照顾蜜蜂，一边亲自教儿子识字算算术，她从不担心儿子的学习，因为，她坚信自己的教学方法；她唯一担心的就是蜂群的丢失。

有一次，她刚在一个花丛扎下帐篷，几个调皮的孩子就在附近的茅草地里点着了火。要知道，这里可是蜜蜂的聚集区，她连忙扯了条毯子向着火的茅草丛奔去，先是用力地拍打，后来实在不起作用，她就索性把毯子披在身上，向火苗滚去。火虽然扑灭了，她也多处烧伤了。

她说，每当自己看到蜜蜂在眼前嘤嘤嗡嗡地飞，就想起了自己的老公，因为，蜜蜂清晰的翅膀上会栖着她丈夫的灵魂。所以，谁也不能伤害蜜蜂，伤害了蜜蜂就等于伤害了她的丈夫。说这话的时候，她含着笑的眼睛湿润了，透过晶莹的泪光，我看到了她柔弱的眼睛里透着坚强的锋芒。这是丈夫带给她的，伤感而又积极。

后来，她还告诉我，曾经有人给她出过主意，让她开一家小场，雇几个小工帮她的忙，但是，她也拒绝了！我用惊讶的眼光看着她，她知道我在询问，却并没有作答，沉默了良久，说了这样一句话，不要小瞧了这些小东西，它们可会撒娇了，不是十分细心的人是不能养的……

那天的阳光格外美好，一如她的笑容。我买了她二斤蜂蜜回去，不为食用，只为纪念她，纪念这份美好。也正是这件事，一个逐花而居的赶蜂女子，让我相信了，在这个世界上，已然离去的人照样可以左右活着的人的生活。况且左右得那么美好，因为这样一段痴，这样一厢情，时空再邈远，依然足以放牧爱的灵魂！

爱，醒着

李丹崖

上学的时候，男人就曾是同学们眼中的佼佼者，但是，由于男人家境贫寒，只得一边苦读，一边在学校附近的工地上打些零工。谁也没有想到，竟在如此艰难的境况下，男人的腿不慎受伤，手术后，他的左腿只剩下不到13厘米。

那年，男人才17岁，还是个稚嫩的大男孩。从此以后，他便辍学了。起初，他行动不便，找什么工作都没有人愿意接纳他，迫不得已，他只得选择了一个没有老板的行当，步履蹒跚地收起了破烂。收破烂的收入微薄不说，且非常不稳定，然而，正是在这种艰难的情况下，男人却做出了令所有人匪夷所思的事情，他利用10年的时间，收养了70多名流浪儿！

众所周知，流浪儿大都因身心受到过创伤，多是些问题儿童，男人用自己的爱心潜移默化他们，让他们逐渐感知到了社会大家庭的温暖，同时，男人还通过多方努力，帮助这些流浪儿重新找回自信，实现自己的人生价值。男人做了一件件正常人想都不敢想的事情。

男人从不对别人泄露半点帮扶流浪儿童的事情，但是，他的举动还是被人知道了，并且广为传颂，面对媒体，男人第一次说出了自己的善心"出发点"。

一天晚上，男人看到了一个流浪儿在空荡的街头流浪，出于怜悯，自己从口袋中掏出50块钱给他，并劝说他找一个事做做。但没想到，等男人转身的瞬间，流浪儿突然从怀中抽出一根钢管，对其照头就是一击，男人晕倒在地上，身上剩下为数不多的几块钱，也都被统统抢了去。幸亏这一棒没有致命，男人还没有完全康复，就拖着病体四处打听伤害他的那个流浪儿！男人想，像流浪儿这个年龄段的孩子，不该是这种生活状态。男人冒着随时可能被再次袭击的危险，几经辗转找到了那个流浪儿。男人坐下来与他谈心，进行推心置腹的交流。后来，在男人坚持不懈的感化下，那个流浪儿终于改邪归正，学了一门汽车维修技术，娶了妻生了子，从此过上正常人的生活。

男人说："那次经历给我很大的震撼，如果我不去管那些流浪儿，他们将在歧路上越走越远，歧路终成不归路。然而，他们原本是可以挽救的，也渴望得到大家的关爱。只是，对于这些生活在困难边缘的流浪儿，很多人把他们看成是

‘危险分子’，是游移在社会上的‘地雷’，避之唯恐不及，更别提给他们送去关爱和帮助了。对于这种明哲保身式的麻木，总该有一个人出来叫醒他们，我希望通过我微弱的声音，让他们的心灵有所触动。”

男人的名字叫杨奇。2007年初，他还成立了免费家教联盟，并专门创办了一家慈善网站——“慈善家园网”。通过网络，他帮助更多的贫困儿童脱离了困难。

杨奇用自己的方式向大家证明，当全世界都在酣睡的时候，别忘记，还有爱，在醒着！

唱首歌来瓦罐听

杨暖

街角的店铺，满屋的瓦罐，一把吉他。夕阳淡淡的光影洒下来，他就坐在光影里，专注地弹着吉他。一首曲子，或是用略带沙哑的嗓音唱着一首歌。

他的店不大，是街角不起眼的店铺。专卖瓦罐、瓦盆及汤煲等物什。位置偏静，连个醒目的招牌都没有。倒是门口摆放的一排排瓦罐，能主动邀请主顾的光临。朱红或黑青色的瓦罐，泥土的温润底子，粗犷如面盆，精小如水杯。在稻草的层层包裹中，泛着凉凉的釉光。瓦罐的样式，也普通，都是家常厨房用的。十元、几十元不等。比不上"家乐福"超市里的高档汤罐、紫砂或细瓷的质地。每只都要上百元。所以，常有街坊老主顾捧场。生意清淡的时候，他就坐在店门口，抱一把吉他，有些寂寞地唱歌。

他是否寂寞，我不能确定。每日下班，我踏着夕阳的光影归家，都要经过他的店。路上往来的人们，如倦鸟归巢一般，急惶惶地往家赶。似乎并没有谁用心听他的弹唱。他亦不理会这些。他抱着吉他，保持一个姿势坐在瓦罐中间，专注而执著地弹唱。

裹在人群，车流中，我的脚步也是匆忙的。忙碌一天了，燥热疲倦。走出沉闷的办公室，多想深呼吸，迎面吹来一阵风。风里，就吹来他的曲子。那天，他弹唱着许巍的《蓝莲花》，温暖、深情的歌声，一下子吸引了我。我的脚步放慢，缓缓走到他的店面。索性就倚着一棵树站定，如梭的车流、人群在我的背后穿行。我不理会，亦不感到吵闹。经过无数次他的小店，听过无数次他的吉他，这一次，我最认真地聆听——

"没有什么能够阻挡，你对自由的向往……穿过幽暗的岁月，也曾感到彷徨。"歌声感性、低沉，裹在汹涌奔放的吉他旋律中，收放自如。他特别的嗓音，用了心，把一首《蓝莲花》演绎得深情而沧桑。在喧闹的街口，内心深处的某些悸动，仿佛穿过尘世的雾霭，一下子清澈明静。天蓝高远，心静清明。关于向往，关于理想，关于内心深处那个渴望的自我，像一朵蓝莲花，苏醒而蓬勃。

他抬头的间隙，我看到一张年轻而瘦削的脸。一缕沧桑的神态，浮在脸上，分明写着不羁和不俗。是青春的理想，是热爱的执著，还有对尘世生活的淡漠。

我忍不住走进他的店里。在一堆瓦罐中，我抚抚这只，摸摸那只。我想，相比别家的，这些瓦罐，应是幸运而快乐的吧。它们日日与歌声相伴，不寂寞。在追求理想的过程中，太多人寂寞。无人关注，无人喝彩，一如他的音乐，一如我的写作。可谁又能阻挡，内心深处的蓬勃和快乐?

最后，我挑了一只朱红的汤煲，小小的。我捧着这一只汤煲归家。觉得快乐而温暖。我期望着，日日煲着汤来，唱着歌。

玻璃心

孙道荣

装修房子，经常会有一些包装纸箱要处理。小区的保安告诉我，地下车库里住着一个收破烂的，如果有废纸卖，可以直接到地下车库找他。

在地下车库的一个角落，用硬纸板搭了个临时棚子，棚子周围堆满了各种废纸、铁桶、塑料瓶什么的。一个中年男人，正在埋头将一堆废纸归类整理。听说我有废品卖，他连忙拿起秤，跟我上楼。

找过他几次，就熟了。

有一次去地下停车库找他，不在。探身看看棚了里面，砖块垒起来的木板床上，躺着一个小女孩。问她大人呢？小姑娘告诉我，爸爸到地上收废纸了，马上就回来的，你等等啊。

地上？见我纳闷，小姑娘吃吃笑了，指指头顶，就是上面啊。

反正也没事，那就等等吧。

我问她，怎么不出去玩啊？好像从来没见过你呢。

爸爸不让我出去玩，而且，前几天我又摔了一跤，腿跌坏了，不能走路了。

这才发现，可怜的小姑娘，一条腿上，打着厚厚的石膏。

这时候，中年男人回来了，肩上扛着一大捆纸盒。放下纸盒，他拿起秤，跟我上楼。

新买了几件家电，所以，有很多包装盒。一边帮他折叠，一边聊了起来。话题不知不觉转到了孩子身上。他重重地叹了口气，这娃命苦啊。

他告诉我，孩子不是他亲生女儿，是一次收废品时，在路上捡的。开始也没看出孩子有什么毛病，2岁那年，跌了一跤，将胳膊摔断了。也没当个事，只当是孩子骨头脆，经不住摔，哪里想到，原来是大毛病呢。医生说是一个叫什么玻璃的毛病，骨头很脆，一不留神，就会骨折。

我听说过这个病，先天性玻璃脆型骨质疏松症，是个世界性的疑难杂症，从来就没有治愈过的。

最让人担心的，是她常常会摔跤，一个趔趄，就可能折断她的哪根骨头。从小，就不敢让她跑，更不敢让她像别的娃一样玩耍嬉闹。尽管小心翼翼，可是每年，她都会骨折一两次。这不，前几天，一不小心，又摔了一跤，腿又断了。娃还不到10岁啊，她这辈子可怎么活呢？中年男人的眼里，透出沉重的忧郁和悲伤。

我不知道怎样安慰他。

搬家那天，我将儿子小学时用过的课本整理成一捆，送到地下车库。阴暗的地下车库里，飘荡着一股骨头的香气。

他正在煤炉上熬骨头汤。给娃补补。他说。

见我手里拎着一捆书，他赶紧找秤。我说，这次不是卖给你的。这些都是我儿子小学时的课本，放在家里也没什么用，给她看看，识几个字吧。

小姑娘斜躺在床上。我问她，认得字吗？她说，认得的，爸爸每天都教我认字，爸爸收回来的废纸里，有时会有好多好看的书呢。她拍拍身边的一堆书本，这些都是爸爸从废纸里找出来的。

痛吗？我摸摸绑着石膏的腿。爸爸夸我是乖女儿，我不怕痛。小姑娘自豪地说。但是，爸爸，我的腿又痒了。

中年男人走过来，手里拿着一根细铁丝。爸爸帮你挠挠。

他轻轻地捧起那只绑着石膏的腿，小心翼翼地将铁丝捻进去，是这里吗？

我诧异地张大了嘴巴。仔细一看，石膏上，竟然有几个窟窿眼。他说，孩子的骨头正在愈合，很痒，这几个窟窿眼是我挖的，太痒了，就帮她挠挠。

小姑娘吃吃地笑着。好舒服啊，爸爸。

我看见，小姑娘的眼里，笑出了泪花。我的眼睛也湿润了。

从那以后，每天，我都会将在办公室看过的报纸带回家，隔段时间，就送到地下车库。

每天晚上，小区里都会有很多居民散步，我希望他们的脚步轻些再轻些，不要惊扰了地下车库里的小姑娘和她的爸爸。有时，路过地下车库的出口时，我能听到里面飘出的若隐若现的歌声，是小姑娘在唱歌吗？她的声音，像玻璃一样清脆，也像玻璃一样，透着亮儿。

大火能够带来什么？

澜涛

一

小镇上有这样两户人家，两家相邻而居，每家都有一个十几岁的孩子。因为孩子间的游戏、嬉闹与争执，那个身高体壮的胖女人常会堵在瘦女人家的院门叫骂不停。好在做教师的瘦女人每每都以沉默回应，矛盾才一直没有升级。但两家的“仇恨”似乎像冬天的寒冰越积越厚。

大火焚毁小镇的那个晚上，两家的男主人都到山上扑火去了。当瘦女人被火啸声和逃命声惊醒，拉拽着儿子跑出房门时，热浪已经能够感觉到了。就在瘦女人和儿子跑向院门时，隔壁胖女人的儿子一声声哭叫妈妈的喊声穿过热浪传进瘦女人的耳中。瘦女人立刻意识到，一定是胖女人昏倒了。十几年的相邻而居，瘦女人知道，胖女人心脏不好，兴奋过度、紧张过度都会瘫晕。瘦女人的脚步停了停，只是片刻的犹豫便转向了胖女人家。果然，胖女人仰躺在地上，两眼紧闭、嘴唇抖颤，她的儿子扑在她身上，慌不知措地呼叫着她。

瘦女人使劲地摇、拼命地喊，胖女人毫无反应。火球已经溅射到不远处的栅板上，噼啪作响，热浪更烈。瘦女人不知从哪儿来的力气，将胖女人拉到背上，一边叮嘱着两个孩子沿大街向村外的河堤跑，一边踉跄着迈动了脚步。几乎超过自己体重一倍的重负下，可想而知，没跑出多远，瘦女人就喘息急促，脚步也慢了下来，最后几乎是在一步一步地往前挪，终于还是被压倒在地上。

浓烟弥漫、热气灼烤，瘦女人知道大火越来越近了，她不能停，哪怕慢一慢都将会身葬火海。顾不上喘息，她试着想再背起胖女人，试了几次却都没能站起来。瘦女人趴到了地面上，将胖女人拉上后背，驮背着胖女人开始一点一点地向村外爬。一寸一寸、一尺一尺、一米一米……

河堤上的人们是在村外三十几米远的地方从逼近的大火中抢出瘦女人和胖女人的。当时，胖女人昏趴在瘦女人的背上，瘦女人也已经昏死过去，双手、双肘、双膝血肉模糊，身后是一条伸向火中的血痕……

男儿膝下有黄金啊，当胖女人的丈夫从山上下来，那魁伟壮硕的四十几岁的汉子，一下跪向还昏迷着的瘦女人，没有一句话，只有不止的落泪和不停磕向地面的头……

14年过去了，那场大火留下的疼痛对于很多人来说，仍然心有余悸。我的记忆里清晰地刻下的是胖女人的一句话："记住，要宽让身边的人。不然就枉做这第二次人了。"

胖女人是我的母亲。将狭隘变得宽宥的不是灾难，是灾难里的爱。

二

那晚，阿木耳林业局职工医院助产士宁玉宴刚把待产妇、女教师徐广辉送进待产室，徐广辉的父亲、母亲、丈夫、妹妹等人就簇拥而至，带来一个可怕的消息：临近的图强镇已经被大火吞没，火头正逼近阿木耳。此时，楼外莽莽的旋风卷挟着黄沙，狼嗥般吼叫着，沙砾骤雨般敲击着医院大楼的门窗。楼旁一间小房顶上的压石板被掀到了地上，砰然成片。

"你们赶紧回家，这里用不着你们。"宁玉宴看了看待产妇徐广辉后，沉静地命令着产妇的亲属们。生命的生产是复杂的生理和心理的裂变，要求产妇体力和心力的高度凝聚，她担心家属的惶恐扰乱了产妇的心绪。最后，待产妇身边只留下三个守护人：待产妇的爱人、嫂子和同事。

不知谁在走廊里尖叫了一声："大火着过来了，快跑啊！"

这一声像霹雳一样，待产室里的几个人都奔到楼窗前向外望去。纵横交错的街道上拥挤着仓皇出逃的人群，乱纷纷的如同四射的枪弹。几里外的山麓后面，密聚着偌大一片光晕，底部暗红，顶端炽白，连绵不断地呼啸声载着一个巨大火焰正挨近小城……似乎是转眼之间，数百成千的火团飞进城区，爆响声和烟柱迅速地蔓延着。而产妇却毫无生产迹象。

产妇的同事凄惨地小声哭叫着："我家完了，我的宁宁还在家……"

产妇的嫂子撕掠着头发："我的家也完了，电视、冰箱、洗衣机……"

宁玉宴什么也没说，呆滞地望着被烧红的夜空。直到产妇近乎绝望的问话才让她醒转过来："宁大夫，火烧到这儿咋办啊？"

"放心，只要我在……"宁玉宴目光坚定地盯着产妇的眼睛，一字一板地说着。她要让产妇从她的眼神中获得足可信赖的信心和力量。

产房已经被大火包围。离楼几步远的仓库像排冲天燃起的大蜡烛，红色白色黄色蓝色的火球四处喷溅。主楼的一角，火头已经掀开瓦盖、引燃棚板。火舌翻滚着……电线被烧断了，产房陷入黑暗。

恐惧立刻更加浓重地敲打着每个人的心,产妇终于有了生产迹象。

“听我的,不要乱!”宁玉宴的声音异常冷静、镇定。她翻找出一截蜡烛点燃,打开消毒桶,敏捷地戴上手术手套,细致地查数着托盘里的接产器械。一切准备好后,目光转向产妇,语气轻缓柔和地说道:“小徐,好好配合我一下,好吗?”

产妇惊颤地点点头。

一分钟后,婴孩红鲜鲜的头颅裹带着胎血从生命之门里冒出来。借着明明灭灭的火光,可以看见纤毫般细软的发丝,可以嗅到古怪的胎腥,可以听见细如蚊蚋的喘息……是想证明生命过程的坚韧、坎坷、悲壮?还是不愿投身这个被大火焚毁着的世界?抑或是考验人类接纳生命的情怀和态度?几分钟过去了,婴孩死守着生命之门,不肯坠地。

产妇的嫂子哭了:“妹妹,求求你,快生吧!不然我们大家都得死,都得让大火烧死!”所有的人都哭了。腾闪的火舌在幽暗的产房里投下一条条恐怖的光亮,热浪已射进产室。产室内转眼变得 片死寂。

宁玉宴抓起产妇的双腿放到自己的两肋处,喊了一声:“开始!”于是,每个人都把蓄积的力量通过喊声、手势、表情传导给生命的制造者。产妇抓住宁玉宴的臂膀,歇斯底里的喊叫着,呼唤着。那是生命对生命的呼唤,现在对未来的呼唤,母亲对婴儿的呼唤,呼唤中,婴孩终于坠落人世。此时,已是凌晨1时25分。大火已经将小城百分之九十的建筑焚毁,夺走了数以百计的生命,医院大楼在大火中摇摇欲坠。

火势渐弱,宁玉宴发疯般地冲出医院大楼,向家跑去,一路跑一路喊叫着独自在家的儿子的名字……

14年后,我问宁玉宴:“你就不怕吗?”宁玉宴微微地笑着:“怕!咋能不怕呢?可我不能扔下产妇跑啊!一手托两条命啊!”在宁玉宴的声音里,我的眼里心里都盈满了泪。我终于明白了,为什么人类能够历经万代,穿越种种灾难而永不泯灭地生存下来。

不是每个梦想都可以实现

比满意更高的境界

刘克升

《曲苑杂谈》的编导、相声演员韩兰成在回忆他的师父、已故著名相声演员马季先生的时候，曾满怀深情与敬意地讲过这么一段往事：

有一天夜里，马季先生在江苏省徐州市表演完节目时，已经接近凌晨。一行人正聚集在火车站的休息室里休息兼候车，准备连夜乘坐火车返回北京。忽然，休息室的大门被推开了，一群刚下夜班的铁路工人拥了进来，满怀期待地望着马季先生。原来，他们听说自己喜欢的相声演员马季先生在这里休息，就自发地赶了过来，想亲眼看望一下仰慕已久的马季先生。

劳累了一天，正静静地躺着休息的马季先生马上站了起来，热情地跟铁路工人一一握手。更让铁路工人感到惊讶和意外的是，马季先生同他们一一握手之后，居然微笑着问道："难道你们只想看看我，就不想听我说上一段？"大家简直不敢相信自己的耳朵，看一眼马季先生就已经很满足了，怎么敢奢望面对面地听马季先生说相声呢？可是，让人感动的一幕真实地发生了，马季先生把随行的老搭档、同是著名笑星的赵炎先生推了起来，两人现场为大家说了一段相声。

无独有偶。2005年的一天，马季先生作客新浪网聊天室的时候，曾亲口说过这么一件事情：自己母亲去世的那天，他在上海有场演出。遇到这种情况，一般演员都是谢绝演出、在家尽孝。可是，为了不影响全场演出，他还是忍住悲痛，赶到上海准时参加了演出。演出主办方非常感动，特意提出，让报幕员在舞台上报一报这个情况。可是，他断然谢绝了。他说，千万不要报，观众来听相声是要笑来的，跟观众说了实情的话，一块石头压在心里他们就笑不出来了。

细细推敲上面这两段经历，我禁不住对马季先生充满了深深的敬意。做人是讲究境界的。有一种比满意更高的境界，现在就摆在我们面前，它的名字叫做"感动"。主动追求这种境界，并且已经为我们做出了榜样的，就是马季先生。在很多演员的行为还没有达到让观众满意的时候，马季先生不仅实现了让观众满意的心愿，而且还向着更高的层次迈进，达到了让观众感动的高度。

是什么促使马季先生达到了比满意更高的境界？我想，肯定是因为马季先生一直把观众当作他的衣食父母，刻在脑海，装到心中，如影随形，诚心诚意对待，不敢有丝毫的亵渎或者懈怠。

“想起我这50年的舞台生涯，不为钱、不为官，就是通过表演满足观众对笑的愿望”、“相声从出生就是直接面对老百姓的，如果把相声拔高到对面没有老百姓，不反映老百姓的心声，他的生命力就不行了”、“我们这代人，一定要‘见大不小，见小不大’，就是见到大人物不要畏缩，见到小人物不要傲慢”……马季先生的这些话语，质朴无华、真实自然，正是他追求并实现“感动”境界的有力佐证。

不仅要让观众满意，还要让观众感动，马季先生的风范，大气、敦厚且温暖，永远值得我们推崇与效仿。

用好你的“漏勺”

刘克升

儿时，经常看见母亲用一把白白的漏勺，从冒着缕缕热气的菜盆里，向外捞煮到了七成熟的、青白两色的萝卜丝儿。

有时候，我从母亲手里把漏勺要了过来，好奇地捞着那些萝卜丝儿。它们不是一下就能捞完的，每次总会有那么一些萝卜丝儿，伴随着淋淋漓漓的水流，从漏勺密密麻麻的孔眼里漏掉，重新回到了菜盆里，成为“漏网之鱼”。母亲微笑着，平静地对我说：“要有耐心，多捞两下就可以捞干净了！”

我暗暗地把母亲的话记在了心里，快乐地挥动着漏勺，一次又一次地在水中捞着萝卜丝儿。直到水中的萝卜丝儿越来越少，甚至再也捞不出一根的时候，我才停止挥动那把漏勺。揉着发酸的手腕，望着清汤寡水，被我打捞一空的菜盆，我小小的心中居然也充满了一种成就感。

后来，我长大了，到外地求学。几易寒暑，终于毕业了。一开始，我跑了好多的公司寻找工作，他们以各种理由推脱，没有一家肯接纳我。我没有灰心，因为，我觉得自己眼前一直有一把“漏勺”，明晃晃地悬着，引导我为了心中的希望而不停地奔波着。在跑了更多的公司之后，我终于找到了理想的工作。

再后来，我年龄大了，该成家了。成人的责任感，驱使我开始寻找自己的爱情。可是，当时我穷困潦倒，在城里又是孤身一人，没有什么家底，无所依靠，很多的女孩都不看好我。我像一只孤雁一样，飞来荡去，过了好长一段形单影只的日子。但是，我没有放弃，我又看到了儿时的那把“漏勺”，我坚信一定会找到青睐自己的“白雪公主”。果然，在经历了更多的女孩之后，我的爱情终于降临了。

我常想，每个人的手中，都会有一把“漏勺”。虽然我们卖力地挥动着这把“漏勺”，但总会眼睁睁地看着好多我们喜欢的、需要的、有价值的东西，悄然从指缝间溜走。这种现象提醒我们：人生其实是需要成本的，这种成本不仅仅指金钱等物质投入，还有一种更重要的、无形的成本，那就是“努力”。

与金钱等物质成本相比，“努力”体现了个人毫不懈怠、原始积累、滚动发展的过程，是一笔更为宝贵、更为恒久的精神财富。所以，我们要更加注重无形成本的投入，把“努力”当作一种享受、一种快乐，不论眼前的困难有多大，失望带来的打击如何沉重，我们都不应该放弃自己的追求，而是要乐观地挥动手中的“漏勺”，多捞两下，多给自己一次成功的机会。

这不是一个“局”

孙道荣

每年七八月份，都会有很多大学生到我们单位应聘。作为主考官之一，我面试了很多求职者。他们稚气未脱的脸上，充满焦虑和渴望，时时充满戒备，处处小心翼翼，生怕在某个环节出错而惨遭淘汰。

有一个经典的求职故事，某家公司要招聘一名高级人才，众多的应聘者在面试之后都未被录取，只得悻悻离去。最后一名应聘者走入总经理的办公室后，注意到地上有一个纸团，地毯上很干净，这个纸团与周围的环境很不协调。应聘者弯腰捡起了这个纸团。因为这个细节，他被录用了。这个故事广为流传，以至于求职者们在应聘尤其是面试时，对纸团之类的小东西都特别敏感：这也许就是招聘单位故意设的一个局？

作为主考官，我要告诉你，我们不设“局”。

如果你在面试的路上，遇到一位乞讨者，我可以负责任地告诉你，那个乞丐不是我们的托。你给他一枚硬币，这是你的爱心，但是你不要幻想因为这个举动而在面试时被优待。

如果你在拥挤的公交车上，身边恰好站着一位孕妇，我可以负责任地告诉你，她不是我们的托。你为她让座，这是你的美德，但是你不要将她当成面试官或面试官的太太，而心怀希望。

如果路上你遇到一位迷路的老人，或者与家人走散的孩子，或者迷茫的流浪者，我可以负责任地告诉你，他们都不是我们的托。他们需要帮助，而你帮助了他们，这是你的人道，但是你不要指望因此得到回报，而且，最好不要因此迟到。

如果你走进我们的办公楼，发现垃圾桶边散落了几片垃圾，我可以负责任地告诉你，这不是我们故意设的局。你弯腰将它们拣起来，丢进垃圾桶，这是你的细心，但是你不会因此被加分。

如果你扶起了一把倒掉的扫帚，如果你擦干了桌上的一摊水渍，如果你也在面试考场捡到了一个纸团，如果你为主考官喝干了的茶杯里添了水，如果你发现我们的招聘材料里有个错别字并给予纠正，如果你注意到挂在墙上的时针不准确，如果正在回答问题时你的手机突然响了，如果某个考官恶狠狠地打了个喷嚏……我可以负责任地告诉你，这些都不是我们故意设的局，都不是我们面试的环节和细节。

是的，我们会问你一些很专业的问题，你的能力，你是否是这个岗位最有力的竞争者，才是我们最关注的。

在求职的路上，你所遇到的和没有遇到的这些，都不是我们的"局"，但是，我可以同样负责任地告诉你，你的爱心、美德、人道、细心，这些都是你的素质。也许它不会为你的某一次求职加分，但它一定是你人生大"局"里，关键的一票。

越狱总统

刘祖光

在这个世界上，大大小小的总统不计其数。而他，却在挑剔的国民心目中有着至高无上的地位，以至于在他逝世30年后，他的国民仍然认为他是最杰出的总统，并且，人们在叙述他的光辉事迹时，对他青年时代的“越狱”故事津津乐道。

幼时的他活泼爱动，走路不好好走，作业不好好做，因此屡遭老师和父亲的训斥，父亲严格的教育，使他形成了一个至关重要的观念：一个人，上学做工种田干什么工作都可以，就是不能闲逛，游手好闲是一个人最大的悲剧。他要找事情做了，那年，军队吃了败仗，军人的声望降到了极点，以至于国内最有名望的圣西尔军校要招收新生时，只有300人报考。当别人都对国家不抱希望的时候，他报了名，然后顺利地成为圣西尔军校的一名新生。

他的决定，显然出乎亲戚朋友的预料。而他的解释是：爱国主义和理想主义！在理想的照耀下，他以全校第13名的成绩毕业，成为一名军官。而他毕业那年，一战爆发，他身为连长，意气风发地参加战斗，在被成为“凡尔登绞肉机”的战役中，他身负重伤，不幸成为战俘。

一个人的一生，到这个时候，基本上可以说已经完了，他没有出头之日了。战俘九死一生，即便有幸活下来，也将永生生活在阴影下。他的身边，不断有战俘自杀，因为受不了苦役和漫骂！他也受不了，但他没有选择自杀，而是选择了：越狱。

经过准备，他偷了一件敌人的衣服，冒充士兵准备出门。但是他个子太高了，衣服穿在身上，衣袖刚到胳膊肘，裤腿刚到膝盖处，所以，他很快被认出，送到条件更恶劣的监狱服苦役。

第二次，他又选择了一个方法：自残！他偷偷准备了一瓶制造柠檬水的材料苦味酸，他喝完后一照镜子，自己都吓坏了：镜中的自己脸黄澄澄的，眼里几乎没有眼白了，全是黄黄的，跟临死之人差不多了。他终于如愿以偿，被送到战俘医院，然后他就计划着逃跑。跑出医院后，又跑了5天5夜，但天公不作美，5天里风雨交加，把他和另外一个战俘累得够呛。但这些苦并不算什么，最苦的是，他们又被敌人发现了，越狱又失败了，等待他的，将是更惨无人道的惩罚。

一次又一次，他一共越了七次狱，每一次都险象环生，每一次失败后都得到了残酷的惩罚，但他毫不气馁，始终不放弃信念：回到祖国，为祖国效劳！以至于敌人对这个家伙又恼火又敬佩，敬佩之余，为了让他安生点，就给他发报纸和书籍，让他有事做，别整天想着越狱。七次失败后，他想，越狱成功的可能性已经很微小了，既然越狱不成，那也不能老老实实地当战俘，我得了解敌人的情况，以后再作打算。

所以，他很刻苦地看起书来。通过敌人的报纸和书籍，掌握了敌人大量的情况，包括对方将领的分配，要员内部倾轧，后勤保障供给等。刚开始时，他的战俘朋友都对他很不以为然，以为这个疯子在监狱里看书，即便学富五车又有何用，但他和他们讨论起两军军事对比以及对一战战事的预测时，他们惊呆了。一战的进程和他预测的一样，重要的是，他们对眼前的这个坚忍不拔的勇士心怀尊敬。

正是他发动战俘们参与讨论，众多战俘才度过了艰难的岁月，战俘自杀的事件越来越少。大家对他产生了一种敬畏之感，把他称作“大元帅”。

一个“小连长”，成为“大元帅”，他的领袖气质在监狱中树立了。而他的战俘朋友，成为后来他忠实的追随者，陪伴他为国家征战。25年后，英国首相丘吉尔为他卓越的智慧才能和坚忍不拔的意志所折服，称他为“大元帅”，他笑笑说，这个名号，很多年前我忠实的朋友已经这样叫我了。

丘吉尔知道原委后由衷地说，戴高乐将军，你又一次令我刮目相看。戴高乐七次越狱，他说，一个充实的人，是要有事可做的。淡淡的话语，却折射出一个为了国家胸怀大志的英雄永不屈服的伟大精神。

谁能完成“不可能完成的任务”?

刘祖光

2005年,大连市的一处写字楼里,一家新广告公司开张了。这家公司规模很小,即便在大连,也名不见经传,更不用说在全国的影响力了,那更是一粒灰尘——微小得让人忽视它的存在。

这家广告公司主要是承办小区楼体广告,即把广告牌放在小区内的楼体内。虽然广告客户群非常直接,但这种新的广告方式,并不为人们所了解,所以业务开展得并不顺畅,很多广告牌位都在闲置着。要想让公司走出困境,必须迅速提高它的知名度。

花巨资做广告?不可能!那么,有没有既能利用自己的资源,又能迅速提高知名度的方法呢?有!只不过,这同样是一个“不可能完成的任务”!

这个办法,就是成为北京2008年奥运会的合作伙伴!当老总提出这个策划案时,公司内一片哗然。众所周知,能成为奥运会合作伙伴的,都是国际大公司,如可口可乐、联想等,这个在大连市规模都很一般的小广告公司是根本没有可能被奥组委接受的。但老总说,无论如何,我们都要试一试。

他们还真的试了!殚精竭虑,写出了申请,然后通过快递送往北京奥组委,然后就是满怀希冀的等待。电话铃一响,大家心里都激动万分,特别是以“010”开头的电话号码,更是让人激动,但是,一个月过去了,奥组委的电话并没有来。可以认定,那封申请,已石沉大海。

虽然失望,但在外人看来,这是意料之中的事。但公司很快又写出了第二份申请,在这份申请里,公司加入了新的合作内容,广告宣传的策划案更加完善,但又等了一个月,又一次石沉大海!

公司仔细地研究了奥运会的比赛场地,他们在场地所在的几座城市加大了业务量,拥有了两万个广告牌。申请也写得更完美了,第三份,第四份,第五份……待写到第七份的时候,老总开玩笑地说,连我自己都成了写策划案的高手了!员工们都笑,大家跟着老总,这个被朋友称为“疯子”的人,在做着一件“不可能完成的事情”。

第七份申请,依然没有成功。但公司员工发现,一年多来,他们一次次地修改策划案,一次次地改善自己的业务,公司竟然一步步地壮大起来。这时候,老总的一个在奥组委工作的朋友打来电话说，广告合作的事情不可能了，奥组委已经有广告合作伙伴了，所以……

失败！员工们很泄气，但老总却说，再坚持一下，说不定，事情还有转机。皇天不负有心人，转机真的来了。奥组委提出了“绿色奥运”的口号，提出要把奥运办成“数字奥运”，而公司的广告业务，正好符合“数字”的概念，所以，公司又一次整合资源，完善报告，把合作申请寄给了奥组委。

不久，奥组委打来电话：来北京签约吧！放下电话，员工们都非常迷茫地问：是真的吗？甭是遇见骗子了吧？待到确认后，公司内一片沸腾，许多员工都流下了泪水。2007年6月，公司与奥组委签约，成为奥组委广告合作伙伴。当天，公司的业务量猛增，许多公司都把广告业务投放给他们，他们一天的广告业务量，竟比过去一年的业务量还要多！

这个小公司完成了“不可能完成的任务”，靠的是什么？是理想？是坚忍不拔？是永不言弃？也许都有，但我想，最重要的，是能够打破惯常思维，对目标执著追求的信心和勇气。其实在生活中，我们不难发现，身边有很多人，“忽地”就成功了：一个默默无闻的中学教师，写出了畅销小说；在食堂卖菜的服务员，考上了研究生……这些仿佛是“不可能完成的任务”居然都成为现实，需要的就是不同寻常的付出与坚持！

在看湖南卫视“背后的故事”时，我有些震惊。主持人在采访香港明星Twins的经纪人霍汶希时，Twins光彩照人地坐在霍汶希身边。霍汶希说，当初，蔡卓妍和钟欣桐都是很普通的小女生，古灵精怪的蔡卓妍出道前皮肤黑黑的，脸大得跟意大利pizza似的，上面还满是雀斑，身材胖乎乎的，看起来一点也不具备明星气质。而她则坚持让蔡卓妍试音，结果，蔡卓妍和钟欣桐试音都非常差，一首旋律简单的歌，她们都唱得跑调。“英皇娱乐”高层很不看好她们的组合，觉得要把她们俩锻造成明星，简直是“不可能完成的任务”。

但霍汶希还是坚持不放弃。蔡卓妍的父母听说她要让女儿唱歌，很吃惊地说：“我怎么不知道她还会唱歌啊？霍小姐你一定要搞清楚啊，她在家一天能睡18个小时的……”连父母都质疑的女孩，霍汶希却相信自己能够挖掘出蔡卓妍身上潜藏的闪光点，她一步步地运作，训练，终于让这两个普通的小女生成了光芒四射影响全亚洲的偶像明星。

我曾给侄女布置一项任务，让她在暑假期间学会游泳。她尖叫道，这不可能，我见水就害怕！但她看过霍汶希的采访后，说，小叔，我要学游泳了！结果，半个月不到，她就学会了游泳，而完成这个此前她觉得是“不可能完成的任务”，需要的仅仅是信心和勇气而已！

所以，不要害怕困难，那些完成“不可能完成的任务”的人，一定有你！

英雄就在身边

澜涛

古往今来，无论历史如何演变，人们始终有一个矢志不渝的心理：崇尚英雄。

究其原因，可以简单的总结为，因为英雄是人类至高至美至善至洁的体现，是人们情感、精神，以及灵魂的精髓与支柱。现今，谈起英雄，人们却越来越多的摇头，感叹在喧嚣与诱惑中，英雄已经越来越稀有了。

英雄真的越来越少了吗？

那是一个4月的下午，虞城县第一实验小学四年级学生房瑞丽领着在同一学校读二年级的妹妹房苗苗回家。当她们路过离家不远的红旗河时，看到河里有不少小鱼。贪玩的房苗苗在河边捡起一个小破网，把书包交给姐姐挽起裤脚下河网鱼，网到小鱼儿就递给岸上的姐姐。20分钟后，在岸上整理小鱼儿的房瑞丽突然听到"扑通"一声，她抬起头时，只看到深水中露出妹妹的两只胳膊和半个脑袋。房瑞丽试图把妹妹拉上来，但没有成功，她开始大呼"救人"……房瑞丽喊了十多声后，放学路过的虞城县一中高一(25)班的张曼丽跑了过来，跳进河里。张曼丽跳进深水处后，水一下子没到她的嘴边，她抓住苗苗举起来就往河边走。可能是因为河底比较软比较陡，她走了好大一会儿还是在老地方"打转转"。五六分钟后，张曼丽再次举起苗苗时，苗苗终于死死地抓住了姐姐递来的木棍，房瑞丽把妹妹拉上岸，苗苗吐了几口水后哆哆嗦嗦地站了起来。

此时，她们再回头看向河里时，十几米深的红旗河一派宁静，河面上已经没有了张曼丽的丝毫影子。当日晚上20时许，虞城公安、消防等部门把只有17岁的张曼丽的尸体从红旗河打捞上来，人们发现，张曼丽的双手依然向上举着。

那是一个2月，因为儿子突然身体不适，河北省辛集市某医院护士郭钗提前去幼儿园接儿子。接到儿子后，她向幼儿园的一名老师询问起儿子的一些症状。突然，一名男子闯进幼儿园，一句话都没说，掏出一把长刀向郭钗旁边的老师连刺3刀，血光喷溅、凶残狰狞。接触过太多死亡的郭钗却毫未犹豫的冲向手持血刀的歹徒，死死地抱住了歹徒及其拿刀的手，嘶喊着报警。

她的瘦弱和歹徒的剽悍对比鲜明，但她却不知道哪里来的力气，紧抱着歹徒持刀的双手在歹徒剧烈的挣扎和厮打中没有松弛丝毫。歹徒见有人抱住他不放，又掏出一把斧子，向郭钗连砍数十斧，郭钗终于倒在地上，她28岁的生命从此定格。丧心病狂的歹徒又将郭钗那哭着要妈妈的儿子砍死后，挥舞着斧头冲向幼儿园的教室。而此时，楼上的老师和63名孩子在得到那名受伤的老师的通知后，已经集中到一间教室内，死死地用桌子顶住了教室门。民警终于赶来，此时，找不到人的歹徒已经砍烂了一间间空教室内的桌椅。

那是一个冬季的傍晚，两名歹徒在武汉市武昌中百仓储收银台持枪抢劫，打死打伤3人后逃窜。路过此处的武警某文工团政治指导员尹飞先是听到一声“杀人啦！”的惊呼，随即见一名男子挥舞着手枪从对面狂奔而来，他意识到，对面那满脸凶残的人一定是名实施罪恶后意欲奔逃的歹徒，来不及多想，他毫不犹豫地冲向歹徒。扭打中，歹徒的枪响了，尹飞只觉得自己的右手臂有凉风急速刮过，但他丝毫没有停顿搏斗，继续同歹徒搏斗着，几番博打，终于，他将高出自己一头的歹徒摔倒在地，制服了歹徒。事后，人们从歹徒的身上缴获手枪2支，子弹6发，现金1万元。而直到等歹徒被压上警车，尹飞才注意到自己的右衣袖被子弹穿了一个洞。

如果英雄真的越来越少了，是不会每每危难突降时，总有英雄呈现。我们之所以鲜见英雄的风姿，多半是因为我们当今的生活充盈着祥和与安定，越来越少危难，而英雄只在一些危难的关口才能够显现他们的光芒。

原来，英雄遍布着我们身边的人群，我们不见英雄，是英雄将其光芒内敛在人群中。

实际上，只要用心，我们仍旧是可以随处感受到英雄的光芒的。成就为英雄，缺少不了生死面前的无畏与勇敢，取舍面前的无私和从容，而这些恢弘与磅礴，是在生活的点滴与琐碎中凝练与锻造的。那么，想在祥和与安定中领赏到英雄的风采，只需要有一颗细节的心就能够捕捉到：比如，在公共汽车上那个给老幼病残让座的人；比如，街头上那个对迷路者耐心指引方向的人；比如，那个路拾他人物品急切寻找失主的人……他们或许就是英雄。因为，时刻以宽爱、善助、无私、正义的心去对待生活，哪怕是生活中细碎得不能再细碎的细节都是英雄耀眼光芒中无法缺少的一环。

这样，有一个方法可以更真切地感受到英雄的光芒：常怀一颗宽爱、善助、无私、正义与勇敢的心对待身边的每一件事每一个人。这个方法不仅可以让我们离英雄更近，或许还可以将我们自己成就为英雄。

我相信，英雄就在身边。或许，我们每天都和英雄擦肩而过着，每天都沐浴在英雄的光芒之中。而且，我们每个人都可以成为英雄。

不是每个梦想都可以实现

张世普

2006年5月中旬，夏普、罗丽莉和无腿的英格里斯，三位分别来自英国、中国广西、新西兰的登山者先后向海拔8840米的世界最高点珠穆朗玛峰发起冲击。就在8000米以上的高度，他们几乎同时遇到人生中最艰难的抉择。

罗丽莉5月11日出发，5月14日登上8680米的高峰。这时，罗丽莉的双手被冻伤，体力也已不支。望着距离只有160米的最高点，经过痛苦的徘徊，她最终决定：下次再来一定把那剩下的160米走完。

另外一名登山者夏普不仅也被冻伤，而且氧气瓶也快耗尽，但他依然继续向上攀登。寒冷伤痛、登山器械残缺、氧气不足，夏普躺在了海拔8534米一个岩石后面气息奄奄。随后无腿登山者英格里斯的登山分队从那里经过，经过激烈的讨论，最后他们离开夏普，继续登顶。不久，夏普在珠峰顶下约300米处死去，英格里斯则创造了奇迹，成为第一个借助假肢成功登上珠峰的人。然而，大多数人不能接受英格里斯对身边呻吟的漠视，尽管人们知道在世界最高峰附近，人的体力已经达到极限，人道和勇气的含义绝不同于地面。

面对咫尺之遥的成功，狂热与冲动使夏普完全丧失了实现梦想的可能。英格里斯放弃救助实现了梦想，8534米却从此成为他一生中再也无法逾越的道德高度。罗丽莉虽与世界之巅还有“一步之遥”，但作为一名普通女子，她已经站在大多数人一生都无法站到的地方，并且她还有机会把剩下的160米走完。

梦想即将成真，喜悦冲淡伤痛，狂热淹没理智，悲剧最容易发生。自新西兰人西拉里与同伴1953年5月29日首次登临珠峰以来，已经有180多人长眠于通往珠峰的冰雪途中。人生之路有无数条，除了死亡之外很少有无法重新走过的路，包括攀登珠峰。偏偏就有那么多登山者逞一时之勇，拿生命去赌一个当时不可能实现的梦想，以至埋骨冰雪抱憾终生。他们的失败大多不是准备不够充分，也不是意志力不够坚强，只不过是忽视了“还有下一次”这个简单至极的道理。

每个人都有自己的梦想，可对于大多数人来说并不是每个梦想都可以实现。下次再来或者说忍耐，是驱逐烦恼的风，是和能力对称的另一只船桨。下一次也许又需要漫长的轮回，但这不同于退缩，虽然两者很相像。

最灿烂的风景永远只属于理智的攀登者。很多时候，越接近成功我们越要告诫自己：不是每个梦想都可以实现，还有下一次。

丛林历险

姜钦峰

朋友去尼泊尔旅游，回来谈起旅途见闻，脸上满是兴奋。他说，尼泊尔太好玩了，尤其是丛林探险，紧张刺激，让人终生难忘。只一句话，便吊足了我的胃口。

他从西藏进入尼泊尔境内，先到首都加德满都，第二站到了奇旺。在著名的奇旺国家森林公园，参加两日游，每人只需花 2000 卢比，折合人民币不到 300 元，包括乘坐独木舟、丛林探险、骑大象、晚会表演等项目。

坐着独木舟顺流而下，上岸就是神秘的原始森林，探险之旅随即拉开。出发之前，导游首先郑重其事地讲解安全规则：此地常有野兽出没，有孟加拉虎、野猪、豹子等等，就连犀牛也可能袭击人，万一遇到野兽，大家千万不能大喊大叫，或者随意乱跑，一定要听我指挥。说完，他摘下头上的帽子，拿在手上，如果有危险，你们就看我扔帽子的方向：帽子往左边扔，大家就往右边跑；帽子往前面扔，大家就往后面跑；帽子往天上扔，大家就赶快上树。

导游是当地的中年汉子，高高的个子，黑且瘦，浑身上下透出精干和稳重，让人看着放心。他担心众人没听清楚，又不厌其烦地反复叮嘱、演示，直到每个人都烂熟于胸，这才正式出发。看到这种架势，朋友的两腿已经有点发软，心里直打鼓。他是个胖子，上学时体育从没及过格，心想，可千万别在这里喂了野兽，转念又安慰自己，哪有这么恐怖，说不定是导游故意吓唬人。

哪知怕什么就来什么，刚走出不到二里地，前面丛林茂密处，突然传出一声怪叫。导游顿时脸色大变，摘下帽子往天上一抛，也不管别人死活，自己先上了树。后面的游人一看，情知大事不妙，蹭蹭几下全都上了树。朋友拼了老命，才爬上一棵矮树，死死地抱住树干，满头大汗，吓得连大气都不敢出。过了半天没见动静，导游在树上小心地观察四周，确认安全后人才下来，众人也跟着下树，继续前进。

经过刚才这一上一下，朋友几乎灵魂出窍，心中叫苦不迭。可是已到了半路上，想回去也没办法了，他只好胆战心惊地往前走，全身高度戒备，就连后背都长着两只眼睛。一路上，只要稍有风吹草动，导游就赶紧扔帽子、上树。游人们哪敢大意，也跟着上了十几次树，为了保命，个个都被训练成了身手敏捷的猴子。总算有惊无险，两个小时后，终于走出了恐怖地带，这时朋友已经浑身湿透。

时过境迁，他回忆这段凶险的经历时，脸上完全不见了当时的恐惧，反而露出满足与兴奋之色。显然，他对这次旅途很满意，感觉回味无穷，不虚此行。

我问，既然有那么危险，导游带了必要的防身工具吗，比如麻醉枪之类的？他摇头，导游跟我们一样，也是赤手空拳。你是否听说过，当地曾发生过野兽袭击游人事件？他又摇头，确实没听过。那你到底见过野兽没有？他还是摇头，除了一头吃草的水牛，什么也没见到。我终于忍不住，扑哧笑出声来。

他满脸疑惑地看着我，忽然猛地一拍脑门，哎呀！上当了，丛林里哪有什么野兽，根本就是无中生有，那个导游虚张声势，没事拿我们开心。恍然大悟之后，他又愤愤地说，想不到处处都是旅游陷阱，防不胜防啊，尼泊尔人真不厚道！

这回轮到我摇头。我说，你得感谢那个导游才对，假如他不拿野兽来吓唬你们，而是老老实实地告诉大家，这里很安全，根本没有危险，你还会觉得旅途精彩吗？

对啊，如果是这样，那就太没意思了，他又重重地拍了一下脑门，终于开窍。

或许，这就是人性吧。人在旅途，假如太过平坦顺利，你反而会觉得索然无味，此生虚度。除非你不断挑战自己，跨越障碍，正如流水，有了波折才会激起美丽的浪花。至于结局如何，倒不是最重要的，最起码，你享受了那份精彩的过程。

萝卜花

丁立梅

萝卜花是一个女人雕的，用料是胡萝卜，她把它雕成一朵一朵月季的模样。花盛开，很喜人。

女人在小城的一条小巷子里摆摊，卖小炒。一个小气罐，一张简单的操作平台，木板做的，用来摆放锅碗盘碟，她的摊子就摆开了。她卖的小炒只三样：土豆丝炒牛肉，或炒鸡肉，或炒猪肉。

女人30岁左右，瘦，皮肤白皙。长头发用发夹别在脑后。惹眼的是她的衣着，整天沾着油锅的，应该很油腻才是，却不。她的衣服极干净，外面罩着白衣。衣领那儿，露出里面的一点红，是红毛衣或红围巾的红。过一会儿，围裙有些脏了，袖套有些脏了，她就换下来——她每天备着好几套。

很让人惊奇且喜欢的是，她每卖一份小炒，必在装给你的碗里，放上一朵她雕刻的萝卜花。这样才好看，她说。

不知是因为女人的干净，还是她的萝卜花，女人的摊前总围满人。5块钱一份的小炒，大家都很耐心地等待着。女人不停地翻铲，而后装盘，而后放上一朵萝卜花。于是，一朵一朵的萝卜花，就开到了人家的饭桌上。

我也去买女人的小炒。去的次数多了，渐渐知道了她的故事。

女人原先有个殷实的家。男人是搞建筑的，但不幸从尚未完工的高楼上摔下来，女人倾尽所有，才抢回男人的半条命。

接下来怎么过日子？年幼的孩子，瘫痪的男人，女人得一肩扛一个。她考虑了许久，决心摆摊卖小炒。有人劝她，街上那么多家饭店，你卖小炒能卖得出去吗？女人想，也是，总得弄点和别人不一样的东西。于是她想到了雕刻萝卜花。当她静静地坐在桌旁雕着时，渐渐被自己手上的美好镇住了，一根再普通不过的胡萝卜，在眨眼之间，竟能开出一小朵一小朵的花来。女人的心，一下子充满了期待和向往。

就这样，女人的小炒摊子摆开了，并且很快成为小城的一道风景。下班了赶不上做菜的人，都会相互招呼一声，去买一份萝卜花吧。就都晃到女人的摊前来了。

一次，我开玩笑地问女人，攒多少钱了？女人笑而不答。一小朵一小朵的萝卜花，很认真地开在她的手边。

不多久，女人盘下一家酒店，她负责配菜，瘫痪的男人被接到店里管账。女人依然衣着干净，在所有的菜肴里，依然喜欢放上一朵她雕刻的萝卜花。菜不但是吃的，也是用来看的呢，她说，眼睛亮着。一旁的男人，气色也好，没有颓废的样子。

女人的酒店，慢慢地出了名。大家提起萝卜花，都知道。生活，也许避免不了苦难，却从来不会拒绝一朵萝卜花的盛开。

用切口证明自己

刘克升

小时候，住在乡下，和爷爷在院外的空地上种了一片西瓜。辛辛苦苦地浇水、施肥、除草、捉虫……到了盛夏，西瓜长得硕大溜圆。

瓜太多，一时半会吃不完，需要卖一部分出去。我和表哥拉着一辆三轮车，到镇上去卖西瓜。虽说筐里的西瓜都是熟透的沙瓤瓜，可是到集市上人家都不相信。我切开了一个西瓜作样本，大家又说这是提前挑好的。

到了下午，我们只好推着三轮车，垂头丧气地回来。爷爷问："你们为什么不再多切两个西瓜？"我们嗫嚅着说："怕万一切出个不熟的西瓜来，连累了其他的西瓜，坏了所有的买卖。"

爷爷说："明天我带你们一起去卖瓜吧。"

第二天一大早，我们推着昨天没有卖出去的西瓜，一起来到瓜市。瓜市里卖瓜的很多。爷爷转了一圈，发现那些瓜贩子们卖的西瓜不是熟过了，就是只有六七分熟，而且也都是摆了一个熟透了的切瓜作为样本。在这种情形下，我们的沙瓤瓜怎能显出货真价实呢？

爷爷转身拐进了镇上的一家超市，出来时手里多了一卷保鲜袋，然后拿起西瓜刀，随机切开了七八个西瓜，无一不是熟透了的沙瓤瓜。我们把每瓣西瓜都用保鲜袋裹了起来，单独出售。每瓣西瓜的切口截面，透过保鲜袋，都呈现出了正宗的沙瓤质地，在明晃晃的阳光下，显得格外惹眼、诱人。

这些装在保鲜袋里的西瓜很受大家欢迎。我们高兴极了，操起西瓜刀准备再切开几个。爷爷制止了："不用了！大家已经开始认可我们的西瓜了！没有必要再把其余的西瓜都切开了……"

话音刚落，大家纷纷拥了过来，很快就把那些尚未切开的西瓜抢购一空。

爷爷喜欢读书，悟禅。讲到处世，很多年后跟我重提卖西瓜的事说："为人处世和卖西瓜的道理都是相通的！我们心中的忌讳太多，越是遮遮掩掩，越是难以让人认清我们真正的内心。当被世人怀疑，得不到认可的时候，不妨学学那天在镇上卖西瓜的方式，拿出袒露自己内心的勇气来，多给自己切两刀，学会用切口证明自己，从而赢得世人的信赖。"

很多人因为过多的顾忌，对外界时时刻刻充满了戒备，缩回了自己的真诚，把它隐藏在了内心。久而久之，形成了惰性，逐渐丧失了展露自己真诚的勇气。殊不知，人的真诚就像西瓜的沙瓤，如果不是恰到好处地切开几道切口示人，大家怎么会彻底地了解你、信任你呢？

谎花也美丽

刘克升

大学毕业后，他在没有任何背景的条件下，开始到社会上闯荡，不料却经历了种种的挫折。

先是通过劳务市场进了一家机械厂。他是学文秘专业的，没想到到了厂子以后，厂里安排他去干了铆工，在尘土飞扬的车间里抡大锤、对接筒体。

这一干就是3年多，厂里的大学生多如牛毛，老板丝毫没有重用他的意思。他终于忍受不住了。在一个静悄悄的冬日，他离开了踏上社会之后的第一个伤心地，坐火车南下来到了深圳。在这座繁华的都市里，他应聘到一家杂志社做了一名编辑。这是一次难得的机遇，也是一个崭新的挑战。他胸中重新又燃烧起了希望之火，加倍地努力，加倍地付出，首次接手的两个策划稿件脱颖而出，巩固了他在杂志社的地位。

就在他的芝麻人生一节一节地开花的时候，投资商突然地撤出，杂志陷入了资金困境，不得不做出了停刊的决定。喝完散伙酒的当天，他开始寻找新的出路。

10多天后，他被一家房地产开发公司录用为文字秘书。在这家公司工作了3个多月后，他没拿到一份血汗钱。这时，他才弄清了底细：这是一家以骗取员工廉价劳动力、拖欠员工工资而闻名的“空壳公司”。

努力总是付诸东流，辛苦总是收获失望。自己怎么就这么倒霉呢？他孤零零的一个人躲到酒吧里，喝得酩酊大醉。

几天后，他两手空空，黯然神伤地离开了那家房地产开发公司，回到乡下做暂时的心理调整。

在乡下的庭院里，他喝着母亲为他熬的南瓜粥，眼睛禁不住地湿润了，继而当着母亲的面放声大哭，把所有的委屈都释放了出来。母爱总是宽厚的，默不作声地接纳了他所有的情绪。

第二天，他随母亲到田地里采南瓜。几棵南瓜秧顺着地堰，交错着、蜿蜒着、扩张着布满了地面。星罗棋布地、高高地举着的钟形的南瓜花，散发着金黄色的光芒，格外地温暖着人心。时光在眼前蓦地一晃，他想起了小时候在南瓜地里捉蜜蜂的情形。

望着他沉醉的样子，母亲亲切地摸了摸他的额头，问他是不是想起了小时候和自己在南瓜地里的对话。那时候，他大约有十一二岁的光景吧。年少的他昂着头问母亲："南瓜秧上开了那么多的南瓜花，有很多却是不结果的谎花，提前摘去它们不是能够节省养分，多供给那些能结果的南瓜花吗？"

过去的场景清晰地映射到了他的眼前，记得母亲的回答是非常简单明了的："傻孩子，没有结出南瓜以前，我们怎么知道哪一朵南瓜花是谎花呢？"

回想起往事，他的心灵禁不住微微地一颤，蹲下身去，轻轻地亲吻起了离自己最近的一朵南瓜花。

从南瓜地回到家里后，他马上打点行囊，重新离开了家乡，开始了新一轮的寻觅。因为，这次回乡的历程使他终于想通了：努力是花开。努力的过程就是花开的过程。人生会有很多花儿开放，没有人会提前预知哪一朵花儿是谎花。同样的，人生的努力有许多。也不能够完全预料哪一种努力会结出硕果，但在众多的努力之中，总会有结出硕果的那一次。永远不要因为自己的人生当中出现了一朵、两朵甚至更多的谎花而悲观、失望，从而丧失了前进的动力或者否定自己的一生。

这次回乡，时间虽短，却使他明白了这样一个道理：人生中的谎花，其实也是很美丽的，它们至少点缀了你的梦境，甚至铺垫了你的成功之路，让你的人生开得茂盛无比，一片灿烂。自此，他满怀着希望，义无反顾地融入了茫茫人海、滚滚红尘之中，与命运开始了不懈的奋斗与抗争。